Kimberly McCreight a toujours nourri un vif intérêt pour les affaires criminelles. Après des études de droit à l'université de Pennsylvanie, elle écrit son premier roman, *Amelia*. Le livre rencontre un succès international et donnera lieu prochainement à une adaptation à l'écran. Kimberly McCreight s'impose désormais comme une référence incontournable du thriller psychologique. Elle vit à New York dans le quartier de Brooklyn, avec son mari et ses deux enfants.

De la même autrice :

Amelia
Tu ne me dis pas tout
(Prix des Lectrices 2022)
Ton jour viendra
Là où elle repose
Telle mère, telle fille

CE LIVRE EST ÉGALEMENT DISPONIBLE
AU FORMAT NUMÉRIQUE

www.editions-hauteville.fr

Kimberly McCreight

Là où elle repose

Traduit de l'anglais (États-Unis) par Élodie Leplat

Hauteville

Hauteville est un label des éditions Bragelonne

Titre original : *Where They Found Her*
Copyright © 2015 by Kimberly McCreight.
Tous droits réservés, y compris les droits de reproduction
partielle ou complète,
à l'exception de citations dans le cadre d'articles
ou de critiques.
Éditeur original : HarperCollins
Première édition : Cherche-Midi, 2016

© Bragelonne 2024, pour la présente traduction

Directeur : Antoine Béon
Directrice de la publication : Claire Renault Deslandes
Directrice éditoriale : Julia Leloup
Directeur artistique : Fabrice Borio

ISBN : 978-2-38122-936-2

Bragelonne – Hauteville
58, rue Jean Bleuzen – 92170 Vanves

E-mail : info@editions-hauteville.fr
Site Internet : www.editions-hauteville.fr

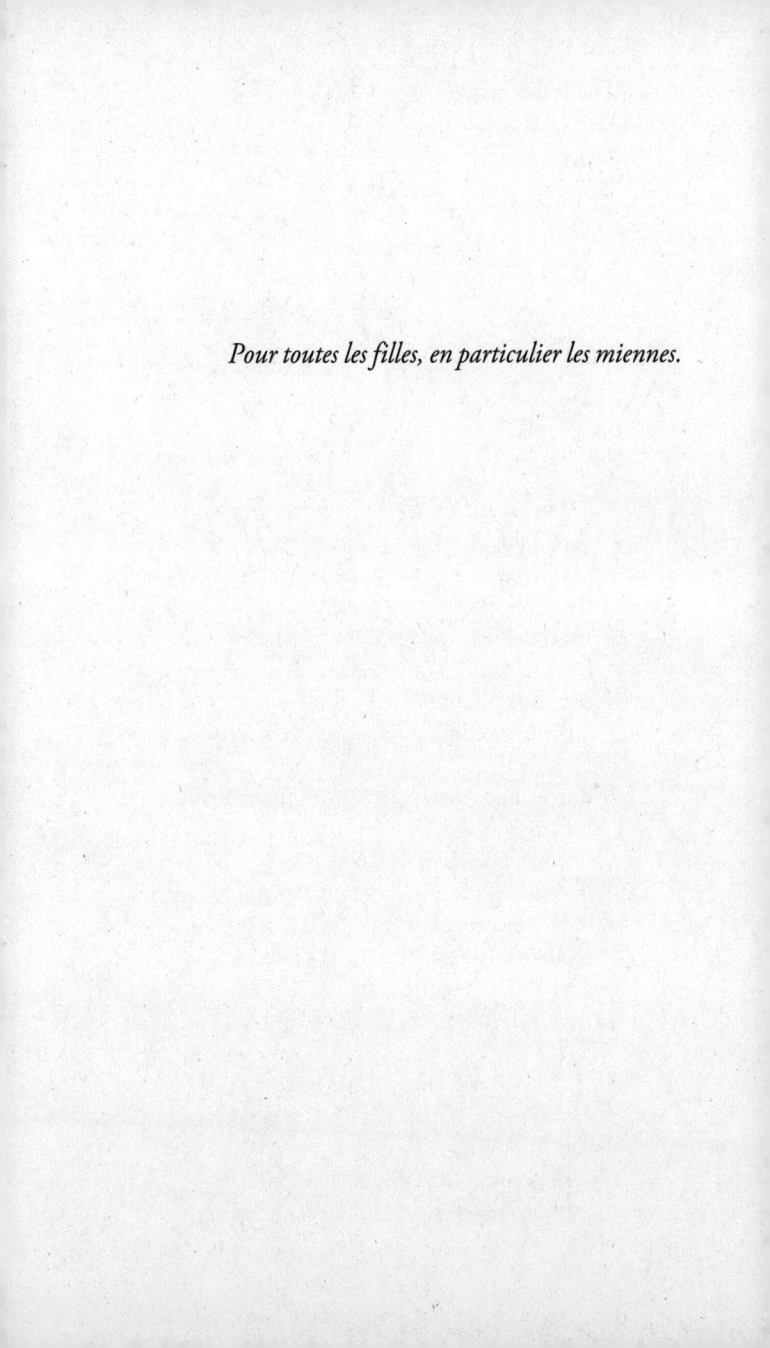

Pour toutes les filles, en particulier les miennes.

« On ne se protège pas des cauchemars en construisant de petites palissades blanches. »

Anne Sexton

Prologue

Ce n'est qu'après coup que je pense au sac et aux serviettes ensanglantées roulées en boule. Ils sont trop volumineux pour que je puisse les enterrer, pourtant je ne peux pas les laisser là. J'aurais peut-être dû mieux me préparer. Davantage penser aux détails. Mais difficile d'être prêt à quelque chose qu'on ne se serait jamais imaginé faire.

Je finis par les apporter sur la Route 17. Une benne à ordures, je me dis. Derrière une station-service, peut-être, ou un fast-food. Et ensuite, demain matin, les éboueurs emporteront les preuves. Malheureusement les stations sont toutes encore ouvertes, les restos aussi, les voitures sont garées juste à côté des poubelles, les clients vont et viennent. Trop de témoins. Ce n'est qu'en arrivant à *Highlights*, le centre de bronzage, que je trouve enfin ce que je cherche. Le centre, fermé, donne à l'arrière sur un terrain vide où une benne est remisée dans un coin sombre reculé.

Je m'apprête à ouvrir le couvercle, le cœur battant. Du soulagement : c'est ce que je ressens déjà. Presque fini, presque terminé, basta. Seulement, le couvercle ne bouge pas. Je tire dessus une fois, deux fois. À la deuxième tentative, je fais un geste tellement brusque que je me retourne les ongles. La benne est fermée par une chaîne. Bien verrouillée, histoire d'empêcher quelqu'un comme moi de cacher de vilains secrets à l'intérieur.

Mais je ne peux pas chercher ailleurs. Pas le temps. Impossible d'attendre une seconde de plus. De faire un pas de plus. Il *faut* que ça marche. *Moi* j'ai besoin d'en finir, maintenant.

Je fais le tour de la benne au pas de course en essayant de trouver une faille. Je finis par tomber sur un bord qui se soulève : juste de quelques centimètres, peut-être assez. Il faut pousser fort pour faire entrer les serviettes trempées de sang, encore plus fort pour faire passer le sac en toile par la mince ouverture. Je crains un instant qu'il reste coincé. J'appuie dessus de tout mon poids et il file si vite dans l'interstice que je suis à deux doigts de m'écraser la tête contre le bord de la benne.

Je retire mes mains d'une secousse, elles sont couvertes de sang. Je crois un instant que c'est le mien. Mais ce n'est pas le mien. C'est celui du bébé. Ça recommence, j'en ai partout, exactement comme il y a une heure.

Molly Sanderson, séance introductive, 18 février 2013

(transcription audio, séance enregistrée avec l'accord conscient du patient)

Q. : Si vous n'aviez pas envie de venir me voir, je me demande pourquoi vous êtes là.

M.S. : Je n'ai rien contre vous.

Q. : Je n'en doute pas. Et quand bien même, vous en auriez parfaitement le droit.

M.S. : Parce qu'on peut tout se permettre quand on suit une thérapie ?

Q. : Vous n'avez pas une haute opinion de cette pratique.

M.S. : Si, si. Je suis désolée. Je ne suis pas aussi belliqueuse, d'habitude. Je ne l'étais pas, en tout cas.

Q. : Le chagrin est parfois une puissance redoutable.

M.S. : C'est donc celle que je suis à présent ? Voilà qui je suis devenue ?

Q. : Je ne sais pas. Qui êtes-vous, à présent ?

M.S. : J'ai un autre enfant, vous savez. Une petite fille de trois ans, Ella. Bref, en réalité c'est pour elle que je suis venue. Après l'événement, je suis restée deux semaines au lit. Je ne crois pas avoir touché Ella une seule fois pendant tout ce temps. Je ne l'ai pas serrée dans mes bras. Je ne lui ai pas dit que tout irait bien. Je ne suis pas la seule à avoir perdu un bébé. Ella a perdu la petite sœur qu'elle avait tellement hâte de rencontrer. Elle ne parlait que de ça… Attendez, j'ai besoin d'un mouchoir. Désolée, je suis juste…

Q. : Vous n'avez pas à vous excuser d'être bouleversée. Vous venez de vivre une épouvantable tragédie, Molly. Aux dires de certains, il n'y a pas d'expérience plus traumatisante que de perdre un enfant.

M.S. : C'est pour ça que j'ai ce sentiment ?

Q. : Quel sentiment ?

M.S. : D'être morte moi aussi ce jour-là. Et que rien ne pourra me ressusciter.

Q. : Peut-être devrions-nous commencer par le commencement. Je crois qu'il est temps que vous me racontiez comment vous avez perdu votre bébé, Molly.

MOLLY

J'ouvris les yeux. Le ciel commençait tout juste à s'éclaircir à travers notre grand bow-window. Pas tout à fait le matin. Pas le réveil, pas encore. Quand le bruit se reproduisit, je me rendis compte que c'était mon téléphone qui vibrait sur la table de nuit. « Erik Schinazy » luisait sur l'écran dans l'obscurité.

— Tout va bien ? répondis-je sans même dire bonjour.

Durant mes cinq mois de travail au sein du minuscule mais respectable *Ridgedale Reader*, le rédacteur en chef du journal ne m'avait jamais appelée une seule fois en dehors des heures de bureau. Il n'avait eu aucune raison de le faire. En tant que journaliste responsable de la section arts, mode de vie et société, je couvrais des affaires qui n'étaient pas franchement urgentes.

— Désolé d'appeler aussi tôt.

Erik avait l'air fatigué ou perturbé. En tout cas, il y avait un truc.

Je me demandai un instant s'il n'avait pas bu. Il était censé ne plus toucher à l'alcool depuis longtemps, mais la rumeur courait que c'était la boisson qui avait provoqué son renvoi du *Wall Street Journal*. Difficile de s'imaginer Erik le tatillon, avec sa haute silhouette, son maintien raide, sa démarche militaire énergique et son crâne rasé de près, avoir jamais été ivre mort. Toutefois, qu'un journaliste de sa trempe atterrisse au *Reader*, rédacteur en chef ou pas, devait s'expliquer autrement que par la lassitude de sa femme, Nancy – professeur de psychologie à l'université de Ridgedale –, à devoir faire les allers et retours entre Ridgedale et New York, où ils habitaient quand Erik travaillait au *Journal*.

Cela dit, j'étais mal placée pour juger. Si j'avais obtenu ce poste permanent au *Reader*, c'était parce que Nancy faisait partie du comité d'accueil de la faculté. J'ignorais à quel point elle avait fait pression sur Erik pour qu'il m'embauche et quel noir tableau Justin avait pu brosser de ma situation, mais, à en juger par la façon excessivement gentille, presque thérapeutique, dont Nancy se comportait avec moi, j'avais des soupçons. Sans compter qu'avec mon seul diplôme en droit et dix ans d'expérience en politique publique législative pour l'organisation National Advocates for Pregnant Women [1] sur mon CV, j'étais quasi certaine de n'avoir pas été la candidate la plus qualifiée pour ce poste de journaliste salarié.

Mais, finalement, Justin – désormais détenteur d'une chaire de littérature à l'université de Ridgedale – avait eu raison de se démener pour m'offrir un nouveau départ. Contre toute attente, écrire pour le *Ridgedale Reader* avait donné du sens à ma vie. Je n'avais accepté que très récemment – après des heures d'une thérapie éreintante – l'idée que le chagrin qui s'écoulait de moi sans retenue depuis la mort du bébé ne se tarirait que si j'éteignais de force le robinet.

—Non, non, je t'en prie, Erik, soufflai-je en m'efforçant de sortir du lit sans réveiller Justin. Tu peux juste me donner une seconde ?

En essayant de bouger, je me rendis compte qu'Ella était dans notre lit, agrippée à moi comme une barnache. J'avais un vague souvenir de ce qui s'était passé, à présent : elle plantée à côté du lit, un cauchemar, probablement. Elle avait toujours des terreurs nocturnes particulièrement saisissantes : elle hurlait

---

1. Organisation créée en 2001 pour défendre les droits des femmes enceintes. (*NdT*)

souvent alors même qu'elle dormait profondément. Petite, j'étais pareille, mais j'avais toujours supposé qu'il s'agissait là d'un effet secondaire de la vie avec ma mère. D'après le pédiatre, il était plus probable que la génétique soit en cause. Toutefois, j'arrivais mieux à les gérer que ma propre mère : elle, c'était boules Quiès, verrou à la porte de sa chambre, cri rageur. À la maison, Ella finissait régulièrement sa nuit lovée entre nous deux, ce contre quoi Justin avait entamé une campagne douce mais déterminée.

— C'est bon, désolée, vas-y, Erik, dis-je après être parvenue à me dégager et à sortir dans le couloir.

— J'espérais que tu pourrais me donner un coup de main, commença-t-il d'un ton encore plus brutal que d'habitude.

Nancy était tellement chaleureuse en comparaison. Je me demandais souvent comment ils avaient pu finir ensemble.

— J'ai dû quitter la ville pour une urgence familiale, Elizabeth est en mission à Trenton et Richard est à l'hôpital, alors il ne reste…

— Il va bien ?

Je ressentis une vague de culpabilité réflexe.

Je n'avais pas été jusqu'à espérer que Richard tomberait véritablement malade, mais, dans mes moments les plus sombres, je n'en avais pas été loin.

Elizabeth et Richard, à l'aube de la trentaine, étaient chargés de couvrir pour le *Reader* l'actualité à proprement parler, même s'ils n'essayaient pas de concurrencer les quotidiens nationaux ni les sites d'information en continu. Non, le *Ridgedale Reader* tirait sa fierté d'articles de fond teintés d'une bonne dose de couleur locale. De temps à autre, Erik me confiait des missions : un papier sur le nouveau directeur du prestigieux Stanton Theatre de l'université, ou sur le célèbre concours d'orthographe du coin, mais en règle générale je pondais mes propres articles, comme mon récent portrait du Community Outreach , un programme de soutien scolaire destiné aux lycéens démissionnaires de la région qui était dirigé avec une grande générosité par l'enseignante de maternelle d'Ella, Rhea.

Au moins, Elizabeth s'était montrée polie avec moi, alors que Richard, lui, m'avait bien fait comprendre qu'il me considérait comme une mère naufragée à qui on avait injustement offert une place à table. Ce jugement avait beau être assez proche de la vérité, il n'était pas agréable pour autant.

—Qui ça, «il»?

Erik avait l'air perdu.

—Tu ne viens pas de dire que Richard était à l'hôpital?

—Ah oui, tu parles, ironisa-t-il. Opération de la vésicule biliaire. Vu la façon dont il se plaignait, on aurait cru qu'il allait subir une opération à cœur ouvert, mais il devrait être de retour dans quarante-huit heures. En attendant, je viens de recevoir un coup de fil. La découverte d'un corps a été signalée à côté d'Essex Bridge.

—Un corps?

Ce mot sortit comme un vagissement, je me détestai.

—Tu veux dire un corps *mort*?

—C'était le sous-entendu, oui.

Il paraissait désormais sceptique à mon sujet. Il l'avait probablement été dès le début, mais je n'arrangeais pas les choses.

—J'ai besoin que quelqu'un aille voir de quoi il retourne. Or, avec Elizabeth à la table ronde du gouverneur et Richard HS... Je m'en serais bien chargé, mais, comme je le disais, j'ai une urgence familiale. Je ne sais pas trop quand je serai de retour.

—Tout va bien? Avec ta famille, je veux dire.

Pourquoi glissais-je dans l'intime? Erik détestait l'intime. En août, à notre arrivée en ville, j'avais été persuadée qu'Erik et Nancy seraient nos premiers amis. Cela faisait longtemps que Justin et moi n'avions pas noué de relations sociales, or nous en avions besoin. Justin avait déjà un lien professionnel avec Nancy, quant à moi j'avais aussitôt été attirée par son attitude chaleureuse, même si elle était en partie imputable au fait que j'étais une patiente potentielle. Erik, certes un peu ombrageux, était aussi incroyablement intelligent et extrêmement intéressant.

Pourtant ils avaient poliment repoussé toutes nos avances : brunchs, barbecues, places de concert. Activités qui de toute façon sortaient de ma zone de confort. Peut-être étaient-ce le passé en dents de scie d'Erik ou les problèmes de fertilité de Nancy – dont elle parlait avec une franchise émotionnelle que je lui enviais – qui les maintenaient à distance. Ou peut-être simplement ne nous aimaient-ils pas. En tout cas, on les aurait dit entourés de fils barbelés très minces qu'on ne voyait qu'après inspection minutieuse. Or j'avais la peau beaucoup trop fine pour me risquer à approcher davantage.

— Oui, nous allons bien, répondit Erik avec sa brusquerie habituelle. Bref, pour l'instant il semblerait que ce soit toi qui doives te coller à cette histoire de cadavre. Si tu t'en sens capable, évidemment.

— Bien sûr, j'y vais de ce pas, répondis-je, soulagée d'avoir l'air aussi calme et efficace.

En réalité, la nervosité me gagnait déjà. À la surprise générale, la mienne comprise, jusque-là je m'étais plutôt bien débrouillée pour donner vie à mon petit coin de Ridgedale. Même Erik, jadis lauréat du prix du correspondant à l'étranger, avait paru impressionné. Cependant je n'avais jamais rien couvert ne serait-ce que de vaguement comparable à un cadavre. À Ridgedale, ils étaient plutôt rares. Il n'y en avait pas eu un seul depuis qu'on habitait là.

— Parfait, lâcha Erik non sans une pointe d'hésitation. Est-ce que tu as déjà, euh, couvert une scène de crime ?

Pure politesse. Il savait bien que non.

— Une scène de crime ? Voilà qui semble présupposer un meurtre. On est sûr de ça ? m'enquis-je, contente d'avoir sauté sur le fait qu'il allait un peu vite en besogne.

— Très juste. J'imagine que non. Notre source policière s'est montrée vague. Raison de plus pour marcher sur des œufs. Contrairement à ce qu'a l'air de penser la police locale, elle n'a droit à aucun traitement de faveur de notre part, mais les agents seront déjà sur la défensive avec l'université contre laquelle il va falloir se battre.

— L'université ?

— La zone boisée à proximité d'Essex Bridge est en dehors du campus proprement dit, mais elle appartient à l'université. D'après ce que j'ai compris, c'est un officier chargé de la sécurité du campus qui a signalé le cadavre. Comme tu peux l'imaginer, l'université va vouloir passer cette affaire sous silence. En supposant qu'il y ait la moindre once de vérité dans cette nouvelle. Il y a toujours la possibilité de découvrir que toute cette affaire n'était qu'une fausse alerte.

La porte grinça : Justin sortit dans le couloir et me regarda en plissant ses yeux noisette. Ses cheveux bruns hirsutes partaient dans tous les sens comme ceux d'un petit garçon. *C'est qui ?* articula-t-il, un doigt pointé vers mon portable, sourcils froncés, avant de croiser les bras sur son tee-shirt de l'université de Ridgedale, serrant sa silhouette maigre et nerveuse de triathlète. D'un doigt, je lui fis signe de patienter.

— D'accord, je serai prudente.

Mon assurance avait désormais l'air si naturelle que je me convainquis presque moi-même.

— Je t'enverrai un rapport par texto une fois sur place. J'imagine que tu veux un article abrégé pour le site, et un complet pour publication demain ?

— Ça me paraît bien, répondit Erik, encore hésitant. (Il avait beau s'y efforcer, il n'arrivait pas tout à fait à croire à mon assurance.) Bon, parfait. Bonne chance. Appelle-moi si tu as besoin de quoi que ce soit.

— Erik ? s'enquit Justin d'une voix ensommeillée après que j'eus raccroché.

Il passa une main dans sa barbe, à laquelle, malgré ma réticence initiale, j'étais désormais bizarrement attachée. Elle dissimulait en grande partie ses traits anguleux, et pourtant il n'en avait l'air que plus séduisant.

— Qu'est-ce qu'il voulait au beau milieu de la nuit ?

Je regardai mon téléphone. Six heures passées.

— Nous ne sommes plus au beau milieu de la nuit, répliquai-je comme si c'était là l'essentiel.

J'avais une voix étrange, comme si j'étais à l'ouest.

— Hé, que se passe-t-il ?

Il se repoussa du chambranle et posa une main inquiète sur mon bras. Car je n'avais pas le droit d'être à l'ouest, pas même une seconde. Plus maintenant. Voilà ce qui arrive quand vous revenez d'avoir touché le fond : les gens s'affolent dès que vous osez replonger un orteil en eau trouble.

— Rien. Erik veut juste que j'aille à Essex Bridge pour un article. On a trouvé un… Quelqu'un a signalé un cadavre.

— Mon Dieu, un cadavre, vraiment ? C'est horrible. Sait-on ce qui s'est passé ?

— C'est ce que je suis censée découvrir. Apparemment, je suis la remplaçante temporaire au service actualité du *Ridgedale Reader*.

— *Toi ?* Vraiment ?

Je regardai Justin, qui se décomposa en se rendant compte qu'il avait gaffé.

— Enfin, je veux dire, super. Ça fait bizarre de dire ça quand quelqu'un vient de mourir.

La porte de la chambre s'ouvrit en grand derrière nous : Ella sortit à pas de loup dans son pyjama à rayures rouges et blanches, ses boucles brunes s'agitant dans tous les sens, pareilles à un bouquet de ressorts. Elle plissait les yeux exactement comme l'avait fait Justin, avec le même regard noisette. Hormis ses cheveux – réplique couleur chocolat de mes propres boucles rousses –, Ella était une version miniature de Justin. Depuis ses yeux gigantesques et ses lèvres rouges et charnues jusqu'à sa façon de sourire avec tout son visage, elle était la preuve vivante du pouvoir de la génétique.

— Désolée, ma puce, je ne voulais pas te réveiller.

Je me baissai et hissai sur ma hanche une Ella plus lourde que jamais.

— Je vais te remettre au lit.

— Je veux pas aller au lit, lâcha-t-elle dans mon cou avec une moue. Je veux être prête.

— Prête? m'esclaffai-je en lui massant le dos alors que je la ramenais dans sa chambre. Prête pour quoi, Ouistiti?

— Pour le spectacle, maman.

Merde, le spectacle. L'adaptation version école maternelle de *La Chenille qui fait des trous*, où Ella devait jouer la fameuse «feuille verte». Ce devait avoir lieu à 11 heures. Impossible de savoir si je pourrais y être.

— Si tu restes debout, tu seras trop fatiguée pour le spectacle, Ouistiti, répondis-je en ouvrant la porte d'un pied. Il est beaucoup trop tôt. Tu vas avoir besoin de plus de sommeil, sinon tu vas oublier toutes tes répliques.

Le temps que je l'installe sous sa couette à carreaux roses et blancs et son impressionnante ménagerie arc-en-ciel d'animaux en peluche, elle avait déjà les yeux mi-clos. Lire des histoires à Ella dans ce lit m'avait toujours fait me sentir comme la fillette que je n'avais jamais été. Et dans les bons jours, cela me convainquait presque que j'étais la mère que j'avais toujours espéré être.

— Maman? lança Ella en se blottissant contre sa gigantesque grenouille rouge.

—Quoi, ma puce?

Je fis un grand sourire en m'efforçant de ne pas penser à son énorme déconvenue lorsqu'elle se rendrait compte que je ne pourrais pas assister à son spectacle.

—Je t'aime, maman.
—Moi aussi je t'aime, Ouistiti.

Maintenant que j'étais *enfin* de retour – pas parfaite, et de loin, mais beaucoup beaucoup mieux –, je faisais tout mon possible pour éviter de la décevoir. Je m'apprêtai à ajouter quelque chose, à m'excuser de rater sa performance, à faire des promesses ou à proposer des cadeaux compensatoires, mais il était déjà trop tard pour implorer pardon : elle dormait profondément.

Quand je retournai dans notre chambre, Justin s'était recouché. Je voyais bien que, malgré ses efforts, il ne dormait pas encore.

—Le spectacle d'Ella est à 11 heures aujourd'hui. Ce ne sera pas long, quinze minutes, peut-être. Enregistre-le pour moi, tu veux?

Je me dirigeai vers ma commode. Jolie mais pratique, voilà la tenue qu'il me fallait porter. À moins que professionnelle qui ne craint pas de crapahuter dans la forêt soit plus adapté? Oui, c'était ça : intrépide.

—Je n'ai pas pu la prévenir que j'allais le rater. Tu penses que je devrais la réveiller pour le lui dire? Je déteste l'idée de la prendre comme ça au dépourvu.

Alors que je m'affairais à m'habiller, je sentais les yeux de Justin posés sur moi. J'endossai mon plus beau pull – celui en cachemire bleu clair que ma belle-mère m'avait offert et qui mettait mes yeux en valeur – puis enfilai un de mes meilleurs jeans pas trop maman.

—Je donne un cours à 10 heures, chérie, répondit Justin.

Je me retournai. Il était en appui sur un coude.

— Je peux amener Ella à l'école, mais je ne pourrai pas assister à son spectacle. Je suis désolé, Molly, mais tu connais l'attitude du président de l'université vis-à-vis de l'absentéisme des enseignants ces derniers temps : il mène une croisade personnelle.

— Il *faut* que l'un d'entre nous soit là, Justin, m'emportai-je sans raison.

Je savais qu'il ne pouvait pas rater de cours à moins d'une véritable urgence, or, malgré ce que je ressentais, un spectacle de maternelle n'entrait pas dans cette catégorie.

— Je vais devoir rester du côté du pont jusqu'à ce que je trouve ce dont j'ai besoin pour mon article. Si tant est que j'arrive à comprendre quoi. Je pourrais bien en avoir pour la journée.

— Je suis parfaitement d'accord. Tu dois aller là-bas et rendre compte de ce qui passe au mieux de tes capacités. Il pourrait s'agir d'une véritable opportunité, Molly, il faut mettre le paquet. Si tu veux mon avis, Erik n'est pas du genre à donner des secondes chances. Aujourd'hui, courir après cet article est même plus important que *La Chenille qui fait des trous*.

Parce que, pour moi, ce n'était pas juste un article, évidemment. Ces derniers temps, tout ce que je faisais était une pierre de plus dans l'édification du pont qui me conduirait à un moi meilleur. J'étais devenue ce que j'aurais jadis méprisé : l'incarnation vivante d'un manuel d'épanouissement personnel.

— Et Ella, alors ?

La panique me gagnait. Malgré moi. *Je lui fais encore faux bond. Je lui fais encore faux bond.* Cette phrase tournait en boucle dans ma tête.

— Je t'en prie, elle survivra, se moqua gentiment Justin. Ne le prends pas mal, mais ce n'est pas sa première à Broadway.

Et puis, à combien de spectacles as-tu assisté cette année ? Dix ?

Je haussai les épaules.

— Je n'ai pas compté.

Justin se redressa et mit les pieds au sol dans un mouvement de balancier.

— Tu sais aussi bien que moi que ce n'est pas lui rendre service que de lui donner l'impression que l'amour signifie ne jamais être déçu.

— Il me semble qu'elle a déjà eu sa dose de déceptions, non ?

— Allons, Molly.

Il se leva et me fit signe de venir dans ses bras. Je le rejoignis d'un pas traînant et enlaçai ses épaules puissantes. Il me serra fort : il sentait le menthol avec lequel il soignait chaque soir son claquage à la cuisse droite en se lamentant des outrages de la vieillesse.

— Tu es une bonne mère, me murmura-t-il à l'oreille. Inutile de passer ton temps à essayer de le prouver.

Bien sûr, Justin – avec ses parents affectueux et son enfance idyllique – pouvait se permettre de vivre dans un monde de jugements de valeur et de risques mesurés. Cela faisait partie de ce qui m'avait séduite chez lui. Mais ce n'était pas facile d'être mère quand on n'en avait soi-même jamais vraiment eu. Déjà avant ma dépression, je m'étais toujours fiée à une seule et unique stratégie parentale : tendre à la perfection.

— OK, d'accord, dis-je.

Parce qu'il avait raison. Je le savais de manière théorique, même si je ne l'*éprouvais* pas.

— Mais tu l'expliqueras à Ella quand elle se réveillera, d'accord ? Pourquoi je ne peux pas venir. Tu la prépareras au fait que ni l'un ni l'autre ne sera là ?

— Je m'en charge, promis, répondit-il en m'embrassant. Maintenant, va nous pondre un article qui déchire sa race.

Je traversai le centre de Ridgedale en voiture alors que le jour était à peine levé, le monde d'un gris sourd. Autour de la place du centre-ville au gazon manucuré, les boutiques branchées et les cafés hors de prix, fermés, étaient plongés dans l'obscurité. Les trottoirs étaient eux aussi déserts, à l'exception d'un vieil homme qui promenait un grand chien moucheté et de deux femmes qui, vêtues de hauts fluorescents et de baskets coordonnées, faisaient leur jogging en bavardant. À ma droite, derrière une haute barrière en fer, se déployait le vaste campus universitaire recouvert de lierre ; à l'horizon le ciel s'embrasait.

Tout était si magnifique dans la lumière crépusculaire. J'avais du mal à croire à quel point j'avais été réticente à l'idée d'emménager ici quand Justin – spécialiste en littérature américaine des XIXe et XXe siècles – avait mentionné pour la première fois cette chaire à l'université de Ridgedale. À une quarantaine de kilomètres au nord et légèrement à l'ouest de New York, Ridgedale était un endroit où nous n'aurions probablement jamais envisagé d'habiter s'il n'y avait pas eu l'université. Je craignais que quitter la métropole me fasse me sentir encore plus isolée et seule. Pourtant Ridgedale n'était pas un quelconque village agricole reculé. Il y avait un restaurant locavore étoilé au Michelin et une dizaine de bonnes tables exotiques, sans parler du Stanton Theatre à la renommée internationale, de l'excellent centre hospitalier universitaire et des deux librairies indépendantes. Les habitants constituaient également un mélange éclectique, grâce aux étudiants et aux enseignants originaires des quatre coins du monde.

L'environnement n'avait pas toujours été aussi raffiné, du moins c'est ce qu'on m'avait dit. Trois ans auparavant, la relocalisation en périphérie de Ridgedale des bureaux de l'entreprise pharmaceutique Bristol-Myers, à l'origine implantés en plein cœur de Manhattan, avait notablement augmenté le pourcentage des riches libéraux de la ville. Certains habitants de longue date – en général moins aisés et plus conservateurs – se hérissaient toujours devant la prolifération des cafés au lait de soja et des centres de Pilates. Ils regrettaient la bonne vieille époque où les étudiants de l'université ne pouvaient faire leurs courses qu'à l'épicerie du campus ou au drugstore *Ramsey*, et où les options de sorties dîner se limitaient aux pizzas, ailes de poulet ou crêpes chez *Pats*, ouvert toute la nuit.

C'était un conflit qui se jouait souvent dans la section « commentaires » particulièrement animée de l'édition en ligne du journal. Ces batailles avaient beau ne pas avoir grand rapport avec l'article auquel elles étaient rattachées, elles se muaient généralement en charges personnelles contre les journalistes. Du moins c'est ce que disait Elizabeth, qui m'avait prévenue de ne jamais lire aucun commentaire sur les articles que je postais en ligne, même ceux qui paraissaient inoffensifs. C'était le seul conseil qu'elle m'avait donné, et je l'avais écoutée. Si j'étais prête à m'essayer à l'exercice du journalisme, en revanche je n'étais pas suffisamment stable pour supporter une quelconque attaque frontale.

Je tournai à gauche puis aussitôt à droite, longeant toutes les pierres majestueuses du côté ouest verdoyant de l'université de Ridgedale. De là, on arrivait vite à Essex Bridge, qui était néanmoins suffisamment éloigné pour que je m'étonne qu'il fasse encore partie de la faculté.

À la sortie du dernier virage, le ciel gris était devenu bleu pâle, au loin le soleil était caché derrière les hautes collines. Malgré la pénombre, impossible de rater les voitures de police garées devant moi : trois sur le bas-côté de la route et une quatrième contre un arbre, comme si elle avait terminé sa course ici toute seule. Je m'étais préparée à faire chou blanc à mon arrivée, à ce qu'il s'agisse d'une fausse alerte, ainsi qu'Erik m'en avait avertie. Mais la police était bien là, le pont aussi. Et tout en bas le ruisseau de Cedar Creek et, manifestement, un cadavre.

Quand je descendis de voiture, il n'y avait personne en vue, juste les éclairs intermittents des lumières bleues et rouges entre tous ces arbres nus. C'était calme, aussi, le seul bruit étant celui de mes pas sur la chaussée. Ce ne fut que parvenue à la voiture de tête que j'entendis des voix en provenance de la forêt en contrebas. Je m'arrêtai et seulement alors remarquai que je serrais les poings.

Marcher sur des œufs, comme l'avait dit Erik, c'était tout ce que j'avais à faire. Et pourtant cela avait semblé tellement plus facile avant que je sorte de voiture.

Bonjour, Molly Sanderson, je travaille pour le Ridgedale Reader. *Quelqu'un aurait-il éventuellement une minute à me consacrer pour répondre à quelques questions ?*

Non, trop hésitant. Ne pas se montrer odieusement dominatrice, ça oui. Mais présenter mes questions comme optionnelles ? Franchement peu judicieux. Inutile d'être une journaliste chevronnée pour le savoir.

Bonjour, Molly Sanderson pour le Ridgedale Reader. *J'aimerais vérifier quelques faits.*

Beaucoup mieux. Un brin arrogant, mais rien de dramatique. C'était aussi très vrai : la découverte d'un cadavre était un fait que je voulais confirmer. « Faits » au pluriel, c'était quelque peu exagéré. Mais, étant avocate, je savais que feindre une position de force pouvait être une condition préalable au succès.

Quand je me fus suffisamment rapprochée pour voir l'eau, je compris tout de suite ce qu'avaient craint tous ces météorologistes inquiets lorsqu'ils avaient parlé de neige tardive suivie d'averses au début du mois de mars. À New York, les inondations éclairs n'étaient pas franchement un sujet de préoccupation. On les évoquait, mais elles se manifestaient en général simplement par de grosses flasques boueuses. En revanche, à la vue du ruisseau – plus proche d'une rivière avec ses eaux noires qui bondissaient par-dessus les rochers et emportaient les branches cassées –, j'eus immédiatement conscience de son potentiel destructeur. Un gros morceau de la berge la plus proche s'était détaché: effondré, pareil au bord érodé d'une falaise.

En face, une demi-douzaine d'hommes en uniforme se tenaient au bord de l'eau mugissante. Derrière eux, une poignée d'autres se déployaient dans les bois en quête d'indices, même si leur façon de procéder ne semblait pas particulièrement méthodique. Ils quadrillaient le terrain d'avant en arrière en donnant des coups de pied dans les feuilles et en sondant le sol avec des bâtons: on aurait presque dit qu'ils faisaient juste semblant de s'adonner à quelque tâche utile.

Il y avait aussi un truc bleu de l'autre côté, une bâche en plastique protégée par un cordon de rubalise jaune de la police. J'arrêtai de respirer: toute mon énergie nerveuse fut aspirée d'un coup. Il était là, là en bas dans ces feuilles humides en décomposition, au milieu de tous ces arbres nus squelettiques: le cadavre. Le cadavre d'une *personne*.

— Si vous voulez mon avis, on devrait appuyer sur le bouton quand on aura retrouvé ce salopard, dit une voix à côté de moi. Et je ne suis même pas partisan de la peine de mort.

Je me retournai: c'était un jeune type vêtu d'une polaire jaune fluo ajustée et d'un short noir moulant. Il portait une radio en bandoulière et sur l'épaule l'emblème des officiers chargés de la sécurité du campus. Il passa sa main gantée sur ses cheveux blonds duveteux et arrêta son geste sur sa nuque. Il aurait dû être séduisant. Il avait tout pour: belle gueule, baraqué. Pourtant on aurait dit un enfant démesuré, comme s'il avait grandi sans vraiment mûrir. Ce n'était absolument pas attirant.

— Que s'est-il passé? m'enquis-je, choisissant de ne pas me présenter, ce qui violait probablement moult règles de la déontologie journalistique.

En même temps, je ne l'interviewais pas officiellement. C'était lui qui m'avait interpellée.

Il me toisa de la tête aux pieds en s'attardant sur mes chaussures de montagne Sorel toutes neuves hors de prix. Un cadeau de Justin censé susciter mon enthousiasme à la perspective de notre nouvelle vie à la «campagne». Elles me donnaient une fausse image de fana de plein air, qui dans ce contexte pouvait s'avérer utile.

L'homme finit par relever la tête, les yeux plissés.

— Qui êtes-vous?

— Molly Sanderson.

Je tendis une main. Il hésita avant de la serrer, me regardant droit dans les yeux.

— Et vous êtes?

— Deckler, répondit-il avec un laconisme agaçant. Vous ne faites pas partie de la police de Ridgedale. Je ne vous ai jamais vue.

— Je suis écrivain. (C'était plus neutre que «journaliste».) Quelqu'un de la PJ m'a contactée.

Merde, pourquoi avais-je sorti ça? Le contact d'Erik n'était sûrement pas de notoriété publique. C'était probablement la seule chose qui importait davantage que de marcher sur des œufs: ne pas dévoiler les relations confidentielles cruciales de mon chef.

— Quelqu'un de la PJ vous a *contactée*? Pour venir ici?

— *Nous* a contactés, aurais-je dû dire. Personnellement je ne connais pas les détails, ajoutai-je en espérant qu'il abandonnerait le sujet. C'est vous qui avez trouvé le corps?

Deckler leva une main et secoua la tête.

— Oh non, dit-il. Si vous voulez un commentaire officiel, il va falloir vous adresser à Steve.

— Qui est… ?
— En bas.

Il indiqua l'eau d'un signe de tête. Au milieu du ruisseau se tenait un colosse avec des cuissardes de pêcheur et une chemise tout droit sortie du pressing. Bras musclés croisés sur la poitrine, serrant sa puissante mâchoire carrée, il foudroyait du regard le courant comme s'il espérait ainsi faire flotter vers lui un suspect.

— L'affaire est entre ses mains à présent.
— Ses mains ?
— Commissaire de police de Ridgedale, répondit-il d'un ton caustique.

Il ne semblait pas avoir une haute opinion de lui.

— La sécurité du campus n'est là qu'en soutien.
— Ils vous retirent l'affaire comme ça ?

C'était ce qu'il sous-entendait, il y avait peut-être matière à creuser. Deckler crispa la mâchoire.

— Juste dans ce cas-là, lâcha-t-il avec un soupir dégoûté. La plupart des crimes commis sur le campus restent dans le campus. Il y a toute une procédure disciplinaire, avec des audiences, des preuves et tout le bastringue. Nous prenons tout en charge nous-mêmes, en toute confidentialité. Pour protéger les étudiants, vous comprenez.

— Bien sûr, pour protéger les étudiants, répondis-je en essayant de ne pas paraître sarcastique. (Car une seule chose me venait en tête : *ou pour protéger les coupables.*) Mais pas dans un cas comme ça ?

Il secoua la tête et reporta son attention sur le ruisseau.

— Non, il faut croire que non.
— Et c'est quoi ce « ça », au juste ?

Deckler secoua la tête et soupira de nouveau, l'air offusqué que j'ose poser deux fois la même question.

— Comme je le disais, si vous voulez des détails, il va falloir vous adresser à Steve.

— D'accord.

Je souris et avançai d'un pas vers le ruisseau, en m'imaginant déjà au bord en train d'agiter les bras comme une imbécile pour attirer l'attention de Steve. Même de loin, il n'avait pas l'air du genre à apprécier ce genre de comportement.

— Hou là, attendez! aboya Deckler avant que je m'éloigne trop. Vous ne pouvez pas descendre comme ça. Il va falloir que je lui demande de monter.

— Oh non, ce n'est...

Je n'avais pas fini ma phrase que Deckler avait déjà sifflé bruyamment entre ses doigts, juste à côté de mon oreille, comme pour appeler un chien. Steve pivota vers nous. Il n'avait pas l'air ravi.

— Je peux attendre, vraiment, ajoutai-je humblement même s'il était déjà trop tard.

— Pas là à côté de moi, non, vous ne pouvez pas.

Steve rejoignit la rive à grands pas, l'air encore plus exaspéré. *Vous ne croyez pas qu'on a plus important à faire que de perdre notre temps à parler à des journalistes?* l'imaginais-je déjà tempêter tandis que je l'observais qui sortait de l'eau sans se presser, enfonçait sa casquette de policier qu'il avait laissée sur la berge pour ne pas risquer de la perdre et commençait à remonter la colline. Il lui fallut une éternité pour grimper avec ces bottes dans lesquelles, contre toute attente, il n'avait pas l'air ridicule. Le fait qu'il se déplaçait avec une lente et puissante assurance aidait. On aurait dit qu'il savait déjà comment la situation allait tourner.

Une fois au sommet de la colline, il m'adressa un petit signe de tête avant de se tourner vers Deckler. De près il était plus séduisant, les rides de son visage énergique compensaient l'étrangeté de ses traits carrés qu'elles rendaient intéressants. Rien à voir avec l'ossature délicate de Justin, évidemment. Justin était le type d'homme que les femmes reluquent ouvertement. Steve, celui sur lequel elles comptent pour venir à leur rescousse.

— Un problème, officier Deckler ?

— Je vous présente Molly Sanderson, lança ce dernier, l'air ravi de me balancer. Elle est écrivain. Quelqu'un de chez vous lui a dit de venir ici.

— Je travaille pour le *Ridgedale Reader*, précisai-je.

Je tendis une main, tout sourires, en espérant que l'on pourrait passer outre à la question de savoir qui m'avait appelée.

— Je ne veux pas abuser de votre temps. J'aimerais simplement avoir confirmation de certains faits.

Je désignai la bâche.

— Vous avez trouvé un cadavre ?

Steve me serra lentement la main en me regardant droit dans les yeux.

— Le *Reader*, hein ? Vous êtes nouvelle ? Je connais l'autre gars. Robert, c'est ça ?

— Richard, corrigeai-je, bêtement réjouie qu'il se soit trompé dans son nom.

— Quelqu'un de chez moi vous a appelée ?

— Je ne connais pas les détails. Mon chef m'a demandé de venir ici. D'ailleurs je ne fais qu'un remplacement. Mon domaine habituel, c'est l'art.

La stratégie de la fillette égarée me paraissait en valoir une autre, d'autant qu'elle s'inspirait largement de la réalité. Et à voir le visage de Steve aussitôt s'adoucir, je compris que j'avais visé juste.

— Je m'excuse sincèrement de cette intrusion. Vous avez un boulot à faire, je le comprends parfaitement. Mais si vous vouliez bien m'aider à faire le mien, je pourrais vite dégager le plancher.

Steve me dévisagea pendant ce qui me parut un temps excessivement long. Je dus me faire violence pour ne pas détourner les yeux.

— Comme vous êtes là et que vous êtes du coin, je vais vous dire ce que je peux, finit-il par répondre en croisant les bras. Je vous écoute.

Il me fallut une seconde de trop pour comprendre qu'il attendait une question en bonne et due forme.

— Avez-vous identifié la victime ? demandai-je en m'efforçant de ne pas perdre contenance à mesure que mon cœur s'emballait.

Je pouvais le faire. Je m'étais entraînée pendant tout le trajet en voiture. Et puis le métier de journaliste n'était pas si différent de celui d'avocat. Non pas qu'en tant qu'analyste politique j'aie conduit beaucoup d'interrogatoires. Je n'avais jamais vraiment interrogé qui que ce soit depuis les faux procès à la fac de droit.

— Non, répondit Steve en secouant la tête alors qu'il se tournait vers le ruisseau.

Bon, la réponse n'était pas aussi verbeuse que je l'espérais, mais peu importe, j'avais d'autres questions.

— Avez-vous une piste quant à son identité ?
— Non.
— Homme ou femme ?
— Femme.

Je ressentis un petit frisson : une vraie réponse. Une victime de sexe féminin. Ce n'était pas grand-chose, mais c'était déjà ça. Je commençais à craindre de n'avoir absolument rien quand je ferais mon rapport à Erik.

— Âge approximatif ?
— Je ne m'aventurerai pas à faire de pronostics. (Il avait reporté les yeux sur moi, ils étaient plus doux à présent. Presque tristes.) Nous allons avoir besoin de la confirmation du médecin légiste.

Je sentais que Deckler nous dévisageait. Nous jugeait, c'était le sentiment que ça donnait. *Vous n'allez quand même pas gober ces conneries machistes ?*

— Encore deux questions, dit Steve. Ensuite il faudra évacuer la scène de crime pour que nous puissions faire notre travail.

— Est-elle morte de causes naturelles ?

— Difficile à dire.

— Difficile à dire ? (Je ne pouvais pas le laisser s'en tirer comme ça.) Aucune indication ?

— Rien que je puisse commenter sans un rapport officiel du légiste.

C'est alors que la radio fixée à sa hanche vibra.

— On va avoir besoin d'un plus petit sac ici, dit une voix grésillante. Taille bébé, quoi. Ceux pour adultes ne marchent pas. Le légiste veut que ce soit *nous* qui allions en chercher un.

Steve arracha la radio à sa ceinture, la mâchoire crispée. Les yeux braqués sur le ruisseau, il la porta contre sa bouche.

— Alors envoyez quelqu'un, grinça-t-il. Et que ça saute !

Il éteignit complètement le récepteur avant de le remettre à sa place.

Il ne s'était pas encore retourné vers moi. Et c'était tant mieux, car, les bras convulsivement croisés, j'avais l'impression d'étouffer. Un bébé ? Un bébé *mort* ? J'avais peur de vomir, là, en plein sur les cuissardes du commissaire.

Je songeai à Ella. Si vivante, si chaude quand elle s'était tortillée contre moi cette toute première fois où les médecins me l'avaient posée sur la poitrine. Je me rappelai mon immense surprise de voir que mon corps avait vraiment fonctionné, qu'elle était arrivée à sortir en un seul morceau rose vagissant. Je songeai aussi à la fois suivante, quand mon corps n'avait pas fonctionné comme il l'aurait dû. Quand j'étais allée chez le médecin pour la visite de contrôle habituelle de la trente-sixième semaine et qu'il n'avait pas trouvé de pulsation cardiaque. Puis le traumatisme du travail atroce et de la délivrance qui s'était ensuivie, pour la naissance d'un bébé que tout le monde savait déjà mort. Enfin, tout le monde sauf moi. Moi seule avais conservé l'espoir que ma deuxième fille se mettrait à tousser et reviendrait à la vie une fois libérée de mon corps.

Elle ne l'avait pas fait. Il n'y avait eu que cet horrible silence clinique, métal contre métal, claquement de gants en plastique qu'on retire d'un coup sec. Et la sensation que j'avais eue en la prenant dans mes bras. Comme si elle avait été vidée puis rembourrée avec des mouchoirs mouillés et du sable.

Non. Je ne devais pas me laisser aller à ça – à penser à ça, à elle. Je ne le ferais pas. Les yeux fermés, je secouai la tête. Je n'étais pas dans cette salle d'accouchement. Près de deux ans s'étaient écoulés depuis. À présent j'étais là, sur la berge de ce ruisseau, avec un job à faire. Et j'avais besoin de le faire. Comme si ma vie en dépendait.

—C'est un bébé, articulai-je.

C'était une affirmation, pas une question. Steve contemplait le pied de la colline sans mot dire, le visage figé en un masque indéchiffrable.

—Écoutez, je comprends, dit-il avec une gentillesse aussi sincère qu'inattendue.

Quand il se tourna vers moi, son expression était tellement franche que je faillis éclater en sanglots et me jeter contre sa large poitrine.

—Vous essayez simplement de faire votre boulot.

—Je fais mon boulot, oui, répétai-je en essayant de me le rentrer dans la tête. C'est tout à fait ça.

Pourtant je n'avais qu'une envie : retourner à ma voiture et faire comme si toute cette histoire n'était jamais arrivée. Comme si Erik ne m'avait jamais appelée, comme si je n'avais jamais accepté ce poste au *Ridgedale Reader*. Comme si nous n'avions jamais emménagé dans cette ville. J'avais envie de rentrer chez moi, de ramper jusqu'à mon lit et de tirer les couvertures sur ma tête. Et je l'aurais peut-être fait, d'ailleurs, si je n'avais pas su que cette fois-ci je n'arriverais plus jamais à remonter la pente.

— Je vous propose un marché, reprit Steve. Pour l'instant, vous lancez une espèce d'alerte basique en ligne : découverte d'un cadavre, détails à venir. Bon Dieu, je m'en fiche même pas mal que vous disiez que c'était dans l'enceinte de l'université.

— Hé, je ne pense pas que ce soit une bonne...

D'un regard menaçant, Steve réduisit Deckler au silence.

— Vous êtes ici avec notre aimable autorisation, au cas où vous l'auriez oublié, le rabroua le policier.

Deckler pinça les lèvres, pareil à un gigantesque bambin qui se retient de crier. Je m'attendais presque à le voir taper du pied avec sa grosse basket noire.

— Vous conserverez une bonne longueur d'avance sur cette histoire, poursuivit-il. Mais je dois vous demander de passer ce dernier détail sous silence.

Comme si le fait que la victime soit un nourrisson était un « détail », au même titre que la couleur des yeux ou la longueur des cheveux.

— Si vous le révélez maintenant, cela pourrait compromettre l'enquête. J'aimerais qu'on nous laisse une chance de trouver nos marques avant que la nouvelle se répande. Pas longtemps, juste quelques heures. Si vous acceptez, je vous accorderai une interview exclusive.

— D'accord, m'entendis-je répondre.

Steve consulta sa montre.

— Que diriez-vous si on se retrouvait au poste à 10 heures ?

J'avais envie de répliquer « Non merci », ou « Ne vous embêtez pas ». Mais ce bébé là-dehors n'était pas le mien. Mon bébé à moi était bien en sécurité à l'école. Et la dernière chose dont elle avait besoin, c'était que je perde les pédales.

Ce dont elle avait besoin, c'était que je continue à avancer. Me détourner de cet article – plus que de n'importe quel autre – me semblait dangereux. Comme si, à mon insu, je risquais de lâcher la seule chose qui me maintenait la tête hors de l'eau.

—Entendu, parvins-je à articuler. C'est parfait. Alors à tout à l'heure.

Mais je regrettais déjà chaque mot.

Sandy

Sandy ne dormait pas. Mais elle aurait bien aimé, allongée là sur le canapé trapu du salon, les yeux fermés ; surtout quand on frappa à la porte d'entrée. Et c'était pas la façon habituelle de toquer genre « hé, il y a quelqu'un ? ». C'était un « boum ! boum ! boum ! » grave furax.

Elle avait appris à différencier les visiteurs sans même demander qui c'était. Les connards qui viennent chercher du fric ne se barrent jamais quand ils savent que t'es là. Tu parles, ils squattent ton paillasson jour et nuit en faisant un boucan d'enfer. C'est ça leur boulot : se débrouiller pour que tes voisins te détestent. Comme si tout à coup quelqu'un qui n'a pas une tune allait miraculeusement en dégotter.

— Ouvrez cette porte, Jenna ! beugla un homme dehors.

Sandy roula sur le ventre pour faire face à la porte. Mais elle ne se leva pas. Elle n'avait pas peur qu'il la défonce ou quoi que ce soit d'autre. Ils n'allaient jamais aussi loin. Cela dit, il aurait pu, largement. Leur porte d'entrée, c'était du carton-pâte. Les Ridgedale Commons, c'était l'endroit le moins cher et le plus pourri de tout Ridgedale, retranché bien loin dans un coin de la ville, dans les deux seules barres miteuses à des kilomètres à la ronde. Quand Jenna et Sandy avaient emménagé, huit mois plus tôt, l'appartement n'avait pas paru trop minable, surtout comparé à certains endroits où elles avaient habité. Mais en réalité le côté potable des Ridgedale Commons se réduisait à que dalle. L'appart était tombé en ruine du jour au lendemain.

—Allez, Jenna ! cria de nouveau la voix, plus près cette fois. (On aurait dit qu'il avait plaqué sa tronche suante – ils avaient toujours la tronche suante – contre le battant.) Je sais que vous êtes là !

Alors ça, tu vois, c'était carrément bidon. Y avait pas moyen que ce type, peu importe qui c'était, puisse savoir ça. Même Sandy ne le savait pas. Quand elle se levait le matin, elle n'était jamais sûre à cent pour cent que Jenna serait là. La plupart du temps c'était le cas, mais Sandy avait appris depuis longtemps à ne pas se réveiller à tous les bruits qui éclataient au beau milieu de la nuit. Elle jeta un coup d'œil à la porte de la chambre de Jenna. Fermée, autrement dit Jenna devait être à la maison, mais pas seule. Sinon, elle aurait été vautrée de tout son long à poil sur son pieu avec la porte grande ouverte. Elle se sentait seule quand elle ne pouvait pas voir Sandy sur le canapé.

Si ça n'avait tenu qu'à elle, Jenna aurait probablement laissé la porte ouverte même quand elle avait de la compagnie. Mais, pour sûr, les mecs qu'elle ramenait à la maison voulaient de l'intimité. Et heureusement, parce qu'il y avait des tas de trucs que Sandy avait envie de voir dans ce monde – le coucher de soleil sur l'océan Pacifique, le Grand Canyon, la Grande Barrière de corail –, mais Jenna s'envoyant en l'air avec un pauvre type aviné n'en faisait pas partie. Ça, elle se l'était déjà assez farci pour toute une vie.

Elle se leva du canapé avec une grimace. Maintenant qu'une croûte s'était formée sur son bras, ça faisait encore plus dégueu et ça lui faisait un mal de chien chaque fois qu'elle le pliait brusquement. Elle avait le genou tout violacé aussi. Pas facile d'oublier un truc quand votre putain de corps n'arrête pas de vous envoyer des piqûres de rappel. Mais elle finirait par y arriver. Il le faudrait. Elle était douée pour oublier. Elle avait beaucoup d'entraînement.

Après avoir rabattu sa manche sur la gigantesque croûte, elle chopa une cigarette dans le paquet que Jenna avait laissé sur la table basse. Sandy n'était pas une grosse fumeuse. Elle n'était même pas sûre d'aimer ça. Mais il y avait des moments qui appelaient une clope. Comme maintenant. Elle se glissa une Parliament entre les lèvres puis l'alluma avec le briquet incrusté de pierres *I Love Tampa* que Jenna devait avoir piqué à quelqu'un.

Elle prit une taffe en jetant un coup d'œil à son haut transparent et à son jogging taille basse, à son bras autour duquel s'enroulait la tige épineuse d'une rose tatouée, dont la fleur était lovée bien à l'abri derrière son omoplate. Elle noua ses longs cheveux noirs et raides à la base de la nuque, puis recracha une grande volute de fumée. Tant pis si ce connard voyait à travers son haut. Un reluquage gratos serait peut-être sa meilleure chance de se débarrasser de lui. Depuis qu'elle avait des nibards, ils avaient toujours été son meilleur atout.

—Minute ! cria-t-elle, histoire qu'il ne se remette pas à gueuler. J'arrive !

Ce connard qui faisait du tapage, c'était le genre de truc qui mettrait Mme Wilson, leur voisine octogénaire, dans tous ses états. Mme Wilson était une machine à râler – sur n'importe quoi, n'importe qui –, à croire que c'était son putain de taf. Mais Jenna et Sandy, elle les détestait carrément. Sa tronche s'allongeait chaque fois qu'elle tombait sur Sandy, comme si elle avait sucé un citron pourri. La vieille voulait les voir dégager de l'immeuble, point barre. Si elles lui donnaient une vraie raison, elle pourrait très bien arriver à ses fins.

Sandy grimpa les trois petites marches qui menaient à la porte puis posa la main sur la poignée. Elle inspira une dernière taffe avant d'ouvrir en grand le battant et de recracher la fumée dehors.

— Calmos, bon Dieu, lâcha-t-elle nonchalamment, le menton relevé tandis que les dernières volutes de fumée s'échappaient de ses lèvres. Je suis là, OK ?

Le soleil était à peine levé, le ciel d'un gris miteux. Il était plus tôt qu'elle se l'était imaginé. Il restait une chance pour que ce bordel soit vite réglé et que le reste de la journée ne soit pas une succession d'emmerdes. Peut-être. Sandy toisa l'homme qui se tenait sur le seuil : petit, maigre, une tête de fouine, des mèches de cheveux crades peignées en arrière sur le dessus du crâne. Repoussant. Comme tous les types de son genre.

— Vous êtes Jenna Mendelson ?

Les yeux plissés, il consulta son calepin d'un air sceptique.

— C'est de la part de qui ?

Sandy reprit une taffe et s'appuya contre la porte. Inutile de donner tout de suite une vue du balcon à cent quatre-vingts. Ça pourrait servir plus tard.

— Ma foi, mademoiselle Mendelson, vous avez trois mois de retard de loyer.

Il arracha une mise en demeure de son calepin comme on décroche un ticket de parking et la lui tendit.

Trois mois ? Impossible. Il n'aurait même pas dû y avoir un seul mois de retard. Mais ces derniers temps, avec les cours de soutien et tout le bastringue, Sandy n'avait pas eu le temps de s'occuper elle-même du mandat postal, comme elle le faisait d'habitude. Dieu seul savait ce que Jenna avait bien pu foutre du fric : elle l'avait bu, fumé, donné. Qu'est-ce que Sandy pouvait être conne, des fois ! Pourquoi avait-elle cru Jenna sur parole, putain ? Elle aurait dû s'assurer que l'argent avait atterri là où il était censé atterrir.

En même temps, vu la situation, c'était peut-être le moment pour elles de se barrer de Ridgedale. Mais convaincre Jenna ne serait pas une mince affaire. Environ un an auparavant, à Philly, elle avait raconté qu'elle était tombée sur un type de

Ridgedale qu'elle «connaissait». Ensuite elle avait fait comme si c'était une grosse coïncidence qu'elles aient débarqué dans cette ville. Mais Sandy n'était pas débile. Le plus étonnant, c'était le temps que ça avait pris à Jenna après leur emménagement pour expliquer à Sandy toute la sale histoire. Sandy aurait juré connaître jusqu'au dernier ses horribles secrets, mais il y en avait d'autres. Apprendre ce qui était arrivé à Jenna dans cette ville toutes ces années en arrière ne changeait rien au fait qu'elle était complètement déglinguée. Mais ça changeait le regard que Sandy avait sur elle. Et la planter maintenant – même si elle aurait probablement dû – était devenu une putain d'impossibilité.

—On n'a pas de retard, protesta Sandy.

Elle avait déjà vécu cette situation. Même si ce type avait raison, nier leur permettrait peut-être de gagner du temps.

—On est à jour.

—Vous avez la preuve que vous avez payé? demanda le graisseux.

Sandy s'enroula autour de la porte de façon qu'il ait une bonne vue sur son haut transparent. Les bras pressés l'un contre l'autre, elle se pencha un peu histoire de comprimer ses airbags.

—Vous pourriez peut-être *dire* que je l'avais, répondit-elle en faisant remonter son regard le long de la jambe de pantalon du type. Juste pour quelques jours, histoire de nous laisser un peu de temps, vous voyez?

Il la toisa en s'attardant sur ses seins. Puis il renifla et secoua la tête comme si Sandy était un sac à merde.

—Vous avez vingt-quatre heures, mademoiselle, répondit-il. Après ça, on mettra les scellés. Si j'étais vous…

Il jeta un dernier coup d'œil à ses nichons.

—… Je ferais mes cartons.

Sandy lui prit le ticket jaune froissé des mains, puis regarda ce connard partir fièrement dans l'allée sur ses jambes courtaudes, et disparaître. « Avis d'expulsion », pouvait-on lire en haut de la feuille. *Putain, Jenna*. Ouais, il était temps de mettre les voiles, mais fallait-il vraiment que ce soit avec un flingue sur la tempe ? Heureusement que Sandy gardait un fonds d'urgence : mille dollars d'économies, planqués dans une boîte derrière le canap'. Ça ne suffirait pas à couvrir trois mois de loyer, mais ça leur permettrait de tenir quelques jours ailleurs. Quelque part loin de cette foutue ville et de tous ses putains de mauvais souvenirs.

Elle fonça vers la chambre de Jenna, l'avis d'expulsion roulé en boule dans son poing.

— Jenna ! beugla-t-elle à travers la porte à s'en brûler la gorge. Réveille-toi, bordel !

Pas de réponse : elle balança un coup de pied dans le battant. Comme la porte valdinguait, Sandy se prépara à voir un cul poilu plonger sous les couvertures. Mais rien. Ni personne. Jenna n'était pas là. Et manifestement, elle n'avait pas été là de la nuit.

— Merde, murmura Sandy, sa colère se muant en une boule au creux de son ventre.

Où était-elle passée, bon Dieu ? Elle alla vérifier qu'elle n'avait pas reçu de texto, un truc du genre : « Je vais pioncer là-bas. À demain matin. » Mais il n'y avait rien. Rien de chez rien.

Les devoirs d'instruction civique et d'économie politique qu'elle était censée finir pour Rhea et les révisions pour le QCM d'algèbre allaient devoir attendre. C'était prévisible. Tenter de passer son GED[1], c'était vraiment péter plus haut que son cul. C'était bon pour les autres. Oui mais voilà, Sandy s'était laissé embobiner par Rhea. D'un coup elle s'était dit : *Pourquoi pas moi ?* Jenna, voilà pourquoi. Quelle grosse blague.

T'es où, bon Dieu ? lui texta-t-elle.

---

1. General Equivalency Diploma : diplôme d'études secondaires équivalent au bac obtenu en candidat libre. (*NdT*)

— Écoute, Sandy, personne n'est parfait, lui avait dit Rhea à la fin du premier rendez-vous qu'elles avaient eu en octobre, près de six mois plus tôt.

Sandy avait senti sa gorge se serrer devant le sourire doux qu'elle lui avait adressé.

— Tous ceux qui prétendent l'être sont des menteurs.

Ça lui avait beaucoup coûté de se traîner jusqu'au bureau du Community Outreach Tutoring au sein du lycée de Ridgedale. Elle n'avait pas mis les pieds en cours depuis le printemps précédent, quand elle avait achevé sa seconde dans ce bahut de l'horreur dans le nord-est de Philly. Elle n'avait même pas songé à s'inscrire au lycée de Ridgedale quand elles avaient emménagé ici en septembre. Bouffe, loyer, café, tout ça était beaucoup plus cher à Ridgedale. Sandy allait devoir bosser davantage pour subvenir à ses propres besoins.

Mais c'est alors que cette foutue Rhea était venue déjeuner au *Winchester's Pub* pendant le service de Sandy. Avec son joli sourire et son regard bienveillant, elle lui avait posé tout un tas de questions. Prise au dépourvu, Sandy n'avait pas eu tous ses bobards habituels sous la main. Du coup, venu le moment de payer l'addition, Rhea l'avait convaincue de venir voir au lycée de Ridgedale ce que c'était que ce programme de soutien scolaire.

— Tu pourrais peut-être même décrocher ton GED avant l'âge où tu aurais normalement dû passer ton diplôme, avait-elle déclaré.

Sandy n'avait pas parlé à Jenna de ces cours de soutien. Oh, Jenna n'aurait pas essayé de la dissuader de les suivre, elle aurait su que ça n'aurait vraiment pas été cool. Elle l'aurait même probablement encouragée. Elle lui aurait dit de foncer : « Bravo, vas-y ! »

Mais après elle aurait trouvé tout un tas de raisons pour que Sandy ne fasse *pas* son boulot : « Viens avec moi au ciné, Sandy », « Viens glander sur le canap' avec moi, Sandy », « Bois une bière avec moi ». Elle n'aurait pas pu s'en empêcher. Elle ne supportait tout simplement pas l'idée d'être laissée de côté.

De toute façon, quelle importance que Sandy ne lui en ait pas parlé puisqu'elle était sûre que Rhea avait raconté de la merde ? Qu'elle ne se rappellerait pas d'elle quand elle finirait par se pointer ?

Mais si, elle s'en était carrément rappelé.

— Je suis contente que tu sois venue ! s'était écriée Rhea en bondissant de sa chaise et en allant serrer Sandy dans ses bras.

Dès leur deuxième rencontre, Rhea avait mis au point un programme.

— J'ai jeté un coup d'œil à tes anciens dossiers scolaires. Avec les cours que tu suivais et tes notes excellentes, je parie qu'en révisant un peu tu pourrais décrocher ton GED d'ici à la fin de l'année. Cela reviendrait à obtenir ton diplôme carrément un an en avance.

Rhea avait regardé Sandy en clignant de ses grands yeux bleus. Elle était tellement jolie, elle respirait tellement la santé. À tel point que Sandy avait eu envie de prendre une douche.

— Tout ce dont tu as besoin, c'est de quelqu'un pour superviser ta progression et tes examens blancs, ce dont je me chargerai évidemment avec plaisir. Et je te trouverai un élève tuteur pour les maths et les sciences.

— Un élève tuteur ?

Sandy avait eu la nausée. Elle ne pourrait pas supporter qu'un connard de Ridgedale plein aux as la regarde de haut.

— Allez, s'était esclaffée Rhea. Ce ne sera pas si horrible. Je comprends ce que tu ressens, mais ce n'est pas comme si vous deviez devenir meilleurs amis. Il faut juste que tu laisses quelqu'un t'aider. Tu peux faire ça ?

— Je vais essayer, avait répondu Sandy. (Elle se sentait comme une sale ingrate, mais elle n'avait pas envie de mentir. Surtout pas à quelqu'un qui se montrait aussi gentil avec elle.) On commence quand ?

— Maintenant ! s'était exclamée Rhea. Je vais aller chercher les manuels dont tu auras besoin et le programme. Une fois que tu auras démarré tout ça, on pourra parler du GED avec mention et de l'université. Je crois que tu es la candidate parfaite.

Sandy s'était joué ce film un million de fois, en s'imaginant quelqu'un de semblable à Rhea débouler pour la sauver de la succession d'emmerdes qu'était sa vie. Mais jamais elle n'aurait pensé que ce serait aussi bon. *Ne la crois pas. Ne la crois pas. Ne la crois pas.* Trop tard.

— L'université ? avait répété Sandy avec cet étrange mélange d'angoisse et de ravissement.

Rhea lui avait adressé un clin d'œil et un grand sourire en se levant.

— Parfaitement, l'université. Le GED a été révisé. Aujourd'hui il peut t'ouvrir des portes, pas juste compenser ce que tu as perdu.

Rhea venait à peine de franchir la porte quand le premier texto de Jenna était arrivé :

T où ? Rapplique ! G un truc TROP drôle à te raconter.
Tu vas pas me croire.
Suis là ds 30 min, avait répondu Sandy.
Grouille-toi. Et apporte des Curly ! Bisous.

Putain de Jenna. Le pire, c'est que Sandy s'était sentie coupable de ne pas être là. Et ça, ça puait. Sandy le savait bien. Mais ça avait beau puer, ça n'en était pas moins vrai.

Quand Rhea était revenue dans le bureau, elle avait laissé tomber une pile de livres et de photocopies sur la table devant Sandy.

— Bon, je t'ai trouvé une tutrice *super*.

Rhea lui avait tendu une sortie papier. « Hannah Carlson », pouvait-on lire sous une adresse, un numéro de téléphone et un mail.

— Hannah est vraiment adorable. Décalée, aussi, ce qui est assez rare chez les filles, ici. C'est une pianiste extraordinaire, et elle fait partie de l'équipe de mathématiques. C'est aussi un écrivain formidable. Elle a même suivi des cours de littérature à l'université au printemps dernier alors qu'elle était en première.

Autrement dit, elle était maintenant en terminale. Au moins, elle avait un an de plus que Sandy. Se faire donner des cours particuliers par quelqu'un de plus jeune qu'elle-même aurait été bien trop dur à digérer.

— Terrible, avait platement répondu Sandy.

— Oh, je suis désolée. C'était stupide de ma part. Qui voudrait suivre des cours sous la houlette de Mademoiselle Parfaite ?

Elle avait tiré la langue et fait mine de s'étrangler. Puis elle s'était penchée en avant d'un air de conspiratrice :

— Je vais te confier un secret. La mère d'Hannah est une grosse s-a-l-o-p-e. Avec un S majuscule. Alors tu vois, chacun sa croix.

— Cool.

Sandy avait hoché la tête en regardant le nom de cette fille. Mais sur l'échelle des vrais problèmes, le fait que la mère d'Hannah soit une « salope », ça n'arrivait même pas au premier barreau.

— Écoute, je sais que ce n'est pas facile. Mais n'abandonne pas avant même qu'on ait commencé, avait insisté Rhea en lisant dans ses pensées.

Elle avait pris une voix différente, plus sérieuse.

— Voilà ton travail, avait-elle poursuivi en posant les mains sur la pile de devoirs. Quand on se reverra la semaine prochaine, je veux que tout soit terminé. Tu en es capable. Je n'ai aucun doute là-dessus.

Sandy avait vainement essayé de soulever la pile pesante avec trois doigts.

— Vous êtes bien la seule.

Rhea lui avait pressé la main jusqu'à ce qu'elle lève les yeux. Le regard dans le vague, Rhea avait une espèce de sourire triste et étrangement plein d'espoir.

— Je crois que nous savons toutes les deux que c'est le moment ou jamais, Sandy. C'est la chance de ta vie, avait-elle ajouté en levant les poings. Il va falloir t'y cramponner à deux mains.

Quand elles avaient eu terminé, Sandy était sortie à toute vitesse par la porte de service du lycée en priant pour arriver à quitter les lieux avant de se mettre à pleurer. Au moins, on était au milieu de la journée de cours, il n'y avait pas un bruit dans le parking, les pelouses étaient toutes désertes. Même sur la belle piste d'athlétisme qui ceinturait le gazon vert pétant du terrain de foot tondu au coupe-ongles, il n'y avait pas âme qui vive. Seule sa respiration se faisait entendre, lorsque l'arrivée d'un autre texto tinta sur son portable :

Y SONT OÙ C CURLY !!! JE CRÈVE LA DAAAALLE.
Rentre à la maison. La juge Judy[1] est en train de mettre sa race à la meuf qui tient un salon de coiffure. Faut voir ses racines !

---

1. *Judge Judy* : titre d'une émission de télé-réalité américaine diffusée pour la première fois en 1996. (*NdT*)

Sandy avait glissé son téléphone dans sa poche arrière puis s'était laissée tomber si brutalement contre le mur en briques frais du lycée qu'elle s'était éraflé le dos.

—Aïe! Merde!

Se prenant la tête à deux mains, elle s'était mise à se balancer d'avant en arrière. Pourquoi est-ce que, chaque fois qu'elle essayait d'améliorer sa vie, c'était là qu'elle lui paraissait le plus pourrie?

—T'en veux une? lui avait demandé quelqu'un.

Elle avait levé les yeux : un gars d'à peu près son âge, cheveux blonds en bataille, quelques taches de rousseur sur le nez et une dentition parfaite. Il n'était pas son genre : trop mignon. Mais il avait du potentiel, pas à tortiller. Et il le savait, ce qui, fait agaçant, le rendait encore plus mignon.

D'une main il tendait une cigarette à Sandy, de l'autre il en tenait une allumée.

—T'as l'air d'en avoir besoin.

Sandy avait jeté un coup d'œil autour d'elle avant de s'en emparer. Qu'est-ce qu'on pouvait lui faire, la virer? Techniquement, elle n'était même pas *inscrite* au lycée. Elle se pencha en avant et alluma sa clope avec le Zippo qu'il avait ouvert d'un coup sec, l'odeur de pétrole faisant remonter de mauvais souvenirs de l'un des anciens mecs de Jenna. Sandy avait inspiré une grande taffe et avait senti son corps se détendre sur l'expiration.

—Moi c'est Aidan, avait déclaré le garçon.

Elle sentait son regard posé sur son profil. Elle attirait toujours les mecs comme lui : la pute à problèmes. Celle qui foutait les mères en rogne. Des fois c'était cool. Et des fois c'était chiant comme la mort.

—Je suis nouveau, ici.

Sandy avait pris une autre taffe. Elle aurait dû y aller, s'éloigner de ce mec. Rentrer voir Jenna. Elle le savait. Alors pourquoi n'avait-elle pas bougé de ce mur?

— Cool, avait-elle répondu.

Le type avait souri, une lueur de fouteur de merde dans le regard tandis qu'il s'était approché d'elle. Suffisamment près pour qu'elle sente son odeur de shampoing ou d'eau de Cologne : un truc épicé et propre. Cher.

— Tu vas me dire comment tu t'appelles ? avait-il demandé.

— Pas encore, avait répliqué Sandy en se relevant d'une poussée.

Parce qu'il fallait qu'elle rentre chez elle avant que les textos de Jenna ne prennent leur tournure glauque habituelle. Et puis, si elle n'était pas conne au point de désirer ce mec, elle pouvait quand même lui mettre l'eau à la bouche.

— Mais merci pour la clope.

Elle parcourut des yeux la chambre de Jenna puis retourna dans le salon. Elle envisagea de lui texter un : « T'as fait quoi avec le loyer, bordel ? » Sauf que Jenna ne rentrerait jamais à la maison si elle flairait les emmerdes. *Allo ???* lui envoya-t-elle à la place. Une seconde plus tard, son portable vibra dans sa main.

— C'est pas trop tôt, putain, marmonna-t-elle.

Mais le texto n'était pas de Jenna. Il était d'Hannah. Pour la trois centième fois, putain. Sandy se demanda si cette nana jouait la harceleuse comme ça avec les mecs, parce que si oui ça devait la foutre direct sur liste rouge. Elle aussi, elle l'aurait foutue sur liste rouge si elle avait pu. Mais c'était trop risqué. À qui Hannah enverrait-elle ses textos, après ? Et qu'est-ce qu'elle dirait dedans ?

Ça va ?

Comme à peu près tous les autres durant les dix jours qui venaient de s'écouler, le message demandait la même chose.

Ouais. Ça roule. Pas la peine de me le demander sans arrêt.

C'est juste que je m'inquiète pour toi.

Sandy avait tout essayé, ça ne changeait rien. Elles avaient joué ce scénario mille fois. Peu importe ce qu'elle répondait, Hannah envoyait un autre texto dans les deux ou trois heures qui suivaient, en demandant exactement la même chose. Et ça continuerait comme ça encore et encore jusqu'à ce que – quoi ? Parce qu'il fallait bien mettre un terme à un truc pareil. Seulement elle avait beau vouloir que les textos d'Hannah cessent, elle avait peur de ce que leur fin signifierait.

???

Elle écrivit de nouveau à Jenna sans répondre à sa tutrice. Si Jenna était dans les vapes quelque part en train de cuver, il y avait une chance pour que le bruit d'un nouveau message la réveille.

????????? Allo ???

Elle jeta un regard à l'appartement crasseux. Leur meilleure option serait de se barrer d'ici. De laisser toutes leurs merdes derrière elles comme la daube que c'était. Sauf que si elles n'avaient pas le fric pour le loyer, elles ne risquaient pas d'avoir le fric pour s'acheter d'autres affaires aussi merdiques que les anciennes. Peu importe où elles iraient, elles devraient trouver de nouveaux boulots, et ça, ça pourrait prendre du temps.

Ce serait le meilleur argument de Jenna pour rester à Ridgedale – parce qu'elle voudrait faire en sorte de rester, sûr : qu'elles avaient déjà toutes les deux de bons boulots. Ce ne serait pas sa vraie raison de rester, mais ce serait une bien meilleure excuse que la vérité. Sandy lui demanda une dernière fois par texto :

T où ?

Elle attendit encore une minute. Toujours rien. Puis elle essaya d'appeler. Un appel direct, c'était le « 911 y a urgence j'ai besoin de toi fissa ». Il y eut quatre sonneries avant que la messagerie de Jenna se déclenche. Au moins, son portable était allumé. C'était déjà ça. Et voilà qu'arrivait sur le répondeur sa voix traînante de fumeuse, celle qu'elle voulait sexy. Et elle l'était : « Je ne suis pas là. Vous savez quoi faire. Bye-bye. »

— T'es où, bon Dieu ? Je t'ai envoyé un million de textos, lança Sandy en essayant d'avoir l'air plus inquiète qu'exaspérée. Il faut que je te parle. C'est un peu – non, *c'est* tout court. C'est une urgence. Rappelle-moi dès que tu peux. OK, maman ?

Dans sa bouche, le mot « maman » semblait enflé, fait d'une matière dure. Elle dut étirer les lèvres pour qu'il puisse passer. Ça faisait tellement longtemps qu'elle n'avait pas appelé Jenna comme ça, et la dernière fois que ça avait eu un sens remontait à plus longtemps encore. C'était un coup d'épée dans l'eau, une main tendue vers un objet hors de portée. Mais il devait bien y avoir une chance que ça fasse mouche. Que ce mot s'installe en Jenna et réveille un truc depuis longtemps endormi. Que ça lui fasse décrocher son putain de téléphone.

Et si ce n'était pas le cas ? Sandy secoua la tête, essaya de repousser cette idée. Dans son monde, les « et si » ne faisaient jamais avancer le schmilblick. Il fallait qu'elle se concentre.

Qu'elle prenne son magot, qu'elle se tire d'ici et qu'elle essaie de trouver Jenna. C'était la seule option. Car elle avait beau faire mine de vouloir quitter la ville sans elle, elle ne pouvait pas. Jamais elle n'abandonnerait Jenna.

Agenouillée sur le canapé, elle passa le bras derrière le dossier et glissa la main dans l'espace où elle gardait sa petite boîte. Ne la sentant pas sous ses doigts, elle s'étira un peu plus. Son cœur s'emballa, elle tâtonna partout. Certes, la dernière fois qu'elle avait vérifié remontait à quelques jours, mais elle devait forcément être là. Où d'autre, sinon ?

Soudain ses ongles frottèrent contre le carton. La boîte était juste allée se coincer un peu plus loin. Elle l'ouvrit d'un coup sec, mais quand elle passa la main dedans elle vit tout de suite qu'il y avait un problème. L'enveloppe à l'intérieur était trop mince. Les doigts tremblants, elle sortit une petite liasse de billets de 1 dollar. Elle les déploya : vingt-six en tout.

974 dollars de moins que ce qu'il était censé y avoir.

*MOLLY					5 MARS 2013*

Docteur Zomer. On dirait un mélange entre un serial killer et un antidépresseur. Je suis contente qu'elle ait attendu pour me proposer de tenir un journal, parce qu'à la base l'idée d'une thérapie m'emballait déjà moyennement. Mais ce n'est pas à cause d'elle. J'aime bien le docteur Zomer, avec ses gigantesques yeux marron et son visage ridé et chaleureux. Elle est gentille et je vois bien qu'elle ne demande qu'à m'aider.
Minute. Je ne suis pas censée parler du docteur Zomer, ici. Je suis censée parler de moi.
Je crois que ça fait plaisir à Justin que je voie le docteur Zomer. Ce matin il m'a dit que j'avais l'air d'être plus moi-même. Pourtant il m'arrive de me demander si cette personne existe encore.
Et voilà que je parle de Justin, maintenant. Moi. Moi. Moi.
Ah oui, je n'ai pas pleuré, aujourd'hui! Jamais je ne m'autorise à pleurer devant Ella – minute, quel énorme mensonge. Pourquoi mentir ICI? Personne ne va lire ma prose.
Des SEMAINES entières après la perte du bébé, j'ai pleuré tout ce que j'ai pu devant Ella. J'ai tellement pleuré que je m'étonne qu'elle n'ait pas été emportée dans le fleuve de mes larmes égoïstes. Mais quand Justin a

repris le travail, là j'ai réservé mes pleurs aux moments où Ella était à la crèche, de 9 heures à 17 heures. Et finalement, aujourd'hui : plus de larmes.
Jusqu'à maintenant. Car voilà qu'elles me montent de nouveau aux yeux parce que je culpabilise de ne pas avoir pleuré. Bon Dieu, parfois je me déteste, vraiment.
Ma foi, regardez-moi ça, docteur Zomer. Toute une page d'écriture que vous ne lirez jamais – que personne ne lira, alors je ne vois pas l'intérêt. Mais elle est remplie quand même. Parce que c'est ce que vous m'avez demandé de faire. Et moi j'essaie de faire les choses bien. J'essaie de toutes mes forces.

Molly

Après quinze minutes de conduite à la va-comme-je-te-pousse et de pratique consciencieuse de la respiration carrée, j'atteignis la périphérie de Ridgedale et l'alignement charmant de boutiques où se trouvaient les bureaux du *Ridgedale Reader*. Je me garai dans le parking presque vide ; les magasins – la mercerie Knit Wit, l'antiquaire Ridgedale Antiques et la galerie Peter Naftali – commençaient à ouvrir. J'étais en train de manœuvrer quand l'arrivée d'un texto fit vibrer mon portable.

Dis-moi que tu as un jogging violet ?

C'était Stella. Son fils Will jouait une prune dans *La Chenille qui fait des trous*.
Merde. Les habits vert feuille d'Ella. J'avais même acheté des leggings couleur citron vert exprès pour l'occasion. Je fermai le message de Stella pour en écrire un à Justin.

Apporte des vêtements verts. Sur le bar !! Bisous.

Mon téléphone vibra aussitôt dans ma main, me faisant sursauter.

Je gère !

Il y avait aussi une photo. Un selfie de Justin et d'Ella, déjà dans sa tenue verte, qui brandissait les deux pouces levés avec un sourire jusqu'aux oreilles. Je n'aurais pas dû sous-estimer Justin. Il m'arrivait d'oublier à quel point il s'était occupé seul d'Ella durant les deux années qui venaient de s'écouler.

Quand j'avais perdu le bébé, Justin s'était absenté de son poste d'adjoint à Columbia pendant un mois. Sa mère était aussi venue en renfort les deux premières semaines. Et heureusement, parce que, au tout début, Justin avait dû consacrer tout son temps à me serrer dans ses bras pendant que je pleurais toutes les larmes de mon corps. Une fois que sa mère était partie et que je m'étais sentie un peu mieux, il avait pris le relais pour s'occuper d'Ella. Bien qu'il n'ait jamais mis beaucoup la main à la pâte, avec facilité et sans jamais se plaindre, il avait brossé les cheveux d'Ella, l'avait câlinée et lui avait donné de longs bains taquins. Il avait payé toutes les factures, était allé récupérer notre voiture embarquée par la fourrière, avait fait tourner la machine à laver et cuisiné tous nos repas comme si la clé de notre survie avait reposé sur cet accomplissement victorieux des tâches ménagères. Entre deux, il continuait à me serrer le plus possible dans ses bras. Il n'avait pas repris le travail avant d'être sûr que j'arriverais à m'occuper d'Ella et de ma propre personne pendant la journée. J'y étais parvenue à la sixième semaine, mais il était absolument hors de question que je retourne travailler chez National Advocates for Pregnant Women. Peu importait à quel point j'avais adoré ce boulot, jamais plus je ne pourrais passer la journée à parler grossesse.

Je fermai le message de Justin et revins à celui de Stella. Je répondis :

Pas de jogging violet. Désolée !

Merde. J'ai complètement oublié.

Moi aussi.

Ça lui ressemblait bien, cet oubli – elle oubliait toujours des trucs –, et de se dire qu'elle trouverait toujours quelqu'un qui en aurait un sous la main. Heureusement, elle ne portait pas ses défauts maternels en écharpe. Avec l'enfance que j'avais eue, ce comportement m'avait toujours irritée. Cela dit, elle ne ressentait aucune gêne non plus face à ses imperfections. Ancien agent de change canon de cinq ans mon aînée, mais qui paraissait beaucoup plus jeune, Stella n'était pas retournée travailler après avoir perdu son emploi suite à la faillite de Lehman Brothers. Au lieu de cela, elle était tombée enceinte de son fils Will, désormais âgé de cinq ans. Son fils aîné, Aidan, était en première au lycée.

Peu avant la naissance de Will, son mari, Kevin, avait perdu quinze kilos, loué un pied-à-terre tape-à-l'œil à Chelsea, et dégotté une prof de yoga de vingt-sept ans en guise de petite amie. Stella et lui avaient divorcé peu après, alors que Will avait six mois. D'après Stella, Kevin avait tellement eu envie de se faire la malle qu'il avait cédé à ses exigences financières les plus absurdes. Il en était à sa troisième copine – zumba, cette fois-ci – et ne rendait visite aux garçons que lors de rares week-ends.

C'était peut-être pour ça qu'Aidan ramait autant. Récemment renvoyé de St Paul, le lycée privé le plus prestigieux de la région, il s'était vite attiré des ennuis au lycée de Ridgedale. Il avait déjà eu deux exclusions temporaires. Malgré tout je l'aimais bien, sûrement parce qu'il partageait l'énergie inépuisable de Stella et son franc-parler sans fioritures.

Eh merde. Will va me tuer.

C'est alors que la sonnerie de mon téléphone me fit sursauter. «Erik Schinazy».

—Je m'apprêtais à t'appeler, mentis-je.

Je n'en revenais pas de mon ton calme et autoritaire, surtout vu la façon dont j'avais fui le ruisseau sans demander mon reste.

—J'arrive à l'instant au bureau.

—Je ne voulais pas te sauter dessus, mais je ne serai pas joignable pendant un moment, dit Erik d'une voix qui me suppliait de demander pourquoi. Je voulais prendre la température avant de partir.

Je déverrouillai la porte en coinçant mon portable entre l'épaule et l'oreille. À l'intérieur, seule la lumière sur le bureau d'Erik perçait l'obscurité : il l'avait laissée allumée au fond comme s'il était parti dans la précipitation au beau milieu de la nuit. Il était le seul à ne pas être installé dans l'espace central de l'open space, où quatre bureaux étaient disposés en carré : un pour chacun des trois salariés et un en plus qui avait été réservé à un quatrième journaliste, parti depuis l'avènement d'Internet. Je me dirigeai vers le mien, immaculé et l'air pitoyablement inutilisé comparé à ceux d'Elizabeth et de Richard, où s'accumulaient des montagnes de dossiers de recherche, des Post-it et des piles de photocopies.

—Ma foi, il y a bien un cadavre, commençai-je alors que je déposais mes affaires à ma place.

Je pris une petite inspiration. Un peu d'élan pour le prononcer tout haut sans buter.

—C'est un bébé.

—Merde, murmura Erik.

Il avait l'air sincèrement gêné.

—Ma source ne m'avait rien dit sur… Ça aurait été… De toute évidence j'aurais…

—Pour l'instant je n'ai pas plus de détails, hormis qu'il s'agit d'une fille, l'interrompis-je en essayant d'occulter sa tentative maladroite pour se montrer gentil sans reconnaître qu'il était au courant pour moi et la perte de mon bébé. Mais j'ai dit au commissaire que j'acceptais d'attendre quelques heures avant de diffuser cette info. Techniquement, je l'ai obtenue à son corps défendant.

—« À son corps défendant » ?

Il n'avait pas l'air content.

—Comment ça ?

Et moi qui pensais que ce « à son corps défendant » me donnerait l'air ingénieuse. Mais maintenant que je l'avais dit tout haut, ça sonnait effectivement vaguement louche.

—Il s'est trouvé que je discutais avec Steve Carlson, le commissaire, quand un officier a parlé de bébé sur sa radio, expliquai-je.

Car l'obtention de cette information n'avait pas été abusive, juste fortuite.

—Il m'a proposé une interview exclusive si en échange j'acceptais d'attendre avant de révéler ce détail. Je suis censée le retrouver à 10 heures. En attendant, Steve est OK pour qu'on écrive un article basique au sujet du cadavre.

—Oh, *Steve* est OK, hein ? dit sèchement Erik. Tu as conscience qu'on ne travaille pas pour le commissaire de Ridgedale, n'est-ce pas ? C'est nous qui décidons de la teneur de nos articles, pas Steve.

—D'accord.

Les joues en feu, j'étais contente qu'Erik soit au téléphone pour qu'il ne puisse pas voir à quel point j'étais gênée.

—C'est juste que j'essayais, comme tu me l'avais suggéré, de ne pas me le mettre à dos.

Erik n'avait pas tort. Je n'avais pas beaucoup réfléchi à mes obligations en tant que journaliste. Et ce en grande partie parce que je n'avais pas beaucoup réfléchi au fait d'être *moi-même* une journaliste.

— N'oublie pas que, dans une affaire comme celle-là, tous les gens à qui tu vas parler auront une vision subjective – la police, les parents, les fonctionnaires de l'université. Tout ce qu'ils te confieront de bonne grâce sera au service d'un récit qui les valorisera. Ce n'est pas de la malhonnêteté. C'est dans la nature humaine. Mais le boulot des journalistes, c'est de tisser la vérité à partir de cette trame biaisée.

L'objectif paraissait noble : la vérité. J'avais envie d'y contribuer. De découvrir ce qui était arrivé à ce bébé et de comprendre ce geste pour l'expliquer aux gens.

— Tu as raison, dis-je. Ça ne se reproduira pas.

— Écoute, ce n'est pas sympa de ma part de te lâcher dans l'arène sans presque aucune indication. Tu veux que je passe un coup de fil à Richard ? Pour voir s'il peut gérer une partie de cette affaire de chez lui ?

Je ressentis une vague de panique. Je ne voulais pas qu'on me retire cet article. Impossible.

— Non, répondis-je, de façon peut-être un peu trop véhémente. Je peux parfaitement me débrouiller. J'en ai envie.

— Alors très bien.

Heureusement, il avait l'air plus impressionné qu'inquiet.

— Et, Molly, je sais mieux que n'importe qui ce que c'est que d'essayer de se réinventer. Accroche-toi. Chaque chose en son temps, comme on dit.

— Merci. C'est un bon conseil.

Et c'était vrai, alors pourquoi cet énorme sentiment de honte ?

— On va se contenter de ton annonce basique en ligne pour l'instant, puis nous la mettrons à jour avec ton exclu. Ça ira, ajouta-t-il avec une douceur que je ne lui avais encore jamais entendue. Dès que tu as ce premier article, envoie-le-moi par mail. Je le posterai aussitôt.

— Super.

J'attendis qu'il mette un terme à notre conversation. Il n'y eut qu'un long silence, suivi par un bruissement étrange. Je me demandai s'il avait laissé tomber son téléphone ou oublié que j'étais encore là.

— Allo ? dis-je.

— Ouais, je suis là, répondit-il brusquement, comme pour essayer de dissimuler ce qu'il traficotait à l'autre bout du fil.

Y avait-il quelqu'un avec lui ? J'espérais qu'il ne s'agissait pas d'une femme ni d'un fournisseur d'alcool. De quel genre d'urgence s'agissait-il ?

— Je vais réfléchir à quelques questions à poser à Steve et te les envoyer. Sers-t'en ou non, c'est ton article. Mais je sais d'expérience qu'avec les interviews à gros enjeux, ça aide d'avoir deux fois plus de questions que nécessaire.

— Oui, toutes les suggestions seront les bienvenues.

— Pas de problème. Crois-moi si tu veux, je me rappelle très bien mes débuts dans le métier. La route de l'apprentissage est raide, mais grâce à Dieu elle est courte.

Après avoir terminé le bref article destiné au site Internet – deux phrases au sujet du cadavre, il n'y avait quasiment rien à dire –, il me restait suffisamment de temps avant mon rendez-vous avec Steve pour effectuer une petite recherche en ligne sur le taux de criminalité à Ridgedale, qui me servirait de toile de fond pour l'article papier plus long que j'étais en train d'élaborer mentalement.

Je fus surprise par le nombre de délits – agressions simples, vols de voitures, cambriolages –, en revanche il n'y avait eu que deux meurtres durant les vingt dernières années. Esther Gleason, manifestement en position de légitime défense, avait abattu son vieux mari, et un ancien détenu de Staten Island avait été assassiné dans l'appartement d'un étudiant en dehors du campus : une vente de Ritalin qui avait mal tourné. C'est à la lecture de ce second cas que je tombai sur la mention d'une autre mort, accidentelle celle-là, à proximité d'Essex Bridge.

Un lycéen du nom de Simon Barton était mort des suites d'une chute qui avait eu lieu juste au sud d'Essex Bridge pendant une fête après la remise des diplômes. Cela faisait donc maintenant quatre cadavres en vingt ans, dont la moitié retrouvés au même endroit ? « Simon Barton », écrivis-je en première page de mon calepin.

Mon portable vibra. Un texto de Justin disait :

Colis déposé. Elle va très bien, je t'assure. Maintenant remets-toi au boulot.

Je contemplais mon téléphone quand la porte du bureau s'ouvrit en grand : Stella se tenait sur le seuil, vêtue d'une jupette de tennis blanche et d'un pull moulant assorti. Elle avait attaché ses cheveux brun foncé en une queue-de-cheval haute, et son visage majestueux – mâchoire puissante, long nez élégant – était magnifique, comme d'habitude.

Elle entra à grands pas puis s'arrêta pour scruter les ténèbres. Elle retourna vers le panneau des interrupteurs qui commandaient les plafonniers, qu'elle actionna simultanément d'une grande gifle.

— Qu'est-ce que tu fabriques dans le noir ?

Plus extravagante que ne l'étaient généralement mes amis, elle correspondait exactement à ce dont j'avais besoin à ce moment-là : quelqu'un qui me forçait à sortir quand je disais préférer rester à la maison, quelqu'un qui m'obligeait à parler quand j'étais persuadée d'être incapable de prononcer un mot. Nous nous connaissions depuis que Justin et moi avions emménagé à Ridgedale au mois d'août, autrement dit moins d'un an. Et pourtant j'avais l'impression que notre amitié remontait à beaucoup plus loin.

— Oh, j'ai dû oublier d'allumer la lumière. Qu'est-ce que tu fais ici, Stella ?

— J'ai vu Justin en déposant Will à l'école. Il avait l'air stressé.

Je haussai les épaules.

— Il ne peut pas se permettre de rater un cours.

— Il m'a expliqué qu'on t'avait appelée pour couvrir une grosse affaire. Et ensuite, en passant par ici – parce que maintenant il faut que j'aille chez Target acheter ce jogging violet à la noix –, j'ai vu ta voiture. Alors je me suis dit que j'allais essayer de te convaincre de m'accompagner à *La Chenille qui fait des trous*. Tu me connais, je déteste affronter la brigade des mamans toute seule.

Elle jeta un coup d'œil aux papiers qui recouvraient mon bureau.

— Ça ne va pas être possible, hein ?

— Non, navrée. J'ai une interview dans une demi-heure.

— Alors je ne vais pas te déconcentrer plus longtemps.

Mais, au lieu de se diriger vers la porte, elle se mit à fourrager dans les crayons rangés dans un pot sur mon bureau : elle écarta ceux qui étaient mal taillés et en jeta un qui avait perdu sa gomme.

— À condition que tu me dises ce que c'est que cette grosse affaire.

Je la regardai, sourcil levé.

— Tu sais, à une époque les gens me confiaient des secrets qui valaient des millions, ajouta-t-elle en haussant nonchalamment les épaules. La discrétion est l'une de mes forces.

Même si elle adorait commérer, jusque-là elle avait fait preuve de tact chaque fois qu'il y avait eu un enjeu d'importance. Je lui avais suffisamment fait confiance pour lui raconter la perte du bébé, ma dépression, et même ce qui m'avait envoyée chez le docteur Zomer. Elle s'était montrée très respectueuse de toutes ces confidences, qu'elle avait abordées avec une nonchalance réconfortante : « Hé, on est tous cinglés, ma chérie. »

— Un cadavre a été retrouvé près d'Essex Bridge, un bébé. Mais, Stella, il ne faut vraiment en parler à personne avant que mon article soit publié. Les flics me tueraient.

— Oh mon Dieu !

Ses yeux devinrent aussitôt ronds comme soucoupes. Elle se redressa brutalement, une main plaquée sur sa bouche grande ouverte.

— C'est horrible.

— Je sais, répliquai-je, quelque peu déconcertée par l'intensité de sa réaction.

M'étais-je vraiment attendue à ce qu'elle dédramatise la situation en en riant ? Un bébé mort restait un bébé mort, même quand on n'en avait jamais fait soi-même l'expérience.

— C'est parfaitement atroce, confirmai-je.

Elle ferma les yeux et se pencha pour me saisir la main.

— Ça va, toi ? Parmi tous les articles, il fallait que tu hérites de celui-là.

— Franchement, ce n'est pas le top, répondis-je.

Je regrettais de lui avoir révélé cette information. Je commençais déjà à sombrer.

— Mais j'espère un effet thérapeutique, ajoutai-je.

— Tu es sûre de ça ? s'enquit-elle, sceptique.

— Non, mais chaque fois que j'envisage de refourguer l'article à quelqu'un d'autre, je me sens encore moins bien. *Beaucoup* moins bien.

Stella fronça les sourcils, l'air de réfléchir à la question.

— Alors tu devrais continuer à bosser dessus.

Elle se tourna vers le bureau d'Elizabeth, où elle recommença son manège avec les crayons, penchée au-dessus du taille-crayon électrique. Je la regardai les enfoncer l'un après l'autre pour leur faire retrouver leur belle mine pointue. J'étais presque sûre qu'elle allait se mettre à se tailler les doigts si je ne l'arrêtais pas. Je lui arrachai le pot des mains.

—Stella, que se passe-t-il?

—Merde, ça se voit tant que ça? se lamenta-t-elle d'une voix brisée.

Elle se prit alors la tête dans les mains et se mit à sangloter.

—Mon Dieu, Stella.

Elle n'était pas femme à pleurer.

—Qu'est-ce qui ne va pas?

—Bon sang, je suis désolée. Je ne l'ai même pas vu venir, répondit-elle avec un rire hystérique gonflé de larmes.

Elle renifla et se redressa sur sa chaise en s'essuyant les yeux.

—Aidan s'est battu au lycée hier. Une vraie bagarre, avec les poings.

Aidan, très fort pour proférer des menaces, l'était en général beaucoup moins pour les mettre à exécution.

—Et après, ce matin, au moment de déposer Will à l'école, j'ai eu une engueulade stupide avec la mère de Cole, Barbara.

Barbara était une personne que j'évitais. C'était la super maman par excellence, tandis que moi, après un an et demi de profonde insuffisance maternelle, je devais me démener pour être ne serait-ce qu'une mère potable.

—À quel sujet?

—Je lui ai dit que Will n'aimait pas aller chez les gens. Et elle m'a rétorqué avec ses airs de salope je sais tout: «Eh bien ce n'est tout simplement pas normal.» Comme si elle était une espèce d'arbitre toute-puissante de la stabilité psychologique.

—Ce n'est pas très sympa, commentai-je sans trop me mouiller.

Car cette réflexion de Barbara était certes désagréable, mais Stella l'avait prise trop à cœur.

Elle s'essuya le nez d'un revers de main.

— Purée, faut faire quoi ici pour avoir droit à un mouchoir ?

— Oh, désolée.

J'en attrapai une boîte sur le bureau d'Elizabeth. Stella en arracha une poignée, s'essuya le visage, puis fit la moue.

— Voilà ce que vous font les ados : ils vous réduisent à une chialeuse hystérique. Faut dire aussi, qu'est-ce qu'elle sait de la normalité, celle-là ?

— Rien, répondis-je, sincère. Quand les gens sont remontés comme ça, c'est qu'ils sont près d'exploser.

— Tu vois, je savais que je me sentirais mieux grâce à toi, dit-elle avec un sourire.

Elle s'essuya les yeux en se levant, puis m'attira dans ses bras.

— Maintenant je vais te foutre la paix pour que tu puisses décrocher le Pulitzer.

Je me garai juste en bas de la pelouse, non loin de la vieille mairie en pierres. À sa droite, dans un bâtiment plus petit mais d'un genre colonial tout aussi désuet, se trouvait le poste de police. Tétanisée au bord de la place, je n'arrivais pas à le quitter des yeux. Ça faisait longtemps que je n'avais pas mis les pieds dans un commissariat.

Pourtant il y avait eu une époque où le service de police de Butler, en Pennsylvanie, avait été comme une deuxième maison. C'était l'endroit où j'avais bu mon premier soda, un Crush orange, assise pieds nus dans ma chemise de nuit licorne délavée devant le bureau d'un sympathique policier joufflu prénommé Max, pendant que deux autres agents interrogeaient ma mère.

Ils nous avaient trouvées en train de marcher le long de la Route 68 au beau milieu de la nuit, à la recherche de mon père. Il était parti — comme souvent durant les mois qui avaient précédé sa demande de divorce, alors que j'avais dix ans – avec Geraldine, sa petite amie de l'époque et désormais épouse depuis vingt-cinq ans. Elle habitait à trois kilomètres de chez nous, et mon père avait pris notre seule voiture.

— Vous ne pouvez pas nous empêcher de faire une promenade! avait hurlé ma mère aux policiers avant même qu'ils soient descendus de voiture.

Sa voix avait déjà ce chevrotement familier. Elle allait bientôt monter dans les aigus et exploser en mille morceaux irascibles.

— Il n'y a rien de criminel à se balader.

Elle aurait peut-être réussi à les convaincre si je n'avais pas été pieds nus en chemise de nuit.

— Est-ce que ta mère fait souvent ça? m'avait demandé l'officier Max ce soir-là.

Ma mère faisait la plupart des choses qu'était censée faire une mère. Elle se rendait tous les jours à son travail d'administratrice au service habitat de Butler, grâce auquel elle touchait un salaire décent. Elle remboursait l'emprunt immobilier et entretenait notre maison de façon qu'elle reste vivable. Elle cuisinait mes dîners et m'envoyait à l'école avec de l'argent pour le déjeuner. Mais toutes ces tâches la faisaient enrager.

Après que mon père avait obtenu le divorce, le véritable travail de sa vie était devenu de le haïr. Et de s'assurer qu'il sache que ça lui prenait le plus clair de son temps (et, partant, du mien), jusqu'au jour où elle était morte terrassée par une crise cardiaque alors qu'elle désherbait le jardin, l'été qui avait précédé ma deuxième année d'études à l'université. À ce moment-là mon père, malgré les jumeaux de trois ans qu'il avait eus avec Geraldine, avait consciencieusement assumé le rôle de seul parent survivant, du moins financièrement. Il me téléphonait aussi pour mon anniversaire et m'invitait en vacances avec désinvolture, l'air de dire: «Je suis sûr que tu as déjà des projets.» Je n'en avais que rarement, mais je ne partais jamais avec lui. Au lieu de cela, je vivais comme l'orpheline que j'avais en réalité toujours été. Et ce jusqu'à ma rencontre avec Justin.

— Est-ce que ma mère fait quoi? avais-je demandé ce soir-là à l'officier Max, car les possibilités semblaient infinies.

— T'entraîner au beau milieu de la nuit à la recherche de ton père?

— Non, avais-je répondu, les yeux baissés sur mes mains. C'était la seule fois.

J'avais menti. Ce n'était pas le premier mensonge à propos de ma mère et ce ne serait pas le dernier. Car j'avais beau n'avoir que neuf ans, je savais déjà qu'il y avait pire que d'avoir ma mère. C'était de ne pas avoir de mère du tout.

Je pénétrai dans le commissariat de Ridgedale: le sol en dévers grinçait, la moquette était élimée. Il régnait dans l'air une odeur de moisi proprette. Je me serais crue à la Société d'histoire de Ridgedale s'il n'y avait pas eu au mur les portraits de policiers en uniforme. Derrière un petit bureau en bois lustré se tenait une femme avec des cheveux gris en brosse, un avant-bras chargé de joncs en or et un sourire radieux.

— Je peux vous aider? demanda-t-elle gaiement dans un tintement de bracelets tandis qu'elle redressait sa petite plaque nominative en bois posée sur la table devant elle: «Yvette Scarpetta, agent d'accueil».

— J'ai un rendez-vous avec le commissaire?

Ma voix remonta à la fin de ma phrase, comme pour une question. Nom de Dieu. Il fallait arrêter avec cette nervosité.

— Molly Sanderson. Je suis journaliste au *Ridgedale Reader*.

Déjà mieux. Pas parfait, mais ça irait. Il faudrait bien.

— Asseyez-vous.

Yvette désigna une rangée de vieilles chaises en bois alignées contre le mur avant de décrocher le téléphone.

— Je vais informer Steve de votre arrivée.

Question n° 5 : Avez-vous suffisamment de ressources pour prendre en charge une enquête de cette envergure ? Ou allez-vous avoir besoin de vous appuyer sur des juridictions voisines ? C'était une des questions d'Erik, fort pertinente. La plupart d'entre elles ne me seraient jamais venues à l'idée, je lui étais reconnaissante de les avoir à disposition.

— Son bureau est juste derrière cette porte, tout au fond, m'expliqua Yvette après un bref échange téléphonique. Vous pouvez y aller.

Je frappai. Steve était debout, au téléphone. J'hésitai, mais il me fit signe d'entrer en désignant les chaises devant son bureau. Il était plus âgé que ce que j'avais cru au ruisseau. Au moins une petite quarantaine, avec un visage qui trahissait qu'il avait bravé les éléments la majeure partie de sa vie.

Une fois que je me fus assise, Steve hocha la tête et ses yeux bleus s'arrêtèrent un instant sur les miens avant qu'il ne se tourne face aux fenêtres. Il avait une vue dégagée de la place gazonnée, au-dessus de laquelle le ciel gris se lacérait de bleu. Dos à moi, Steve coinça sa main libre sous son bras opposé, ce qui fit paraître ses épaules puissantes encore plus larges.

« Ce type pourrait me botter le cul », aurait dit Justin. Il aimait le reconnaître ouvertement chaque fois que nous étions en présence d'hommes beaucoup plus costauds que lui, ce qui arrivait assez souvent.

Il faisait froid dans ce bureau : je glissai les mains dans les poches de mon manteau et attendis. C'est alors que je sentis le petit morceau de papier. Un des mots de Justin. Je le savais sans même avoir besoin de regarder. Il avait recommencé à m'en laisser au cours des quelques semaines précédentes. C'était une chose qu'il faisait sans arrêt quand on avait commencé à sortir ensemble, à l'époque où je terminais mes études de droit et qu'il était au milieu de son doctorat. Des citations de poèmes, en général sur l'amour, romantiquement glissées dans un endroit où je tomberais dessus par hasard. Si je n'avais pas déjà été amoureuse de lui quand il s'était mis à me les donner, elles auraient certainement suffi à me conquérir.

Je ne me rappelais pas précisément quand il avait arrêté, mais cela avait été progressif et naturel, relégué – comme tant de rapports sexuels spontanés – aux anniversaires, le mien et celui de notre mariage, et puis plus rien du tout. Maintenant qu'il avait recommencé à semer ces mots, les trouver me procurait un petit frisson, comme si je trahissais mon moi abîmé avec mon nouveau moi, remontant peu à peu la pente. Et puis j'avais l'impression que ces notes étaient sa façon de célébrer ma guérison. Je souris en roulant entre mes doigts le bout de papier dans ma poche.

— Oui, bon, malheureusement, c'est tout pour le moment, déclara Steve au téléphone. Je vous rappellerai si j'ai du nouveau. Ouaip. Silence. Oui, monsieur.

Il raccrocha avec un gros soupir, puis, alors qu'il s'asseyait, se passa une main sur le visage d'un geste exaspéré. J'avais envie de lui demander qui était à l'appareil : le maire, le gouverneur ? Mais poser une question pareille – qui n'obtiendrait jamais de réponse – ne ferait que saper ma crédibilité.

— Merci beaucoup de prendre le temps de me recevoir, dis-je comme si cette interview n'avait rien d'une extorsion.

— Si quelqu'un doit avoir l'exclusivité sur cette affaire, c'est bien notre journal local, répliqua Steve. Je sais que je peux faire confiance au *Reader* pour présenter les faits d'une manière juste et pondérée.

Cette remarque jetée l'air de rien était calculée pour que je me sente obligée de ne pas le décevoir. Il donnait le ton. Erik avait raison. Je ne m'attendais pas à ce que Steve soit aussi doucereux et aguerri, pourtant Ridgedale n'avait rien d'un bled paumé.

— Je ferai de mon mieux, répondis-je en soutenant son regard. Donc le cadavre est celui d'un bébé ?

— Oui, un nourrisson de sexe féminin, précisa Steve avec concision.

— Quel âge avait-elle ?

— Le médecin légiste devra attester ce point, répondit-il avant de sembler se rendre compte qu'il allait devoir me donner du biscuit en échange de mon silence. Mais je dirais nouveau-née.

— Avez-vous la moindre idée de qui elle est ?

— Pas pour l'instant. Nous n'écartons aucune piste. Mais si qui que ce soit possède des informations au sujet de l'identité de ce bébé ou de ses parents, je leur demanderai de contacter le service de police de Ridgedale. Je vous donnerai un numéro de téléphone à inclure dans l'article.

— Le bébé était-il mort-né ?

Voilà une heure que je me préparais à poser cette question précise. À prononcer ce mot tout haut. *Mort-né.* J'avais craint de ne pas parvenir à l'articuler. Quand ma gynéco toute menue, elle-même enceinte, m'avait tenu la main pour m'annoncer que le cœur de mon bébé ne battait plus, je m'étais convaincue qu'il me suffisait de ne jamais prononcer ce mot pour ainsi changer le cours de l'histoire qui avait déjà été écrite.

— C'est la question qui s'impose, répondit Steve. Et la réponse la plus franche, c'est que nous n'en savons encore rien. Étant donné l'état du corps, déterminer de façon officielle la cause du décès ne va pas être facile.

— Quel était l'état du corps ?

— Vous avez vu de vos yeux l'endroit où elle a été retrouvée. Alors avec la météo qu'on a eue ? Gel, puis douceur. Une dizaine de centimètres de pluie en deux jours, et je ne parle que de cette semaine. Je vous laisse imaginer les complications que ça entraîne.

— Depuis combien de temps était-elle là ?

On frappa à la porte : un policier roux et mince au visage moucheté de taches de rousseur se pencha dans l'embrasure.

— On est en salle d'interrogatoire 1, chef, annonça-t-il avec une voix beaucoup plus grave que ne l'aurait laissé penser son physique.

— Super, merci, Chris. J'arrive dans une minute.

Une fois le policier parti, Steve se retourna vers moi.

— Pour répondre à votre question, nous ne savons pas depuis combien de temps elle était là. Ce sera également au médecin légiste de le déterminer.

— Pensez-vous que ce bébé ait un lien avec l'université ? Étant donné l'endroit où elle a été abandonnée ?

Il fronça les sourcils et secoua la tête.

— Il n'y a aucune raison de soupçonner le moindre lien avec l'un des étudiants.

— L'université vous en informerait-elle s'il y en avait un ? J'ai cru comprendre que la sécurité du campus gérait seule de nombreuses affaires criminelles.

— Pas sans nous tenir au courant, non.

Il s'adossa à son fauteuil et croisa les bras. Les commissures de ses lèvres s'affaissèrent. La question au sujet de l'université avait été un cran trop loin, mais son attitude défensive n'avait fait qu'attiser ma curiosité.

— Bon, j'ai bien peur que nous ne devions en rester là pour le moment. Je dois me rendre à une autre réunion. Je vous laisse une heure pour poster un article en ligne avant que nous ne fassions une déclaration officielle. Ça vous va ?

Je songeai à ma longue liste de questions en suspens, notamment à celles d'Erik au sujet des ressources et de l'expérience de Steve dans ce genre d'enquête complexe, mais toutes me paraissaient prématurées et imprudemment hostiles.

— Puis-je vous poser une dernière question ?

— Je ne peux pas vous promettre d'y répondre, répliqua Steve d'un air fatigué. Mais demandez toujours.

— Je suis tombée sur un incident au cours de mes recherches, une mort survenue en ville il y a des années de ça. Elle s'est produite quasiment au même endroit où le bébé a été retrouvé.

Je consultai mes notes.

— Un lycéen du nom de Simon Barton?

Steve hocha la tête, l'air sombre.

— Cette similitude géographique ne veut pas dire grand-chose. Le coin autour d'Essex Bridge est isolé. Même à l'époque, il n'y avait pas beaucoup d'endroits à Ridgedale à être autant à l'abri des regards. Les gamins ont toujours fait la fête là-bas.

— Ce sont eux que vous soupçonnez d'avoir abandonné le bébé? De jeunes fêtards?

Il secoua la tête, considérant son bureau d'un air sévère. Je m'attendais à de l'agacement de sa part, or il semblait sincèrement triste.

— Non, m'dame. À mon avis aucune fête, où que ce soit, ne peut se terminer comme ça. Du moins, bon Dieu, je l'espère vraiment.

Il me regarda, les yeux plissés, comme pour essayer de comprendre quel genre de personne était à même de suggérer une chose pareille.

— Vous êtes nouvelle ici?

Son brusque changement de sujet me prit au dépourvu. J'eus soudain la gorge sèche.

— Oui, mon mari vient d'obtenir un poste à l'université. Il est professeur de lettres. Nous avons emménagé à Ridgedale avec notre fille à la fin du mois d'août.

— Une fille, c'est super.

Son visage s'illumina.

— Quel âge a-t-elle?

— Cinq ans.

Je ramassai mon sac par terre, toute tourneboulée. Existait-il une raison pour laquelle je ne voulais pas que Steve connaisse ces détails personnels ? Il ne me semblait pas, et de toute façon je n'avais guère le choix.

— Elle est en grande section.

— À la maternelle de Ridgedale ?

Son sourire s'élargit.

— Mon fils, Cole, est aussi en grande section là-bas.

Cole. Autrement dit, Barbara était sa femme. Je me sentis mal à l'aise en repensant aux médisances de Stella. J'étais même tombée d'accord avec elle.

— De fait, je crois que Cole est dans la même classe qu'Ella, dis-je d'une voix qui, l'espérais-je, ne sonnait pas trop coupable. J'ai déjà croisé votre femme, il me semble. Barbara ?

Mieux valait tout déballer en espérant qu'il ne se rendrait pas compte que je ne l'aimais pas.

— Oui, ma foi, Barbara est…

Il hésita, puis hocha la tête.

— Elle me sauve la mise, il faut bien le dire. Jamais je ne pourrais faire ce qu'elle fait avec les gosses. Impossible.

Il avait l'air gêné. Je ne comprenais pas trop pourquoi.

— Enfin bref, bienvenue à Ridgedale. Ça fait longtemps que j'habite ici, c'est une ville très agréable. Malgré ça.

Sourcils froncés, il désigna une chemise sur son bureau. Quand il releva les yeux, il semblait en colère.

— Mais je peux vous assurer que nous allons découvrir ce qui est arrivé à ce bébé, madame Sanderson, et que le ou les coupables auront à répondre de leurs actes. Et *ça*, j'espère bien que vous allez le publier.

RIDGEDALE READER
Édition numérique
17 mars 2015, 9 h 12

DÉCOUVERTE D'UN CORPS NON IDENTIFIÉ

Par Molly Sanderson

Le corps non identifié d'une personne décédée de sexe féminin a été découvert peu après 5 heures ce matin à Ridgedale. Le cadavre a été aperçu au cours d'une patrouille de routine effectuée par la sécurité du campus dans une zone boisée à proximité d'Essex Bridge.

La police est restée sur les lieux, l'enquête est en cours. Il n'y a pour le moment aucun détail supplémentaire.

COMMENTAIRES :

Samuel R.
Il y a 10 min.
« Aucun détail. » C'est tout !?! Un corps ?!! Il y a eu un meurtre ou quoi ?

Christine
Il y a 9 min.
Comment peuvent-ils poster une information pareille sans nous livrer le moindre détail ? Ça va de toute évidence provoquer la panique !

AYW
Il y a 7 min.
Je suis d'accord. C'est du journalisme de bas étage. Quid de la responsabilité personnelle ? Pourquoi ne

mettent-ils pas les mains dans le cambouis pour essayer de donner de vraies infos plutôt que de lâcher leur bombe et de tourner les talons ?

Anonyme
Il y a 5 min.
Parce que c'est des gros branleurs, voilà pourquoi. Tout ce qui les intéresse, c'est de vendre de l'espace publicitaire. Qu'est-ce qu'ils en ont à foutre de ce qui arrive aux lecteurs de leur daube ? Parce que c'est tout ce que c'est : de la daube. Ils n'ont qu'une envie, c'est de nous faire flipper. Histoire qu'on revienne sur leur site et clic, clic, clic pour en savoir toujours plus !

firstborn
Il y a 3 min.
Ou alors peut-être ont-ils écrit ça parce que c'est tout ce qu'ils savent. Ne voyons pas de la conspiration partout.

Anonyme
0 min.
Ou alors t'es peut-être juste trop con pour te rendre compte que c'en est.

Barbara

Barbara frappa une fois, deux fois, à la porte de la classe. N'obtenant pas de réponse, elle ouvrit et se glissa sans bruit à l'intérieur. Elle allait juste déposer la documentation sur le programme scolaire pour Rhea puis s'éclipser. Elle voulait le faire maintenant, et il lui resterait du temps pour aller au pressing et revenir à l'heure pour voir Cole jouer le papillon dans *La Chenille qui fait des trous*. Il était tellement excité à l'idée de porter les ailes qu'elle lui avait confectionnées. Elle se contenterait de laisser ces photocopies à Rhea avec un Post-it : « Matière à réflexion ? » Elle ne voulait pas paraître agressive. Ce n'était qu'une suggestion polie, *pas* une critique.

Car Barbara appréciait Rhea. C'était une femme très gentille et une enseignante de toute évidence dévouée. Sans quoi elle n'aurait jamais consacré tout son temps libre à superviser le programme de soutien scolaire au lycée. Pour être parfaitement franche, Barbara trouvait un peu étrange que Rhea n'ait pas d'enfants. Mariée, elle devait aller sur ses quarante ans. Mais, cette bizarrerie mise à part, Rhea était invariablement attentionnée, encourageante et chaleureuse, du moins c'est ce que disait Hannah, sa fille âgée de dix-sept ans, qui était l'une des tutrices bénévoles du programme.

Sans cesser de sourire – un sourire pouvait désamorcer tant de malentendus –, elle observa Rhea et l'assistante maternelle au fond de la classe, entourées par les enfants. Les longs cheveux blonds, presque blancs, de l'institutrice se balançaient d'avant en arrière tandis qu'elle leur expliquait comment enfiler leur manteau en le plaçant par terre devant eux, puis en glissant les bras dans les manches afin de le faire passer par-dessus la tête comme une cape. L'enseignante, fidèle à son habitude, portait des leggings noirs et un pull tricoté douillet qui soulignaient sa belle silhouette tonique et ses cuisses très musclées.

Rhea adorait le sport. Et elle adorait en parler avec les enfants – les kilomètres parcourus, les courses où elle s'était inscrite. Cole avait *tout* raconté à Barbara. C'était à la fois mignon et stimulant pour les enfants, même si elle trouvait un brin étrange d'entendre son fils s'exprimer comme s'il était le compagnon d'entraînement de Rhea et non son élève.

Elle reporta son attention sur les enfants, avec leurs visages joufflus et leurs corps gauches, leurs grands yeux rivés sur leur maîtresse comme si elle exécutait un tour de magie. Les larmes lui montèrent aux yeux devant ce spectacle. Elle était comme ça depuis que Steve l'avait appelée pour lui annoncer la nouvelle au sujet de ce pauvre bébé. Il ne savait pas encore grand-chose, juste qu'il y avait un bébé. Une petite fille. Son corps minuscule abandonné là dans les bois, condamné à se décomposer avec les feuilles mortes.

Steve avait bien spécifié qu'il n'y avait aucune raison de soupçonner un acte aveugle, un assassin déchaîné. Aucune disparition de femme enceinte n'avait été signalée dans la région, autrement dit c'était la mère du bébé qui devait – c'étaient les termes de Barbara, pas de Steve – être responsable. Franchement, dans une ville comme Ridgedale, avec tout l'argent qu'il y avait et toutes les options à disposition ? Ignoble, vraiment. Sans compter qu'il existait un moyen imparable de s'assurer de ne pas avoir d'enfant dont on ne pourrait pas s'occuper : l'abstinence. Ou alors, pour l'amour de Dieu, pourquoi ne pas recourir à la contraception ?

Barbara songea à Hannah et à Cole. Légers comme des plumes à la naissance. Fragiles comme du verre. Elle songea à un petit être comme ça tout seul dehors, pleurant à gorge déployée jusqu'à ne plus pouvoir. Pire encore : et si quelqu'un avait arrêté délibérément ces pleurs ? Cette idée lui donna littéralement la nausée.

— Était-elle vivante à la naissance ? avait-elle demandé. Enfin, je veux dire, elle n'a quand même pas été *tuée* ?

— On ne sait pas encore, avait répondu Steve d'une voix rauque.

— Tu veux dire qu'il est possible que quelqu'un ait pu…

— J'espère bien que non. Mais vu l'état du corps… disons simplement que le médecin légiste va avoir du pain sur la planche.

Il lui épargnait les détails les plus atroces. Ironique, étant donné que des deux c'était lui, de loin, le plus sensible.

— Qu'est-ce que tu entends par « l'état du corps » ?

— Je ne pense pas que…

— Steve, je t'en prie. J'ai besoin de savoir.

Il était resté un instant silencieux.

— L'eau et le froid, ça n'arrange pas les choses. Il semblerait que le bébé ait d'abord été enterré, puis la berge du ruisseau s'est effondrée avec la pluie. Le corps est très mal en point. Une partie des hématomes et des lacérations semblaient post mortem, c'était la seule certitude du légiste. Cependant les multiples fractures et le crâne brisé pourraient être à l'origine de la mort. Là-dessus, le légiste n'a pas voulu trop s'avancer. Il nous a bien fait comprendre qu'il n'aurait peut-être jamais la réponse. Apparemment, c'est souvent compliqué avec les bébés vraiment tout petits.

Barbara grimaça. La tête des nourrissons était si molle. Combien de fois avait-elle redouté de fracasser le crâne des siens en glissant dans les escaliers alors qu'elle les avait dans les bras ? Or, là, quelqu'un aurait pu le faire exprès ?

Des gloussements éclatèrent au fond de la salle. Barbara regarda les enfants en souriant et s'essuya les yeux : elle pleurait à chaudes larmes. Si précieux. Si petits. Si éphémères. Ils étaient en maternelle, mais d'ici peu ils se seraient allongés et auraient perdu leur zozotement de bébé. Ils deviendraient de grands enfants, avec des opinions et des arguments clairement formulés, et ils passeraient davantage de temps à vous échapper qu'à se blottir contre vous.

Barbara avait déjà traversé cela avec Hannah. Ça avait été aigre-doux mais, d'une certaine manière, sain. Surtout pour Hannah, qui avait toujours eu besoin d'un peu plus d'indépendance. La petite fille qu'elle avait été lui manquait toujours, évidemment : Barbara l'aurait gardée ainsi éternellement si elle l'avait pu. Déjà dix-sept ans, avec des amis que Barbara n'aimait pas et des choix vestimentaires qu'elle ne comprendrait jamais : pourquoi fallait-il qu'elle mette tous les jours un sweat-shirt ? Bientôt elle saurait même conduire. Mais telle était la nature de la maternité : les serrer fort pour les laisser partir.

Au moins il lui restait du temps avec Cole, et ce en bonne partie à cause du grand écart entre leurs deux enfants. Après sa fausse couche précoce avant la conception d'Hannah et les années d'essais infructueux après sa naissance, Barbara s'était résignée au fait qu'elle n'aurait jamais d'autre enfant. Et puis voilà qu'elle était retombée enceinte. Ç'avait été un sacré choc d'avoir un nouveau-né et une enfant de douze ans, mais Cole avait toujours été si facile. Manger, dormir, se faire câliner, et il était l'image même du contentement. Il était tellement plus facile qu'Hannah et toutes ses « sensibilités » : la température, les étiquettes de ses tee-shirts, le moindre changement de ton dans la voix de Barbara. Avec sa fille, Barbara ne faisait jamais rien de bien.

Elle repéra Cole au dernier rang du groupe, vêtu de son survêtement gris insecte, une main en coupe autour de la bouche, en train de chuchoter à l'oreille de son ami Will. Ce dernier gloussa. C'était chouette, cette amitié entre les deux garçons. Et Will était très mignon. Hyperactif mais très, très mignon. Ce n'était pas forcément lui qu'elle aurait choisi comme ami pour Cole, mais c'était davantage à cause de sa mère.

Ce n'était pas qu'elle n'aimait pas Stella, seulement elle la trouvait extrêmement déroutante. Leurs différences n'étaient pas seules en cause non plus. Malgré ce que semblaient penser certaines personnes, elle n'élisait pas uniquement comme amis ceux qui faisaient les mêmes choix de vie qu'elle. Certes, elle avait tendance à rester à l'écart des femmes avec de « grandes » carrières. Mais c'était parce qu'elles lui donnaient trop souvent l'impression que parler de ses enfants faisait d'elle un être humain de moindre valeur (et significativement plus bête).

Le pire chez Stella – qui avait répété tellement de fois avoir été agent de change qu'il était arrivé à Barbara de se demander si elle était atteinte du syndrome de Tourette, et qui agitait sans cesse son divorce comme un soutien-gorge en flammes –, ce n'était pas son CV démesuré, c'était son caractère imprévisible. Par certains côtés elle pouvait être distraite au possible, et par d'autres follement surprotectrice. Ainsi, l'organisation d'un simple goûter d'enfants pouvait devenir un vrai champ de mines. Sa dernière élucubration avait été que Will n'aimait pas aller chez les autres, que ça le rendait nerveux. Mensonge éhonté. Will était l'enfant le moins nerveux que Barbara avait jamais rencontré.

Elle avait toujours engagé la conversation avec Stella en espérant trouver un terrain d'entente, pour finir par repartir avec le sentiment de l'avoir une fois de plus froissée. C'était idiot, vraiment. Le fait que Stella et elle ne seraient jamais amies – et il n'y avait aucun doute là-dessus – n'était tout de même pas une raison pour ne pas se montrer *sympathique*. Ces derniers temps, Barbara se serait même accommodée de la simple politesse.

Quand les enfants eurent enfilé leurs manteaux, Barbara les regarda se diriger à pas traînants vers la porte, en file indienne.

Elle agita les doigts à l'adresse de Cole, qui s'apprêtait à descendre les marches menant à la cour de récréation adjacente, mais il ne la vit pas. Elle se plaça devant les fenêtres et les vit s'éparpiller dehors. La plupart des enfants se ruèrent vers les jeux, quelques-uns restèrent collés au bâtiment comme s'ils venaient d'être lâchés dans une cour de prison hostile. Cole se déplaçait vite, sprintant seul vers la clôture tout au fond. Il ne s'arrêta qu'une fois devant, passa les doigts à travers le grillage et contempla les champs boueux et déserts qui se déployaient derrière l'école. Barbara eut un pincement au cœur.

Elle nourrissait énormément d'amour pour ses deux enfants, mais Cole lui ressemblait beaucoup plus : simple, franc. Comme son amour pour lui. Hannah ressemblait à Steve : un gros cœur à vif. Entre les cours de soutien que donnait Hannah et le travail de policier de Steve, on aurait dit qu'ils essayaient de sauver le monde en s'occupant de tous les inconnus dans le besoin. Au fond, Barbara savait que leur compassion était leur force. Mais elle savait aussi d'expérience que toute cette attention portée aux inconnus avait un coût. La seule question était : qui allait payer ?

Cela dit, l'émotivité d'Hannah avait des avantages. Elle ne voulait jamais décevoir. Du coup, elle ne touchait ni à l'alcool, ni aux drogues, ni à rien de tout ça, et il n'y avait pas de jeunes hommes tatoués qui lui tournaient autour. D'ailleurs, pour l'instant, il n'y avait pas de garçon du tout. Barbara lui avait bien fait comprendre que les Marie-couche-toi-là du lycée n'avaient aucune estime d'elles-mêmes. Et, Hannah étant ce qu'elle était, elle avait compris sans que Barbara ait jamais besoin de se répéter.

Les yeux plissés, Barbara observait Cole qui contemplait toujours les champs. Que diable pouvait-il bien regarder ?

— Oh, Barbara ! s'exclama Rhea derrière elle, la faisant sursauter. Je suis vraiment contente de vous voir. Je comptais vous appeler dans la journée.

— M'appeler ? s'étonna Barbara, prise au dépourvu. Pourquoi ça ?

Rhea sourit et désigna d'un geste deux petites chaises.

— J'espérais que nous pourrions échanger nos impressions au sujet de Cole.

— Cole ?

Barbara inspira légèrement par le nez dans l'espoir que son cœur ralentirait. C'était idiot qu'il batte déjà si fort alors qu'elle ne savait même pas quel était le problème.

— Rassurez-moi, il ne se fait pas harceler ? C'est une chose que je redoute depuis le pique-nique de l'école. Il ne sait pas toujours se défendre face à certains garçons hyperactifs.

Elle s'abstint de mentionner le nom de Will. Elle ne voulait pas aller aussi loin, mais c'était bien à lui qu'elle pensait. Les garçons dans son genre avaient un côté sombre, c'était forcé.

— Non, Cole ne se fait pas harceler.

Le sourire de Rhea se flétrit.

— J'ai bien peur que ce soit lui qui... mais « harceler » n'est pas le terme que j'emploierais.

— Excusez-moi ?

Barbara se sentit rougir.

— J'ai peur de ne pas saisir.

— Ma foi, il s'est passé plusieurs choses au cours de ces derniers jours, répondit Rhea d'un ton désormais prudent, ce qui augmenta la nervosité de Barbara. Des choses qui ne ressemblent absolument pas à Cole.

Barbara se laissa tomber lourdement sur une chaise. *Ne te mets pas sur la défensive*, songea-t-elle. Même si Rhea se trompait – et elle se trompait, Barbara n'avait jamais été convoquée au sujet de ses enfants de toute sa vie –, elle était manifestement persuadée de ce qu'elle avançait. Elle essayait d'apporter son aide. Lui sauter dessus n'aurait pas été convaincant.

— Pardonnez-moi, mais, selon vous, qu'a fait Cole exactement ? demanda-t-elle en essayant de ne faire montre que de simple curiosité.

— Il n'écoute pas, il répond, il chahute, énuméra Rhea sur ses doigts comme si ce n'était là que la partie émergée d'un iceberg beaucoup plus redoutable. Jeudi matin, il a refusé de s'asseoir en cercle avec les autres, et vendredi il a quitté la classe sans y être autorisé. Il se tenait juste derrière la porte quand je suis sortie le chercher, mais il m'a fallu plusieurs minutes pour le faire rentrer. J'ai craint un moment de devoir littéralement le porter. S'agissant d'un autre enfant, je n'en aurais peut-être pas fait grand cas – du moins pas sur la base d'un seul incident. Mais là un systématisme s'installe, alors que Cole a toujours été si mignon et si bien élevé. C'est sur lui que je compte pour m'aider quand tous les autres commencent à décrocher.

— Voilà en effet le Cole que je connais, confirma Barbara, contente qu'elles tombent d'accord sur ce point.

— Se pourrait-il qu'il y ait eu... Il s'est passé, peut-être, quelque chose à la maison ? Un changement de travail ou un décès dans la famille, un facteur de stress quelconque ?

Rhea ouvrit la bouche, ses lèvres formant un O. Elle cligna de ses yeux de biche encore une ou deux fois avant de regarder ses genoux.

— Pour quelqu'un d'aussi émotif que Cole, je ne suis pas sûre qu'il en faudrait...

— Cole n'est pas émotif, aboya Barbara.

C'était plus fort qu'elle. Ce que Rhea était en train de suggérer ressemblait terriblement à une attaque personnelle. N'importe qui se serait mis sur la défensive.

— De toute façon, il ne se « passe » rien chez nous.

Le pire, c'était qu'il *aurait pu* y avoir quelque chose : le secrétaire. Ou, plus précisément, la dispute idiote que Steve et elle avaient eue à ce sujet quelques semaines auparavant.

— Comment as-tu pu oublier ? avait-elle hurlé quand Steve était rentré à la maison ce soir-là.

Cela faisait des semaines que Al, le père de Barbara, menaçait de déplacer seul un vieux secrétaire, et Steve était censé s'assurer que cela n'arrive pas.

— Tu m'avais promis, Steve. Il va faire une autre crise cardiaque s'il déplace ce secrétaire !

Steve baissait la tête, les yeux clos.

— Tu as raison. Je suis désolé, avait-il murmuré avec un geste de reddition. Ça m'est complètement sorti de la tête.

Distrait, c'était bien son mari. Depuis qu'il avait accédé au poste de commissaire de police six ans auparavant, les choses lui sortaient de la tête. Il arrivait même à Barbara de se demander s'il ne se servait pas de sa promotion pour passer moins de temps avec elle. Il était toujours attentionné et ils se disputaient rarement, mais ces derniers temps son travail le passionnait beaucoup plus que sa femme.

À présent, évidemment, elle craignait que la distraction de Steve n'ait rien à voir avec le travail. Elle craignait que ce soit *elle* la cause.

Elle était persuadée d'avoir eu une hallucination la première fois qu'elle avait repéré cette femme en ville. Elle l'avait suivie sur sept pâtés de maisons afin de s'assurer qu'il s'agissait effectivement d'une hallucination. Mais non, elle n'avait pas de visions. C'était bien elle, revenue après toutes ces années, avec ce même air de prostituée périmée. Depuis combien de temps était-elle revenue à Ridgedale ? Des semaines, des mois ? À couver à l'abri des regards comme une sale infection au staphylocoque. Barbara n'en avait pas parlé à Steve. Il n'en serait rien sorti de bon. Mais ça avait pesé sur tous les rapports qu'elle avait eus avec lui depuis.

— Je t'ai envoyé deux textos aujourd'hui pour te rappeler cette fichue histoire de secrétaire ! avait-elle hurlé, en proie à une colère grandissante.

Même après vingt ans de mariage, c'était fou de voir avec quelle violence on pouvait se disputer sans admettre ce pour quoi on était réellement en colère. Et encore, c'était dans un bon mariage, avec un mari qu'on aimait. Car Barbara aimait Steve, elle l'aimait tellement. Plus que tout.

— J'y vais tout de suite, avait déclaré Steve en s'emparant de ses clés.

Sans se mettre à crier à son tour, sans avoir l'air fâché. Comme s'il était quelque valet de chambre vaincu et non un homme qui aimait sa femme. Cela n'avait fait qu'attiser la colère de Barbara.

— Tout de suite ? s'était-elle exaspérée en désignant l'horloge. Il est presque 22 heures, Steve. Mes parents dorment. *Si* mon père n'est pas déjà mort !

— Qui c'est qui est mort, maman ? avait demandé Cole depuis le pas de la porte.

Il avait son dinosaure en peluche fourré sous le bras comme un porte-documents. Il n'avait pas semblé perturbé, cela dit, juste vaguement curieux.

Et puis il était impossible que cette altercation ait le moindre rapport avec le comportement actuel de Cole. Il n'avait pas paru s'en rappeler le lendemain matin. Et surtout, cet incident remontait à trois semaines. Ce que Rhea décrivait était récent, ça s'était passé au cours des quelques jours précédents.

— Je suis désolée, je ne voulais pas insinuer…

Rhea secoua la tête avec un sourire gêné. Barbara était contente qu'elle soit mal à l'aise. On ne pouvait pas jeter comme ça impunément des accusations sur les familles des gens.

— Il serait peut-être mieux de se concentrer sur la mise en place d'un dispositif.

— Un dispositif ? N'est-ce pas un peu extrême ? demanda Barbara en regardant Rhea, les yeux plissés. Ce comportement ne ressemble peut-être pas à Cole, mais on ne peut pas vraiment dire que ce soit anormal.

—Ce matin, il a poussé Kate du haut d'une chaise.

—Simple accident. De toute évidence.

—Grâce à Dieu, Kate n'a rien, poursuivit Rhea comme si elle n'avait pas été interrompue. Rien qu'on n'ait pu soigner avec un peu de glace et un pansement. Mais ça aurait pu être beaucoup plus grave. Elle était montée sur une chaise pour essayer d'attraper un livre, ce qu'elle n'aurait pas dû faire. Mais imaginons qu'elle soit tombée à la renverse ?

Elle porta une main sur sa nuque comme pour simuler le coup sur la tête de Kate. Elle frissonna.

—Cole ne ferait pas une chose pareille sans avoir été provoqué, protesta Barbara, qui ne se l'imaginait même pas le faire tout court. Les enfants ont dû se disputer pour une raison x ou y.

—Franchement, non. J'ai tout vu. Cole est allé se placer juste derrière elle et…

Elle regarda au loin, une expression hébétée sur le visage, comme si elle revoyait la scène.

—… Il l'a poussée.

—Non, protesta fermement Barbara. C'est impossible.

Rhea la contemplait d'un air triste. On aurait presque dit qu'elle avait de la peine pour elle. Les joues en feu, Barbara croisa sèchement les bras.

—Pourquoi est-ce la première fois que j'en entends parler ?

—Je ne voulais pas vous alarmer sans raison. Comme vous le savez, en général ce genre de comportement passe. Surtout quand il s'agit d'un enfant tel que Cole. Mais à présent, malheureusement, la situation a changé.

Barbara rentra le menton d'un coup sec.

—Ce qui signifie ?

Rhea prit une profonde inspiration et se raidit sur sa chaise. Elle croisa à contrecœur le regard de Barbara.

— Après l'incident qui s'est produit avec Kate, nous devons prendre en considération la sécurité des autres enfants.

— « La sécurité » ? s'esclaffa Barbara, qui comprit pourtant à l'expression de l'institutrice que ce n'était pas une blague. Je suis navrée, mais c'est absurde. J'ai vu comment se comportaient certains garçons de la classe. Et c'est Cole qui vous inquiète ? Will, par exemple : c'est lui qui est incontrôlable.

Elle n'avait pas eu l'intention de nommer qui que ce soit, certainement pas Will. La dernière chose dont elle avait besoin, c'était que Stella ait vent de cette conversation. Mais Will était un nouvel élément dans la vie de Cole. Son fils était allé chez lui à plusieurs reprises durant les semaines qui venaient de s'écouler, et chaque fois, sur l'insistance de Stella, sans Barbara. Barbara était allée à la pêche aux informations après : « Qu'est-ce que tu as mangé ? Où était la mère de Will ? À quoi avez-vous joué ? » Mais Cole n'avait que cinq ans. Dieu seul savait les détails qu'il avait pu oublier.

— Barbara, je sais que c'est perturbant et inattendu. Mais il n'y a aucune raison de paniquer. Je vais parler aux parents de Kate, les informer de ce qui s'est passé. Ils sont adorables. Je ne les imagine pas vouloir porter plainte.

Sa voix était empreinte d'une pitié tellement insupportable que Barbara en avait le tournis.

— Pour l'instant, nous allons nous contenter de prendre des précautions de base.

« Des précautions » ? À croire que Cole était une espèce d'*animal*. Comme si les gens allaient devoir se faire vacciner. Cela n'avait aucun sens. Un enfant grosso modo parfait ne pouvait pas devenir dangereusement perturbé, pas du jour au lendemain en tout cas. Barbara le savait. Mais là, tout ce dont elle avait besoin, c'était d'un peu d'air. Elle fit mine de se lever.

— Si vous voulez bien m'excuser, je crois que je…

Rhea lui posa une main sur le bras. La tête inclinée sur le côté, elle lui adressa un sourire chaleureux. Barbara contempla les doigts pressés sur sa peau. Comment était-elle devenue cette femme, cette mère qui avait besoin d'une main secourable ?

— Le mieux c'est d'attendre tout en restant vigilant, reprit Rhea. Ce genre de comportement est très souvent passager, il disparaît aussi vite qu'il est apparu. Mais si vous avez le sentiment de devoir *faire* quelque chose entre-temps – et j'ai moi-même parfois ce sentiment –, je peux vous donner le nom de quelqu'un.

Elle se leva, puis se dirigea vers son bureau, d'où elle revint avec une carte de visite entre les doigts. Barbara s'en empara avec réticence. « Docteur Peter Kellerman, Psychologue spécialiste du développement de l'enfant. »

— Il a une excellente réputation.

Barbara ne recommença à respirer qu'une fois arrivée au milieu du couloir, la carte de visite écrasée dans son poing. Elle ressentit une vague de chaleur suivie d'une vague de froid. Redoutant de s'évanouir, elle fila dans les toilettes pour filles au bout du couloir.

Enfermée dans l'un des petits box, elle s'accroupit tout habillée sur la cuvette minuscule. Sous la paroi du box voisin, les pieds d'une fillette chaussés de baskets roses se déplaçaient d'avant en arrière. Le genre de baskets à paillettes qu'elle avait toujours refusé d'acheter à Hannah en primaire malgré ses supplications. Elle ne se rappelait plus précisément pourquoi.

Elle baissa les yeux sur ses propres chaussures, gigantesques devant le petit W.-C. Qu'est-ce qu'elle avait, à se mettre dans tous ses états ? Qu'est-ce que ça pouvait faire si Cole avait un problème qui nécessitait un travail ? Tôt ou tard, chaque enfant a une faiblesse. Sans compter que, comme sa propre mère le lui avait toujours dit, ce dont une mère a besoin c'est d'enfants heureux, pas d'enfants parfaits.

Et pourtant un gros sanglot lui remontait dans la gorge. Elle se plaqua une main sur la bouche afin de l'empêcher de sortir.

Elle attendit que la fillette aux baskets roses soit partie après s'être lavé les mains avant de se découvrir la bouche. Aucun bruit ne lui échappant, elle se força à se lever et essaya de sourire un peu, mais elle avait toujours ce sentiment refoulé au creux du ventre.

Quand elle sortit du box, elle lissa ses cheveux blonds, coupés ces derniers temps en un carré élégant, et tira sur son chemisier blanc immaculé. Elle aperçut alors son reflet dans le miroir. Malgré son sourire, son visage restait livide et apeuré dans la lumière fluorescente. Comme quelqu'un qu'elle ne reconnaissait plus. Comme quelqu'un qu'elle ne voulait même pas connaître.

Molly Sanderson, séance 7, 29 mars 2013
(transcription audio, séance enregistrée avec l'accord conscient du patient)

Q. : Avez-vous parlé à votre père de ce qui était arrivé au bébé ?

M.S. : Vous plaisantez, j'espère ?

Q. : Pas du tout. C'est une plaisanterie de parler à votre père ?

M.S. : Nous nous connaissons à peine. Et, avant que vous ne partiez dans une digression, non, je ne lui en veux pas. Bon d'accord, peut-être que je lui en veux. Seulement… je m'en fiche à présent. Ou plutôt je m'en fiche en ce moment. Quand nous avons perdu le bébé, il m'a envoyé une carte de condoléances et a fait un don à l'ONG où je travaille -du moins où je travaillais- comme on l'avait demandé aux gens. Un inconnu ne peut guère faire plus dans une situation pareille.

Q. : Et ça vous convient ? Que votre seul parent vivant soit un inconnu ?

M.S. : Quelle différence cela peut-il faire que ça me convienne ou non ? C'est comme ça, c'est tout. J'ai suffisamment de problèmes sur les bras en ce moment sans déterrer le passé. J'ai eu une enfance difficile et une mère froide et aigrie qui est morte alors que j'avais dix-huit ans. Je ne peux rien y changer.

Q. : Mais vous pourriez admettre que le fait de ne pas avoir de parents rend votre situation plus difficile.

M.S. : Parce que m'apitoyer sur mon sort va m'aider à me sentir mieux ?

Q. : C'est possible. Et les parents de Justin, alors ? Quelle relation entretenez-vous avec eux ?

M.S. : La mère de Justin est venue passer deux semaines chez nous aussitôt après. Je ne sais pas comment nous nous en serions sortis sans son aide.

Q. : Mais vous n'avez pas l'air extrêmement proches.

M.S. : On est censées l'être ? Les parents de Justin sont juste… Ils sont intimidants, je crois. Sa mère m'a dit une fois que j'étais différente des autres petites amies de Justin. Que j'avais plus d'esprit, c'étaient ses mots. Je crois que ça se voulait un compliment, que ça signifiait que j'avais une meilleure influence sur lui que ses autres copines, quelque chose dans ce goût-là. Mais ça m'a donné l'impression d'être un cheval à qui on regarde les dents. Ils sont comme ça : bien intentionnés, mais toujours un peu maladroits.

Q. : Justin et vous avez-vous envisagé d'essayer d'avoir un autre bébé ?

M.S. : Comment pourrais-je en avoir un autre ? Je n'arrive déjà pas à m'occuper de celui que j'ai.

Q. : Je ne voulais pas dire maintenant. À l'avenir. Se projeter dans le futur est parfois salvateur.

M.S. : J'en suis incapable. C'est trop tôt.

Q. : Avez-vous dit à votre ONG, NAPW, que vous ne reviendriez pas travailler ?

M.S. : Oui, je le leur ai dit. Ils m'ont répondu que je pouvais prendre un congé plus long, aussi long que nécessaire. Mais ce n'est pas du temps, que je veux. Ce que je veux, c'est savoir que c'est terminé. Que je n'aurai plus jamais à remettre les pieds là-bas.

Q. : Qu'allez-vous faire si vous ne retournez pas travailler ?

M.S. : Essayer de survivre. À l'heure qu'il est, ça me paraît constituer plus qu'un boulot à plein temps.

Molly

Du commissariat de police, j'allais droit au *Black Cat Café*, à l'autre bout de la place gazonnée glaciale. Le gris avait grignoté le ciel, le faisant basculer du tout début du printemps à la toute fin de l'hiver. Je resserrai mon manteau et passai mon sac sur mon épaule.

J'étais contente d'avoir pris mon ordinateur portable. Comme il ne restait guère de temps avant que tous les médias ne s'emparent de l'affaire, il allait falloir que j'aille au plus simple dans mon deuxième article en ligne. Je garderais pour plus tard mes statistiques sur la criminalité et l'arrière-plan sur Simon Barton. Du coup, je n'aurais pas grand-chose à ajouter dans la version papier. J'avais déjà appelé le bureau du légiste où, sans surprise, j'avais obtenu une réponse lapidaire : « Aucun commentaire avant l'arrivée des résultats officiels. »

Malgré mon vertige initial, je n'avais plus aucune hésitation à poursuivre la couverture de cette affaire. Je voulais, j'avais besoin d'écrire dessus, et ce avec une intensité que je trouvais moi-même quelque peu déconcertante. J'imaginais très bien ce qu'aurait dit Justin s'il avait su ce que je ressentais, raison pour laquelle je n'avais pas l'intention de le lui confier.

Il demanda par texto avant même que j'aie fini de traverser la pelouse :

T'as le temps pour un café ?

Il voulait vérifier que j'allais bien. Il avait beau faire mine d'être persuadé qu'il n'y aurait pas de problème, il voulait quand même s'en assurer de ses propres yeux.

Super. Au Black Cat ? Dans trente minutes ?

D'ici là j'en aurais terminé avec la mise à jour du site.

J'y serai !

Il faisait bon dans ce café rustique, où les dix variétés de grains de café issus du commerce équitable proposées embaumaient l'air. C'était mon café préféré en ville, l'endroit où j'allais quand je n'avais pas envie d'écrire à la maison, ce qui en ce moment arrivait presque tout le temps. Quand on a été cloué au lit des semaines entières, une fois enfin sur pied, rester à la maison devient une véritable phobie.

Le *Black Cat* était un véritable repaire universitaire – profs et étudiants confondus – avec ses tables en bois branlantes, ses affiches de concert décolorées et ses toilettes qui ne fermaient pas correctement. Les mères de la ville fréquentaient toutes le *Norma's* au coin de la rue, qui arborait des coussins Art déco aux couleurs vives disposés sur de grands bancs, et du savon à la lavande dans les toilettes. Il proposait également un bar à jus bio, deux sortes de muffins végétaliens et du vin à partir de 16 heures. Le *Black Cat*, lui, ne servait pas de déca et refusait de s'approvisionner en lait écrémé et édulcorants artificiels. La première fois que Stella m'y avait accompagnée, elle avait pris la mouche quand sa demande de stevia avait suscité des éclats de rire. La dispute qui s'était ensuivie entre elle et le barman s'était tellement envenimée que j'avais bien cru qu'il allait lui balancer son skateboard à la tête.

Moi j'aimais bien le *Black Cat*. Il me rappelait les cafés sans prétention aux alentours de Columbia que Justin et moi fréquentions au début de notre relation.

Après m'être commandé un café au lait entier, je m'assis à côté des fenêtres. En l'espace de quinze minutes, j'avais écrit un brouillon correct. C'était court, moins de cent cinquante mots. L'interview de Steve était exclusive parce que j'en avais eu la primeur, mais il ne m'avait pas pour autant fourni beaucoup de nouvelles informations.

Je parcourus mon post une dernière fois. Satisfaite, je l'envoyai par mail à Erik avec ce mot : « Article papier étoffé à suivre. » Mais étoffé comment, au juste ? Alors que je réfléchissais à la manière de l'enrichir en allant me chercher un deuxième café au lait, je tombai nez à nez avec Nancy, qui s'apprêtait à sortir.

— Oh, salut Molly, me dit-elle en souriant.

Mais elle n'avait pas son aisance habituelle. Elle avait les traits tirés et les yeux gonflés. Ses longs cheveux châtain clair étaient noués en une queue-de-cheval avec laquelle elle semblait avoir dormi. Elle avait tout l'air de quelqu'un en pleine tourmente familiale.

— C'est affreux ce qui est arrivé à ce bébé, commenta-t-elle, tristesse et compassion apparaissant fugitivement sur son visage. Erik m'a dit que c'était toi qui te chargeais de l'affaire.

Je n'arrivais pas à déterminer si elle était perturbée à titre personnel ou inquiète pour moi. Nous n'avions jamais évoqué le bébé que j'avais perdu, pourtant je voyais bien qu'elle y pensait. Et, après tout ce qu'Erik et elle avaient traversé – trois fausses couches, suivies par deux vaines tentatives de fécondation in vitro, une mère porteuse malhonnête et un processus d'adoption laborieux et toujours sans résultat –, un bébé mort devait avoir suscité toutes sortes d'émotions fortes chez elle aussi. J'avais envie de lui demander si ça allait.

Mais tout ce qui me venait en tête me paraissait présomptueux et maladroit.

— J'essaie, répondis-je avec une boule dans la gorge.

C'était ce regard attentionné qu'elle avait. Il me faisait ça chaque fois.

— C'est affreux, poursuivis-je. J'ai vraiment de la peine pour… ma foi, pour tous ceux qui sont impliqués.

Nancy hocha la tête, puis, grâce à Dieu, se tourna vers la place gazonnée de Ridgedale. Cependant, elle s'attarda tandis que je faisais la queue, comme si elle voulait ajouter quelque chose. Au bout d'un moment, je commençai à me sentir mal à l'aise de la voir plantée là sans rien dire.

— J'espère que la famille va bien, lâchai-je, me sentant obligée de rompre ce silence.

Elle se tourna brusquement vers moi.

— Qu'est-ce que tu veux dire ?

Merde. Pourquoi avais-je ouvert la bouche ? Voilà que je m'étais de nouveau accrochée dans tous ces fils barbelés invisibles. Et si Erik était allé se mettre la tête à l'envers ? Et s'il était parti faire je ne sais quoi sans que Nancy soit au courant ? Elizabeth m'avait raconté une fois qu'elle l'avait aperçu au *Blondie's*, un bar miteux du centre-ville. Mais elle avait ajouté qu'elle était elle-même très soûle – « complètement bourrée », comme si elle avait seize ans et pas vingt-six –, je ne l'avais donc pas prise au sérieux. Pourtant, à en croire l'expression de Nancy, il se tramait quelque chose de compliqué.

— Je suis désolée, je croyais qu'Erik m'avait dit devoir s'absenter pour une urgence familiale. J'ai pu mal comprendre. Cette affaire m'a beaucoup perturbée.

— Non, non, tu as raison, s'empressa-t-elle de répliquer.

Elle sourit de nouveau, mais c'était encore moins convaincant.

—C'est le cousin d'Erik. Il y a eu un incendie chez lui à cause d'une mauvaise installation électrique. Personne n'a été blessé, mais sa famille a tout perdu. Merci de t'en soucier.

Elle eut l'air de chercher des yeux quelqu'un ou quelque chose auquel se raccrocher, mais resta bredouille. Elle consulta sa montre. Quand elle reporta son attention sur moi, dans son regard adouci la pitié avait cédé la place à la compassion.

Elle me pressa le bras.

—Il faut que j'y aille. Prends soin de toi, Molly. Et ne travaille pas trop dur.

—Non, non, répondis-je en me détournant afin qu'elle ne voie pas les larmes qui m'étaient bêtement montées aux yeux. Merci, ça m'a fait plaisir de te voir.

Son visage fatigué disparut derrière la baie vitrée, aussitôt supplanté par celui de Justin. À son entrée, je me frottai les yeux pour essayer d'effacer mon effusion compromettante. Il portait un jean, des Vans et une chemise débraillée légèrement froissée : l'uniforme du jeune prof de littérature.

—Salut, toi.

Il me passa un bras autour de la taille et se pencha pour m'embrasser.

—Tout va bien ?

—Oui, répondis-je avec une tentative de sourire. Et non.

Il eut un hochement de tête compatissant. Et encore, il ne savait pas la moitié de l'histoire.

—Va donc t'asseoir, je vais te prendre ton café, me dit-il. Un café au lait ?

—Parfait.

Je retournai m'asseoir en observant le bref échange de Justin avec la fille derrière le bar. Elle avait un visage carré quelconque et une vigoureuse silhouette d'athlète. Elle s'esclaffa un peu trop fort aux propos de Justin, lequel désignait les viennoiseries. Il exerçait un charme fou sur tout le monde : hommes, femmes, vieux, jeunes. C'était plus fort que lui.

Je l'avais compris dès le jour de notre rencontre. Attablée au *Hungarian Pastry Shop*, un café ringard et insignifiant, j'étudiais la procédure criminelle constitutionnelle tout en écoutant Justin qui, à quelques tables de là, taillait le bout de gras avec le sexagénaire assis à côté de lui. Apparemment, ils s'étaient retrouvés autour d'une passion commune : la collection. Le vieil homme se consacrait aux tirelires mécaniques, tandis que Justin accumulait les bouchons de bouteille.

— Vous collectionnez quelque chose ? m'avait-il demandé une fois l'homme parti.

— Non, avais-je répondu en essayant de ne pas trop remarquer à quel point il était séduisant.

— Moi non plus.

— Je viens de vous entendre dire à cet homme…

— Ah, ah, je savais que vous écoutiez, jubila-t-il avec un sourire narquois qui le rendait encore plus charmant. Enfin bref, non. Pas de collection. Je faisais juste la conversation.

— Donc vous mentiez.

D'après ma copine de fac de droit, Leslie, une footballeuse gouailleuse et boute-en-train jamais à court de mecs, c'était la raison pour laquelle les hommes ne me proposaient jamais de deuxième rendez-vous : j'étais une coriace. Trop sérieuse, trop exigeante. Pas d'humour. Il fallait que je les laisse débiter un peu leur baratin inoffensif de mâles : les hommes n'avaient pas envie d'être rappelés à l'ordre au moindre truc. Ce n'était pas la première fois que j'entendais ça. Toute ma vie, mes amis – surtout les hommes – m'avaient rabâché que je serais plus chanceuse en amour si je me détendais un brin. Parfois j'avais envie de me défendre, de leur demander combien d'entre eux avaient eu une enfance comme la mienne. Car la vérité, c'était celle-là : je préférais de loin être seule plutôt que d'être aigrie comme ma mère.

En définitive, Justin était tombé amoureux de mes épines. Il appréciait sincèrement que je le rappelle à l'ordre quand il se lançait dans son petit baratin.

— Disons que j'essayais juste d'être sympathique, s'était-il défendu ce jour-là dans le café. Mais je suppose que c'est une question de point de vue.

Et autant Justin appréciait la clarté de mon monde en noir et blanc, autant j'avais été contaminée par ses nuances de gris. Par son intrépidité, sa liberté, son peu de revendications. Il n'avait jamais cru qu'il lui fallait avoir raison en permanence pour être quelqu'un de bien, il n'avait pas besoin d'être parfait pour être aimé. En définitive, moi aussi j'avais envie d'être comme ça, et ce bien plus que je ne m'étais jamais autorisée à le croire.

Nul doute que cela avait été plus facile pour Justin grâce à Judith et Charles, ses parents généreux, qui célébraient chaque événement, petit ou grand, dans sa maison digne d'un magazine, à New Canaan, dans le Connecticut. Aux côtés de sa sœur douée et aimante, Melissa, il avait joué à la crosse et fait de la natation à un niveau de compétition. Il passait ses étés au Cap Cod et les vacances d'hiver à la station de Vail. Il avait un golden retriever baptisé Honey. Et je rendais grâce à Dieu chaque jour pour l'optimisme sans faille que toutes ces choses lui avaient insufflé. Sans ça, jamais je n'aurais eu le courage de me lancer dans l'aventure de fonder une famille avec lui.

— Notre avenir ne repose pas entièrement sur notre passé, m'avait-il dit une fois, alors que nous étions en train de débattre de la possibilité d'avoir un enfant.

Et je l'avais cru, preuve de la puissance de mon amour.

— C'est un bébé, lâchai-je quand Justin revint avec nos deux cafés.

Pour la zen attitude, on repasserait. Il ne s'était même pas encore assis.

— Quoi ? dit-il, perplexe.

— Le corps qui a été retrouvé. C'est un bébé.

Les traits figés, il s'assit lentement sur la chaise en face de moi.

— Quel affreux rebondissement.

— Tu l'as dit.

Il fit tourner sa tasse dans ses mains. Son visage se crispa encore plus. Il faisait de son mieux pour ne pas avoir de réaction disproportionnée, mais il s'inquiétait. C'était évident.

— Sait-on à qui il est ?

Je secouai la tête et m'efforçai de refouler mes larmes.

— Quelqu'un de terrorisé, c'est sûr.

C'étaient mes années d'expérience au NAPW qui parlaient. Je ne m'étais jamais occupée du côté criminel des choses, me concentrant sur des propositions de lois – la rédaction de mémoires en tant qu'*amicus curiae* et le travail aux côtés de lobbyistes. Cependant, j'avais parlé à des collègues dont certaines clientes avaient eu des grossesses qui s'étaient terminées en tragédies. Presque chaque fois, ces femmes avaient elles-mêmes été violées ou pire. En général elles étaient pauvres et seules, toujours terrorisées, dépassées. Dans de telles circonstances, chercher les responsables est loin d'être aussi simple que certaines personnes se plaisent à le croire.

Justin posa sa main sur la mienne par-dessus la table.

— Ça va ?

Je haussai les épaules, puis hochai la tête en essayant une fois de plus de ne pas pleurer. Car j'avais beau vouloir faire comme si j'étais bouleversée par ce qu'avait dû endurer la pauvre mère de ce bébé – si tant est qu'elle ait été responsable –, c'était davantage à moi que je pensais. Je pensais à ce que *moi* j'avais enduré. À ce que j'endurais encore, du moins suffisamment pour être incapable d'envisager d'avoir un autre enfant. Je n'étais même pas sûre d'en être jamais capable. Mais il fallait me montrer prudente. Si j'avais l'air de replonger, Justin ne me lâcherait pas d'une semelle.

— À l'évidence, ce serait mieux si ce n'était pas un bébé, répondis-je en esquissant un sourire.

Je ne me sentais pas très convaincante.

— Mais je peux faire face.

Justin ferma les yeux et prit une grande inspiration. Il garda le silence un long moment, puis se tourna vers la fenêtre.

— Tu es sûre que tu devrais t'occuper de cet article, chérie ?

Il se retourna vers moi avec sa fameuse expression tragique, comme si c'était *moi* la tragédie.

— Je sais que c'est une opportunité, et c'est important. Mais peut-être que le jeu n'en vaut pas la chandelle.

— Il faut que je le fasse, répliquai-je, sans doute trop violemment.

Je décrochai un petit sourire afin d'essayer tant bien que mal de regagner un peu de crédibilité.

— J'ai l'impression… je ne sais pas, que quelque part ça a un rapport avec nous. Avec ce qui nous est arrivé.

— Mais il n'en est rien.

Il me dévisagea gravement. S'il essayait de dissimuler son inquiétude, c'était un échec.

— Tu le sais, non ? Cela n'a rien à voir avec ce qui nous est arrivé.

— Bien sûr que je le sais, Justin.

Et c'était vrai. Non ?

— C'est juste que je n'ai pas envie que tu…

Il avait l'air plus qu'inquiet. Pétrifié.

— Et puis il est où, Richard ? Il ne devrait pas revenir bientôt ?

Justin m'aimait, il voulait m'aider. Mais il y avait une différence entre me protéger et me donner l'impression d'être irrévocablement bousillée.

— C'est mon histoire, Justin, protestai-je, regrettant de l'avoir formulé en ces termes. C'est ma responsabilité. Et j'ai l'expertise – à la fois personnelle et professionnelle – pour m'en charger. Je ne vais pas la « rendre » à Richard parce que ce n'est pas très « confortable » pour moi. La vie n'est pas confortable. Je ne peux pas me mettre la tête dans le sable.

Mon portable vibra – un texto –, m'épargnant ainsi la suite de l'interrogatoire. Je me préparai mentalement à lire un message d'Erik, après que Nancy avait dû lui raconter que je ne semblais pas assez stable pour me voir confier un article d'une telle importance. Mais c'était Stella.

Tu peux me rejoindre au CHU ? S'il te plaît ?

— C'est qui ? m'interrogea Justin en désignant mon téléphone d'un geste du menton.
— Stella.

Je me demandais à quel point je devais m'alarmer.

— Qu'est-ce qu'elle a, encore ? reprit-il sèchement.
— Elle est à l'hôpital. Aidan, je suppose.
— Attends, laisse-moi deviner. C'est une urgence.

Justin avait catalogué Stella dès le départ comme une comédienne, ce qu'elle était. Mais il l'avait toujours tolérée avec bonne humeur. Pourtant, ces derniers temps, elle et ses coups de fil tardifs semblaient lui courir sur le système. Il craignait probablement qu'elle ne m'entraîne dans une nouvelle flambée de folie.

— Elle est rigolote, je le concède, avait-il commenté quand nous étions rentrés du premier – et l'un des rares – dîner que nous avions partagé tous les trois ensemble.

Si ça n'avait tenu qu'à elle, nous aurions renouvelé l'expérience beaucoup plus souvent. Tenir la chandelle ne la dérangeait pas le moins du monde. Mais Justin rechignait toujours.

— Elle est cinglée au dernier degré, ça se voit à trois kilomètres. Tu dois bien t'en rendre compte, non ?

— Au dernier degré ? m'étais-je esclaffée. Un brin mélodramatique, tu ne trouves pas ?

Nous étions côte à côte dans notre gigantesque salle de bains d'une blancheur éclatante équipée d'un double lavabo lustré. Encore un autre avantage de la vie à Ridgedale : des pièces propres et spacieuses.

— Reste amie avec elle si tu veux, je m'en fiche, avait articulé Justin, la bouche pleine de dentifrice, avant de cracher dans le lavabo. Mais j'ai connu un paquet de filles comme elle à l'époque, et…

— Beurk, je t'en prie. Est-ce qu'on est vraiment obligés de se raconter les détails de qui a couché avec qui ?

Justin n'avait pas été moine avant notre rencontre, et il n'avait jamais prétendu le contraire.

— Tout ce que je dis, c'est que fréquenter des femmes comme Stella, c'est marrant. Jusqu'au jour où ça ne l'est vraiment, mais alors vraiment plus.

Mais moi je m'en fichais, que la radieuse Stella fasse parfois du cinéma. C'était un prix que j'étais prête à payer.

Un nouveau texto disait :

STP ? Le plus vite possible ?

—C'est bon, dit Justin en voyant sans doute la tension sur mon visage. Va voir ce qui est encore arrivé à ta copine timbrée.

Il me pressa la main.

—Tant que tu peux me promettre les yeux dans les yeux que tu te sens OK pour faire cet article.

—Allez, tu me connais.

Je lui adressai un sourire mutin en me levant, puis me penchai pour l'embrasser.

—Me suis-je jamais *vraiment* sentie OK ?

Stella m'avait indiqué une chambre au premier étage de l'hôpital. À mon arrivée, elle était assise sur une chaise à côté du lit du fond. Elle croisait les bras, son élégant visage était gris et crispé. Je regardai par-dessus le premier lit vide, me préparant à voir Aidan allongé dans l'autre – défiguré, avec quelque horrible tube pour l'aider à respirer. Mais c'était une femme brune qui était étendue là, jeune et jolie – la vingtaine, peut-être. Du moins elle aurait été jolie si elle n'avait pas eu le pourtour des yeux bleu et contusionné.

—Oh, Molly !

Stella se leva d'un bond et se précipita à ma rencontre.

—Mille mercis d'être venue !

Elle m'enveloppa dans une étreinte chaleureuse et pressa sa joue lisse et fraîche contre la mienne. Son parfum sentait les fleurs et les agrumes.

La femme alitée leva la main dans un semblant de salut.

—Bonjour, dis-je avec un sourire poli.

Je n'avais aucune idée de qui il s'agissait.

—Rose a eu un accident de voiture ce matin, la pauvre, m'expliqua Stella en allant poser une main protectrice sur son bras.

—C'est affreux, commentai-je.

Stella me parlait comme si j'étais censée connaître cette Rose. Or elle n'avait pas de famille dans la région et cette fille semblait trop jeune pour être une amie. Cela ne m'aurait pas étonnée de sa part qu'elle se pointe dans la chambre d'hôpital d'une inconnue, mais je déduisis de la façon chaleureuse qu'eut la jeune femme de poser à son tour sa main perfusée sur celle de Stella qu'elles devaient bel et bien avoir un lien quelconque.

— Un chauffeur de camion qui envoyait un texto, expliqua Rose.

Elle avait la voix cassée, parler semblait lui demander beaucoup d'effort.

— Mais je vais bien. Je n'ai que quelques points de suture et beaucoup de vilains bleus.

— C'est quoi ton fameux dicton zen, déjà, Rose ? « Lâche prise ou tu mangeras la poussière » ? M'est avis qu'on devrait retrouver ce chauffard et le traîner dans la poussière.

— Je te suis reconnaissante de toute l'amitié que tu me portes, Stella, sourit Rose. Mais je ne pense pas que ce soit le sens de ce proverbe.

— Et à présent Rose voudrait rentrer chez elle.

Stella lui massa encore un peu le bras.

— Personne n'est fichu de nous donner une raison médicale valable qui l'en empêcherait, et pourtant, par je ne sais quelle absurdité ou incompétence, ils refusent *encore* de la laisser sortir. Je me disais que tu pourrais peut-être, tu sais, signifier que tu bosses au journal local. Histoire de voir si ça pourrait leur faire accélérer le mouvement. Rien de tel que la crainte d'une mauvaise presse pour obtenir l'attention de quelqu'un.

C'était donc pour ça qu'elle voulait que je vienne ? Pour que je fasse rouler mes maigres épaules ? Je me sentis à la fois flattée et insultée. Je souris à Rose, les dents serrées.

— Stella, je peux te parler une seconde dans le couloir ?

— Oh, bien sûr.

Puis elle ajouta en se tournant vers Rose :

— Je reviens tout de suite, ma belle. Tu as besoin d'autre chose ? Tu es sûre que tu ne veux pas un magazine débile en attendant que ces crétins s'organisent ?

— Non, non, ça va, répondit Rose en lui serrant la main. Tu en as déjà fait beaucoup trop.

— Qui est-ce ? murmurai-je lorsque nous fûmes dans le couloir, tandis que la porte se refermait souplement.

— Rose, répondit Stella à haute et intelligible voix, en resserrant son élégant gilet couleur canneberge.

Qu'elle prononce ce nom une deuxième fois ne me le rendit pas plus familier.

— Je t'assure, Molly. Il y a un truc qui ne tourne pas rond. D'abord ils nous disent qu'ils attendent d'autres résultats d'analyses, et maintenant ils nous racontent qu'il y a un problème avec son assurance. Or c'est absolument faux puisqu'elle est encore couverte par celle de ses parents. C'est bien la *seule* chose qu'ils font pour l'aider. Bref, Rose a appelé pour vérifier. Il n'y a pas de problème d'assurance. L'hôpital invente excuse sur excuse.

— Mais, Stella, comment tu la connais, cette Rose ?

— Oh, elle fait le ménage chez moi.

Elle semblait perplexe, voire un brin consternée.

— Tu l'as *déjà* rencontrée, Molly. Tu ne te rappelles pas ?

Maintenant qu'elle le disait, j'avais en effet le vague souvenir d'une occasion, juste après qu'on avait fait connaissance, où j'avais été chez elle et que sa femme de ménage avait traversé la cuisine. Stella m'avait ensuite confié d'un ton de conspiratrice que c'était une étudiante en psychologie à l'université de Ridgedale qui cartonnait partout et qui avait l'intention de travailler auprès d'enfants autistes comme son frère cadet, jusqu'au jour où ses parents lui avaient coupé les vivres et où elle avait dû arrêter les études. Criminel, d'après Stella. Absolument criminel.

Cette histoire ne m'avait pas étonnée. La plupart des gens qu'elle connaissait n'avaient pas forcément eu de chance dans la vie – moi compris.

—Je ne l'avais pas reconnue avec ses bleus, mentis-je.

—Je sais, dit Stella avec une moue dégoûtée. Horrible, n'est-ce pas? En plus elle souffre le martyre, la pauvre. Et elle refuse de prendre le moindre antidouleur parce qu'elle fait partie de ces forcenés du tout naturel. Tu sais, nourriture crue, méditation. Et maintenant plus que jamais, avec l'allaitement, elle ne prendra rien du tout.

L'allaitement. J'eus un pincement au creux de l'estomac. *Par je ne sais quelle absurdité ou incompétence, ils refusent de la laisser sortir.* La police avait dû alerter l'hôpital afin que le personnel soit à l'affût des mères de bébés disparus.

—Rose a un bébé?

—Oui, elle a accouché il y a tout juste trois semaines. Elle n'aurait pas dû reprendre le travail. Mais il faut croire que c'est ce qui arrive aux marginaux. Ses parents sont des connards finis.

La grossesse de Rose n'était pas visible quand je l'avais vue la première fois, mais ça remontait à près de six mois.

—Stella, il est *où* son bébé?

—Qu'est-ce que tu veux dire, où est son…

Je l'observais qui percutait enfin.

—Oh mon Dieu! Ils pensent que c'est le *sien* qui a été retrouvé?

—Je ne fais que supposer. Ça expliquerait pourquoi ils refusent de la laisser partir.

—C'est absurde.

Elle croisa les bras, mais elle n'avait pas l'air très sûre d'elle.

—Enfin, je suis sûre que son bébé est chez elle.

Avec qui ? Une nounou ? Combien de « marginaux » pouvaient se le permettre ? Apparemment, Rose n'avait pas de famille pour l'aider, et ce n'était pas comme si Ridgedale abondait de solutions de garde abordables. La plupart des habitants de cette ville n'avaient pas besoin d'abordable.

Avant que je ne puisse questionner Stella sur cette faille importante dans sa théorie, un médecin arriva et s'arrêta pour s'emparer de la feuille de température à l'extérieur de la porte de Rose. Il avait une tignasse grise et de grosses lunettes qui dissimulaient ses yeux. Il essayait désespérément de ne pas croiser notre regard, comme si en ne nous voyant pas il pouvait faire en sorte que nous ne le voyions pas non plus.

— Oh, bonjour, lança Stella en lui barrant le passage. Vous venez de prendre votre service ?

— Oui, répondit-il d'un ton peu amène.

Il avait les yeux rivés sur sa feuille.

— Nous sommes des amies de Rose. Enfin, techniquement, elle travaille pour moi, précisa Stella. Et Molly est journaliste au *Ridgedale Reader*.

Et c'était reparti : elle faisait ce que bon lui semblait. Ce n'est pas que je craignais que la menace implicite de mon investigation journalistique incisive chiffonne ce médecin. Sauf que, vu la façon dont ses yeux lâchèrent brusquement le dossier de Rose, manifestement si, ça le chiffonnait.

— Journaliste, hein ? dit-il, agacé. Il va falloir vous adresser au bureau chargé des relations publiques si vous cherchez un commentaire.

Un commentaire ? Il se tramait donc bien quelque chose. Parce qu'il avait l'air hyper préparé à dégainer cette réplique. Comme s'il avait déjà été briefé au cas où des journalistes pointeraient leur nez. Or, même à Ridgedale, la presse ne se déplaçait pas pour de banals accidents de la route.

— C'est très simple, commença Stella d'un ton calme mais ferme. Rose veut partir tout de suite. Il n'y a aucune raison pour qu'on ne l'y autorise pas. Arrangez-vous pour qu'elle sorte immédiatement, sinon Molly ici présente va se retrouver coincée là, à errer dans les couloirs de cet hôpital, et qui sait quel genre d'histoires pourraient attirer son attention. N'avez-vous pas eu un nouveau cas de staphylocoque doré l'an dernier, juste après cette opération où ce garçon a perdu sa main ?

Je la foudroyai du regard. C'était tellement typique : elle avait beau ne pas être certaine de l'innocence de Rose, elle était prête à se jeter (et à me jeter) tête la première dans l'arène. Le médecin me fusillait des yeux derrière ses verres épais. Je lui souris tandis qu'il ouvrait la porte de la chambre d'une poussée.

— Une histoire de staphylocoque, hein ? Et votre journal approuve ce genre de méthode ? L'extorsion ?

Je me contentai de le dévisager sans cesser de sourire. Je ne pouvais pas faire grand-chose d'autre. L'extorsion, c'était exactement ce qu'avait insinué Stella. Il ne me restait plus qu'à espérer qu'il n'en référerait pas à Erik. Si mon chef avait remis en question ma déontologie après que j'avais laissé Steve nous dicter notre reportage, j'osais à peine imaginer son sentiment vis-à-vis de ce genre de chantage. Le docteur finit par secouer la tête, dégoûté, et pénétra dans la chambre en laissant la porte se refermer derrière lui avec un claquement.

Le médecin parti, je me tournai aussitôt vers Stella, les yeux écarquillés, attendant qu'elle s'excuse. Elle contemplait la porte, dans le vague.

— Peut-être que le père du bébé de Rose a un rapport avec ce qui est arrivé. Enfin, *s'il* est arrivé quelque chose à son bébé, ce que je refuse de croire.

— Qu'est-ce que tu racontes, Stella ?

— Rose m'a expliqué comment elle était tombée enceinte. Pas dans le détail. Et elle n'a pas employé le mot « viol », mais il m'a semblé que c'était de ça qu'il s'agissait.

—Qui est le père ?
—Je ne sais pas. Un étudiant de la fac, j'imagine. Un connard qui se croit tout permis, sans aucun doute. Et tu sais bien comment peuvent être les universités comme Ridgedale. D'abord on étouffe, jamais on n'interroge.

Elle secoua la tête.

—Pourtant, Rose était tellement excitée à l'idée d'avoir un bébé, malgré la façon dont elle était tombée enceinte.

Elle leva vers moi de grands yeux brillants.

—Je te le dis, cette histoire ne rime à rien, Molly. À rien du tout.

RIDGEDALE READER
Édition numérique
17 mars 2015, 10 h 25

Mise à jour : Nourrisson non identifié de sexe féminin trouvé à proximité d'Essex Bridge

PAR MOLLY SANDERSON

La police a confirmé que le corps non identifié retrouvé dans l'enceinte du campus en dessous d'Essex Bridge était celui d'un nourrisson de sexe féminin.

D'après des sources policières, il pourrait s'agir d'un nouveau-né. Toutefois, cela ne pourra être confirmé tant que les résultats de l'autopsie n'auront pas été communiqués. À l'heure qu'il est, la cause du décès reste également à déterminer.

Le commissaire de police Steve Carlson a demandé que quiconque en possession d'informations liées à l'identité du bébé ou de ses parents contacte le service de police de Ridgedale au 888-526-1899.

Au cours des vingt dernières années, il n'y a eu que deux meurtres à Ridgedale. En 2001, Esther Gleason a tué son mari au cours d'un accident qualifié de légitime défense. Cinq ans plus tard, un homme a été abattu lors d'une transaction de drogue dans un appartement en dehors du campus. Essex Bridge a été le théâtre d'une autre mort il y a vingt ans. Simon Barton, élève de terminale au lycée de Ridgedale, est décédé des suites d'un traumatisme crânien provoqué par une chute durant une fête de célébration de la remise des diplômes. L'alcool a entre autres été mis en cause.

COMMENTAIRES :

sarahssutton
Il y a 4 heures
Oh mon Dieu, je suis trop triste pour ce pauvre petit bébé ! Elle a été abandonnée dehors ? Qui pourrait faire une chose pareille ? C'est répugnant. Il y a tant de gens ici qui seraient plus que ravis de prendre soin d'un enfant non désiré. Ça me brise le cœur.

abby
Il y a 3 heures
Personnellement, j'aurais préféré avoir envie de prier, mais là tout ce que je veux c'est mettre la main sur celui ou celle qui a fait ça et le laisser pour mort quelque part lui aussi.

msheard
Il y a 3 heures
On devrait faire passer aux gens un test de décence morale et de gentillesse avant de les laisser procréer.

Carla Shrift
Il y a 3 heures
Pour ma part, je ne vais pas me laisser endormir par l'hypothèse que les coupables sont les parents du bébé tant qu'on ne m'aura pas montré autre chose que des statistiques aléatoires pour le prouver. En attendant, je vais dépoussiérer mon vieux système d'alarme et apprendre à ne dormir que d'un œil.

ssuzy
Il y a 2 heures
Personnellement, j'en ai marre de devoir escalader tous ces ados qui traînent devant le 7-Eleven. Je sais que ce n'est pas politiquement correct, mais ne vous paraît-il pas logique de penser que les parents de ce bébé font probablement partie de ces gamins des Ridgedale Commons qui sont toujours là à traîner dans le centre-ville ? Où sont leurs parents ?

FSH
Il y a 2 heures
D'où vient-il, je ne me prononcerai pas là-dessus, mais seule une ado serait assez bête pour laisser un bébé là où n'importe qui pourrait tomber dessus. Pourquoi l'avoir même eu, d'ailleurs ? L'avortement est légal.

realdeal
Il y a 2 heures
Peut-être qu'elle attendait que le papa la demande en mariage. C'est pas magnifique, l'amour chez les jeunes ?

Eric
Il y a 2 heures
Je sais que ce n'est pas bien vu dans cette bonne et belle ville de mettre la religion sur le tapis, mais certaines personnes – moi compris – pensent que la vie commence dès la conception.

Maureen
Il y a 2 heures
Donc mieux vaut tuer un nouveau-né que de se faire avorter ? C'est vraiment ce que vous êtes en train de dire ?

Dawn D.
Il y a 1 heure
Moi, tout ce que j'ai envie de dire, c'est que, si on a peur, nos enfants auront peur. Les gamins sont de vraies éponges.

246Barry
Il y a 1 heure
IL FAUT QU'ILS AIENT PEUR.
TROUVEZ-LE.
AVANT QUE CE SOIT LUI QUI VOUS TROUVE.

Kara
Il y a 57 min.
« Avant que ce soit lui qui vous trouve » ? Vous plaisantez, j'espère ? Je sais que c'est un forum de libre expression, mais je m'attendais vraiment à ce que la discussion vole un peu plus haut en de telles circonstances. Jusqu'ici je n'ai pas lu grand-chose de génial, mais là on atteint des records de vulgarité.

Piper Lee
Il y a 42 min.
Un autre meurtre à Ridgedale ?? Y a que moi que ça fait flipper qu'il y ait eu un autre meurtre PILE au même endroit ? Je me fiche de savoir à quand ça remonte, la coïncidence me paraît dingue.

Harry S
Il y a 40 min.
ALLO !!!??? L'article parle de MORT, pas de meurtre. Manifestement c'était un accident.

KellyGreen
Il y a 37 min.
Ça c'est ce qu'ils pensent. Ils pourraient se tromper. Peut-être que le coupable était en taule ou quelque chose comme ça. Ça arrive tout le temps : un serial killer qui s'interrompt parce qu'il est allé au frais à cause d'un truc qui n'avait rien à voir.

JENNA   *25 AVRIL 1994*

Le Capitaine m'a enfin dit bonjour aujourd'hui. Je sais : dingue.
Mais c'est pas des conneries. J'étais là à marcher dans le couloir des salles de science, là où il n'y a pas de casiers et où tout leur groupe traîne toujours. Il était avec deux ou trois types de l'équipe. Y avait peut-être bien aussi quelques nanas. Bref, le Capitaine était TROP BEAU, comme d'hab. Ces cheveux, ces yeux. On dirait Rob Lowe. Carrément. En fait, il est même encore plus beau. Le Capitaine est le mec le plus parfait que j'aie jamais vu. Et, soyons honnêtes, j'en ai vu un paquet.
En plus, il est hyper intelligent. J'aurais jamais cru qu'on pouvait être aussi intelligent et aussi bandant à la fois, mais SI. Je ne lui ai jamais parlé en personne, mais il y a deux ans, quand il a récité de mémoire le discours de Gettysburg à l'assemblée du Presidents'Day... Oh My God ! Je me suis carrément masturbée en y repensant. (Désolée, Dieu, d'écrire ça si près de ton nom, mais c'est vrai.)
Donc j'étais là à marcher dans le couloir, et le Capitaine et moi on a fait ce truc qu'on fait depuis un bon bout de temps maintenant : on se lâche pas des yeux, même en plein milieu d'une foule, comme si on n'était que

nous deux. Le truc qui me donne direct envie de lui tailler une pipe dans les chiottes.
Mais j'ai pas envie de faire ça, pas cette fois-ci. Cette fois-ci je vais essayer autre chose. Quelque chose qu'ont les autres meufs. Qui dit que je peux pas avoir un petit copain régulier ?
Bref, ce coup-là, au lieu de détourner le regard quand j'approchais comme il le fait chaque fois, le Capitaine m'a fait une espèce de salut de la main. Et il l'a dit : Salut. Tout haut. J'ai cru que la meuf de Tex allait se gerber sur les pompes.

Sandy

En fin de compte, c'était sa douleur dans les cuisses qui l'aidait le plus. Plus Sandy pédalait fort, plus elle avait mal aux jambes, moins elle pensait à quoi que ce soit : Jenna, Hannah, ce qui s'était passé la dernière fois qu'elle était montée sur son vélo. Cette impression vertigineuse du corps qui vole d'un côté, le vélo de l'autre, comme deux moitiés d'une bombe qui explose. Ou la putain de brûlure du béton qui lui avait arraché une grande bande de peau sur l'avant-bras.

Deux heures durant, Sandy se rendit partout où elle pensait pouvoir trouver Jenna : au *Sommerfield's* (seul bar, le *Blondie's* mis à part, qu'elle pouvait piffer), en bordure du parc au bout de Stanton Street où Jenna avait eu au moins un rencard (dont elle avait cru bon, comme d'hab, de partager les détails avec Sandy), et dans ce bouge sur Taylor Avenue où il arrivait à Jenna d'acheter du shit. Aucun signe d'elle ni de sa voiture nulle part. Le temps d'arriver au parking du *Blondie's*, où bossait Jenna, Sandy soufflait comme un bœuf, la gorge en feu.

Le *Blondie's* était l'endroit le moins chic du quartier le plus chic du centre-ville de Ridgedale. Il avait un store vert délavé et des vitres en verre dépoli. L'intérieur n'était guère mieux : moquette tachée, bancs en cuir craquelé et décorations de la Saint-Patrick accrochées toute l'année. Les barmen étaient aussi ringards que le décor. Monte, avec son gros bide et ses cheveux blancs en brosse militaire, était le propriétaire du bar depuis trente ans. Il y travaillait la plupart des soirs avec son fils Dominic, une version de lui plus mince et plus jeune. Monte et Dominic, deux nounours, appartenaient au genre pour lequel Sandy aurait aimé voir craquer Jenna. Mais ils l'avaient toujours traitée bien trop gentiment pour être un tant soit peu intéressants à ses yeux.

Pendant des dizaines d'années, le *Blondie's* avait été le bar préféré des cols bleus du coin, des gens comme Jenna. Mais au cours des mois précédents, il était devenu populaire auprès des étudiants de la fac. Un blog du campus avait traité leur lieu de rassemblement habituel, le *Truth* – un bar avec une petite piste de danse, des méridiennes gigantesques, et un « mixologiste » (fallait pas chercher) – de « repaire ringard qui se la pète ». Après ça, les étudiants avaient voulu un endroit « vrai » pour se bourrer la gueule. Et cet endroit, c'était le *Blondie's*.

— Tu sais ce qu'un de ces gamins m'a dit ce soir ? avait raconté Jenna à Sandy alors qu'elles rentraient chez elles après le service de Jenna derrière le bar et celui de Sandy en salle au *Winchester's Pub* – éviter le vélo la semaine précédente l'avait obligée à se faire conduire par Jenna. Que le *Blondie's* est ironique. Ça veut dire quoi ça, putain ?

— Que c'est des gros cons, avait répondu Sandy en retirant ses chaussures sur le siège passager.

Elle avait tellement mal aux pieds à la fin de son service qu'ils l'élançaient.

— Ah, elle est bien bonne celle-là ! s'était marrée Jenna en giflant le volant. T'as raison, bébé. C'est des gros cons. Tous autant qu'ils sont.

Sandy fourra son vélo dans une ruelle étroite attenante au *Blondie's*. Son téléphone sonna alors qu'elle grimpait les marches. Jenna, c'était forcé. Qui sortait comme un diable de sa boîte juste sur le gong, comme d'hab.

> Tu vas bien ? Je m'inquiète.

Hannah, pas Jenna. Nom de Dieu. Sandy prit une profonde inspiration et souffla fort. Mais elle ne pouvait pas se défouler sur cette fille, même si elle en avait grave envie.

Sandy texta en tapant violemment sur l'écran de son portable :

> Ça va. Promis.

> T'es sûre ?

Ces textos rendaient toute cette situation encore pire. C'était peut-être même le pire, d'ailleurs. En fait, non, c'était pas le pire. Ils étaient chiants, mais c'était pas le pire. Et y avait pas photo, bordel.

La première fois qu'elles s'étaient retrouvées pour bosser, Hannah avait choisi le *Black Cat*.

Sandy était arrivée dix minutes à la bourre, complètement hors d'haleine. Elle avait dû pédaler comme une dingue pour rattraper les vingt minutes qu'elle avait passées à tergiverser pour savoir si elle allait y aller. Si elle n'allait pas laisser tomber toute cette histoire de GED, finalement, mention ou pas mention. Mais après, elle s'était rappelée la façon dont Rhea l'avait regardée : cet espoir. Personne ne l'avait jamais regardée comme ça. Avec l'air d'avoir de l'ambition pour elle.

Elle avait repéré une fille qui aurait pu être Hannah, assise près de la fenêtre avec des bouquins étalés devant elle. Elle était grande et super jolie, avec des cheveux bruns éclatants qui lui arrivaient aux épaules et des yeux bleus lumineux. Ses longues jambes étaient repliées un peu bizarrement sous la petite table et elle portait un sweat Yale à capuche dix fois trop grand. Elle avait un petit sourire, aussi, comme si elle rigolait à une blague dans sa tête.

—Sandy? avait demandé Hannah en se levant pour l'accueillir. Tu vas bien?

En sueur, Sandy soufflait encore comme un phoque. Sans parler de ses joues qui devaient être couleur betterave.

—Ça va, avait-elle répondu en se laissant tomber sur une chaise.

Elle avait songé à mentionner son vélo puis s'était ravisée. Hannah était probablement venue ici dans une limousine avec chauffeur.

—Oh, d'accord, avait dit Hannah, même si elle semblait encore un peu inquiète tandis qu'elle farfouillait dans ses bouquins et ses papiers. On commence par les maths? Ça pourrait être marrant.

Sandy avait dû faire la gueule car elle avait vu le sourire d'Hannah se ratatiner.

—Désolée, ce n'est pas marrant, je sais. Y a rien de marrant dans tout ça. Je suis juste nerveuse. C'est la première fois que je suis tutrice. Je peux essayer d'être moins barbante.

—Pas de problème, avait répliqué Sandy avec un grand sourire.

Parce qu'il y avait quelque chose de drôle dans la façon dont Hannah s'était exprimée. Peut-être qu'elle n'allait pas la détester, cette nana, finalement.

—De toute façon, qu'est-ce que j'en sais? Je n'ai jamais eu de tuteur.

Avant même qu'elles aient pu commencer, le portable d'Hannah avait sonné. Elle avait contemplé l'écran avec un sourire triste au possible.

—Désolée, j'en ai pour une seconde.

Elle avait répondu au téléphone en s'enfonçant un long doigt dans l'oreille afin de s'isoler des bruits du café, même s'il n'y en avait pas tant que ça.

—Salut, maman.

Sa voix était montée dans les aigus, comme celle d'une gamine, et elle avait dit «hun, hun» un tas de fois. «Désolée, j'ai oublié, avait-elle fini par dire. OK, ouais. OK. Maman, *arrête*. OK, oui. Une heure. » Après avoir raccroché, elle avait continué à sourire, mais elle semblait abattue.

—Excuse-moi.

—Tout va bien? avait demandé Sandy.

Elle était curieuse. Elle avait toujours voulu savoir pour quel genre de trucs les gens comme Hannah — sages, normaux — se frittaient avec leur mère. Dans le cas de Sandy, ça avait toujours été elle qui engueulait la sienne quand elle merdait. Elle n'arrivait pas à imaginer l'inverse.

Hannah semblait gênée.

—Ma mère est juste un peu, tu sais… (elle haussa les épaules) excessive, des fois.

—À quel sujet?

Sandy avait besoin de détails pour arriver à se représenter cette vie de fille normale.

—T'as oublié quoi?

—De nettoyer mon tiroir fourre-tout.

Sandy avait haussé les sourcils.

—C'est quoi, ça, un tiroir fourre-tout?

La liste de ce qu'avaient les autres gamins de son âge et qu'elle n'avait pas était sans fin.

—Tu sais, là où tu gardes toutes tes…

Hannah faisait de grands gestes comme pour trouver un moyen de le décrire.

—…merdes que tu devrais balancer? suggéra Sandy.

—Ouais, s'était esclaffée Hannah. On peut dire ça comme ça.

—Ça, pour être excessif.

Hannah avait paru désorientée.

—Quoi, avoir un tiroir fourre-tout?

— Ta mère qui te traque pour te pourrir là-dessus.

Pour la toute première fois, le fait que Jenna supplie sans arrêt Sandy au téléphone de rentrer à la maison parce qu'elle lui manquait ne semblait pas si terrible.

— Sûrement. Parfois j'ai l'impression de ne jamais rien faire de bien, avait confié Hannah.

Puis elle avait haussé les épaules et souri comme si elle arrivait très bien à vivre avec.

— Mais je sais que c'est juste sa façon d'être. Elle aime que les choses soient faites d'une manière bien précise.

Sandy était partie d'un grand éclat de rire :

— Elles sont toutes comme ça, ma sœur. Toutes.

Quand Sandy pénétra dans le *Blondie's*, le bar était sombre et presque désert. Deux vieux types tout au bout du comptoir écoutaient Monte raconter bruyamment une de ses histoires. Droit devant elle, dos à la porte d'entrée, était assis un type plus jeune. Il avait des cheveux bruns mi-longs et portait une espèce de veste de costume et une grosse montre qui devait coûter un bras. C'était la montre qui détonnait. C'était pas le style qu'on voyait au *Blondie's*, pas même au poignet de ces connards ironiques. Et puis il était séduisant, ça se voyait même de dos. C'était sa façon de s'asseoir : comme si le tabouret lui appartenait.

— Salut, petite ! s'écria Monte d'une voix tonitruante en allant à sa rencontre. Qu'est-ce que tu fais là ?

Sandy adorait quand il l'appelait « petite ». Car c'était fini, les hommes ne la traitaient plus comme ça : comme une gamine. Et puis Monte avait toujours l'air si content de la voir. Soudain, des larmes cherchèrent à remonter du fond de sa gorge. *Ne chiale pas. Ne chiale pas. Ne chiale pas.*

— Tu as vu Jenna ? demanda-t-elle.

Monte fronça les sourcils et secoua la tête en essuyant le bar à l'aide d'un torchon blanc qui semblait minuscule sous sa grosse patte.

— Elle n'est pas de service ce matin, petite.

Son front se rida.

— Tu sais bien comment elle rouscaille sur les pourboires merdiques qu'elle reçoit quand elle bosse la journée. Et franchement, moins elle rouscaille, mieux je me porte.

— Ouais.

Sandy se força à rire. Elle ne reconnut même pas sa voix.

— Y a un problème, Sandy ?

Monte ne l'appelait par son prénom que lorsqu'il s'inquiétait. Comme cette fois où il lui avait fait un sermon sur les inconnus dont il ne fallait pas s'approcher, à croire qu'elle avait cinq ans. Il y en avait eu des tas d'autres sur les chiots et les bonbons. Totalement inutile, totalement craquant.

— Je n'arrive pas à la joindre, c'est tout. Son portable ne doit plus avoir de batterie ou un truc du genre. Alors je me suis dit que j'allais tenter le coup ici.

— Hum.

Monte étrécit les yeux, puis fit courir sa langue à l'intérieur de sa joue. Il avait déjà sorti ses antennes. Il fit signe à Dominic d'approcher.

— Hé, Dom, t'as vu Jenna aujourd'hui ?

Dom secoua la tête, et ses joues charnues tremblèrent. Lui aussi semblait inquiet.

— Non, pourquoi, p'pa ?

Dom et Monte savaient que Jenna était à la ramasse. Beaucoup de gens le savaient. Fallait pas être une lumière pour s'en rendre compte. Mais c'étaient les seuls hommes dans sa vie qui n'avaient jamais essayé d'en profiter.

— Je suis sûre qu'elle va bientôt rentrer à la maison, ajouta Sandy. Mais je… Notre proprio est venu ce matin, il s'est passé un truc, et il faut que je lui demande quelque chose.

C'était presque vrai, et ça sonnait foutrement mieux que de dire qu'elles allaient être virées de chez elles.

— La dernière fois que je l'ai vue c'était hier soir, à la fermeture, précisa Dom.

— Elle t'a dit où elle allait ? demanda Monte.

— Nan, elle parlait à une de ses connaissances. Je lui ai dit qu'elle pouvait terminer quelques minutes plus tôt.

Dom se montrait poli. La plupart des « connaissances » de Jenna étaient le genre qu'elle ramenait à la maison pour une nuit. Cela dit, il y avait une chance que Sandy puisse pister ce type, peu importe qui c'était.

— À quoi il ressemblait ? demanda-t-elle.

— *Elle*, pas « il », rectifia Dom. Et je l'ai pas regardée de trop près.

Donc elle n'était pas jolie.

— Tu pourrais demander à Laurie. Elle était là hier soir. Je l'ai vue leur parler une minute ou deux.

Laurie, en licence à la fac, était la seule étudiante à bosser au *Blondie's*. Sans soutien familial, elle avait besoin de ce boulot pour payer les frais d'inscription. Jusque-là, elle avait pris deux ans de retard dans la validation de son cursus. À vingt-trois ans, il lui manquait encore quelques crédits pour décrocher son diplôme, mais elle jurait qu'elle allait y arriver. Sandy la croyait, ça lui donnait de l'espoir. Cette fille était la preuve qu'on pouvait s'en sortir même quand on était parti de plus bas que zéro. Laurie habitait un appartement à quelques rues du bar avec sa colocataire, Rose, qui passait son temps au *Blondie's*, même ces derniers temps, alors qu'elle était enceinte jusqu'aux yeux. Les gens la pourrissaient à cause de ça – enceinte et au bar – sans jamais prendre la peine de remarquer que la seule chose qu'elle consommait, c'était de l'eau.

— OK, merci, dit Sandy. Si vous voyez Jenna, vous pouvez lui dire de m'appeler ?

— Bien sûr, petite, répondit Monte. Et si elle ne rapplique pas fissa, reviens nous voir, d'accord? On t'aidera à la retrouver.

— OK, dit-elle, tout en sachant déjà qu'elle ne le ferait pas.

Demander de l'aide, en fin de compte, ça ne valait jamais l'humiliation.

Alors qu'elle se dirigeait vers la porte, elle reçut un autre texto – pas de Jenna. Mais au moins il n'était pas d'Hannah. C'était Aidan.

On se retrouve après le déjeuner?

Sandy répondit :

T'as pas cours?

Nan, j'envoie tout chier.

Si grave?

Pire. Allez. Viens traîner avec moi. On se prendra une mine.

Sandy eut un petit rire. Même avec toutes ses casseroles – Jenna aux abonnés absents, l'expulsion qui leur pendait au nez et cette putain de saloperie qu'elle se donnait un mal de chien pour oublier –, Aidan l'avait fait rire. Voilà pourquoi elle l'aimait autant. C'était juste après l'avoir rencontré qu'elle avait commencé à penser au lendemain, et même au surlendemain. Sûr, c'était un sacré risque. Mais c'était plus cool que ce qu'elle aurait cru.

Ce n'est pas que Sandy et Aidan étaient Roméo et Juliette ou une connerie comme ça. Des fois elle avait même l'impression qu'il y avait un énorme gouffre caché entre eux.

Genre un seul faux pas à gauche et l'un d'eux disparaîtrait à jamais. Parce que, bon, tout envoyer chier quand ta valoche est remplie de merdes sans valeur comme celle de Sandy, OK, mais si elle avait eu ne serait-ce que le quart de tout ce qu'avait Aidan – la baraque, le fric, l'avenir rose bonbon –, jamais elle n'aurait blagué en disant qu'elle envoyait tout chier.

Sandy n'avait pas imaginé à quel point leurs vies étaient différentes avant sa première visite chez Aidan. Comme si elle ne s'était rendu compte d'avoir atterri dans un pays étranger qu'en s'apercevant qu'elle ne bittait pas un seul mot.

— Reviens te coucher, lui avait dit Aidan ce jour-là.

Il était allongé à poil sur le lit, les mains croisées sous la nuque contre l'oreiller, un bracelet tissé au poignet et un léger hâle sur la peau, souvenirs de son été familial passé à Nantucket. Il regardait Sandy se balader dans sa chambre avec pour seules fringues une culotte et une chemise écossaise à lui. Elle inspectait toutes ses affaires de gosse de riche : trophées de basket, de natation, de tennis, les bouquins sur les étagères, les photos et les diplômes punaisés sur le tableau en liège.

— Super sportif, hein ? avait-elle dit, comme s'il aurait dû en avoir honte.

En réalité, elle était jalouse. Depuis qu'elle s'était acheté son vélo à l'Armée du Salut et qu'elle l'avait fait retaper, elle avait eu un aperçu de ce à côté de quoi elle était peut-être passée. Elle était rapide à mort sur ce vélo. Et puissante. Et encore, c'était sans aucun entraînement et sans le bon matos. Qui sait ce qu'elle aurait pu devenir si elle avait joui de toutes les opportunités qu'avait eues Aidan ? Et lui il était là à cracher dessus. Elle tendit le bras pour toucher une carte de fidélité de chez *Scoops*, le glacier du coin, punaisée sur le panneau. Elle était à moitié remplie de tampons, mais délavée et froissée.

— Tu y tiens, à cette boule gratuite, hein ?

Son regard avait ensuite glissé sur une carte postale de Barcelone signée « Je t'embrasse, tante Eileen », et trois photos de garçons qui sautaient dans un lac depuis un ponton, qu'on retrouvait ensuite entassés les uns sur les autres, ravis, sous une pile de serviettes. Aidan était au milieu, le sourire jusqu'aux oreilles.

—Mon père et moi, on va là-bas quand il vient nous voir, commenta Aidan.

Il avait une voix bizarre. À tel point que Sandy s'était retournée vers lui. Mais il avait les yeux rivés au plafond.

—Ça fait un bail.

—Oh, ça craint, avait dit Sandy, qui s'était soudain sentie trop conne.

Elle n'avait pas voulu le gêner rapport à son crevard de père. Il lui arrivait d'être trop désinvolte par rapport aux pères. C'était parce qu'elle n'en avait jamais eu. Le sien était un marine avec lequel Jenna était sortie pendant quelques mois avant qu'il ne meure dans un accident de voiture en retournant à sa base. Jenna n'avait découvert sa grossesse qu'après l'enterrement.

—Laisse tomber, avait dit Aidan. Qu'il aille se faire foutre.

—Ouais.

Elle avait voulu se rattraper, mais n'avait eu aucune idée de comment s'y prendre.

—Écoute, je vais y aller. Ta mère va bientôt rappliquer.

—Laisse tomber. Elle aussi, qu'elle aille se faire foutre.

—Facile à dire pour toi. C'est moi qui vais me prendre un aller et retour.

Mais ce n'était pas ce que *ferait* la mère d'Aidan qui la faisait flipper. C'était la façon dont elle la regarderait. Comme une grosse merde. Les gens la regardaient souvent comme ça. Y compris les hommes qui voulaient l'enculer et les femmes qui voulaient qu'elle aille se faire enculer. Difficile de dire quel était le pire.

— Qu'est-ce que t'en as à foutre de ce qu'elle pense ? avait demandé Aidan.

— C'est ça, ouais, et toi tu t'en fous, peut-être ? On dirait que t'as envie que je reste juste pour la faire chier.

Elle espérait que ce n'était pas le cas. Car elle avait beau essayer de s'en empêcher, elle commençait déjà à bien l'aimer.

— Dis-moi un truc. Qu'est-ce qu'il y a de si horrible dans tout ça, putain ?

Aidan avait scruté un moment sa chambre.

— Les apparences peuvent être trompeuses, avait-il fini par répondre gravement quand il s'était retourné vers elle. T'es bien placée pour le savoir.

Sandy relut le texto d'Aidan. Il voulait qu'ils se rencardent, mais le voir n'était pas ce dont elle avait besoin illico, peu importe à quel point ça aurait été plus simple de faire mine que si.

Elle répondit :

Reste en cours. Envoie-moi un texto quand t'auras fini.

— Atroce, non ? dit quelqu'un.

Elle leva les yeux de son portable : le type à la montre chicos la regardait, ses yeux noisette reflétant la lumière des vitres. Il n'était pas aussi jeune qu'elle l'avait cru, mais elle avait eu raison sur le côté séduisant. Dans le genre tête de nœud. L'expression avec laquelle il la dévisageait lui donnait envie de prendre une douche.

— Qu'est-ce que vous avez dit ? demanda-t-elle.

— J'ai dit : c'est atroce, non ? répéta-t-il en désignant d'un signe de tête la télé au-dessus du bar.

Sandy leva les yeux. Des bagnoles de flics aux infos de la mi-journée. Un accident de voiture, peut-être ? Sandy rabâchait tout le temps à Jenna de ne pas prendre le volant quand elle avait bu, mais elle le faisait quand même. Jenna faisait un paquet de trucs dangereux. Et leur bagnole était une vraie épave. Ça faisait des semaines que les freins faisaient un bruit pas catholique, mais elles n'avaient pas assez de fric pour les changer.

— Il vous fallait autre chose, mon vieux ? demanda Monte, surgissant de nulle part.

Il n'aimait pas que des types chelous parlent à Sandy. Chaque fois qu'un homme essayait de la baratiner au *Blondie's*, Monte apparaissait comme par magie. En général ça suffisait. C'était une vraie armoire à glace. Il avait le don de faire flipper les gens sans prononcer un mot.

La tête de nœud sembla piger le message cinq sur cinq. Il leva les mains et baissa la tête.

— Rien du tout, merci, répondit-il. J'allais partir.

Sandy se retourna vers la télé, vers ces bagnoles de flics garées devant tous ces grands arbres. Soudain, la caméra recula et fit un panoramique sur Essex Bridge. Elle sentit le sol céder sous ses pieds. Elle empoigna la barre métallique du comptoir pour ne pas tomber.

— Que s'est-il passé, Monte ?

— Ah, ils ont retrouvé un bébé dans les bois pas loin de Cedar Creek.

Il regarda la télé et secoua la tête.

— Pauvre chou. Ce monde est bourré de vrais sauvages. C'est pour ça qu'il faut faire gaffe, petite. Je te l'ai déjà dit.

— Hé, p'pa ! lança Dominic à l'autre bout du bar. Viens là deux secondes.

— Appelle-nous si t'as besoin de quoi que ce soit, petite, insista Monte avant de jeter un coup d'œil à la tête de nœud. Tu sais que tu es comme une fille pour nous. Non, pour nous tu *es* notre fille. Et nous, on prend soin de la famille.

— Merci, parvint à articuler Sandy, qui reporta son attention sur la télé dès qu'il repartit à l'autre bout du bar.

Elle aurait voulu que quelqu'un monte le son. Entendre précisément ce qui se disait. Une fois Monte hors de portée de voix, la tête de nœud prononça un truc, un truc dont Sandy n'entendit qu'une partie : « portrait craché. »

Quand elle se détourna de l'écran, il avalait la dernière goutte de sa bière et déposait de la monnaie sur le bar. Enfin il se repoussa du tabouret et ajusta sa veste en se levant.

—J'imagine que je *devrais* y aller, dit-il sans s'adresser à personne en particulier.

—Qu'est-ce que vous venez de dire ? lança Sandy, qui se demandait si elle avait rêvé.

—Qu'il fallait que j'y aille.

—Non, qu'est-ce que vous avez dit avant ?

—Oh, ça.

Il s'approcha d'un pas, puis se pencha pour lui murmurer à l'oreille :

—Tu es le portrait craché de Jenna.

FAC CHAT

Bienvenue chez les chatteurs du coin. Sois cool, respecte les règles et bonne route ! Et si tu ne connais pas les règles, LIS-LES D'ABORD ! Il faut avoir dix-huit ans pour chatter sur Fac Chat.

À mon avis, c'est Sadie Cresh. Elle commençait à avoir un sacré bide.

Bon sang, les grosses, j'y avais même pas pensé. Pourquoi ils les rassemblent pas toutes pour leur faire faire un test ou je sais pas quoi ?

1 réponse
Parce qu'il y en a TROP !

Et Ellie Richards et Jonathan Strong, alors ? Ils seraient carrément prêts à trucider un mioche pour pas risquer de pas aller à Harvard ensemble.

2 réponses
Jonathan Strong est PD comme un phoque.
Il m'a peloté le cul dans les vestiaires.

Allez les gars, c'est Harry Trumble avec le chandelier dans la chambre de sa mère.
Vous l'avez vue ? Une vraie chaudasse.
Vous êtes tous des gros porcs.

3 réponses
Je suis d'accord. J'arrive pas à croire que je vous connais.
Comment tu te la racontes, salope.

Vous avez un problème, les gars. Vous me faites marrer mais vous avez vraiment un problème.

Vous êtes censés être à la FAC pour participer.

1 réponse
Va te faire foutre, loser.

À mon avis c'était Aidan Ronan. C'était son bébé. Il l'a tué.

9 réponses
J'ai entendu dire qu'il avait fait des trucs grave malsains dans son ancien lycée.
Et vous avez vu sa mère ? J'ai entendu dire qu'elle baisait avec tout le monde. Probable qu'Aidan, ça l'a déglingué.
La semaine dernière, je l'ai vu en ville avec une espèce de zonarde.
Moi aussi je l'ai vu avec elle. Une pétasse camée.
J'ai entendu dire qu'un jour il a essayé de buter son frangin.
Moi aussi. Il l'a étranglé tellement fort que le gosse a dû aller à l'hosto.
Arrêtez vos conneries. Il serait en taule sinon.
C'est pas des conneries, mec. Ses parents mentent pour lui non stop.
J'ai entendu dire qu'il s'était fait virer de St Paul parce qu'il avait apporté un couteau de chasse au bahut.

MOLLY *17 AVRIL 2013*

Justin et moi, on s'est disputés pour la première fois aujourd'hui. La première fois depuis qu'on a perdu notre bébé. C'était stupide, à propos de projets de dîner pour notre anniversaire de mariage dont je me fiche complètement.
Perdu notre bébé. Perdu notre bébé. Perdu notre bébé. Je suis censée écrire cette phrase sans arrêt dans ce journal. Pas censée : le docteur Zomer ne me dit jamais ce que je suis « censée » faire. Mais d'après elle je dois normaliser cette expérience.
Mais comment rendre normal le fait d'avoir tué son propre bébé ? Car je sais que ce qui est arrivé est ma faute. La faute à qui, sinon ? C'était moi qui étais censée être attentive au nombre de ses mouvements. C'était moi qui étais censée remarquer la seconde même où elle s'est arrêtée de bouger.
Et je ne l'ai pas fait. Je n'ai rien remarqué du tout. Et j'ai cédé au stress la veille au soir. Tout ce fameux week-end. C'est tellement idiot quand j'y repense. Le médecin m'a assuré que rien de tout ça n'avait joué. Que ce n'était pas parce que j'étais contrariée que son cœur s'était arrêté. Mais comment peut-il en être sûr quand il ne sait même pas pourquoi il s'est arrêté ?

Le plus triste dans notre dispute d'aujourd'hui, c'était de voir à quel point Justin semblait soulagé. Ravi qu'on ait une bonne vieille dispute. Comme avant. Avant qu'on perde le bébé, avant qu'on ait Ella, avant même qu'il y ait vraiment un « nous ». Parce qu'on en est là : désormais, une dispute est notre meilleur espoir.

Molly

En arrivant au bâtiment administratif principal de l'université de Ridgedale, je repérai Deckler, l'agent chargé de la sécurité du campus que j'avais rencontré au ruisseau. Il avait toujours cette apparence bizarrement musclée, vêtu à présent d'un maillot à manches longues jaune citron en Lycra et du même cycliste noir moulant que le matin. Mains sur les hanches à côté des marches qui montaient au bâtiment, on aurait dit qu'il m'attendait. Ou peut-être s'attendait-il simplement à voir arriver quelqu'un comme moi. Plusieurs camionnettes de la télé étaient garées autour de la pelouse, et partout en ville j'avais vu grouiller des gens armés de calepins, les yeux résolument baissés. Comme si en faisant mine d'être les seuls à couvrir cette affaire, ils battraient tout le monde à la course de la une la plus fracassante. Et ce n'était sûrement que le début. La manière dont allait enfler cette histoire dépendait entièrement de la teneur salace des détails.

— Je me demandais quand vous alliez arriver, dit Deckler.

— Oh, bonjour, lançai-je en espérant avoir l'air contente de le voir même s'il n'en était rien. Deckler, c'est ça ?

— Oui, Molly Sanderson du *Ridgedale Reader*, répondit-il d'une voix étrangement robotique.

C'était peut-être de l'humour, mais ça flanquait carrément la chair de poule.

— Oui, tout à fait, dis-je en me forçant à sourire. Molly Sanderson, c'est bien ça. Comment se fait-il que vous vous soyez demandé quand j'allais arriver ?

Il haussa les épaules.

—Vous êtes le genre de journaliste à couvrir toutes ses bases. Le campus et *tutti quanti*.

Ce n'était pas la vraie raison. Il avait voulu dire autre chose auquel il regrettait maintenant d'avoir fait allusion. De toute façon il se trompait. L'idée de venir au campus n'était pas de moi. C'était Erik qui me l'avait suggérée après que je l'avais mis au courant pour Rose par texto. J'avais tapé dans mon désir d'en parler à quelqu'un, sans vraiment réfléchir à toutes les implications :

> Étudiante à l'hosto. Vient d'avoir un bébé. L'hôpital refuse sa sortie. Ça pourrait être lié.

Erik avait répondu du tac au tac :

> Ok. Va creuser au campus. Trouve son historique. Essaie le doyen des étudiants. En général il livre des commentaires sans en référer au service des relations publiques.

En tant que journaliste qui venait de tomber sur une piste, je savais que ce qu'il y avait de plus naturel à faire était : « creuser ». Pourtant, j'étais face à un cas de conscience. Il était facile de dire que je voulais découvrir ce qui était arrivé à ce bébé, déterrer la vérité. Mais si cette vérité impliquait la mère du bébé ? Et s'il s'était agi de l'une de ces femmes terrifiées et désespérées que je connaissais par cœur ? Sans compter qu'il me semblait injuste de pointer Rose du doigt alors que je n'étais même pas sûre qu'elle soit officiellement soupçonnée par la police. C'était un des avantages de la rubrique « culture et société » : aucun dilemme moral.

Toutefois, poser quelques questions sur elle au campus n'était pas franchement comparable à l'accuser d'infanticide dans les gros titres. La police était probablement déjà au courant de sa situation, et bientôt d'autres le seraient aussi, y compris la presse. Je pouvais au moins tâter le terrain, voir ce que je pouvais découvrir, et m'engager à ne publier les infos glanées, quelles qu'elles soient, que le moment venu, s'il venait, avec une grande prudence.

— Je m'étonne qu'on vous ait laissé vous éloigner du ruisseau, commentai-je, m'efforçant d'avoir un échange amical avec Deckler, même s'il y avait quelque chose chez lui – l'intensité étrange de son regard, peut-être – qui me mettait foncièrement mal à l'aise. Vu l'étendue de la zone à couvrir, j'aurais cru qu'ils mobiliseraient tous les bras disponibles.

— Qu'on m'ait *laissé* m'éloigner? s'étrangla Deckler. Moi ce qui m'étonne c'est qu'ils ne m'aient pas écrasé avec une de leurs voitures de «patrouille».

Il mima des guillemets d'un air méprisant. À la décharge de la police de Ridgedale, j'avais du mal à prendre Deckler au sérieux avec son visage poupin et sa tenue moulante de flic à vélo.

— Vous n'avez pas l'air d'avoir une haute opinion des autorités locales.

Deckler haussa les épaules.

— C'est un club, dont certains sont membres depuis longtemps. (Il me dévisagea d'un air entendu.) Nous autres sur le campus, ils nous traitent comme des citoyens de seconde zone, alors qu'on a suivi la même formation et qu'on a passé les mêmes fichus examens. Sans compter qu'on est deux fois mieux payés et qu'on a un logement de fonction.

— Ça m'a tout l'air d'être une bonne situation.

Alors pourquoi ça vous fout les boules?

— C'en est une, dit-il en me toisant comme s'il essayait de déterminer si je me fichais de lui.

— OK, bon. (J'avançai d'un pas vers le bâtiment.) Le bureau du doyen des étudiants est bien là, n'est-ce pas?

—Pourquoi ? demanda-t-il, sur la défensive.

« Pourquoi », en effet. Je n'aurais pas dû mentionner ma destination. C'était pour avoir un truc à dire, une excuse pour partir.

—J'ai quelques questions au sujet d'une ancienne étudiante.

—Qui ça ?

Pourquoi continuais-je à dire des choses qui appelaient d'autres questions ? J'avais envie de lui rétorquer que ce n'étaient pas ses oignons, seulement je risquais d'avoir besoin de sa coopération plus tard. Changer de sujet semblait être une meilleure tactique que la confrontation.

—D'ailleurs, j'espérais pouvoir clarifier un détail avec vous avant.

—Ah ouais ? dit-il, intrigué. Quoi donc ?

—Vous m'avez expliqué que certains crimes étaient entièrement gérés au sein du campus. Est-ce à dire que la police locale n'en est pas informée ?

Je soupçonnais l'énorme dent que Deckler avait contre la police d'être à l'origine de l'écart entre l'affirmation de Steve selon laquelle tous les crimes commis sur le campus étaient signalés à la police de Ridgedale et l'insinuation du contraire par Deckler. Cependant je me demandais tout de même si Rose Gowan, dont le nom de famille m'avait été livré quelque peu à contrecœur par Stella, n'avait pas pu subir une agression sexuelle de la part du père de son bébé – peut-être *le* bébé – et que la sécurité du campus ait pu en garder une trace à l'insu de la police. Ridgedale n'aurait certainement pas été la première université à faire passer la confidentialité au sujet d'un étudiant accusé avant une enquête en bonne et due forme.

—La vie au sein du campus est parfois compliquée, c'est tout. Ce ne sont que des gosses, répondit-il avec un regard qui signifiait que j'étais censée saisir le sous-entendu. Mais si vous voulez avoir des détails concernant nos procédures, il faudra parler à notre directeur.

— Vous devez bien savoir ce qui se passe puisque vous êtes l'agent chargé des liaisons. À vous entendre ce matin, on aurait dit qu'il y avait toutes sortes de procédures mises en place. Appeler la police en fait-il partie ?

Il me dévisagea, les yeux plissés.

— Écoutez, je ne sais pas ce que vous cherchez, mais si vous croyez que je vais être celui qui commence à parler d'un truc pareil au nom de l'université, c'est que vous devez m'avoir confondu avec l'idiot du village.

Je demandai à Justin par texto alors que j'attendais dans la pièce attenante au bureau du doyen que sa cerbère de secrétaire vérifie s'il était disponible :

Devine où je suis ?

Il venait de me traverser l'esprit que j'aurais dû avertir Justin de ma présence sur le campus afin de m'entretenir avec le doyen des étudiants, ou du moins d'essayer de m'entretenir avec lui. Ce n'était certes pas son supérieur hiérarchique, cependant cet homme avait probablement un lien étroit avec le doyen des enseignants et le président de l'université, qui eux l'étaient.

Mon message resta sans réponse. Pas de petites ellipses signalant l'arrivée d'un texto. Je consultai ma montre. J'étais presque sûre que Justin était de permanence dans son bureau. S'il était en entretien avec l'un de ses étudiants, il ne ferait pas attention à son téléphone.

J'essayai encore.

Sur le campus. Interview du doyen des étudiants.

J'attendis. Toujours rien.

— Madame Sanderson ? On m'a dit que vous vouliez me parler ?

Je levai les yeux de mon portable : un homme aux cheveux longs, portant une veste en tweed, se tenait devant moi. Il me tendait la main.

— Thomas Price, doyen des étudiants.

Il était *beaucoup* plus séduisant et *beaucoup* plus jeune que ce à quoi je m'étais attendue. Sémillant, voilà comment je l'aurais qualifié. Si Justin l'avait su, il se serait étranglé. Il n'aimait pas beaucoup Thomas Price. Il m'en avait fait part plus d'une fois. En voyant l'homme, je comprenais pourquoi. En règle générale, Justin n'appréciait guère les hommes sémillants, il les trouvait trop précieux et trop prétentieux. En plus d'être séduisant, Thomas Price avait un air de sophistication naturelle : un trop-plein d'argent et d'instruction qui remontait probablement à plusieurs générations. Jusque-là, Justin et sa famille m'avaient toujours paru chicos, mais à voir un type comme Price, je compris qu'il y avait chicos et chicos.

— Oui, merci infiniment de me recevoir.

Je lui serrai la main.

— J'imagine que vous êtes horriblement occupé.

— En effet, confirma-t-il avec un sourire chaleureux mais fatigué.

Il ne portait pas d'alliance. Je ressentis un frisson coupable de l'avoir remarqué. Voilà longtemps que je n'avais pas été en état de repérer un détail pareil. Price me fit signe d'entrer dans son bureau tout en regardant sa montre : grosse, en argent, hors de prix.

— J'ai bientôt une réunion, mais il me reste quelques minutes.

Son bureau était spacieux et lumineux : une vaste fenêtre divisée en petits carreaux occupait presque tout le mur du fond. Elle offrait une vue sur le gymnase et l'hôpital derrière et, au loin, sur la forêt qui menait à Essex Bridge.

—Je vous en prie, asseyez-vous.

Il désigna deux bergères rouges à oreilles installées face à son bureau.

—Merci, dis-je en admirant les étagères de livres qui couvraient les murs du sol au plafond. Vous avez une bibliothèque incroyable.

—Et merci à vous de ne pas avoir tout de suite fait fi de la politesse élémentaire. J'ai déjà parlé à beaucoup de vos collègues aujourd'hui, mais vous êtes certainement la plus agréable, commenta-t-il tandis qu'il s'asseyait derrière son magnifique bureau en acajou. J'imagine que c'est dû à la nature de cette situation, mais je n'ai pas le souvenir d'avoir jamais vu des journalistes aussi agressifs. Vous ne croiriez pas le nombre d'entre eux qui ont menacé de se garer dans le campus s'ils n'obtenaient pas de réponses sur-le-champ. Réponses que nous ne possédons pas. Réponses qu'à mon avis personne ne possède encore. En tout cas, si ne serait-ce qu'une petite fraction d'entre eux mettent leur menace à exécution, il va y avoir foule dans les parages.

—Ma foi, je parie qu'aucun autre journaliste n'a de mari qui est tout nouvel enseignant ici. Savoir que le gagne-pain de son époux est en jeu tend à encourager les bonnes manières.

—Sanderson, évidemment, s'exclama Price en appuyant sa paume contre son front. Vous êtes la femme de Justin, c'est ça ? Il m'avait dit que vous alliez travailler pour le *Ridgedale Reader*. Bienvenue en ville. Je sais que vous n'étiez pas enthousiaste à l'idée de quitter New York – ce qui est compréhensible –, mais Ridgedale est un endroit merveilleux à vivre. Je ne suis revenu que depuis quelques années, mais j'ai également habité ici quand j'étais lycéen : mon père était professeur, il faisait partie du département d'anglais. Je m'excuse de ne pas avoir fait tout de suite le rapprochement. La journée a été extrêmement longue.

— Raison de plus pour ne pas trop empiéter sur votre temps.

— Oui, le président de l'université vient juste de convoquer une réunion afin de discuter du problème de la présence de la police dans l'enceinte de l'université.

Il prit une profonde inspiration, son corps s'enfonçant dans son fauteuil tandis qu'il se frottait le visage à deux mains comme quelqu'un qui essaie de sortir du sommeil. Il semblait si sincèrement accablé que je fus désarmée par le tour intime que cela avait conféré à notre conversation.

— Comment il s'attend au juste à ce que *nous* nous débarrassions de ce très gros et très vilain problème est une tout autre histoire.

— Voilà qui m'a l'air stressant.

Et c'était vrai, mais cette phrase sonna gauche et artificielle.

— Stressant, en effet.

Il me sourit et me regarda dans les yeux une seconde de plus que nécessaire, comme s'il venait juste de remarquer quelque chose. Qu'était-ce ? Que j'étais jolie ? Jadis, j'avais souvent fait cet effet-là aux hommes. Peut-être cela ne s'était-il jamais arrêté, même si j'avais assurément cessé de le remarquer. Price ajouta :

— Excusez-moi, je suis là à me lamenter alors que vous êtes venue pour me poser des questions.

— Il y avait une étudiante ici du nom de Rose Gowan, expliquai-je, peinant à retrouver la raison de ma venue. Savez-vous pourquoi elle a arrêté ses études l'an dernier ?

Il fronça des sourcils.

— Cela a un lien avec le bébé ?

— Cela fait partie d'un panel de circonstances plus vaste que nous explorons.

Parfait. Cela n'exposait pas Rose plus que nécessaire, sans être non plus un mensonge. C'était simplement ce que j'espérais être la vérité.

—En d'autres termes, vous n'avez pas l'intention de me le dire? demanda-t-il, les yeux braqués sur les miens.

—Non, répondis-je sans détourner les yeux.

—C'est de bonne guerre, dit-il avec un vague sourire, comme si notre petit jeu de pouvoir l'amusait. J'imagine que cela serait déplacé. Hélas, je pense qu'il serait également déplacé de ma part de répondre.

Il réfléchit, les yeux plissés, puis se tourna vers son ordinateur.

—Mais, parce que vous avez été si agréable et que vous faites pour ainsi dire partie de la famille de l'université, je vais voir ce que je peux vous trouver.

Il se tourna, un doigt pointé sur moi.

—En revanche, c'est officieux. Je préférerais affirmer que vous êtes entrée dans mon bureau par effraction pour fouiller dans mes dossiers plutôt que de reconnaître vous avoir confié ces informations.

—Entendu.

Erik n'aurait probablement pas approuvé le «officieux». Mais avais-je bien le choix?

Nous restâmes silencieux un moment tandis que Price parcourait en cliquant différentes pages sur son écran d'ordinateur.

—Ah, le voilà. AV, finit-il par dire. Abandon volontaire. Je crains que cela ne vous avance pas beaucoup: ce pourrait être pour des raisons personnelles, socio-économiques, presque n'importe quoi. Une certitude en revanche, c'est que Mlle Gowan pourra réintégrer l'université de Ridgedale quand elle le voudra. Elle n'a pas été renvoyée pour raisons scolaires ni disciplinaires.

— Et existe-t-il la moindre trace d'une plainte qu'elle aurait pu porter contre un autre étudiant ?

— Pas ici. Mais c'est normal. Ce n'est là que son dossier universitaire. Les plaintes de ce genre sont traitées confidentiellement. Le bureau de la sécurité doit détenir ces fichiers, seulement ils ne sont pas censés les montrer.

Je m'attendais à ce qu'il me demande pourquoi j'avais posé cette question. Il n'en fit rien. Au lieu de cela, il consulta sa montre.

— Et maintenant, le temps qui nous était imparti est malheureusement écoulé. Je vous assure que je préférerais de loin rester bavarder avec vous, mais le président m'attend.

Il soutint de nouveau mon regard, suffisamment longtemps pour me procurer encore un frisson. Il... Comment dire ? Ce n'était pas exactement du flirt, mais j'avais éveillé son intérêt. Il m'adressa un sourire presque gêné, comme s'il savait que j'avais remarqué que je lui avais fait de l'effet.

— N'hésitez pas à m'envoyer un mail si vous avez d'autres questions.

Respectueux, avec ça. Ce n'était pas un « revenez me *voir* ». Cela eut été déplacé. Il savait que j'étais mariée.

— Je n'y manquerai pas. Merci, répondis-je alors qu'il me raccompagnait vers la sortie.

— Parfait.

Il me serra la main et la retint un peu plus longtemps que nécessaire.

— Mes amitiés à Justin. Nous devrions passer une soirée ensemble, tous les trois. Moi aussi j'ai vécu à New York. On pourrait partager nos souvenirs.

Quand je sortis, Deckler m'attendait dans le couloir.

— Le directeur de la sécurité du campus va vous recevoir tout de suite, m'annonça-t-il comme si nous venions de discuter de cette velléité. Ben LaForde. Son bureau est juste là.

— Me recevoir à quel sujet ?

Deckler me bloquait le passage, le doigt pointé vers un bureau situé quelques portes après celui de Price. Il me fallait effectivement m'entretenir avec LaForde, et pourtant j'avais la nette impression d'être envoyée dans le bureau du proviseur.

— Vous aviez des questions au sujet de la communication concernant les crimes. C'est à lui d'y répondre. Il vous attend.

Et, en effet, Ben LaForde semblait m'attendre. Quand je passai la tête par sa porte ouverte, il se leva aussitôt d'un bond. Petit, la soixantaine, avec une tignasse poivre et sel à dominance salée et une moustache soignée à l'avenant, il se dirigea vers moi, la main tendue. C'était l'antithèse absolue du prétentieux.

— Vous devez être madame Sanderson. Entrez, asseyez-vous. Deckler m'a dit que vous souhaitiez me poser quelques questions ?

— Je voulais simplement avoir la confirmation de la procédure mise en place par l'université lorsqu'un crime est commis sur le campus, et en particulier de la manière dont ces crimes sont communiqués à la police locale.

Je me préparai psychologiquement à un « Pourquoi ? » agressif ou à un « Qu'est-ce que vous insinuez ? », mais son visage demeura détendu.

— Quand la victime vient nous voir ? demanda-t-il comme pour s'assurer qu'il avait bien compris la question, de façon à pouvoir être le plus précis possible. Parce qu'ils peuvent directement aller voir la police s'ils veulent. C'est leur droit le plus strict. Ils viennent nous voir quand ils veulent dénoncer l'incident en tant qu'infraction disciplinaire en plus ou à la place d'un délit. Cependant les étudiants ont droit à la confidentialité. Nous communiquons les délits à la police par politesse, mais nous ne révélons pas l'identité des étudiants impliqués. Dans le cas d'une agression sexuelle, aucune transmission de quelque nature que ce soit n'est faite, à moins que l'étudiant en ait fait la demande.

— « Par politesse » semble impliquer que la loi ne l'exige pas.

— Ce n'est pas obligatoire, mais, de fait, en général nous informons en temps réel la police de Ridgedale des crimes commis sur le campus. Puis-je vous certifier que c'est le cas pour chaque iPhone disparu qui se révèle plus tard ne pas avoir été volé ? Non, et je suis sûr que la police locale ne le voudrait pas non plus.

La procédure semblait beaucoup plus vague qu'il ne le prétendait.

— Nous devons également rendre des comptes à la police fédérale. Et certaines affaires sont tellement graves que nous les considérons aussi comme des infractions disciplinaires même si elles n'ont été dénoncées qu'à la police. Et puis dans certaines circonstances, la police est impliquée quoi qu'on fasse : comme dans le cas de ce bébé. Cependant la confidentialité reste cruciale. Les étudiants ont besoin de se sentir protégés.

Surtout les coupables, brûlais-je d'ajouter, mais je m'abstins.

— Il y a eu un autre décès dans la même zone du campus il y a plusieurs années, n'est-ce pas ? demandai-je à la place.

Il était trop tôt pour me montrer agressive, même si ce n'était pas l'envie qui m'en manquait.

— Un lycéen ? précisai-je.

Il secoua la tête.

— Une vraie tragédie. Il s'agissait d'un accident, pas d'un meurtre, que les choses soient bien claires, mais la coïncidence n'en est pas moins atroce. Quelle horreur pour les parents de ce garçon que cette histoire soit remontée à la surface.

— La police du campus avait-elle participé à l'enquête ?

Il hocha la tête.

—L'alcool et les adolescents. Un cocktail toujours désastreux.

Il s'interrompit, puis tendit le bras derrière lui pour s'emparer d'une brochure qu'il me glissa sur le bureau.

—Si vous voulez en savoir plus sur les procédures, elles sont toutes consignées dans la charte de l'université, qui est à la disposition du grand public. Je ne suis pas sûr que vous ayez envie d'ingurgiter tout ça. Ce fascicule-là est ce qu'on donne aux étudiants : vous y trouverez probablement toutes les informations nécessaires. Mais la version abrégée c'est qu'il y a une procédure mise en place : enquête, audience devant un jury, verdict – qui donne lieu à une sentence. La sentence doit être votée à la majorité.

—Qui fait partie du jury ?

—Cinq personnes désignées par le doyen des étudiants : deux enseignants, un administrateur – en l'occurrence moi à l'heure actuelle – et deux étudiants. Nous avons tous été triés sur le volet et nous avons suivi une formation de sensibilisation. Les étudiants changent chaque année. Les enseignants tous les cinq ans. En ce moment ce sont Miles Cooper, professeur d'anglais, et Maggie Capitol, biologie. Ils arrivent tous les deux au terme de leur mandat. C'est le doyen des étudiants qui préside.

—Et qui se charge d'enquêter sur les plaintes ?

—Les officiers de la sécurité du campus.

—Comme Deckler ?

—Oui.

À la mention de ce nom, son visage se tendit.

—Parmi d'autres. Notre personnel se compose de dix officiers plus des surveillants. Tout est dans la brochure.

—Une étudiante du nom de Rose Gowan a-t-elle jamais porté plainte ?

—Cela a-t-il un rapport avec le bébé ?

Mens. Cette fois-ci, c'était clair dans ma tête.

—Non, répondis-je fermement. Aucun.
—Ah.
Il fronça les sourcils, désorienté, mais aussi inquiet.
— Quoi qu'il en soit, madame Sanderson, je ne suis pas autorisé à parler des plaintes déposées par les étudiants. J'aimerais vous aider, mais j'ai les mains liées. Question de confidentialité, je suis sûr que vous comprenez. La seule chose qui les délierait serait une assignation à comparaître. Or je ne suis pas sûr que l'on soit prêt à en délivrer aux journalistes, mais vous devez le savoir mieux que moi.

Quand je quittai le bureau de LaForde, j'aperçus Deckler un peu plus loin au bout du couloir. Il était planté là, tourné vers moi, comme s'il attendait ma sortie. Voyant qu'il ne me lâchait pas des yeux, je lui fis un salut de la main puis fonçai vers la porte dans l'espoir de l'éviter. Je ne ralentis qu'une fois franchi le portail de l'université.

Sur le trottoir, je sortis mon portable pour voir combien de temps il me restait avant de devoir aller chercher Ella. Un petit bout de papier tomba mollement au sol : le mot de Justin. J'avais oublié de le lire après l'avoir senti dans ma poche de manteau quand j'étais dans le bureau de Steve. Je m'agenouillai pour le ramasser : c'étaient bien les pattes de mouche de Justin.

«*Afin que deux âmes imparfaites atteignent à la perfection.*»
E.M. Forster

Je caressai ces mots, sentant sous la pulpe de mes doigts les sillons que le stylo de Justin avait creusés dans le papier. Il devait l'avoir glissé dans ma poche le matin avant que je quitte la maison, ou peut-être la veille au soir. S'était-il demandé pourquoi je n'en avais pas parlé au *Black Cat* ? Pensait-il que je l'avais lu sans en faire grand cas ? À cet instant je n'aurais pas cru avoir besoin d'un de ces mots, et pourtant j'eus soudain l'impression que c'était là ma seule raison de vivre.

Je m'apprêtais à lui envoyer un texto de remerciement quand je regardai l'heure : 14 h 30 passées, j'avais tout juste le temps d'aller récupérer Ella. J'avais aussi un message non lu de la part de Stella, envoyé trente minutes plus tôt :

Tu avais raison. La police retient Rose pour l'interroger ! Appelle-moi le plus vite possible !

Le mardi était toujours un jour tranquille à la sortie de l'école, car nombre d'enfants allaient à la piscine dans le cadre d'un programme périscolaire. Barbara et Stella n'étaient pas là, il n'y avait qu'une dizaine de parents, que je connaissais seulement de vue. En attendant dans le couloir que Rhea termine la discussion de l'après-midi, j'aperçus Ella par l'ouverture vitrée en haut de la porte. Assise dans le cercle, la main levée, encore dans sa tenue vert pétant, les yeux écarquillés, elle trépignait. Ce qu'elle dit quand elle fut enfin interrogée déclencha des applaudissements et un grand rire de la part de la maîtresse, ce qui fit glousser ma fille.

Oui, c'était une fillette heureuse. Justin avait raison. J'avais eu beau avoir un paquet de défaillances durant mes heures les plus sombres, manifestement j'avais aussi eu des réussites.

—Maman ! hurla Ella quand Rhea ouvrit la porte de la classe.

Je m'accroupis : elle accourut à toute vitesse et se jeta dans mes bras ouverts. J'enfouis mon visage dans la masse de ses boucles rebondies et la serrai fort. Elle sentait le shampoing à la myrtille.

—Bonjour ma puce. Comment s'est passé le spectacle ?

— C'était génial, maman !

J'attendis un instant l'arrivée du « mais » : mais tu n'étais pas là, mais tu m'as manqué, mais j'étais triste. Au lieu de cela, elle se contenta de me serrer à son tour, si fort que j'eus du mal à respirer.

— Je suis tellement contente de te voir !

— Moi aussi, Ouistiti.

Je pris une profonde inspiration. Je me sentais déjà beaucoup mieux, les préoccupations qui m'écrasaient – le bébé, Rose, Stella, mon *autre* bébé – s'envolaient déjà comme si quelqu'un avait brusquement ouvert une fenêtre.

— Et si on allait manger une glace chez *Scoops*, toi et moi ?

Le temps d'arriver chez ce glacier de conte de fées, situé sur une portion de trottoir ensoleillée bordée d'arbres en face de Franklin Street et de l'université, il était 16 heures passées. *Scoops* proposait des parfums maison comme le Choco Dingo et le Fraise Frisson, et le samedi les enfants pouvaient fabriquer leur propre glace en pédalant sur le fameux vélo turbine du magasin. C'était le genre d'endroit magique qu'enfant je n'aurais jamais pu imaginer.

— Qu'est-ce que tu veux, Ella ?

Je lui aurais acheté tout le magasin si elle m'avait promis de continuer à sourire.

— Vanille ! hurla-t-elle comme si de sa vie elle n'avait jamais entendu parler de parfum plus excitant. Dans un cône !

— *Juste* vanille ? m'esclaffai-je. Tu es sûre ? Pas de pépites, rien ?

— Nan, répondit-elle en se balançant sur les talons, agrippée au rebord du comptoir. Vanille, c'est le meilleur !

Alors que la toute jeune serveuse au doux visage se mettait à creuser la glace, je posai une main sur la tête d'Ella, émerveillée de voir comme elle s'imbriquait encore parfaitement dans ma paume. À travers la vitrine gravée, le soleil de fin d'après-midi nimbait d'or l'université. Ce moment était tellement magnifique, tellement parfait : Ella, la glace et le soleil. Pourtant je n'avais pas l'impression que cela m'appartenait, pas dans un sens permanent en tout cas. Le bonheur était mon pays d'adoption, pas ma terre natale. Je m'attendais toujours à en être expulsée du jour au lendemain.

J'allais me détourner de la vitrine quand je vis Steve Carlson se diriger rapidement vers la gare. Il salua d'un signe de tête un homme qui allait dans la direction opposée, et ce ne fut que lors de leur bref échange de politesses que je me rendis compte qu'il s'agissait de Thomas Price. Aucun ne semblait avoir vraiment envie de bavarder, ce qui était compréhensible au vu des circonstances. Selon le tour que prendrait la situation, ils pourraient facilement être amenés à se retourner l'un contre l'autre.

— Tiens, dit l'adolescente derrière le comptoir en tendant avec un clin d'œil son cône à une Ella aux yeux grands comme des soucoupes. Je suis d'accord avec toi : vanille, c'est le meilleur.

Nous nous dirigeâmes vers un banc devant le magasin, où Ella croqua à pleines dents un énorme morceau de glace : j'en frissonnai. Nous étions pelotonnées l'une contre l'autre quand je sentis mon téléphone vibrer dans ma poche. Un message vocal, pas un texto. Numéro inconnu.

J'enclenchai la messagerie et portai le portable à mon oreille en entortillant les boucles d'Ella autour de mes doigts, tandis qu'elle balançait les jambes d'avant en arrière sous le banc, comme si elle prenait de l'élan sur une balançoire.

« Molly Sanderson, officier Deckler à l'appareil, commençait le message. Je voulais juste m'assurer que vous aviez eu tout ce dont vous aviez besoin au campus aujourd'hui. » Il s'interrompit, inspira bruyamment. Mon estomac se serra. Comment diable avait-il eu mon numéro ? Était-il allé le chercher dans le dossier de Justin ? « Si vous avez, vous savez, d'autres questions, vous pouvez, euh, m'appeler. Le numéro qui s'affiche est celui de mon portable. Bon, au revoir. »

La deuxième partie du message avait été précipitée et nerveuse, comme s'il s'était rendu compte en parlant qu'il n'aurait pas dû appeler. Et il avait raison. Il rôdait, pareil à quelqu'un qui a quelque chose à cacher.

— Maman ? dit Ella tandis que je remisais mon téléphone dans ma poche.

Elle s'interrompit pour lécher sa boule.

— Quoi, ma puce ?

— C'est quoi une pute ?

Je toussai, m'étranglant avec ma propre salive.

— Mon Dieu, Ella, où as-tu entendu ce mot ?

— C'est Will, répondit-elle avec un haussement d'épaules alors qu'elle croquait un nouveau morceau.

Comme si l'endroit où elle l'avait entendu était complètement inintéressant et surtout parfaitement évident.

— C'est sa mère qui l'a dit à Aidan.

— Elle a traité Aidan de pute ?

Il n'y avait rien d'étonnant à ce que Stella ait fini par perdre ses moyens avec son fils – difficile de le lui reprocher. En revanche, il était étonnant qu'elle ne m'ait pas mentionné de grosse dispute. Elle se confiait à moi de manière compulsive. Pourquoi avoir tu cela ? Leur querelle s'était-elle envenimée ? Quelque chose de pire s'était-il produit, une chose tellement horrible qu'elle ne voulait même pas m'en parler, à moi ?

— Allez, maman. Dis-moi.

— Te dire quoi ?

— C'est quoi une pute ?

— Oh, Ella, me lamentai-je en m'efforçant de ne pas avoir l'air trop horrifiée.

La façon dont ce mot jaillissait à répétition de sa petite bouche innocente me donnait la nausée.

— S'il te plaît, ne le répète plus. Ce n'est pas un joli mot.

— Alors pourquoi elle l'a dit, la maman de Will ?
— Oh, peut-être qu'elle était vraiment fatiguée quand elle l'a dit à Aidan. Les gens disent parfois des choses qui ne sont pas très gentilles quand ils sont fatigués.
— Toi tu fais jamais ça. Et c'est pas *Aidan* qu'elle a traité de pute, maman, poursuivit-elle, répétant ce mot comme si je ne venais pas à l'instant de lui demander d'arrêter.

Elle était occupée à lécher consciencieusement les rebords de son cône pour rattraper les dégoulinures.

— C'est sa *petite copine* qu'elle a traitée de pute.

Une petite copine ? J'avais entendu parler d'Aidan qui buvait, se droguait et volait de l'argent. J'avais entendu parler de la fois où il avait été arrêté et où Stella avait rêvé de le laisser croupir en prison. Ce n'étaient pas là de hauts faits très glorieux, et pourtant elle me les avait volontiers confiés. Et voilà qu'elle taisait quelque chose d'aussi innocent que le fait qu'Aidan ait une petite amie ? Pourquoi ? *Qui* était cette fille ?

— Et après, elle lui a cassé son téléphone, ajouta Ella.
— Stella a cassé le téléphone d'Aidan ?
— Boum !

Ella mima une explosion avec ses petites mains potelées.

— C'est ce qu'il m'a raconté, Will. Mais quand le téléphone de papa s'est cassé, il a pas explosé comme ça. Je crois que Will est un menteur. Il ment beaucoup.

Sauf que Stella s'était effectivement plainte – avec beaucoup d'agacement – de devoir remplacer le portable cassé d'Aidan.

— Elle s'appelle comment, la copine d'Aidan ?

Ella haussa les épaules.

— Will l'appelle « la fille fleur », répondit-elle en levant les yeux au ciel. Mais je sais que c'est pas son *vrai* nom. Personne s'appelle comme ça. Pour ça aussi il ment.

Rose : la fille fleur.

RIDGEDALE READER
Édition numérique
17 mars 2015, 17 h 03

La cause de la mort du bébé demeure inconnue

PAR MOLLY SANDERSON

Le médecin légiste a refusé de livrer tout commentaire sur la cause du décès du nourrisson de sexe féminin retrouvé à Essex Bridge. En revanche, la police a confirmé que, au vu de l'état du corps, il était impossible à l'heure actuelle d'écarter la possibilité d'un homicide.

Une fois encore, le service de police de Ridgedale demande que quiconque ayant des informations au sujet de l'identité du nourrisson ou de la cause de sa mort le contacte le plus vite possible au 888-526-1899.

COMMENTAIRES :

Mae Koeler
Il y a 37 min.
J'ai une amie qui travaille au service administratif du CHU. Elle m'a dit qu'il y avait une patiente interrogée par la police au sujet de la disparition de son bébé.

Eastern Elijah
Il y a 36 min.
Une femme dont le bébé a disparu ? Vous êtes sérieuse ? N'est-ce pas précisément le genre de chose dont devrait nous informer la police ?

Darren C.
Il y a 30 min.
La semaine dernière, une nuit, des jeunes de la fac ont bousillé ma bagnole garée dans Franklin Avenue. J'ai été me plaindre à la sécurité du campus : autant pisser dans un violon. C'est la NSA là-bas : ils étouffent tout.

Cara Twin
Il y a 15 min.
Tout à fait d'accord. J'ai un ami dont le fils est allé à Ridgedale, et d'après lui les cambriolages sont monnaie courante sur le campus. Je ne sais même pas s'ils sont signalés à la police. Alors ce n'est pas parce qu'elle n'a rien dit à la police que l'université ignore ce qui s'est passé.

246Barry
Il y a 12 min.
VOUS REFROIDISSEZ
OUVREZ LES YEUX ET TROUVEZ-LE
AVANT QU'IL NE SOIT TROP TARD

James R.
Il y a 10 min.
Arrête tes conneries, 246Barry. Tu fais chier tout le monde. T'as pas intérêt à ce qu'on découvre qui tu es. Les habitants de cette ville ne prennent pas le harcèlement à la légère.

Colleen M.
Il y a 8 min.
C'est quoi ton PROBLÈME, 246Barry ? Si tu savais réellement quelque chose, tu irais voir la POLICE. Tu ne le fais pas, alors fiche-nous la paix.

JENNA   *3 MAI 1994*

Le Capitaine s'est assis avec moi à midi ! Je mangeais dans la cour du bahut avec Tiffany et Stephanie quand il est sorti tout seul. Comme s'il me CHERCHAIT !

Heureusement Steph et Tiff ont décollé quand il a rappliqué. Elles l'ont fait hyper discret, genre il fallait juste qu'elles aillent quelque part.

Elles continuent de penser que le Capitaine est un connard et qu'il me fait marcher, mais maintenant qu'elles m'ont dit le fond de leur pensée elles vont pas se mettre en travers de mon chemin. Parce que, contrairement à mes parents, ces meufs tiennent vraiment à moi.

Mes parents, eux, tout ce à quoi ils tiennent, c'est à « progresser ». Surtout maintenant que mon père est le tout nouveau gérant de nuit du Stanton Hotel, et qu'à entendre ma mère, il serait président des États-Unis ce serait pareil. Et quand ma mère a décroché ce boulot de secrétariat à l'église ? Laisse tomber. Il faut qu'on soit une famille parfaite histoire de pouvoir continuer à « grimper l'échelle sociale ».

Ou plutôt, c'est moi qui dois être parfaite. Vu que mes parents croient déjà l'être. Et si leur idée de ma perfection – calme, féminine, douce (je suis aucun des trois) – me foutait le bourdon, hein ? Ben trop con pour moi.

Mais le Capitaine, lui, il ne juge pas les gens juste comme ça sur leurs apparences. Parce qu'il ne fait pas semblant d'être ce qu'il n'est pas.
Après le départ de Tiff et Stephanie, lui et moi on a causé un moment. Il m'a raconté que sa dissert d'histoire lui prenait le chou, ce que j'ai du mal à croire vu que c'est un gros intello. J'ai bien aimé qu'il parle des cours. Les mecs pensent toujours que mon seul sujet de conversation c'est les beuveries, et peut-être la musique ou je sais pas quoi. Alors qu'en fait je m'intéresse à un tas de trucs, et ça montre bien que le Capitaine est grave intelligent qu'il comprenne que moi non plus je suis pas la dernière des connes.
Et c'est tout ce qui s'est passé. Pendant trente bonnes minutes. Sympa, agréable. Et à la fin le Capitaine m'a dit : « C'était cool de parler avec toi. À plus. »
J'espère que ça veut dire « à bientôt ».

Barbara

— Hou hou! lança Barbara à l'adresse de ses enfants en rentrant chez elle.

Personne ne répondit : ni Hannah ni Cole. Mais techniquement ils n'étaient pas encore en retard. C'était Hannah qui allait chercher Cole le mardi après la piscine, et ils arriveraient encore plus tard que d'habitude parce que Barbara n'avait pas annulé ce stupide goûter chez Will après. Franchement, elle aurait dû ramener Cole à la maison à la fin de *La Chenille qui fait des trous*. Elle était là, ça n'aurait pas été compliqué. Ce n'était pas comme s'il allait manquer quelque chose de crucial. Il n'était qu'en maternelle. Mais Cole adorait l'école, et il adorait la routine. Partir sans un semblant d'explication l'aurait contrarié. Cela paraissait absurde à présent, mais elle avait aussi craint qu'il ne soit déçu : de rater la piscine, de rater le goûter chez son copain. Ces détails lui avaient semblé tellement plus importants quelques heures plus tôt. Elle avait eu l'impression que rien d'autre ne comptait.

Elle regarda par la fenêtre de la cuisine la succession d'arbres nus qui entouraient le jardinet. Le soleil avait déjà disparu à l'horizon, un grand voile dans les tons roses et violets marquait l'endroit où il avait sombré. Il allait bientôt faire nuit.

— Je suis sûr que Cole va bien, l'avait rassurée Steve quand elle l'avait appelé depuis le parking de la maternelle de Ridgedale après son entretien avec Rhea et après qu'elle avait dû revenir une heure plus tard pour subir *La Chenille qui fait des trous*. Rhea est pleine de bonnes intentions, j'en suis sûr. Mais ça ne veut pas dire qu'elle a raison. Tous les gosses font des crises. Même ceux qui sont parfaitement normaux sont pour la plupart cinglés.

Steve avait beau essayer de dédramatiser la situation, il était difficile de ne pas avoir l'impression qu'il cherchait aussi le moyen le plus rapide de raccrocher le téléphone de façon à pouvoir retourner à ce qui lui importait vraiment : son travail.

— J'espère que tu as raison, avait répliqué Barbara, absolument pas convaincue.

— Je suis désolé, Barb, mais est-ce qu'on pourrait en discuter plus longuement à mon retour à la maison ? Je suis débordé.

Après ce qui était arrivé à ce pauvre bébé, elle pouvait difficilement en vouloir à Steve d'être distrait : il était certainement accaparé par l'enquête. À supposer que c'était bien là qu'il avait la tête. Mais Barbara refusait de se laisser aller à spéculer sur les autres possibilités. Rien de bon n'en sortirait.

— Bien sûr, oui, d'accord, avait-elle répondu, s'efforçant de le soutenir.

C'était ce qu'il fallait faire. Même si en réalité elle aurait voulu le supplier de revenir sur-le-champ.

— À quelle heure vas-tu rentrer ?

— Dès que possible. Mais franchement, Barb, essaie de ne pas t'inquiéter pour Cole, avait-il insisté. Ça va aller. Il a la tête dure, comme sa mère.

Elle entendit enfin une clé tourner dans la porte de service.

— Salut les enfants ! lança-t-elle – trop gaiement, probablement – avec un grand sourire, alors que la porte s'ouvrait.

Mais sa poitrine se comprima dès qu'elle les vit. Hannah, l'air atterrée et pâle, serrait Cole dans ses bras, qui enfouissait son visage au creux de l'épaule du long sweat-shirt Brown University de sa sœur.

— Que s'est-il passé ? s'écria Barbara en courant vers Hannah pour lui arracher son fils. Cole, qu'est-ce qui ne va pas ?

Elle avait l'impression de porter un poids mort. Cole ne pleurait plus, mais à voir la petite cicatrice bouffie sous son œil, il avait dû hurler à la mort. Sans répondre, il enfouit son visage dans son cou.

— Hannah, que s'est-il passé, bon sang ? aboya-t-elle.

Elle avait vainement essayé de ne pas prendre un ton accusateur. Tout ce qu'Hannah avait à faire c'était d'aller le chercher. Était-ce trop demander qu'elle y parvienne sans qu'il fasse une crise d'hystérie ?

— Je le lui ai demandé au moins cent fois, il refuse de me répondre.

Elle avait des sanglots dans la voix, ce qui n'était pas d'une grande aide.

— La mère de Will m'a expliqué qu'ils jouaient tranquillement aux Lego et que Cole a brusquement pété les plombs.

— Pété les plombs ? aboya Barbara. Hannah, je suis sûre qu'elle n'a pas employé ces termes.

— Mais si.

Elle avait les larmes aux yeux à présent.

— C'est exactement ce qu'elle a dit. C'est un peu méchant, non ? Surtout venant d'une maman ?

Barbara prit une profonde inspiration et berça Cole d'avant en arrière. *C'est parce que Stella n'est pas une mère normale*, eut-elle envie de répondre. *C'est une nymphomane narcissique qui se préoccupe probablement davantage de se trouver un nouveau petit ami que de ses propres enfants.* Stella était précisément la raison pour laquelle Will était si incontrôlable. Il suffisait de regarder son frère, Aidan. Un enfant perturbé pouvait être le fruit du hasard, deux c'était un schéma dont le tracé menait tout droit aux parents.

— Bah, je suis sûre qu'elle ne le pensait pas, dit Barbara en caressant la tête de Cole d'une main protectrice.

Mais si, elle le pensait, cette salope sans scrupules.

— Ne t'inquiète pas, Hannah.

Même si tu étais probablement trop préoccupée par la crainte de déplaire à Stella pour défendre ton frère.

— Cole va se remettre, ma chérie. Il est juste fatigué. Et si tu montais faire tes devoirs, maintenant ?

Ainsi Barbara ne serait pas tentée de lui dire quelque chose qu'elle pourrait véritablement regretter.

— Le dîner sera bientôt prêt.

— Tu es sûre qu'il va bien ? insista Hanna en s'approchant doucement de son frère.

D'instinct, Barbara resserra son étreinte, ravalant l'agacement qui lui encombrait la gorge.

— J'en suis sûre, ma chérie.

Elle voulait bien fermer les yeux sur la part de responsabilité qu'Hannah avait pu avoir en laissant Cole se mettre dans tous ses états, mais elle ne tolérerait pas que sa fille se décompose à son tour. Parfois, toutes ses « sensibilités » ressemblaient terriblement à de la culpabilité.

— C'est demain, ton partiel de physique, non ?

Barbara connaissait par cœur la totalité du planning des examens. Preuve supplémentaire que ce qui se passait avec Cole n'était pas dû à une quelconque négligence de sa part. Elle était *attentive*, oui, parfaitement.

— Tu dois rester concentrée sur ton travail scolaire, Hannah. Lettre d'admission ou pas, la fac de Cornell se renseignera sur tes dernières notes.

— D'accord, dit Hannah à contrecœur, comme si elle redoutait l'arrivée du pire dès l'instant où elle quitterait cette pièce.

Elle essaya de croiser le regard de son frère, mais il avait toujours le visage enfoui dans le cou de Barbara.

—Je suis désolée que tu sois bouleversé, Cole, dit-elle.

Elle attendit un instant de voir s'il la regarderait. Comme il n'en fit rien, elle finit par s'éloigner doucement. À peine était-elle arrivée en haut de l'escalier que la sonnette retentit.

—Mon Dieu, quoi encore? chantonna Barbara contre la tempe de Cole, en espérant avoir l'air plus amusée qu'inquiète.

Elle le posa sur l'une des chaises de la cuisine.

—Reste là, mon chéri. Je reviens tout de suite. Ne bouge pas.

De toute façon, on aurait dit que Cole n'allait plus jamais aller nulle part.

Barbara s'efforça de se grandir tandis qu'elle se dirigeait vers la porte d'entrée. *Pas parfaits, juste heureux. Pas parfaits, juste heureux.* Soit, mais comment ce mantra était-il censé l'aider à se sentir mieux quand Cole semblait tout sauf heureux?

À travers les carreaux vitrés qui flanquaient la porte, Barbara distingua sa propre mère, Caroline, sur le seuil. C'était mardi, le jour où chaque semaine ses parents venaient dîner à la maison. Elle avait complètement oublié. Elle aimait profondément sa mère, mais recevoir ses parents ce jour-là entre tous ne faciliterait pas les choses.

Elle s'efforça de remonter les commissures de ses lèvres. «Ça commence par un sourire!» C'était le mantra préféré de Caroline, juste après: «Pas parfaits, juste heureux.» La vérité n'a d'importance que celle qu'on lui donne, voilà où sa mère voulait en venir.

—Ma parole, il t'en a fallu, du temps! lança Caroline quand Barbara ouvrit enfin la porte.

Ses joues rondes semblaient particulièrement roses à côté de son manteau rouge, et son nouveau carré court leur donnait l'air encore plus rebondies que d'habitude. Barbara craignit que sa propre coupe de cheveux ne produisît le même effet : la faire gonfler. Caroline écarta le plat à gratin qu'elle tenait à deux mains et pressa une joue mollassonne contre celle bien plus ferme de Barbara. Jamais de bise, juste les joues.

— Combien de fois as-tu sonné ? Je n'ai entendu qu'un coup.

Barbara était déjà sur la défensive. Il fallait qu'elle se détende. Qu'elle ne prenne pas tout à cœur. Sa mère ne pensait pas à mal. Elle disait tout haut tout ce qui lui passait par la tête. Sans compter qu'avec elle, réagir n'aboutissait qu'à mettre en lumière vos plus grandes faiblesses.

— J'étais avec Cole dans la pièce d'à côté.

— Laisse-moi deviner. Cet horrible Bob l'éponge est encore en train d'effacer le monde.

— Cole ne regarde pas Bob l'éponge, maman, protesta Barbara, mordant malgré elle à l'hameçon. La télé n'était même pas allumée. Où est papa ?

— Oh, son dos lui joue encore des tours, répondit Caroline avec un geste exaspéré. C'est ça, aussi, de passer la journée cassé en deux sur ces voitures. Je n'arrête pas de lui dire de laisser faire les garçons. C'est pour ça qu'il les paie, et bien trop généreusement, si je puis me permettre. Mais tu connais ton père : il considère cette affaire comme je ne sais quelle orchidée précieuse qui nécessite une attention permanente. Ce ne sont que des *voitures*, pour l'amour du ciel.

— Ma foi, je suis contente que tu sois là, répliqua Barbara, même si elle aurait aimé pouvoir, sans la vexer, la renvoyer chez elle s'occuper de son père.

Tandis que Barbara retournait vers la cuisine et vers Cole – dont il fallait vraiment qu'elle se soucie –, un malaise soudain faillit la terrasser. Elle dut prendre appui contre le mur pour ne pas perdre l'équilibre.

— Ouh là, que se passe-t-il, ma chérie ?

Caroline s'approcha, coinça son plat entre elles deux.

—Tu n'as pas mangé, aujourd'hui? Tu sais comme tu défailles vite quand tu ne manges pas.

Barbara s'obligea à prendre une grande inspiration et se repoussa du mur. Elle avait déjà laissé Cole trop longtemps tout seul.

—Je n'ai pas faim, maman, répliqua-t-elle en se dirigeant vers la cuisine. C'est Cole. Il y a quelque chose… Il a eu un jour sans. Tout ça a été un peu stressant. Je suis peut-être juste fatiguée.

—«Un jour sans»? lança sa mère derrière elle. Mais qu'est-ce que ça veut dire, bon sang?

De retour dans la cuisine, Barbara se servit un verre d'eau fraîche qu'elle but d'un trait, en essayant de ne pas faire attention à la manière dont Caroline rôdait sur le seuil en toisant Cole.

—Alors quoi, il s'est blessé?

Caroline avait l'air à la fois inquiète et quelque peu dégoûtée. Pour elle, la douleur physique était la seule justification légitime de n'importe quelle crise.

Barbara s'agenouilla devant Cole en lui écartant tendrement les cheveux des yeux. Il avait déniché un élastique qu'il s'était passé autour du poignet et qu'il se faisait claquer compulsivement sur la peau. Pas fort, mais elle arrêta son geste d'une main, puis de l'autre lui leva le menton. Il finit par la regarder. Ses yeux marron, humides et cernés de rouge, luisaient. Barbara passa un pouce sur sa joue devenue grise là où les larmes avaient transformé la poussière de la cour de récréation en boue.

—Peux-tu me dire ce qui s'est passé, Cole? demanda-t-elle. Avec Will?

La lèvre inférieure du garçon se mit à trembler. Puis il ferma fort les paupières et se mit à se balancer en se plaquant les mains sur les oreilles comme pour bloquer un bruit atroce.

— Cole, arrête ça! s'écria Caroline en accourant, toujours cet imbécile de plat à la main. Mais bon sang!

Les mains sur les oreilles, Cole plongea au creux du bras de Barbara. Elle crut qu'elle allait vomir. C'était tellement affreux. Toute cette situation.

Elle mourait d'envie de lui écarter violemment les mains. De lui hurler d'arrêter. Mais elle n'infligerait pas ça à son fils. Quelle que soit la raison de son comportement, ce n'était pas sa faute. Il lui était arrivé *quelque chose*. *Stella* et sa maison des horreurs, voilà ce qui lui était arrivé. Elle prit une inspiration et lui couvrit les mains en le berçant doucement contre elle. Elle entendait au loin la voix de Caroline, mais il lui fallait se concentrer sur son fils. Et il était si raide dans ses bras. C'était comme tenir une bobine métallique rouillée. Barbara enfonça le nez dans ses cheveux. Au moins il avait une odeur normale: sel, sable et sueur. Comme n'importe quel autre garçon de son âge. Elle posa les lèvres contre sa joue moite sans cesser de le bercer. Car Cole *était* normal, ça au moins elle en était sûre.

— Ça m'a fait mal aux yeux, finit par marmonner le garçon. Et aux oreilles. Ça me faisait mal aux oreilles.

— Qu'est-ce qui faisait mal? demanda-t-elle en essayant de garder une voix calme et douce.

Pourtant elle n'avait qu'une envie, c'était de crier. Et elle ne pensait qu'à une chose: à la manière dont elle allait se déchaîner sur Stella. Cette femme pouvait bien élever ses enfants de façon aussi inconvenante qu'elle le voulait, mais comment *osait*-elle laisser les conséquences de sa négligence désinvolte blesser ceux des autres?

— Will t'a-t-il fait quelque chose, Cole?

— C'était sa façon de me regarder, murmura-t-il.

— Pour l'amour du ciel, de quelle *façon* te regardait-il, Cole ? s'emporta Caroline.

Barbara tâcha de ne pas se hérisser. Sa mère n'avait pas fait exprès d'adopter un ton aussi rude : elle perdait patience quand elle s'inquiétait. C'était plus fort qu'elle. Sans compter que les dires et gestes de Cole semblaient bel et bien complètement fous.

— Comment Will te regardait-il, Cole ? lui demanda-t-elle d'une voix douce.

Il se recula pour la regarder. Ce contact visuel était déjà un progrès. Mais Cole secoua la tête.

— Pas Will.

Super. Qu'est-ce que ça voulait dire ? Aidan ? Quelque petit ami étrange venu voir Stella ? Elle aspira une petite bouffée d'air.

— Sais-tu qui c'était, Cole ? demanda-t-elle en élevant la voix dans l'espoir de paraître moins effrayée. Qui te regardait ?

Cole se contenta de secouer un peu plus la tête.

— C'est ridicule, Barbara. Comment peut-il ne pas *savoir* ? Il refuse de te le dire, c'est tout, s'agaça Caroline avant de se mettre littéralement à hurler. Cole, explique immédiatement ce qui s'est passé à ta mère !

Cole se recroquevilla et se blottit de nouveau dans les bras de Barbara. Elle envisagea de demander à sa mère de partir. S'imagina lui signifier qu'elle ne pouvait pas parler à son fils sur ce ton. Pas chez elle. Elle ne le tolérerait pas. Si Caroline ne se taisait pas, elle ne serait plus la bienvenue chez eux. Plus jamais.

Barbara aurait également pu réagir beaucoup moins violemment. Elle aurait pu lui suggérer d'être plus douce. Lui demander poliment de ne pas élever la voix. Seulement elle savait déjà que, même ça, elle ne le ferait pas. Elle ne ferait rien du tout.

— Tout va bien, mon cœur. Ne t'inquiète pas, murmura-t-elle contre la tête de Cole avant de recommencer à le bercer. Tu es en sécurité à présent. Tu es là, avec moi. Tout va bien se passer.

Elle le serra contre elle comme ça un temps infini, en le berçant doucement. Elle sentait les yeux de Caroline lui brûler la nuque : celle-ci mourait clairement d'envie de dire à Cole d'aller prendre un mouchoir, et à Barbara de faire descendre son fils de ses genoux, que ça suffisait. Grâce à Dieu, elle ne prononça pas un mot.

Enfin, le corps de Cole finit par tellement se détendre que Barbara s'apprêtait à vérifier qu'il ne s'était pas endormi quand soudain il se redressa et s'essuya le nez d'un revers de manche.

— Je peux regarder *Bob le bricoleur*, maintenant ? demanda-t-il comme si c'était ce dont ils avaient été en train de discuter.

— D'accord, répondit Barbara sans réfléchir.

Même si, en temps normal, ils étaient une famille « pas de télé en semaine », elle aurait dit oui à n'importe quoi.

— Quelques minutes, pas plus.

— D'accord, maman ! exulta le garçon en se levant d'un bond pour s'élancer joyeusement vers le salon.

Après son départ, Caroline rit sèchement :

— C'est la meilleure façon de l'inciter à recommencer ce genre de comédie. La télé comme récompense d'un caprice. Voilà une stratégie parentale qui n'existait pas à mon époque.

Barbara n'arrivait pas à la regarder. Elle aimait sa mère. Vraiment. Mais il fallait qu'elle s'en aille immédiatement, juste quelques minutes. Le temps que Barbara se ressaisisse. Qu'elle retrouve le sens de l'humour, voire un semblant de patience.

— Maman, est-ce que tu pourrais sortir nous acheter une baguette ? demanda-t-elle, les yeux rivés sur le carrelage de la cuisine.

— Bien sûr, répondit Caroline, ravie, en posant son plat sur le plan de travail.

Elle n'aimait rien plus que se rendre utile.

— En attendant, mets ça au four à cent quatre-vingts degrés pendant vingt minutes. Et puis grignote donc quelque chose, des amandes et des raisins secs, peut-être. Quelque chose avec des protéines. Ou bois un verre de lait. Tu as besoin de rééquilibrer ton index glycémique.

Elle sortit ses clés de voiture de son sac à main.

— Je reviens dans dix minutes !

— Prends ton temps, maman.

Bêtement, elle alla boire un verre de lait une fois sa mère partie, et eut aussitôt la nausée. Elle posa son verre dans l'évier. De la pièce voisine, *Bob le bricoleur* lui parvenait en bruit de fond. C'était réconfortant de savoir Cole tranquillement assis devant la télé. Peut-être qu'elle aussi avait besoin d'une distraction. Juste pendant que Caroline était partie et Cole occupé, un interstice pour se ressaisir.

Toute la journée elle avait voulu savoir quelles étaient les nouvelles au sujet du bébé. Rien de tel pour mettre en perspective les problèmes de son enfant vivant que de penser à l'enfant mort d'un autre. Elle en apprendrait bien davantage de la bouche de Steve ce soir, mais il arrivait qu'on déniche des ragots insoupçonnés dans les journaux d'information en ligne, sans parler des discussions des simples quidams. À défaut d'autre chose, on pouvait compter sur les citoyens de Ridgedale pour avoir des opinions et vouloir à tout prix les partager.

Elle s'empara de l'ordinateur portable posé sur le plan de travail et s'assit à la table de la cuisine. Une recherche Internet rapide fit ressortir plusieurs articles au sujet du bébé, mais ce ne fut qu'une fois sur le site du *Ridgedale Reader* que sa curiosité fut piquée. Il y avait déjà un certain nombre de commentaires sous les articles concernant le bébé. Comme d'habitude, la plupart avaient été rédigés par des cinglés qui voulaient juste s'écouter parler. Toutefois, certaines remarques l'arrêtèrent. Il était vrai que et la mère et le bébé auraient pu être assassinés, comme l'avait suggéré ce lecteur, et peut-être le corps de la mère restait-il encore à découvrir. Steve avait eu beau rejeter d'emblée cette possibilité, elle n'était plus convaincue.

Mais ce ne fut qu'en survolant les commentaires à la suite du deuxième article qu'elle en repéra un qui l'arrêta net.

TROUVEZ-LE.
AVANT QUE CE SOIT LUI QUI VOUS TROUVE.

Ses cheveux se hérissèrent sur sa nuque. Qu'est-ce que ça voulait dire, bon sang? Était-ce quelque absurdité éhontée, comme quelqu'un le suggérait plus loin? Sauf que ces mots avaient un côté terriblement effrayant, menaçant, presque. Comme si quelqu'un – un tueur par exemple – les narguait tous. Les yeux plissés, Barbara contemplait ces deux phrases quand quelque chose vint se poser sur ses épaules. Quelque chose de lourd et de chaud. Deux grosses mains. Elle se leva d'un bond et fit volte-face, renversant sa chaise qui tomba avec fracas.

— Oh là! s'exclama Steve alors qu'elle s'apprêtait à voler vers Cole au salon.

Les deux mains levées, on aurait dit qu'il essayait de neutraliser un pistolet fantôme.

— Du calme.

— Putain, Steve! Pourquoi tu arrives comme ça sans crier gare?

Elle se pressait une main sur la poitrine. Cette montée d'adrénaline lui donnait l'impression d'avoir le cœur près d'exploser.

— Pourquoi tu n'as pas envoyé de texto pour dire que tu étais en route ? Et pourquoi tu n'es pas passé par le garage ?

— Je suis désolé, je n'ai même pas réfléchi : la batterie de la Taurus est à plat, celle de mon portable aussi. Tu vois le genre de journée, quoi.

Il secoua la tête en laissant tomber sa casquette sur la table. L'air complètement exténué, il restait séduisant dans sa tenue de cérémonie. Il avait dû avoir un rendez-vous important : le maire, la presse.

— On m'a déposé avec une voiture de patrouille. Je ne voulais vraiment pas te faire peur.

Barbara inspira encore à plusieurs reprises, le temps que son cœur ralentisse. Elle était gênée de lui avoir crié dessus. Ça n'avait certainement pas été une journée facile – pour personne.

— Non, c'est *moi* qui suis désolée. Je ne voulais vraiment pas t'aboyer dessus comme ça. J'étais juste en train de lire ce...

Mais ce post sinistre n'allait certainement pas enchanter Steve. Cela ne ferait que le replonger dans le boulot, or elle avait besoin qu'il soit là avec elle maintenant. Elle lui en parlerait plus tard, ou peut-être pas. C'était absurde de toute façon.

— Mon Dieu, quelle affreuse journée. Tu dois être crevé.
— Tu l'as dit.

Il se pencha pour l'embrasser sur le front – encore le front, toujours le front – puis redressa sa chaise de façon qu'elle puisse se rasseoir.

— Tu veux boire quelque chose ? proposa-t-elle.

Il fit « non » de la tête et fronça les sourcils en s'asseyant en face d'elle à la table de la cuisine.

Dans le salon, le volume de la télé augmenta puis redescendit aussitôt.

— La télé un mardi ? s'étonna Steve avec un sourire fatigué.

Il soutenait les règles fixées par Barbara, les faisait siennes, surtout devant les enfants, mais ça n'en restait pas moins les règles de Barbara.

—Comme je le pensais, la journée a été rude pour tout le monde.

Steve hocha la tête, puis alla boire l'eau qu'il venait de refuser. Dos à elle devant l'évier, il se remplit un verre au robinet. Barbara l'observait, là devant le plan de travail, si constant, si fort. L'homme dont elle avait toujours su qu'il viendrait prendre soin d'elle. L'homme pour lequel elle serait prête à tout afin de le protéger. Quoi qu'il arrive. Pour la troisième fois de la journée, elle sentit les larmes lui monter aux yeux. C'était ridicule.

—Hé, que se passe-t-il ? lui demanda-t-il alors qu'il se tournait vers elle.

—Oh, c'est juste cet embrouillamini avec Cole et cette conversation avec Rhea et ensuite…

Les mots fusaient comme l'air quand on a retenu longtemps sa respiration. Steve vint lui poser une main ferme sur l'épaule.

—Et puis là, à l'instant, quand Hannah est allée le récupérer chez Will, Cole était hystérique. Il a même eu cette… je ne sais pas, cette *crise*, juste là.

Elle désigna le carrelage de la cuisine, la scène du crime.

—C'était atroce. Vraiment affreux, Steve. Il y a un problème, un gros problème. Pour ce qu'on en sait, si ça se trouve il a été maltraité, là-bas. *Abusé.*

—Abusé ?

Steve rentra le menton.

—D'où ça sort, ça ?

—Quand les enfants se mettent à faire des scènes, parfois c'est qu'ils ont subi quelque chose. Entre cette femme, ses petits amis, son fils aîné et je ne sais qui…

—Attends, de quelle femme s'agit-il ?

— De Stella ! Enfin, Steve, je t'en ai parlé. M'as-tu seulement écoutée ?

C'était de leur fils qu'il s'agissait. Il fallait que Steve se ressaisisse, qu'il ouvre les oreilles. Le reste de la ville devrait attendre.

— Minute, reprends depuis le début, dit-il fermement en s'asseyant en face d'elle.

Au moins, il semblait concentré.

— Cole a passé une mauvaise journée. J'entends bien, mais ça arrive à tout le monde, non ?

— Mais ce n'est pas…

D'un geste, il lui intima le silence.

— Une chose à la fois. As-tu la preuve qu'il ne s'agit pas juste de ça ? Que ça ne va pas faire pareil qu'Hannah avec les ponts ? Tu te rappelles ? Un jour, sans prévenir, on ne pouvait plus passer nulle part au-dessus de l'eau en voiture sans qu'elle hurle à la mort. Elle *hurlait*, au cas où tu l'aurais oublié. Et puis, du jour au lendemain, tout est redevenu normal. As-tu la preuve qu'il ne s'agit pas du même genre de phénomène ?

Barbara plongea dans le ciel lumineux des yeux de Steve. Il y avait tant de sentiment en eux, tant de bienveillance. Parfois ça l'exaspérait que Steve soit plus émotif qu'elle, et ça la laissait toujours perplexe. Ce n'était certainement pas de sa mère qu'il avait hérité son cœur débordant. Veuve morte d'un cancer du sein, Wanda avait toujours été aussi froide qu'un cadavre. Et pourtant Steve était là, guimauve sous sa carapace virile. Dieu savait qu'elle l'aimait jusqu'au tréfonds de son être, mais Steve était souvent trop confiant et trop généreux. Ceci dit, sa grande émotivité donnait aussi l'impression qu'il comprenait certaines choses qui échappaient à Barbara. Et à cet instant précis elle avait besoin de croire qu'il avait raison. Steve se leva et vint se placer derrière elle : d'une main, il lui massa la nuque et en dénoua les tensions. Lentement, ses épaules se relâchèrent.

—J'imagine que tu as raison, dit-elle en se laissant aller à fermer les yeux.

Ça aurait pu être exactement comme Hannah avec les ponts. Elle avait complètement oublié cet épisode. À l'âge de Cole, sa fille faisait toujours des crises pour une raison ou une autre. Or, même si elle nécessitait encore une haute surveillance, elle était largement dans le cadre de la normalité pour une adolescente. Peut-être cette situation n'était-elle pas aussi grave que Barbara se l'imaginait. Peut-être avait-elle effectivement besoin de se calmer. Elle essaya de se concentrer sur les doigts de Steve, sur la sensation de ses muscles qui se détendaient.

—Attends, c'est quoi ça? demanda-t-il d'une voix qui avait perdu sa chaleur soporifique.

Elle ouvrit les yeux: il regardait fixement l'écran de l'ordinateur portable.

—«Trouvez-le. Avant que ce soit lui qui vous trouve»?

Elle avait complètement oublié les commentaires du *Reader*. Steve n'avait pas franchement besoin d'un autre sujet d'inquiétude. Et voilà qu'elle l'avait de nouveau perdu au profit de l'enquête. Il allait passer le restant de la soirée les pieds à la maison, la tête ailleurs.

—Quelqu'un qui essaie de faire passer je ne sais quel message stupide, répondit-elle.

Il lui paraissait tellement évident à présent que ce message n'était pas une menace calculatrice. Ce n'était qu'une farce idiote. Décidément, tout la faisait réagir au quart de tour.

—Tu connais cette ville: Dieu seul sait ce que les gens ont en tête, mais tu peux être sûr qu'ils pensent avoir raison.

—Qu'est-ce que c'est? insista Steve d'une voix sèche tandis qu'il se rapprochait de l'écran. D'où ça vient?

—Oh, ce sont des commentaires sur les articles du *Reader*, expliqua-t-elle. Tu sais bien que les gens *adorent* commenter sur ce site. Ils trouvent le moyen de s'empoigner au sujet de la Turkey Trot[1].

— Formidable, juste ce qu'il me fallait, quelqu'un qui sème la panique.

Il secoua la tête, dégoûté.

— Y a-t-il d'autres commentaires comme celui-là ?

— Pas à ma connaissance, mais je n'ai pas eu le temps de tous les lire.

Elle fit glisser son doigt sur le touchpad afin de faire défiler la page.

— Tu ne peux pas simplement contacter le *Reader* pour qu'ils le retirent, ou qu'ils tracent le mail de la personne, ou que sais-je ?

Il secoua la tête.

— Premier Amendement. Il n'y a pas de menace tangible, et être un connard est un droit constitutionnel. Sans compter que le *Reader* ne risque pas d'ouvrir ses fichiers informatiques à la police, pas pour un truc comme ça.

Il fit courir son doigt sur l'écran avec un petit soupir.

— Merde alors. Je les ai lus, ces articles. Ils n'avaient rien de particulier. Ces gens se font une montagne d'une taupinière.

— Ils s'inquiètent, c'est tout, tenta Barbara, car elle avait le sentiment que Steve parlait aussi d'elle, or il était parfaitement compréhensible de s'inquiéter. Ça leur fait du bien de jacasser sur cette affaire. Ils ont l'impression de contrôler quelque chose.

— Attends, arrête-toi.

Steve tapota l'écran.

« Un autre meurtre à Ridgedale ?? » Barbara avait su dès que ce bébé avait été retrouvé du côté d'Essex Bridge que la

---

[1]. Course à pied organisée à l'occasion de Thanksgiving, où la plupart des participants sont déguisés. (*NdT*)

mort de Simon Barton finirait par refaire surface. Mais elle n'avait pas pensé que ça arriverait si vite.

« Je me fiche de savoir à quand ça remonte, la coïncidence me paraît dingue. »

— Manifestement, cette Molly Sanderson veut faire feu de tout bois, commenta-t-elle.

— À mon avis le problème c'est qu'elle croit sincèrement que ce qui est arrivé à Simon Barton n'est pas anodin.

— Eh bien détrompe-la.

— C'est ce que j'ai fait.

Il ne lâchait pas des yeux l'écran d'ordinateur.

— Alors répète-le-lui et fais en sorte qu'elle t'écoute, Steve, aboya-t-elle.

Elle ne tolérerait pas qu'une sombre journaliste ajoute à leurs problèmes en déterrant une affaire dérangeante qui remontait à des années.

— Tu es le commissaire de police. Elle, c'est qui ?

— En fait, tu la connais, ou du moins elle te connaît. Ils ont emménagé à Ridgedale l'automne dernier. Sa fille est dans la classe de Cole.

— Tu plaisantes.

Ce devait être la mère d'Ella. La fillette était la seule nouvelle de la classe. Barbara avait échangé des politesses avec sa mère, mais ça s'était arrêté là. Molly était amie avec Stella, Barbara n'avait pas besoin d'en savoir plus pour garder ses distances.

— Ma foi, voilà une façon bien étrange de se faire de nouveaux amis.

Steve ne répondit rien. Il regardait cet ordinateur depuis bien plus de temps que ce qu'aurait dû lui prendre la lecture du reste des commentaires. Il avait la mâchoire complètement contractée.

— Imprime-les-moi, tu veux ?

Sa voix était tellement grave qu'elle ne lui ressemblait pas.

— Tu n'étais même pas policier, à l'époque, protesta Barbara.

Car voilà qu'il recommençait : responsable de tous et de tout. Il avait sûrement le sentiment qu'il aurait dû empêcher Simon de se soûler autant ce soir-là. Steve, lui, n'avait jamais été très porté sur l'alcool.

— Nous avons tous été bouleversés par ce qui est arrivé à Simon. Mais qu'importe ce qui aurait dû ou pu être fait à l'époque, cela n'a franchement rien à voir avec toi.

Elle se rendait bien compte que c'était facile à dire pour elle. Ce soir-là, elle s'était trouvée à l'autre bout de la forêt, près du cercle de bûches où se retrouvaient les filles, du moins celles qui ne forniquaient pas avec les garçons dans les feuilles mouillées. Ces bûches étaient les seuls endroits où elles pouvaient s'asseoir sans se salir. Pendant ce temps-là, les garçons partaient toujours dans les bois jouer à un jeu qu'ils appelaient « l'obstacle qui tangue », pour voir qui arrivait à franchir le plus vite possible un parcours de branches et de bûches dans l'obscurité la plus totale. Des lycéens sportifs sans cervelle : tout se devait d'être une compétition. Steve avait toujours refusé de parler en détail de cette fameuse nuit – ça le bouleversait trop –, mais lui et quelques autres garçons avaient vu Simon glisser.

Steve hocha la tête.

— Contente-toi de les imprimer, d'accord ?

Il se redressa et se dirigea vers l'escalier.

— Ce dont j'ai vraiment besoin, là, c'est de me décrasser de ce ruisseau. Il me sort par tous les pores.

— D'accord, mais essaie de faire vite, dit Barbara d'une voix hésitante.

Il fallait bien qu'elle le prévienne.

— Ma mère va revenir d'ici quelques minutes. Pour dîner. On est mardi, tu te souviens ?

Steve s'arrêta au milieu de l'escalier. Sa tête s'affaissa tandis qu'il posait une main sur la rampe.

— D'accord, dit-il en regardant Barbara avec un sourire forcé, tâchant manifestement de s'armer de courage. D'accord.

Alors qu'il finissait lentement de monter les marches, une part d'elle regretta qu'il n'ait pas exigé qu'elle annule ce dîner avec ses parents. Car ces derniers temps sa propension à se plier à ses exigences semblait être inversement proportionnelle à l'affection qu'il lui portait.

Steve parti, elle se rendit dans le salon. Cole n'était plus devant la télé, preuve irréfutable qu'elle l'avait laissé là trop longtemps. Au lieu de cela, il était assis à sa petite table dans un coin de la pièce. Il lui tournait le dos. Depuis le seuil, elle n'arrivait pas à voir ce qu'il faisait, mais plus elle se rapprochait, plus il semblait qu'il ne faisait pas grand-chose. À part être assis là, le regard de nouveau bloqué dans le vide.

— Cole, mon chéri, lança-t-elle en ralentissant au milieu de la pièce.

Elle avait peur de le faire sursauter. Elle éleva la voix dans l'espoir qu'il sortirait de sa transe avant qu'elle approche trop.

— Bob n'est pas très intéressant aujourd'hui ?

Le garçon ne répondit pas. Il ne bougea pas – pas d'un pouce, pas un tressaillement. Elle n'arrivait même pas à savoir s'il respirait.

— Ce soir au menu il y a les lasagnes de Nana, Cole, lança-t-elle gaiement alors qu'elle se dirigeait vers lui en serrant si fort les mains l'une contre l'autre qu'elles commençaient à l'élancer. Sans rien de vert dedans, comme tu les aimes.

C'est alors qu'elle vit les feutres, les petits gros. Tous les cinquante étaient éparpillés sur la table et par terre, la plupart sans capuchon, comme si on les avait lancés et laissés retomber en pluie. Pourquoi aurait-il fait une chose pareille ? Cole était un enfant soigneux et exigeant. Les feutres qui sèchent étaient le genre de chose qui l'inquiétait. Elle était à un mètre derrière lui désormais. Elle tendit une main, un gouffre béant au creux du ventre.

« Bob le bricoleur, peut-on le faire ? » chantaient derrière elle Bob et ses amis.

— Cole, répéta-t-elle plus fort.

Elle fit une caresse dans le vide.

— Cole, s'il te plaît. Regarde-moi.

Elle était juste derrière lui à présent. Juste là. Il n'avait pas bougé. Elle avait tellement peur de le toucher. Peur de ce qu'il pourrait faire – oui. Elle avait peur de son *fils*. Mais pourquoi ? C'était absurde, mais c'était vrai. Elle s'en haïssait d'autant plus.

« Peut-on le faire ? Oui, on peut ! »

Au moins Cole respirait, il haletait.

— Chéri ? bredouilla-t-elle dans les aigus. Ça va ? S'il te plaît, Cole, dis quelque chose.

Seul son souffle lui répondait : « puff, puff, puff ».

Puis elle fut suffisamment près pour le voir. Là, sur la table. Le dessin sur lequel il avait travaillé. Il était grossier et enfantin, tout en traits hachés et disproportionné, comme tous ses dessins. Mais impossible de prétendre qu'il s'agissait d'autre chose que ce que c'était.

Le portrait d'un garçon au bras tranché.

Molly Sanderson, séance 10, 1er mai 2013
(transcription audio, séance enregistrée avec l'accord conscient du patient)

Q. : Pensez-vous être prête à parler de ce qui s'est passé cette nuit-là ?

M.S. : Vous voulez dire la nuit où j'ai perdu le bébé ? Nous en avons déjà parlé plusieurs fois. Nous pouvons recommencer si vous voulez.

Q. : Je voulais dire après ça. La fameuse nuit qui vous a conduite à venir me voir la première fois.

M.S. : Vous lui donnez une gravité qu'elle n'a pas.

Q. : Justin a été obligé d'appeler une ambulance.

M.S. : Il a en effet appelé une ambulance. Il n'était pas *obligé* de le faire.

Q. : Que s'est-il passé cette nuit-là, Molly ?

M.S. : Justin a paniqué. Je ne lui en veux pas, mais c'est ce qui s'est passé. Ce n'étaient que cinq points de suture. Je n'avais pas besoin d'une ambulance.

Q. : Je crois qu'il est important qu'on en parle. Vous avez fait de nets progrès, mais je n'ai pas envie de négliger le fait que nous continuons à marcher sur des œufs à l'évocation de certaines questions particulièrement significatives.

M.S. : J'ai fait tomber un verre. Il s'est cassé. Ensuite j'ai glissé alors que j'étais en train de ramasser les morceaux.

Q. : Vous avez glissé sur le bras ?

M.S. : Oui. C'est ce qui s'est passé.

Q. : Et Ella ?

M.S. : Je ne me suis rendu compte que je saignais qu'au retour de Justin. Sinon jamais je ne l'aurais prise dans mes bras. Si j'avais voulu essayer de me suicider, pensez-vous vraiment que je l'aurais fait alors que j'étais seule à la maison avec elle?

Q. : Vous ne l'auriez pas fait?

M.S. : Non. J'aurais attendu d'être toute seule. Et surtout j'aurais fait en sorte de ne pas me rater.

Molly

Depuis le salon, j'entendis s'ouvrir la porte d'entrée. Justin. J'écoutai les bruits familiers : son sac qu'il laissait tomber par terre, sa veste qu'il accrochait. Par-dessus mon ordinateur portable, je jetai un coup d'œil à Ella, profondément endormie à côté de moi sur le canapé. Justin n'allait pas approuver que je l'aie laissée s'endormir ici et pas dans son lit. Il fallait reconnaître que dans le domaine du sommeil, j'étais le maillon faible. Je n'arrivais pas à me résoudre à dire bonne nuit. J'avais besoin de son petit corps chaud pressé contre le mien. Je songeai à la prendre dans mes bras et à foncer vers l'escalier pour dissimuler la preuve de ma faiblesse, mais, avant que je puisse faire un geste, je reçus un texto d'Erik :

Des nouvelles de cette ex-étudiante à l'hôpital ?

Je répondis :

La police la garde pour l'interroger. J'attends une confirmation officielle pour en parler.

Plus j'y réfléchissais, moins j'étais à l'aise à l'idée de rendre compte du rôle de Rose dans cette affaire. Et il n'y avait guère de chance pour que ça change quand j'aurais confirmation qu'il s'agissait d'un suspect. Elle était probablement semblable à tant de ces femmes au nom desquelles j'avais œuvré des années durant : terrorisée, seule, traumatisée. Les idées confuses. Voilà un état dont je connaissais toutes les facettes. Comment aurais-je pu jeter de l'huile sur le feu de la police ? J'aurais préféré que Stella ne m'appelle pas, j'aurais préféré n'avoir jamais rencontré Rose. Surtout après ce que m'avait dit Ella. Stella avait-elle inventé cette histoire d'agression sexuelle pour protéger Aidan ? J'avais tout de même du mal à la croire aussi bonne actrice ou calculatrice à ce point.

Erik : Attends qu'on voie où ça mène avant de l'évoquer
Dans un cas comme celui-là, il ne faut pas aller trop vite en besogne.

Je répondis, contente de ne plus avoir cette pression, mais surprise par ce soudain accès de prudence, qui contrastait avec son approche « pas de quartier » coutumière. :

Ok. Tu sais quand tu seras de retour ?

Vite, j'espère. J'aide à organiser les obsèques de mon oncle.

Ton oncle ?

Oui, très âgé. Longue maladie.

Désolée de l'apprendre. Toutes mes condoléances à ta famille.

Merci. Je te refais signe vite.

Nancy m'avait raconté que la maison du cousin d'Erik avait totalement brûlé dans un incendie. Maintenant c'était la mort d'un vieil oncle. Il était possible que Nancy se soit trompée. Possible, mais peu probable. La disparition soudaine d'Erik avait été suspecte dès le début. Désormais, j'étais convaincue que, quoi qu'il soit en train de faire, cela n'avait rien à voir avec le décès d'un oncle ni un incendie domestique.

Quand Justin apparut sur le seuil de notre petit salon, je portai un doigt à mes lèvres, puis désignai Ella d'un geste coupable. Il sourit – nulle trace de l'agacement que je redoutais –, l'air particulièrement séduisant dans son costume. La soirée cocktail des enseignants, j'avais complètement oublié. Il avait dû rentrer se changer à la maison après notre rendez-vous au *Black Cat*. Alors seulement je regardai l'horloge : presque 23 heures. J'avais été tellement absorbée par ma vaine recherche d'un lien entre Rose et Aidan que je n'avais pas vu le temps passer.

Il n'y avait pas de photos d'Aidan sur le compte Instagram de Rose (qui stagnait depuis des jours) et aucune mention de Rose sur la page Facebook relativement clairsemée d'Aidan, en total accès libre puisque dépourvue de tout paramètre de confidentialité. J'étais tombée sur le blog crudivore de Rose, qui comprenait des mentions de sa colocataire, Laurie, et une poignée de photos de ses amis. Mais aucune allusion à un quelconque petit ami.

Justin me fit signe de le suivre dans la cuisine tandis qu'il desserrait sa cravate. Je glissai discrètement du canapé sans réveiller Ella, puis le rejoignis. Dos à moi, il servait deux verres de scotch, le sien deux fois plus rempli que le mien.

— Dure journée ? m'enquis-je.

— Pas la meilleure, oui, répondit-il d'une voix grave et pesante.

— Tu veux en parler ? demandai-je en traversant la pièce.

— Ça paraît débile un jour comme aujourd'hui, dit-il en secouant la tête et en me désignant d'un geste, allusion au bébé qui avait été retrouvé. Autre fac, même vieille politique. C'est tout. Pas très intéressant.

Il but presque d'un trait son whisky.

—Ouh là, ça doit être grave.

Je me pressai contre son dos en passant mes bras sous les siens.

—Allez, parle-moi.

Je voulais qu'il me raconte tout. Cela faisait si longtemps que je n'avais pas pu être là pour lui, à écouter ses problèmes, si futiles soient-ils au vu des circonstances. C'était agréable de penser que notre mariage retrouvait l'équilibre qui faisait jadis ma fierté.

—C'est juste difficile de faire le poids quand on est le petit nouveau. Miles Cooper a publié moitié moins que moi, mais le président de l'université était son professeur à Yale. Et il joue au basket tous les mercredis avec le doyen des étudiants.

—Toi aussi tu pourrais jouer au basket, suggérai-je en lui embrassant la nuque. Tu es bon au basket.

—Je crois que tu serais un meilleur moyen pour gagner les faveurs de Thomas Price, répliqua-t-il. Il était là ce soir. Apparemment, tu lui as fait une sacrée impression.

—Je suis désolée de ne pas t'avoir davantage prévenu que par un texto deux secondes avant. Cet entretien s'est vraiment décidé à la dernière minute.

Justin se retourna. Il m'écarta les cheveux du visage.

—J'espère que tu l'as mis mal à l'aise sous le feu de tes questions incisives.

—J'ai bien peur que notre entretien ait été terriblement poli.

Avec du recul, peut-être trop poli. J'aurais probablement dû davantage presser Price pour savoir comment l'université gérait les plaintes des étudiants, en particulier concernant les agressions sexuelles.

—Et qu'est-ce que tu entends par « impression » ?

—Il t'a trouvée «absolument charmante». Ce sont ses mots – qui parle encore comme ça? Bref, je crois bien qu'il a un faible pour toi.

Je ressentis une bouffée de ravissement juvénile. Voilà ce qui arrive quand on reste cloîtré hors du monde pendant des mois: on régresse. Je m'imaginai un court instant une scène où Justin et Thomas Price se livraient bataille pour gagner mon cœur. J'aurais fini avec Justin, évidemment. Mais là n'était pas la question.

—Oh, je t'en prie, répliquai-je. Il faisait juste preuve de politesse parce que je suis mariée avec toi.

—Un faible, je te dis.

Il sourit, puis termina son verre d'une deuxième grosse rasade.

—Si seulement on arrivait à transformer le faible de Thomas Price pour toi en faible du président de l'université pour moi.

—Au fait, merci pour le petit mot, dis-je en enfouissant mon visage au creux de son cou tout chaud. Il m'a vraiment... J'en avais besoin.

—Je n'aurais jamais dû arrêter de te les donner, dit-il gravement. Jamais.

—Oui, bah, je crois que nous avons tous les deux un tas de choses qu'on aurait préféré faire différemment.

Justin posa son verre vide sur le plan de travail, puis appuya les deux mains sur mes joues en faisant courir ses pouces sur mes pommettes.

—Je suis tellement content que tu sois revenue, Molly Sanderson, dit-il en me lançant son fameux sourire qui m'avait toujours donné le sentiment d'être quelque miraculeux trésor qu'on vient de déterrer. Promets-moi que je ne te perdrai plus jamais. Quoi qu'il arrive.

—Je te le promets, répondis-je en le regardant droit dans les yeux.

Il s'inquiétait encore concernant ma capacité à couvrir cette affaire. Mais il se trompait. Ça me ferait du bien, même si je ne savais pas trop de quelle manière.

Il se pencha, fit glisser ses doigts sur ma nuque et m'attira contre lui. Il m'embrassa alors violemment, comme il le faisait avant de craindre que je me brise. Et je me perdis dans ce baiser, ce que je n'avais pas réussi à faire depuis longtemps. Soudain, j'eus besoin qu'on se fonde l'un dans l'autre. J'eus besoin que tout le reste s'évanouisse : le passé, le futur. Toutes mes erreurs, tous mes défauts. Les mille et une façons dont j'avais manqué à mes devoirs envers Justin, Ella et moi-même. Dont j'avais manqué à mes devoirs envers *elle*, mon bébé qui jamais n'avait été. J'avais besoin de savoir qu'on avait fait mieux que survivre. J'avais besoin de croire qu'on avait ressuscité.

Justin ferma la porte de la cuisine d'un coup de pied tout en m'ôtant ma chemise tandis que je tirais sur sa veste. Une seconde plus tard, je n'avais plus de pantalon et, nue contre le plan de travail de la cuisine, je déboutonnais le sien alors qu'il glissait les doigts sous le fermoir de mon soutien-gorge. J'appuyai ma bouche ouverte contre son cou pour que mes bruits ne réveillent pas Ella. Il me pénétra brusquement, et je nous regardai bouger à l'unisson dans le reflet de la fenêtre de la cuisine.

Après, nous restâmes allongés par terre, le costume froissé de Justin entre nous et le carrelage froid, gloussant et haletant, nos deux corps emmêlés comme dans notre verte jeunesse. J'avais posé ma tête sur sa poitrine moite.

— Tu te rappelles la première fois où tu es restée toute la nuit ? demanda-t-il, sa voix vibrant contre mon oreille.

— Comment pourrais-je l'oublier ?

Je déplaçai ma joue afin de trouver un recoin plus moelleux sous sa clavicule.

— Ce n'est pas tous les jours qu'on a le plaisir de dormir la tête écrasée contre le frigo.

— Il était minuscule, cet appart, hein ? Je me rappelle m'être réveillé en plein milieu de la nuit, et tu étais là en train de t'habiller.

— Il était 6 heures du matin, ce n'était pas le milieu de la nuit, et je voulais m'éclipser avant que tu me baratines. Je t'aimais bien. Je voulais que ça reste comme ça.

— Mais mon charme irrésistible t'a convaincue de rester.

— Les crêpes matinales du samedi, c'était censé être ta spécialité. Sauf que tu n'avais aucune idée de ce qui était ouvert à cette heure-là.

— Oui, et tu m'as fait remarquer que j'avais menti tout en dévorant les délicieuses crêpes que j'avais bel et bien fini par dégotter.

— C'est vrai ? m'esclaffai-je. J'étais une coriace. Leslie avait raison. Je m'étonne que tu aies voulu me revoir.

— Allons, Molly, tu sais bien que j'ai toujours adoré ton franc-parler.

— Heureusement pour toi, je me suis adoucie avec l'âge.

— Et tu vas devenir une excellente journaliste, je n'ai aucun doute là-dessus.

Il prit une grande inspiration, ma tête se souleva et redescendit lentement.

— Seulement, pas avec cette histoire, d'accord ? Je veux que tu demandes à Erik de la confier à quelqu'un d'autre, Molly. Fais-le pour moi.

Je levai la tête, mais il avait les yeux rivés au plafond. C'était une telle bombe que je pensai avoir mal entendu.

— Qu'est-ce que tu viens de dire ?

— Je m'inquiète trop de ce que ça va… de tout ce que ça va faire remonter en toi, expliqua-t-il en croisant mon regard. On était tellement bien ces derniers temps, Molly. Je n'ai pas envie de perdre ce qu'on a retrouvé.

C'était ma faute. Je n'aurais pas dû m'émouvoir autant au *Black Cat*. Il avait probablement dû croire que j'étais de nouveau sur le point de basculer. Je me sentais tellement plus stable à présent. Cet article n'était rien d'autre qu'un article. Un article qui me tenait à cœur, certes, mais il ne s'agissait pas de *moi*.

— Au début, j'ai été désarçonnée par le fait qu'il s'agissait d'un bébé, c'est vrai, admis-je. Mais maintenant ça va. De fait, j'ai l'impression que cet article va m'aider à…

— Tourner la page, m'interrompit-il. Oui, je sais. Tu l'as déjà dit. Et c'est précisément ce qui m'inquiète.

— Ce n'est pas ce que j'ai dit.

Si ?

— Non, tu as raison, avoua-t-il en me toisant d'un air triste. Tu as dit que ça avait un «rapport» avec ce qui nous est arrivé.

Il avait raison, *ça* je l'avais dit. Je restai là à le dévisager. Je n'avais aucun moyen de défense.

— Nous en avons déjà parlé cent fois, Molly : on ne tournera jamais la page. Pas celle de ce qu'on a perdu. Il va juste falloir que tu apprennes à vivre avec. Et moi aussi. Redonne cette affaire à Richard, Molly. C'est lui le responsable des actualités, pas toi.

— Je refuse de *donner* cette affaire à qui que ce soit, Justin, répliquai-je, soudain en proie à la colère.

Je me fichais qu'il soit bien intentionné. Ce qu'il faisait et la manière dont il s'y prenait étaient injustes. C'était mon mari. J'avais besoin de son soutien.

— Il faut que je le fasse. Je sais que ça te paraît absurde, mais si je parviens à découvrir ce qui est arrivé à ce bébé, peut-être que je pourrai arriver à comprendre…

Comment pouvais-je me retrouver encore une fois sur cette pente ? J'avais bel et bien l'air délirante. Tous les chemins ne cessaient de me ramener à moi et à mon bébé. Justin laissa en suspens ma phrase inachevée, preuve qu'il avait raison.

— Je comprends que tu veuilles te charger de cette affaire, et je comprends même pourquoi, finit-il par dire. Mais si tu te trompais en disant que tu vas bien ? Et si tu n'étais pas la meilleure juge de ton ressenti ?

— C'est insultant.

J'enfilai ma chemise d'un geste rageur, puis me levai d'une poussée.

— Tu parles de moi comme si j'étais… comme si j'avais je ne sais quelle affliction permanente. J'étais déprimée, Justin. Et pour une bonne raison, si je puis me permettre. Je ne le suis plus. Fin de l'histoire.

— C'est juste *cet* article que je te demande de ne pas faire, Molly, s'emporta-t-il à son tour en enfilant lui aussi sa chemise. N'ai-je pas gagné le droit de demander cette petite faveur ?

— Gagné le droit parce que tu t'es occupé de moi ?

Je m'écartai de l'endroit où nous avions été allongés, la poitrine en feu.

— Tu comptes sérieusement te servir de ça comme d'une monnaie d'échange ? Tu trouves que c'est juste ?

Justin se leva, les lèvres pincées.

— Tu sais ce qui est vraiment injuste, Molly ?

Il parlait d'une voix posée et réfléchie. Il était trop intelligent pour se discréditer en perdant patience.

— Toi qui essaies de transformer mon attitude bienveillante en comportement de gros connard.

— Oui, eh bien je suis désolée que, contrairement à toi, la mort de notre bébé ne m'ait pas glissé dessus, lançai-je d'une voix criarde, bien décidée à le blesser. Ça ne fait pas de toi quelqu'un de meilleur, tu sais. Juste quelqu'un de chanceux.

Les yeux rivés au sol, Justin fronçait les sourcils en secouant la tête.

—À tout à l'heure dans notre chambre, dit-il. (Il se dirigea vers la porte sans me jeter un regard.) Mais d'abord, *je* vais aller coucher Ella.

Après son départ, je restai seule dans la cuisine, en chemise et culotte, furieuse et pleine de regrets. Balançant entre m'excuser et lui courir après pour continuer la dispute. La sonnerie de mon téléphone m'épargna ce choix. Numéro inconnu. J'espérais qu'il ne s'agissait pas encore une fois de Deckler.

—Allo ? aboyai-je.

—Commissaire Steve Carlson à l'appareil, madame Sanderson. Désolé de vous déranger si tard.

—Ce n'est pas grave. Que se passe-t-il ? m'enquis-je en essayant d'adoucir ma voix.

—Vous étiez à l'hôpital cet après-midi ?

Gloups. Je n'aimais pas ce préambule, et encore moins l'épilogue que je devinais.

—Hum, oui, la femme de ménage de mon amie a eu un accident de voiture. Elle avait besoin d'un soutien moral. (Pourquoi l'avais-je formulé ainsi ? On aurait dit que Stella était mêlée à cette affaire.) Ou plutôt de compagnie, le terme serait mieux choisi. Mon amie a tendance à être un peu mélodramatique, même dans des situations auxquelles elle n'est pas mêlée.

Bravo, super. Mélodramatique ? Mais qu'est-ce que j'avais ? Ce n'était pas parce que c'était vrai qu'il fallait que je le dise à la police. Et ne pas prononcer le nom de Stella n'arrangeait rien, même si j'essayais de m'en convaincre.

—À quelle heure avez-vous quitté l'hôpital ?

—Je dirais aux alentours de 13 heures. Je suis allée à l'université pour une interview.

—D'accord. Pourriez-vous m'appeler si vous avez des nouvelles de Stella, s'il vous plaît ?

Non, certainement pas. Voilà ce que j'avais envie de répondre. Pourquoi devrais-je rapporter les faits et gestes d'une amie ? Toutefois, au vu des circonstances, refuser aurait semblé affreusement conflictuel.

— Bien sûr, hésitai-je. Pouvez-vous m'expliquer pourquoi ?

— Rose Gowan a disparu. Et, manifestement, votre amie Stella aussi.

Je rêvai de bébés. De bébés morts. Dans une pièce remplie de petits cercueils. L'un d'eux était le mien. J'ignorais lequel. Je me réveillai en sursaut et m'assis toute droite dans mon lit. Je distinguai la silhouette de Justin, qui dormait sur le flanc à côté de moi. Je m'assurai d'une main qu'il respirait, puis me blottis tout contre son dos en faisant comme si nous ne nous étions pas disputés plus tôt. Cette querelle me semblait un tel gâchis à présent. Sans compter qu'avec ce genre de rêves, il était difficile de continuer à affirmer que cet article n'avait aucun effet sur moi.

Quand je me réveillai de nouveau, il était presque 7 heures du matin, Justin était déjà parti. Il m'avait laissé un mot : « Conférence à Columbia ; reviendrai tard. » Il y avait aussi une autre de ses citations. Je ressentis un pincement de culpabilité à propos de notre dispute de la veille.

« L'espoir porte un costume de plumes, se perche dans l'âme. »

Emily Dickinson

Je roulai sur mon lit et m'emparai de mon portable posé sur ma table de nuit afin d'envoyer un texto à Justin :

Je sais que tu t'efforces simplement de m'aider. Désolée pour hier soir. Gros bisous.

Je ne m'attendais pas à ce qu'il me réponde, et pourtant si. Du tac au tac.

> Moi aussi je suis désolé. Sache que je crois en toi, Molly. Plus que tu ne le sauras jamais. Gros bisous.

Je descendis l'escalier, soulagée. Contente que Justin et moi n'ayons plus techniquement de dispute en cours. Contente aussi de ne pas avoir reçu pendant la nuit de message d'une Stella énervée que j'aie parlé à Steve. Même Ella dormait plus tard que d'habitude, ce qui me laissait le temps de boire tranquillement une tasse de café avant d'être emportée dans le tourbillon de la routine matinale.

Cependant, à peine eus-je posé le pied dans le salon que je fus troublée par un détail inhabituel. Il y avait une petite boîte d'archivage en carton posée à un mètre de la porte d'entrée. Quelque cadeau de la part de Justin ? Sauf que, plus je m'approchais, plus le contenant me semblait étrange pour un cadeau. Et puis il était écrit « Molly Sanderson » en grosses lettres noires en travers du couvercle, et ça ne ressemblait pas à l'écriture de Justin.

Je sortis mon portable de la poche de mon sweat-shirt et lui envoyai un autre texto dans l'espoir de le cueillir avant que le train entre dans Penn Station et qu'il ne capte plus.

> La boîte est-elle un cadeau de réconciliation ?

> Quelle boîte ?

> Allons. Celle devant la porte d'entrée ?

> Suis à fond pour les kdo de réconciliation. Mais cette boîte ne me dit rien du tout.

Je montai quatre à quatre les marches de l'escalier. *Quelqu'un est venu chez nous. Quelqu'un pourrait être encore chez nous.* Peut-être Ella ne dormait-elle pas. Peut-être lui avait-on fait quelque chose. J'ouvris si violemment la porte de sa chambre qu'elle alla percuter le mur.

Ella se réveilla en sursaut d'un sommeil profond.

— Maman ! s'écria-t-elle avant d'éclater en sanglots terrifiés.

Mais elle allait bien. C'était l'essentiel. J'inspirai une bouffée d'air – ok, Ella n'avait rien. À présent il fallait que je me ressaisisse et qu'on sorte fissa de la maison, au cas où la personne qui était entrée chez nous y serait encore.

— Tout va bien, ma puce, la rassurai-je en essayant de garder mon calme tandis que je la sortais du lit et la prenais dans mes bras.

Je parlais d'une voix haletante. J'avais probablement aussi l'air terrorisée. Heureusement, Ella était encore à moitié endormie.

— Je me disais qu'on pourrait sortir manger des crêpes. Se faire un petit plaisir, quoi.

— Mais je suis fatiguée, gémit-elle en se frottant les yeux et en passant ses jambes autour de ma taille. Je ne veux pas de petit déjeuner. Je veux retourner au lit.

— Je sais, Ouistiti, je sais.

Je lui massai le dos en descendant l'escalier. Puis je m'arrêtai juste le temps d'attraper mes clés de voiture et mon sac à main. Pas assez longtemps pour me rendre compte que dehors il pleuvait des cordes, encore moins pour attraper un parapluie. Je descendis l'allée à toute vitesse et rejoignis ma voiture avec Ella dans son pyjama Hello Kitty en essayant de la protéger du déluge, soulagée de constater qu'au moins je n'étais pas toute nue : je portais un pantalon de yoga et un sweat-shirt.

Je pris le temps d'attacher Ella en douceur dans son siège, me trempant au passage, mais sans jamais cesser de sourire, comme pour la convaincre que cette course folle n'était que le fruit de son imagination. Une fois installée au volant, portières verrouillées, je m'essuyai la figure en lui adressant un grand sourire dans le rétroviseur. Elle se contenta de tourner sur le côté son visage ensommeillé et bougon tandis que je reculais lentement dans l'allée. Ce ne fut qu'après avoir passé trois rues qu'il me parut sans risque de me garer. J'arrêtai les essuie-glaces et la pluie battante brouilla aussitôt le pare-brise.

Nouveau coup d'œil à Ella dans le rétroviseur : agrippée à sa couverture, elle suçait son pouce, profondément endormie.

—Steve Carlson, répondit-il dès la première sonnerie.

On aurait dit que je l'avais réveillé. Au lit avec Barbara, sûrement. Pourtant j'avais beaucoup de mal à me représenter la scène.

—Molly Sanderson à l'appareil. Je suis navrée de vous déranger aussi tôt, mais je… j'avais votre numéro dans mon portable après votre coup de fil d'hier soir. Et je ne savais pas trop qui appeler d'autre. Je crois que quelqu'un est entré chez moi.

—Êtes-vous encore à l'intérieur de la maison ? demanda-t-il, sérieux, professionnel, très flic.

Mon cœur recommença à tambouriner. Je m'étais tellement attendue à me faire envoyer sur les roses.

—Non, dans ma voiture, à quelques pâtés de maisons, avec ma fille. Quelqu'un a laissé une boîte dans mon salon pendant qu'on dormait. Je suis sûre que je m'affole pour rien, mais…

—Restez où vous êtes pour l'instant. Donnez-moi votre adresse, je vais aller vérifier.

Le temps qu'il me rappelle pour me dire de rentrer chez moi, l'averse s'était muée en une légère bruine.

À mon arrivée, il était appuyé contre une voiture banalisée – peut-être simplement la sienne –, l'air beaucoup plus jeune dans son jean et son tee-shirt à manches longues. Je me garai derrière lui, détachai sans bruit ma ceinture et laissai le moteur tourner quand je sortis du véhicule, dans l'espoir qu'Ella continuerait à dormir.

— Bonjour, lança-t-il avec un hochement de tête, avant de jeter un coup d'œil désapprobateur à ma voiture ronronnante.

— J'espérais qu'Ella continuerait à dormir à l'intérieur, me justifiai-je.

Il acquiesça, l'air toujours soucieux.

— Ma foi, il n'y a personne chez vous.

— Quel soulagement. J'étais toute seule avec Ella, mon mari est parti tôt. Et quand je me suis réveillée, il y avait cette boîte étrange posée dans notre salon. J'ai cédé à la panique.

— Votre mari avait-il laissé la porte ouverte en partant ?

— Peut-être.

Parce que pénétrer chez quelqu'un sans effraction ça comptait pour du beurre ? Sauf qu'il y avait bel et bien quelqu'un, ou quelqu'une, qui s'était invité dans *ma* maison pour déposer Dieu seul savait quoi. *Un bébé*, sursauta mon cerveau fou. *Un bébé mort dans une boîte.* Heureusement que Justin ne pouvait pas lire dans mes pensées.

— Nous fermons à clé la nuit. Et quand on sort. Mais quand on est à la maison en journée…

Personne en banlieue ne verrouille jamais sa porte, aurais-je voulu protester. *C'est tout l'intérêt de vivre ici.*

— À l'avenir, si j'étais vous, je la laisserais fermée, toujours. Ridgedale n'est pas une grosse ville, mais prendre des précautions raisonnables est valable partout, me sermonna-t-il.

Puis il ajouta, avec un signe de tête en direction de ma voiture :

— Et je ne laisserais pas non plus sans surveillance un enfant endormi dans un véhicule au moteur allumé.

— D'accord, bien sûr, bafouillai-je, mortifiée. Avez-vous, euh, vérifié le contenu de la boîte ?

— Juste assez pour voir qu'il s'agissait de papiers.

Il leva les deux mains.

— Je n'ai pas lu ce qui était écrit. Je n'ai pas envie qu'on m'accuse d'entraver la liberté de la presse. À mon avis, quelqu'un les a rentrés pour les abriter de la pluie.

Nous n'avions pas d'avant-toit, et de fait il avait plu des cordes. La boîte se serait transformée en papier mâché. Ainsi cette personne avait ouvert la porte sans hésiter ? Steve présentait ça comme une attitude tout à fait normale. Or ce n'était pas normal. Pas même à Ridgedale.

— Et maintenant, qu'est-ce qu'on fait ?

— Ça dépend de vous. Je veux bien ouvrir une enquête, mais sachez que nous allons devoir garder cette boîte en guise de preuve.

— Je n'y avais pas pensé.

— C'est pour ça que je vous le dis. Ce n'est pas que j'essaie de vous dissuader de porter plainte. Cela vous regarde. Mais cet incident n'est pas une première. Il y a des années, au cours d'une campagne municipale, quelqu'un a déposé un rat mort dans la boîte aux lettres de Jim McManus, le rédacteur en chef du *Reader* à l'époque, expliqua-t-il en secouant la tête. Sa femme était dans un de ces états ! Bref, à mon avis, ce carton est en lien avec vos articles. N'est-ce pas ce que cherchent les gens comme vous ? Une réaction ?

Quelque chose dans mes écrits lui était resté en travers de la gorge. C'était évident.

— « Les gens comme vous » ?

— Je veux dire vos rédacteurs.

Il se frotta le front. Il avait toujours l'air contrarié. Mais un peu malgré lui.

—Ne voyez là rien de personnel, mais ça doit bien leur plaire, à vos chefs, que vous ayez envie de remuer le passé. C'est tout ce que je voulais dire. Ça doit gonfler les ventes, le nombre de clics, ou que sais-je encore à quoi vous aspirez tous de nos jours.

Pourtant mes articles ne portaient absolument pas à controverse.

—Y a-t-il un détail précis qui vous a déplu dans ce que j'ai écrit ?

—Je ne fais que souligner les faits. Et le fait est que vous avez agacé les gens. Toutes ces âneries du genre « Trouvez-le, il court toujours, un autre meurtre à Ridgedale ». Les gens se déchaînent dans les commentaires.

Une violente nausée me contracta l'estomac. Je n'avais même pas envie de connaître l'existence de ces commentaires. Entre ça, les dossiers et la pression que me mettait Justin, j'allais peut-être renoncer vite fait au journalisme, après tout.

—Je n'étais pas au courant, me défendis-je, mécontente que lui le soit. Je ne lis pas les commentaires de mes articles.

Il fronça les sourcils, l'air mal à l'aise. Ce n'était pas moi qui le contrariais, compris-je. Il était contrarié tout court.

—Alors, qu'est-ce que vous décidez ? demanda-t-il en regardant sa montre.

Je n'avais pas très envie de voir ce que contenait cette boîte, mais je ne pouvais pas m'imaginer laisser la police la prendre sans d'abord y jeter un coup d'œil. Et si c'était important ?

—Je ne pense pas porter plainte. Mais je vous remercie infiniment d'être venu.

J'appréciais en effet la façon dont il avait accouru sans poser de questions.

Il hocha la tête, se repoussa de sa voiture et se dirigea vers le côté conducteur.

—Pas de problème. Appelez-moi s'il arrive quoi que ce soit d'autre.

— Avant que vous partiez, y a-t-il du nouveau au sujet du bébé ? demandai-je.

— Vous m'interviewez *maintenant* ?

Il haussa un sourcil, debout devant sa portière ouverte.

— Sérieusement ?

— Vous êtes là, répliquai-je avec un haussement d'épaules. Et puis vous m'aviez dit que je pouvais suivre cette affaire.

Il secoua la tête et poussa un soupir.

— Vous n'abandonnez jamais, hein ?

L'ancien moi, jamais. C'était bon de se le rappeler. Justin avait tort pour cette histoire. C'était exactement ce dont j'avais besoin.

— Non, en effet.

— D'après le légiste, il va falloir encore quelques jours avant de pouvoir annoncer officiellement la cause du décès.

— Cela veut-il dire qu'il peine toujours à la déterminer ?

Son visage se tendit.

— Cela veut dire que ça va prendre encore quelques jours.

— Mais l'homicide reste possible ?

— La thèse n'a pas été écartée. C'est pourquoi il est capital que quelqu'un se manifeste. Et *ça*, j'espère bien que vous allez l'écrire : quelqu'un sait à qui est ce bébé, alors il faut absolument qu'il vienne nous le dire.

Mon portable vibra à l'arrivée d'un texto. Je le sortis en pensant qu'il s'agissait de Justin qui avait besoin de s'assurer qu'Ella et moi allions bien après mon premier message énigmatique au sujet d'une boîte anonyme.

Café après la dépose ?

Stella. Merde. Fallait-il vraiment qu'elle m'envoie un message alors que Steve était planté là à me dévisager ? Il m'avait expressément demandé de le contacter si j'avais des nouvelles d'elle. Il allait falloir que je dise quelque chose. Je ne pouvais pas mentir pour elle, pas à ce point. J'allais juste en dire le moins possible.

— Stella, annonçai-je en brandissant mon téléphone. Je crois qu'elle est de retour.

Pourquoi avais-je eu l'air d'insinuer qu'elle était en cavale ?

— Ou disons plutôt qu'elle est là. À ma connaissance, elle n'est jamais partie.

— Oui, je lui ai parlé tard hier soir. Elle prétend ne pas savoir où est Rose. Elle était aussi surprise que tout le monde d'apprendre qu'elle avait disparu.

— Vous n'avez pas l'air de la croire.

Steve avait une main sur la portière, une jambe à l'intérieur de la voiture. Il se retourna vers moi :

— Vous si ?

RIDGEDALE READER
Édition papier
18 mars 2015

LE CORPS D'UN NOURRISSON DE SEXE FÉMININ RETROUVÉ À PROXIMITÉ D'ESSEX BRIDGE

Par Molly Sanderson

Hier matin tôt, le corps d'un nourrisson de sexe féminin a été retrouvé par un agent de la sécurité du campus de l'université de Ridgedale dans une zone boisée à proximité d'Essex Bridge. La cause du décès et l'âge du bébé restent inconnus dans l'attente de l'annonce des résultats officiels par le médecin légiste. Au sein de la communauté, la sinistre découverte du cadavre de ce bébé a pour beaucoup été un choc.

« Je n'arrive pas à croire qu'une chose pareille soit arrivée ici, a déclaré Stephanie Kelsor, une mère de deux enfants qui vit depuis sept ans à Ridgedale. Quelle tragédie. »

D'autres ont analysé cette situation différemment.

« Les gens d'ici aiment bien prétendre qu'ils sont parfaits, a commenté Patrick Walker, le propriétaire de *Pat's Pancakes*. Pourtant ils ont les mêmes problèmes que partout ailleurs. Ils ont juste plus d'argent pour les étouffer. »

À Ridgedale, le taux de criminalité est historiquement très bas, les atteintes mineures à la propriété constituent le délit

le plus sévère. Les crimes graves sont quasi inexistants en ville. Au cours des vingt dernières années, on ne compte que deux meurtres et six viols signalés.
Cependant il est possible que ces chiffres ne reflètent pas tous les délits qui ont lieu au sein du campus universitaire. Malgré l'obligation de les communiquer à la police fédérale, les crimes impliquant des étudiants sont souvent traités exclusivement comme une violation du code disciplinaire de l'université. Le service de police de Ridgedale demande que quiconque ayant des informations au sujet de l'identité du nourrisson ou de la cause de sa mort le contacte le plus vite possible au 888-526-1899.

JENNA   *20 MAI 1994*

Aujourd'hui après les cours on a traîné dans les bois pas loin de chez les parents du Capitaine. Il avait des bières et j'ai failli dire non merci, histoire qu'il se dise pas que je suis une grosse alcoolo, mais après je me suis dit que s'il buvait aussi…
Il m'a questionnée sur mes parents et m'a parlé des siens. Ils ont l'air un peu coincés du cul ou je ne sais quoi, mais il m'a dit qu'ils m'aimeraient vraiment beaucoup.
T'entends ça ? SES PARENTS M'AIMERAIENT VRAIMENT BEAUCOUP ??!! Quel mec vous parle de rencontrer ses parents à moins de vous avoir dans la peau ?
Il m'a aussi posé des questions sur Tex. « Ce type serait prêt à jeter sa nana direct pour toi », c'est ce qu'il m'a dit. Et j'ai eu l'impression qu'ils étaient même pas si bons potes que ça, ce qui est bizarre, parce que je croyais que si. Mais qui sait ? Les mecs sont zarbis.
Je lui ai dit la vérité : j'aime bien Tex comme ami, mais juste comme ami. Comment ne pas l'aimer ? Il est toujours là à me dire que je suis carrément incroyable parce que je suis un vrai volcan et pas une espèce de tarée bonne pour l'HP comme le croient mes parents. Trop cinglée, trop gueularde, trop déchaînée : ma voix, mes fringues, mes copains, mes idées. Ils ont honte de moi. La voilà la vérité. Ils ont toujours eu honte. Et ça ne changera jamais.

Alors ouais, j'aime bien que Tex me comprenne, qu'il soit trop chou, sympa, et qu'il essaie de me protéger (même quand il se met en travers de mon chemin). Mais il ne FAIT rien pour moi (même si des fois j'aimerais bien). Pas de cette façon-là, pas du tout. Or on ne peut pas allumer un feu juste en faisant mine qu'il y a une étincelle.
Et tu sais ce qu'a dit le Capitaine quand je lui ai répondu que Tex et moi on était juste copains ? Il a fait : « Super. » Et après il m'a embrassée : c'était doux, c'était lent, c'était sucré. Et alors tu sais ce que j'ai fait ?
Je lui ai taillé une pipe ! La meilleure de toute ma putain de vie.

Sandy

Il était tôt, un peu après 9 heures. Sandy attendait sur les marches qui menaient à l'entrée de l'immeuble de Laurie. Ça faisait déjà trois fois qu'elle sonnait. Il n'y avait pas eu de réponse, comme les cinq fois précédentes où elle était venue au cours des vingt-quatre dernières heures. Mais elle avait insisté, parce que Laurie était la dernière personne à avoir parlé à Jenna. Plus important encore, elle avait parlé à cette soi-disant copine de Jenna qui aurait bien pu être la toute dernière personne à l'avoir vue.

Entre ses visites chez Laurie, Sandy avait passé son temps à chercher Jenna partout à vélo et à appeler, appeler, appeler. Tard la veille au soir, ses appels avaient commencé à tomber directement sur la messagerie. Elle s'y était attendue. Pourtant ça l'avait frappée comme une gifle, comme si on avait enfoncé un clou dans le cercueil de Jenna. Monte lui avait téléphoné en lui disant qu'il allait commencer à tourner en bagnole à sa recherche. Sandy aurait voulu dire non, qu'elle n'avait pas besoin de son aide. Mais la vérité c'est qu'elle en avait besoin. Et Jenna aussi.

Elle ferma les yeux, là, sur les marches de Laurie, le visage offert au soleil dans l'espoir qu'il lui incendierait la peau. Au moins elle pourrait de nouveau ressentir quelque chose. Car elle s'engourdissait lentement : d'abord les orteils, ensuite les pieds, puis les jambes. Maintenant ça remontait dans les bras.

Son téléphone vibra dans sa poche. À présent elle avait arrêté de se faire des fausses joies. Bingo, c'était un texto d'Hannah.

Il faut que je te voie. S'il te plaît.

Cette fille la tuait *littéralement*.

Pas possible tout de suite. J'ai rdv avec qqn. Je t'envoie un texto qd j'ai fini.

OK. Mais dès que tu peux.

Sinon je vais le dire à quelqu'un : c'était la menace sous-jacente, presque à portée de main.

Sandy s'était mise à descendre les marches en se demandant quoi faire et où aller, quand la porte de Laurie finit enfin par s'ouvrir brusquement.

— Mais qu'est-ce que vous voulez, bordel ? hurla Laurie avant même d'avoir mis un pied dehors, le visage tout rouge et tout crispé. Oh, c'est toi.

Elle regarda Sandy en clignant des yeux. Puis elle poussa un soupir et s'affaissa contre le chambranle. Son carré blond albinos était parfaitement lisse et elle portait une robe courte style kimono trop serrée pour ses hanches larges.

— Désolée, Sandy, je croyais que c'était encore cette foutue police. L'interphone est cassé, du coup j'ai dû me taper quatre étages à descendre chaque fois qu'ils se sont pointés, c'est-à-dire au moins six fois. Je me suis mise à plus répondre. Mais ils arrêtent pas.

— La police ?

Sandy ne pouvait pas s'empêcher de penser que ça avait un rapport avec Jenna.

— Ils cherchent ma coloc, Rose, et ils pensent que je mens quand je dis qu'elle est pas là, alors ils arrêtent pas de revenir à la charge et de sonner à ma putain de sonnette à n'importe quelle heure. Genre si Rose se planquait là-haut elle allait tout d'un coup oublier et aller répondre à la porte.

Sandy se demandait combien de ces prétendues «visites» des flics avaient en fait été les siennes.

— Qu'est-ce qu'ils lui veulent, à Rose?

— Ils refusent de me le dire. Ils sont là à me harceler comme des chiens, mais ils refusent de me dire pourquoi. Qui sait, c'est peut-être ses parents qui sont dans le coup. Tu sais que j'adore cette meuf. J'étais même prête à supporter un *bébé* – les trois semaines les plus longues de ma vie, bordel –, mais entre les flics, ses darons, et son harceleur, je crois qu'il faut qu'elle se trouve un nouvel endroit où crécher. En supposant qu'elle revienne.

— Tu ne sais pas où elle est allée?

— Aucune idée. Elle est partie il y a deux jours avec son mioche et quelques affaires. Elle m'a dit qu'elle allait rendre visite à une copine. Tu me connais, j'aime pas poser de questions, ajouta-t-elle en levant les yeux au ciel.

— Et c'est qui ce harceleur?

Une blonde? songeait Sandy.

— Un type super grand, coupe de cheveux fashion, ultra vénère. Au début j'ai cru que c'était un genre de flic ou je sais pas, un soldat ou quelque chose comme ça. Hyper nerveux. Erik, il a dit qu'il s'appelait. Pour ce que j'en sais, c'est le père du bébé de Rose. Elle a jamais voulu me dire qui c'était. J'espère pour elle que c'est pas lui parce qu'il était périmé, le type.

Elle leva de nouveau les yeux au ciel.

— Mais tous ses trucs de hippie à la con lui font faire des choses chelous des fois. Enfin bref, qu'est-ce que tu fous là?

— Je cherche Jenna, répondit Sandy, encore plus stressée qu'avant.

Parce que ça y est, c'était la fin. En gros, Laurie était son dernier espoir. Après elle, il ne restait que des impasses.

— Monte m'a dit que tu lui avais parlé à la fin de son service avant-hier soir.

Le visage de Laurie se crispa.

— Non, je ne crois pas…

Et puis soudain, lumière.

— Oh attends, si, c'est vrai, confirma-t-elle avec un hochement de tête, l'air à moitié surprise par ce souvenir. Oui, j'ai parlé avec elle une minute. Je serais bien restée papoter plus longtemps, mais cette pote à elle, là ?

Elle émit un petit sifflement et secoua la tête.

— Je suis sûre qu'elle est sympa et tout, si c'est la pote de ta mère, mais c'est juste qu'il y avait un truc chez elle. Sans vouloir être grossière, c'était un peu une salope.

— Tu sais comment elle s'appelait ?

Laurie secoua la tête et fit la moue.

— Blonde, bouffie, sale jean. Rien à voir avec Jenna, ça c'est sûr. Elle buvait de l'eau de Seltz, en plus. Chelou, c'est moi qui te le dis, de voir les deux traîner ensemble. Mais tu connais Jenna. Peut-être qu'elle y voyait un intérêt. C'est pour ça que je l'adore : elle trouve toujours son intérêt partout.

— Elles sont parties ensemble ?

— Si c'est ce que t'a dit Monte.

Laurie consulta sa montre.

— Après j'ai été accaparée par un gros con. Un gros con qui à l'heure qu'il est refuse de bouger son cul de mon pieu pour aller à la fac.

— Si tu as des nouvelles de Jenna, tu pourras lui dire de m'appeler ?

— No problem, ma jolie. Mais t'inquiète pas, va, dit-elle avec un geste de la main. Jenna va rappliquer d'une minute à l'autre avec un mal de tronche pas possible et une histoire de ouf à raconter. Comme d'hab.

En face du commissariat, Sandy se sécha les mains en les agitant histoire qu'elles ne soient pas moites si un policier venait à la saluer. Entrer chez les flics, dans la tanière du lion, c'était bien la dernière chose dont elle avait envie. Mais elle était à court d'options. Elle espérait même un peu que Jenna serait là, saine et sauve, en train de cuver son vin sur un petit lit de camp.

— Hey !

Elle se retourna : c'était Aidan, qui se découpait contre le soleil. Elle mit une main en visière de façon à mieux le discerner dans la lumière aveuglante. Elle se détestait d'être aussi heureuse de le voir. Son cœur fit même un bond à la con. Alors que c'était elle qui depuis la veille avait ignoré ses textos puis ses appels, faisant exprès de le tenir à distance. Leur relation était fun et tout, mais Sandy n'était pas assez conne pour penser qu'Aidan avait sa place dans cette épreuve de la vraie vie.

— Qu'est-ce que tu fais là ? demanda-t-elle. Et putain, c'est quoi cette sale gueule ?

Aidan était tout blanc, il avait de grands cernes noirs sous les yeux et les cheveux en bataille. Il croisa les bras sur sa poitrine et enfonça les mains sous ses aisselles.

— Pas facile de dormir quand ta copine essaie de te plaquer.

— Ta copine ?

Sandy éclata de rire. Parce qu'elle croyait vraiment qu'il plaisantait. Pourtant il la dévisageait sans broncher, ses yeux miroitant au soleil comme de l'ambre poli.

— Donc tu m'as trouvée ici par hasard ?

— Oui, si par « par hasard » tu entends que j'ai passé mon temps à parcourir la ville en bagnole à ta recherche depuis le dernier texto que tu m'as envoyé : on était censés se retrouver après mes cours, tu te rappelles ?

— Donc tu m'as traquée ?

— Je vois plutôt ça comme une entreprise de sauvetage.

Sandy se détourna. Elle se sentait déjà flancher, céder à la tentation. Elle aurait dû rétorquer : *Va te faire foutre, j'ai pas besoin de secours.* Parce qu'elle n'en avait pas besoin. Pourtant elle avait envie de se laisser aller, de lâcher prise et de se faire balayer. Elle ne pouvait pas dire à Aidan le pire – ça, elle ne pourrait le confier à personne –, mais peut-être qu'elle pouvait lui en raconter une partie. Comme ça, l'espace d'un instant, elle ne serait plus toute seule à porter ce poids.

— C'est juste que j'ai un paquet d'emmerdes en ce moment, dit-elle.

— Genre quoi ?

— Genre on se fait virer de notre appart.

Elle le regarda droit dans les yeux, le mettant au défi de tout bousiller en ayant l'air complètement abasourdi. Il ne cilla pas.

— Et voilà que maintenant je n'arrive pas à trouver Jenna.

— Qu'est-ce que tu veux dire ?

Il avait l'air inquiet, mais pas d'une mauvaise façon.

— Que j'arrive pas à la trouver, bordel ! Je l'ai cherchée partout, je l'ai appelée des millions de fois. La dernière fois que quelqu'un l'a vue, c'était au boulot il y a un jour et demi.

— Tu l'as dit aux flics ?

— Quoi donc ?

Elle eut un pincement de culpabilité.

— Euh, que ta *mère* a *disparu*.

Il lui lança un regard genre elle faisait exprès de ne pas comprendre.

— Ils pourraient lancer des recherches ou je ne sais quoi.

— J'y pense. (Elle désigna le commissariat d'un signe de tête.) Mais si elle était défoncée à mort dans un coin ? C'est pas comme si c'était ta mère qui avait disparu.

— Bah, je crois pas que ma mère soit dans les petits papiers de la police non plus, en ce moment.

— Qu'est-ce que tu racontes ?

— Les flics se sont pointés chez nous pour l'interroger hier soir.

Il sortit une clope et en offrit une à Sandy. Elle la refusa d'un geste, trop nerveuse pour fumer.

— Et elle a kiffé grave, elle pouvait plus s'arrêter d'en parler, après, ajouta-t-il avec une moue, avant de l'imiter : « Les flics sont franchement débiles, ils gobent n'importe quoi. » Elle dit que des conneries, de toute façon. Elle veut juste faire comme si elle savait un truc qui pourrait intéresser quelqu'un.

— *Quel* truc ?

Elle avait l'impression qu'il ne voulait pas le lui dire.

— Sur ce bébé qui a été retrouvé, je crois, murmura-t-il, l'air gêné. Comme je le disais, en réalité elle sait que dalle.

Ils gardèrent le silence un moment, debout face au commissariat.

— Laisse-moi t'aider à chercher ta mère, finit-il par dire.

Sandy sentait le poids de son regard sur sa joue, mais elle ne leva pas les yeux. Elle avait la gorge serrée.

— Non, je ne pense pas…

— Allez, laisse-moi une chance de ne pas être le connard que tout le monde pense que je suis. Tu ne me *devras* rien, si c'est ce que tu crains. Je veux juste t'aider.

Ce que Sandy voulait vraiment, là tout de suite, plus que tout, c'était que quelqu'un l'aide. Prenne soin d'elle. Elle voulait une maman. C'était ça la vérité, même si elle refusait de l'admettre. Et pas Jenna, même si elle tenait absolument à la retrouver. Ce qu'elle voulait, c'était une vraie maman.

Une maman normale. Mais ce qu'elle avait, c'était Aidan. Et peut-être que ce n'était pas rien.

— D'accord, répondit-elle, parce que le laisser l'aider n'était pas pareil que d'avoir besoin de son aide. Pour l'instant.

Zen, s'enjoignait Sandy à l'intérieur du vieux commissariat à l'odeur de moisi. Elle était seule. Entrer avec Aidan aurait été trop suspect. Elle l'avait envoyé vérifier à l'hôpital que Jenna n'y était pas. Cette démarche aussi, elle l'avait évitée.

Les couinements du sol et l'odeur de renfermé lui rappelèrent un lieu où elle était allée gamine en sortie scolaire quand elles avaient habité un an dans le South Jersey : une espèce de maison coloniale où on apprenait aux gosses comment baratter le beurre, sauf que personne n'était arrivé à faire marcher la machine. La seule différence ici, c'étaient les drapeaux alignés contre le mur et les portraits de tous ces types sympathiques en uniforme qui auraient pu l'arrêter n'importe quand.

Balise pas, putain.

— Agrafeuse, agrafeuse, agrafeuse, marmonnait un grand type derrière le bureau, en s'adressant à moitié à Sandy, à moitié à lui-même. A priori trouver des fournitures de bureau ne semblait pas la partie la plus dure de ce boulot, mais je vous assure, des fois…

Il tendit le bras et attrapa quelque chose.

— Ah, la voilà.

Il agrafa ses feuilles puis regarda Sandy. Putain, direct il eut l'air soupçonneux. Et elle n'avait même pas encore ouvert la bouche. Une ado toute seule dans un commissariat ? Bien sûr qu'il se demandait ce qu'elle foutait là. Plus il la regardait, plus elle avait l'impression qu'il essayait de voir clair dans son jeu. Qu'il y voyait peut-être déjà clair.

— Je peux t'aider ? demanda-t-il.

Il était trop tard pour s'enfuir. Plus le choix : il fallait qu'elle se calme.

—Euh, ouais, répondit-elle doucement. Je cherche ma mère. Elle n'est pas rentrée à la maison avant-hier soir. Elle était avec une amie juste avant de quitter son travail – enfin je sais pas si c'était vraiment une amie. Les gens avec qui bosse ma mère disent qu'elle avait l'air d'une... une femme blonde, ils ont dit. Elle a été la dernière personne à voir ma mère, je crois, mais ils ne connaissent pas son nom, alors je n'ai aucun moyen de la trouver.

Maintenant qu'elle était lancée, elle n'arrivait plus à la fermer.

—Et elle... Enfin, ma mère n'est pas toujours hyper fiable, mais elle finit toujours par rentrer à la maison, vous savez, quoi.

—Hum.

Le policier fronça les sourcils. L'inquiétude avait légèrement supplanté le soupçon.

—À quand remonte la dernière fois que tu lui as parlé ?
—À avant-hier soir.
—Et quel âge as-tu ?

Merde. Le Service de protection de l'enfance – elle n'y avait pas pensé. Mais elle ne pouvait pas mentir maintenant. Le risque de se faire choper était trop gros. Elle n'avait plus qu'à espérer que laisser seul un enfant de son âge n'était pas un genre de délit.

—Seize ans. Mais j'ai pas envie de lui attirer des problèmes ou quoi. C'est une maman géniale, vraiment.

Sauf qu'elle venait de dire que Jenna n'était pas super fiable. Pourquoi avait-elle sorti ça ? L'officier la dévisagea encore un moment, les yeux plissés désormais, comme s'il essayait de déterminer où il l'avait déjà vue. Pourtant *personne* ne l'avait vue. De ça au moins, elle était sûre. Il tendit une main par-dessus son bureau :

— Je m'appelle Steve. Et toi ?
— Sandy.
— OK, Sandy. Heureusement pour toi, j'ai un faible pour les filles : j'en ai une qui doit avoir à peu près ton âge.

Il lui fit signe de le suivre dans la pièce voisine.

— Si j'entre le nom de ta mère dans le système informatique, il y a des chances que le dossier soit redirigé vers les services sociaux. Or ça pourrait vous compliquer la vie quand ta mère réapparaîtra d'ici une heure. Du coup, si on commençait par une petite recherche officieuse, juste pour s'assurer qu'elle n'a pas eu un accident ou quoi que ce soit ?

— Merci. Merci beaucoup.

— Pas de quoi, répondit Steve en la guidant vers son bureau.

Sandy s'installa sur une chaise en face du bureau de Steve pendant qu'il faisait sa recherche en pianotant laborieusement sur son clavier pour finir par tomber sur une page remplie de numéros et de lignes vierges. Il s'empara alors de lunettes de lecture et scruta l'écran derrière ses verres posés au bout de son nez. À ce rythme-là, Sandy pourrait en avoir pour des heures.

Il se tourna vers elle avec un sourire.

— Comme tu peux le voir, je ne fais pas ça souvent.

Et à en juger par son énorme bureau, il n'était pas un flic banal. C'était *the* flic, le responsable. Elle regarda l'étagère au-dessus de lui : quelques certificats encadrés, un diplôme et un trophée surmonté d'un joueur de basket. Sur une deuxième étagère, elle remarqua des photos. Des dizaines de clichés familiaux. Ses yeux s'arrêtèrent sur l'une d'elles, au milieu : une famille de quatre, serrés les uns contre les autres sur la plage, tout sourires, éclairés par le soleil. Et là, au centre, un visage connu, bordel : Hannah.

Nom de Dieu. Ça aurait été cool de le savoir. Tu sais : « Hey, je te le dis en passant, mon père est le commissaire de police. »

Mais ce n'était pas comme si Hannah avait menti. Elles n'avaient jamais parlé de leurs pères, juste de leurs mères. Toujours leurs mères.

—Attends, ta mère refuse de te laisser faire *quoi* ? avait demandé Sandy un mois ou deux après le début de leurs séances, en s'étranglant avec son café.

Hannah était en train de lui raconter une énième anecdote délirante sur sa mère – elles semblaient d'autant plus délirantes qu'Hannah semblait les juger parfaitement normales. Au moins, Sandy *savait* que sa mère merdait à mort.

Elles étaient de nouveau en train d'étudier au *Black Cat*. Hannah voulait toujours aller là-bas, elle disait qu'elle se sentait plus à l'aise en présence des étudiants de la fac, même si Sandy avait toujours l'impression qu'elle attendait de voir quelqu'un. Comme si elle en pinçait pour un barman, peut-être, ou un truc dans le genre. Sandy lui avait même demandé une fois si elle était avec un mec, et Hannah lui avait sorti son habituel : « Tu sais bien que je ne fréquente pas encore les garçons. »

—Ma mère a toujours refusé de me laisser porter des paillettes, avait répété Hannah.

—Des paillettes ? T'es qui, Dora l'exploratrice ?

Hannah s'était mise à rigoler si fort qu'elle était devenue toute rouge.

—Je veux dire quand j'étais *petite*, avait-elle précisé une fois qu'elle avait repris sa respiration. J'ai toujours rêvé de porter ces baskets toutes couvertes de brillant. Tu vois le genre ?

—Non, je ne vois pas, avait répliqué Sandy.

Les baskets à paillettes, c'était comme le tiroir fourre-tout : un mystère de la vie parmi tant d'autres.

—Mais pour être honnête, ça m'a l'air ultra moche.

—Ouais, avait dit Hannah, avec un rire forcé cette fois.

Mais quand elle s'était tournée pour regarder par la fenêtre, elle avait eu l'air un peu triste. Elle était si jolie dans la lumière. Délicate et douce comme Sandy ne le serait jamais. Son sourire sombrait, Sandy l'avait observée qui essayait de le redresser.

—Sûrement, elles étaient moches. Mais j'ai tellement pleuré quand elle m'a dit non. Je n'arrivais plus à m'arrêter, ce qui la faisait encore plus enrager.

Elle avait écarquillé les yeux à ce souvenir.

—Comme si elle me détestait, mais vraiment.

Je suis sûre qu'elle ne te déteste pas, avait failli répliquer Sandy. Mais elle n'aimait pas quand les gens lui disaient ce genre de conneries. Comme si le simple fait de penser que le monde est toujours ultra parfait et ultra juste allait bel et bien le rendre parfait et juste.

—C'est pas cool. Qu'est-ce que t'as fait ?

—Fait ?

Hannah avait dévisagé Sandy en clignant des yeux.

—Avec ma mère, il n'y a rien à faire à part essayer de ne pas la faire enrager une nouvelle fois. C'est ce que j'essaie toujours de faire. D'être la personne qu'elle veut que je sois.

—Et ça marche ?

—Pas vraiment.

Hannah avait secoué la tête. Les yeux humides.

—T'as pas juste envie de lui dire d'aller se faire foutre, des fois ? avait demandé Sandy. Enfin, c'est pas pour dire, mais elle est pas censée être la personne qui t'aime quoi qu'il arrive ?

Même Jenna faisait ça.

—J'y pense, parfois… beaucoup, même, avait répondu Hannah, les yeux baissés.

Elle avait gardé le silence un moment avant de lever la tête.

—Mais ça la ferait juste me détester pour toujours.

—Peut-être pas. Peut-être que ça la ferait changer.

Sandy n'était pas sûre de savoir de qui elle parlait : de la mère d'Hannah ou de Jenna.

—Non, avait murmuré Hannah en s'emparant de son crayon, de nouveau concentrée sur ses devoirs. Ma mère ne changera jamais.

—Mince alors! s'exclama Steve.

Sandy détourna brusquement les yeux des photos : il désignait la croûte sur son bras.

—Qu'est-ce qui t'est arrivé?

Merde. Sandy avait laissé remonter sa manche.

—Oh, j'ai fait une chute à vélo.

Elle fronça le nez comme un gosse, style « c'est le genre de choses qui arrive ». Mais elle avait le cœur qui s'emballait. *Respire. Respire, bordel. Ce n'est qu'une question. Une question que poserait n'importe qui, pas juste un flic.*

—Au moins, mon vélo n'a rien eu.

—Peut-être, répliqua Steve en secouant la tête. Mais un vélo ça se remplace. Toi non. J'espère que tu ne pédales pas la nuit sans matériel réfléchissant. Il y a beaucoup de cyclistes qui meurent à cause de ça, c'est moi qui te le dis. Il faut vraiment être prudent.

—Ouais. Enfin, non. Enfin…

Elle secoua la tête, nauséeuse.

—J'ai des réflecteurs.

—Bien, bien. OK, ça y est, le système est prêt. Tu veux bien m'épeler le nom et le prénom de ta mère?

Steve était de nouveau penché sur son ordinateur, les doigts en suspens au-dessus du clavier.

—Jenna Mendelson. M-e-n-d-e-l-s-o-n.

Il ne tapa pas. Ne bougea pas. Ses mains restèrent figées au-dessus des touches. Sandy sentit son estomac se soulever. Jenna était-elle déjà morte, et Steve le savait-il? La mention de son nom avait-elle assemblé les pièces du puzzle? Lentement, il se tourna vers elle en retirant ses lunettes. Son expression de papa sympatoche avait complètement disparu. Maintenant, il y avait un flic pur et dur en face d'elle. Et ça la faisait complètement flipper.

—Je crois qu'on devrait recommencer. Depuis le début, dit-il, les yeux braqués sur elle. Quand précisément as-tu vu ta mère pour la dernière fois?

MOLLY *18 MAI 2013*

Ce que j'ai dit au docteur Zomer n'était pas l'entière vérité. La vérité, je ne l'ai même pas racontée à Justin. Mais je crois qu'il savait. Évidemment qu'il savait.
Oui, j'ai fait tomber un verre, oui j'ai glissé, et oui je me suis un peu coupé la main quand j'étais en train d'essayer de ramasser les morceaux. Tout cela est vrai. Mais quand j'ai vu le sang sur ma main, je n'ai été ni troublée ni inquiète. J'étais soulagée. Comme si le monde avait retrouvé son équilibre.
Je ne me rappelle même pas avoir ramassé le bris de verre avec lequel je me suis entaillé le bras. Mais je l'ai fait. J'ai dû le faire. En revanche, je me rappelle avoir veillé à ne pas causer de gros dégâts, de mon point de vue médical d'amateur. Parce que j'aurais pu si j'avais voulu. J'aurais pu faire beaucoup plus.
C'est alors qu'Ella s'est mise à pleurer : une de ses terreurs nocturnes. J'ai donc couru la voir sans réfléchir, parce que, à cette époque-là, c'était de nouveau dans mes moyens : la réconforter après un cauchemar. Je ne m'étais pas rendu compte d'à quel point cette petite coupure saignait déjà.
Quand Justin est rentré à la maison quelques minutes plus tard, j'avais Ella dans les bras. Dès qu'il nous a vues, il s'est mis à hurler : « Où est-ce qu'elle saigne ? Où est-ce

qu'elle saigne ? » Ce n'est qu'en baissant les yeux que j'ai vu qu'Ella avait la tête couverte de sang.
Une seconde après, je me suis évanouie. Heureusement, Justin m'a rattrapée – et Ella avec, grâce à Dieu – dans ma chute. Quand j'ai repris connaissance, des brancardiers me hissaient dans une ambulance. À mi-chemin de l'hôpital, ils se sont rendu compte que ma coupure au bras n'était pas grave. Que je m'étais évanouie non pas à cause de l'hémorragie, mais parce que j'avais vu ma fille maculée de sang.
Justin a menti en disant aux secouristes qu'il avait été là, qu'il avait vu toute la scène. Qu'il s'était agi d'un accident, moi, le verre cassé et mon bras. Et en voyant Justin faire ça pour moi, mentir comme si sa vie en dépendait, comme si ma vie en dépendait – et ç'aurait pu être le cas, on aurait pu m'hospitaliser contre mon gré –, je l'ai aimé plus que jamais.
Et donc, quand le lendemain il a insisté pour que j'aille consulter le docteur Zomer, j'y suis allée. C'était le moins que je puisse faire.

Molly

— Je t'ai pris un café au lait, m'annonça Stella à mon arrivée au *Black Cat*.

Elle était installée à une table près de la fenêtre, avec déjà deux cafés devant elle.

— Lait entier, évidemment. Parce qu'ils ne servent *que ça* dans ce bouge.

Ses narines se dilatèrent.

— Franchement, je ne comprends pas pourquoi tu aimes venir ici.

— Ça me rappelle New York, répondis-je en m'asseyant en face d'elle et en m'efforçant de ne pas penser à la boîte de dossiers que j'avais demandé à Steve de laisser dans notre salon.

Cette boîte qui avait été déposée par je ne sais quel inconnu. Un lecteur, peut-être, mais un lecteur en colère ? Ou satisfait ? Qui pouvait le dire ? La savoir chez moi me remplissait d'effroi. Je n'étais pas sûre d'avoir fait le bon choix en décidant de ne pas porter plainte.

Après le départ de Steve, j'étais rentrée chez moi, mais juste le temps d'habiller Ella et d'enlever le pantalon de yoga dans lequel j'avais dormi. J'avais délibérément évité de regarder le carton. J'avais prévu, une fois Ella en sécurité à l'école, de rentrer l'ouvrir chez moi. Sauf qu'à présent je m'ingéniais à éviter la maison. Cette situation me stressait tellement que j'étais même tentée de tout raconter à Stella. Mais cette boîte était exactement le genre de rebondissement avec lequel elle adorait pimenter sa vie. Elle nous aurait obligées à aller chez moi ventre à terre pour passer en revue le moindre bout de papier.

— Les cafards aussi te rappelleraient New York, tu sais, poursuivit Stella. On ne va pas pour autant se mettre à les importer. Oh attends, je ne t'ai pas dit?

Elle se pencha d'un air de conspiratrice:

— Zachary et moi allons déjeuner ensemble après mon cours, aujourd'hui.

— C'est vrai?

J'étais soulagée de parler d'une chose aussi futile que son flirt interminable – quoique franchement tiède – avec son prof de tennis de trente et un ans. C'était une bonne excuse pour ne pas poser mes questions au sujet de Rose, de son bébé et d'Aidan. Je n'étais pas sûre d'être prête à entendre les réponses.

Quand mon portable vibra sur la table, je sursautai.

— Oh là, sur les dents? demanda-t-elle, intriguée. Qui est-ce?

Richard Englander. J'étais surprise qu'il ait attendu jusqu'à 9 h 30 pour me rappeler. C'était son troisième coup de fil. Il y avait aussi eu deux textos. De retour au boulot, il voulait sa part du gâteau dans la plus grosse affaire qui avait frappé Ridgedale depuis des années. En toute justice, ça aurait été la sienne s'il n'avait pas été en arrêt. Son premier message, la veille, avait été aimable: il voulait juste s'assurer que je n'avais pas besoin d'aide. Mais il s'était fait de plus en plus insistant. Je déclenchai aussitôt le répondeur, persuadée que je n'écouterais jamais son message. Et absolument certaine que je ne lui donnerais pas cette affaire. Pas à moins et jusqu'à ce qu'Erik me le demande.

— Donc tu disais: déjeuner avec Zachary? Vraiment?

— Minute papillon, n'essaie pas de changer de sujet, protesta Stella, le doigt tendu. C'est quoi le problème? Qui était-ce?

—Juste ce type, l'autre journaliste du *Reader*. Le jeune.
—Le connard ?
—Oui, lui. C'est lui qui est chargé de couvrir l'actualité. Le bébé aurait été son affaire s'il n'avait pas été en arrêt maladie. Il veut que je la lui refile.
—Qu'il aille se faire foutre. Tu fais un super boulot. J'ai lu ton article ce matin au sujet de ce – comment dit-on – néonaticide. C'était vraiment…

Elle chercha le mot juste.

—… passionné.
—Ouais, bah, Justin serait trop content si je passais le relais à Richard.
—Ah ouais ?

Elle s'interrompit, les lèvres pincées. Elle était toujours prête à bondir chaque fois que je me plaignais de Justin, raison pour laquelle je ne le faisais jamais. Elle adorait pourrir les maris : ex, en cours, futurs, peu importe.

—Il a peur que je fasse une espèce de dépression parce qu'il s'agit d'un bébé.

Elle me dévisagea un long moment avec une expression indéchiffrable.

—Et c'est le cas ? demanda-t-elle, pragmatique.

Comme si, oui, une dépression nerveuse calamiteuse constituait *toujours* une possibilité, mais une possibilité complètement insignifiante. C'était pour ça que j'adorais cette femme.

—Non, répondis-je.

Non seulement je le pensais, mais ça me semblait vrai.

—Vraiment pas. Je sais que c'est absurde, mais le fait est que je ne me suis pas sentie aussi bien depuis des années.
—Alors en tant qu'amie, je dis qu'il faut que tu le fasses, commenta Stella avec un sérieux inhabituel, le visage lui aussi empreint d'une expression atypique : celle de la sincérité.

Sans te soucier de ce qui est absurde ou pas. Et en dépit des desiderata de Justin.

—C'est ça, que le mari aille se faire foutre, dis-je avec un petit sourire.

Je ne pensais pas que c'était ce qu'elle voulait dire, mais le mariage la faisait partir en vrille, des fois.

Elle parut blessée.

—Je dis juste qu'il y a parfois des choses qu'on a besoin de faire, quoi qu'en disent les autres.

—Alors qu'est-ce qui s'est passé finalement avec Rose ? demandai-je, sachant qu'il était temps de changer de sujet.

Et puis il fallait crever l'abcès. Mes soupçons étaient sûrement ridicules, je sentais qu'ils l'étaient, cela dit une petite preuve n'aurait pas été de refus.

—La police m'a appelée, tu sais : ils la cherchaient. Et ils te cherchaient.

—Oui, apparemment j'avais besoin d'une autorisation pour emmener ma tante voir le Salon des plantes à Philadelphie. (Elle ne semblait pas le moins du monde surprise ni inquiète.) Bref, Rose s'est fait la malle. Je l'ai dit à la police. Peut-on franchement le lui reprocher ? Ils finiront par découvrir que ce n'était pas son bébé, mais, en attendant, pourquoi aurait-elle dû rester là à se faire harceler ? De toute façon, à mon avis ce n'est pas pour ça qu'elle est partie. Je crois que c'est à cause du père du bébé. Elle m'a expliqué que quand elle a eu cet accident de voiture elle ne se rendait pas au travail. Elle quittait la ville. Elle n'a pas voulu me raconter les détails, mais je crois qu'elle avait peur.

—Comment peux-tu être sûre qu'elle va bien ? Tu lui as parlé ?

—Es-tu en train d'insinuer que j'ai menti à la police en disant que j'ignorais où elle était ? demanda-t-elle, l'air faussement outrée. Travailler sur cet article vous a rendue affreusement soupçonneuse, madame Sanderson.

— Ce que je veux dire, c'est : et si le père du bébé était venu la chercher à l'hôpital ?

— C'est ça qui t'inquiète, la sécurité de Rose ? (Elle voyait bien que je n'étais pas convaincue que la jeune femme soit hors de cause. Stella n'était pas facile à manipuler.) Ce bébé n'est pas celui de Rose. N'a-t-on pas dit qu'il s'agissait d'un nouveau-né ? Celui de Rose avait au moins trois semaines. Et ce n'était pas un petit format.

— *Probablement* un nouveau-né, précisai-je. Je ne crois pas qu'ils aient de certitude.

— Tiens, tiens, tu es entrée dans la secte, ma parole. On croirait les entendre, Molly. Et crois-moi, ce n'est pas un compliment.

Avant que je puisse me défendre – et ç'aurait été un bien piètre plaidoyer –, Stella fut distraite par un texto.

— Super, dit-elle.

Puis, d'une voix exaspérée, elle prononça en accéléré le contenu de la réponse qu'elle tapait :

— Pourquoi n'es-tu pas au lycée, Aidan ? (Elle secoua la tête et me regarda.) On aurait pu espérer qu'il aurait l'intelligence de ne pas m'envoyer de texto quand il est censé être en cours. Son comportement lamentable m'emmerderait peut-être moins si ça ne le faisait pas toujours autant passer pour un con.

— J'en conclus que la situation n'a pas évolué avec lui, alors.

Aidan, la fille fleur. J'entendais encore la voix fluette d'Ella : *« C'est quoi une pute, maman ? »* Il devait y avoir une explication. Il fallait juste que je l'entende. Et il fallait que je trouve le moyen d'amener Stella à me la donner sans que j'aie besoin de lui poser la question directement. Car j'appréciais Stella. Or je n'étais pas sûre que notre relation puisse survivre à ce genre d'accusation directe.

— Avec Aidan, la situation ne change jamais. (Elle haussa les épaules, sourcils froncés.) Il faut juste que j'accepte de n'avoir aucun contrôle sur ses actes. Peut-être qu'il finira bien, ou peut-être pas. C'est terrifiant, mais c'est la réalité. Je ne peux pas perdre la boule en attendant de voir comment il va tourner.

— Peut-être qu'il a besoin d'une petite amie. Tu sais, quelqu'un qui l'aide à garder le cap.

— Tais-toi donc ! Le truc – probablement le seul – qui joue en notre faveur, c'est justement qu'Aidan n'ait pas de petite amie.

Une fois chez moi, je restai sur le seuil, porte ouverte, les yeux braqués sur la boîte sans oser l'ouvrir. Je finis par m'accroupir et soulevai le couvercle comme on arrache un pansement. Je jetai un coup d'œil au contenu, le cœur à cent à l'heure, mais Steve avait raison : de simples dossiers ordinaires.

J'en sortis un au hasard. C'était celui d'une fille dénommée Trisha Campbell, daté de 2006. À l'intérieur se trouvaient des photocopies de tout un tas de documents de l'université de Ridgedale : dossiers scolaires, infos concernant la résidence universitaire, données sur le régime alimentaire. Trisha avait été une bonne étudiante, qui avait suivi deux cursus, anglais et histoire, et avait passé sa troisième année d'études en Espagne. Je gardai son dossier ouvert devant moi et en sortis un autre, daté celui-là de 2007. Une fille du nom de Rebecca Raynor. À l'intérieur, je découvris un mélange de documents légèrement différents. Rebecca avait été une étudiante en biologie avec des notes moins impressionnantes, mais qui avait obtenu plusieurs récompenses liées à ses talents musicaux. Je déposai son dossier à côté de celui de Trisha. Je vis alors un nom connu : « Rose Gowan, 2014 ».

Je consultai de nouveau le dossier de Trisha, et bingo, c'était là : « AV », au milieu de son année de licence. Rebecca avait elle aussi abandonné volontairement ses études. Il se révéla que chaque personne de la boîte – six étudiantes, toutes des filles – avait abandonné volontairement l'université de Ridgedale. Une en 2006, deux en 2007, les trois autres de 2012 à 2014. Le seul lien évident que je parvins à établir était entre les trois filles qui avaient abandonné en 2006 et 2007 : elles avaient toutes suivi le même cours de civilisation américaine donné par le professeur Christine Carroll. À part ça, l'emploi du temps et le passé des autres étaient complètement différents.

Je sortis en trombe de la maison, le carton de dossiers sous le bras, bien décidée à le mettre sous le nez du directeur de la sécurité Ben LaForde. Mais, alors que je me dirigeais vers le campus, je commençai à me demander ce que j'allais lui mettre sous le nez exactement. Une série d'agressions sexuelles perpétrées sur le campus qui avaient fait l'objet d'enquêtes lacunaires et qui avaient poussé une demi-douzaine de femmes à quitter l'université : c'était là mon hypothèse. J'étais certaine que Ben LaForde dissimulait quelque chose. Mais quelle preuve avais-je ?

Six jeunes femmes avaient quitté l'université de Ridgedale en l'espace d'une dizaine d'années. Quel était le taux moyen d'abandon à la fac ? Peut-être que nombre d'étudiants masculins avaient eux aussi arrêté leurs études. Il n'y avait aucun mot dans la boîte de dossiers, rien qui expliquait pourquoi ils avaient été réunis. Ma théorie se basait en grande partie sur le fait que Stella avait soupçonné Rose Gowan d'avoir quitté la fac après s'être fait violer sur le campus. De là à affirmer que cette boîte signifiait que toutes les autres filles avaient vécu le même drame, il y avait un grand pas.

Le temps d'arriver au campus, il m'était venu à l'esprit que j'allais au moins avoir besoin de la preuve que ces agressions avaient bel et bien été commises avant de commencer à lancer des accusations. Au lieu de me garer et de me rendre dans le bureau de LaForde, je fis demi-tour pour rentrer chez moi en prenant le chemin le plus long, via Essex Bridge.

À la vue d'une seule et unique voiture de police garée le long de la route à côté de l'endroit où le bébé avait été retrouvé, une tristesse inattendue s'abattit sur moi. Comme si tout le monde avait déjà baissé les bras. Oublié. Changé de préoccupation. Je ralentis au passage, mais le policier dans la voiture ne leva pas la tête, concentré sur son téléphone portable. Après avoir parcouru quelques mètres, je remarquai l'allée de l'autre côté de la route, nichée entre quelques arbres broussailleux. Elle formait un virage à droite, jusqu'à une maison de style ranch délabrée qui jouissait d'une vue dégagée sur la route et les abords du ruisseau.

Je virai brusquement à gauche pour l'emprunter. La police avait certainement interrogé la personne qui vivait là, mais rien ne m'empêchait d'en faire autant.

De près, la maison était encore plus décrépite : l'extérieur des fondations se désintégrait dans la pelouse, une gouttière rouillée s'était détachée, une fenêtre du garage était fendue, un volet pendouillait. Le gazon n'était que digitaires et hautes mauvaises herbes en grande partie brunes au sortir de l'hiver, et des dalles effritées conduisaient à la porte d'entrée flanquée d'un drapeau élimé. Même les plaques portant le numéro de la maison s'étaient désaxées, révélant des ombres rouillées dans leur sillage.

Je frappai fort, ébranlant la porte treillissée. J'attendis vainement une minute, puis comptai jusqu'à vingt avant de recommencer à frapper. Une camionnette était garée dans l'allée, mais ça ne signifiait pas pour autant qu'il y avait quelqu'un. Je fis deux ou trois pas sur le côté, pensant retourner à ma voiture, quand soudain la porte s'ouvrit.

— Oui ? beugla une voix masculine à travers le treillis. Qui c'est ?

Il était costaud, grand et lourd, à la limite de l'obésité, avec des cheveux gris hirsutes et un visage très large. Il portait un pantalon de pyjama, et son tee-shirt noir étriqué arborant en gros la virgule inversée de Nike comprimait son énorme bedaine.

— Oh, bonjour, lançai-je en m'avançant de façon qu'il puisse me voir, même si je n'étais pas très sûre de le vouloir. Molly Sanderson. Je suis journaliste au *Ridgedale Reader* et…

— Journaliste, hein ? dit-il, intrigué. Qu'est-ce que vous voulez ?

Rien, envisageai-je de répondre. *Bon ben je vais y aller maintenant.*

— Je travaille sur un article à propos du bébé qui a été retrouvé de l'autre côté de la rue, commençai-je.

Et s'il était mêlé à cette affaire ? Ça n'aurait pas été la chose la plus intelligente du monde de se débarrasser d'un cadavre juste en face de chez soi, mais en même temps il n'avait pas l'air d'une lumière.

— J'avais espéré pouvoir vous parler une minute.

Il étrécit les yeux, puis ouvrit la porte de sa grosse patte.

— Vous entrez, oui ou non ? s'impatienta-t-il en me voyant clouée sur place.

— Oh, oui, merci.

Depuis quand me risquais-je à m'aventurer dans la maison d'un colosse que je ne connaissais pas, un homme aigri, possiblement instable et qui, malgré son âge, n'aurait eu aucun mal à me maîtriser ? Était-ce là le meilleur usage que je pouvais faire de mon cran retrouvé ? Si ça se trouvait, ce bébé appartenait à quelque pauvre femme que ce type gardait enfermée dans son sous-sol.

Mes craintes furent décuplées par l'épouvantable odeur de moisi qui me frappa dès l'instant où je pénétrai dans la maison. Mélange d'excréments de chat et d'ordures, peut-être ? Avec un peu de chance, oui. C'était bien mieux que les nombreuses autres options qui m'étaient venues à l'esprit, un cadavre, par exemple. J'essayais de respirer par la bouche pour ne pas avoir de haut-le-cœur. La saleté qui imprégnait l'air était palpable. Je la sentais me couvrir la langue d'une couche aigre.

Il faisait sombre, aussi. Les rideaux étaient tirés, la seule lumière provenait d'une lampe à pied posée dans un coin. Mais pas suffisamment sombre, hélas, pour dissimuler le capharnaüm. Des boîtes débordaient de vêtements, de papiers et de décorations de Noël poussiéreuses, et des vieux magazines étaient empilés un peu partout. Derrière, dans la cuisine ouverte, de la vaisselle sale et des paquets de nourriture entamés recouvraient toutes les surfaces disponibles. Un chat tigré orange était assis au milieu de la cuisinière encombrée, à côté d'une demi-douzaine de bouteilles de crème hydratante en format industriel. Il y avait trois autres chats assis en cercle par terre. Je ne les aurais pas vus si l'un d'eux n'avait pas agité la queue. Ils observaient deux perroquets installés dans une cage suspendue au plafond, attendant l'occasion de s'accorder un plaisir goûteux. Lorsque l'un des volatiles ébouriffa ses plumes, les félins bondirent, comme mus par un ressort, et tournoyèrent sous la cage, pareils à des requins. Je m'attendais à ce que l'homme les chasse, mais il ne sembla rien remarquer.

— *Hannity*[1] commence dans dix minutes, annonça-t-il en me contournant pour rejoindre son fauteuil inclinable. Alors il va falloir faire vite.

Il se laissa tomber dans son siège, dont il fit jaillir le repose-pied d'un seul mouvement exercé. Il désigna un canapé qui était soit lourdement ornementé, soit très sale, ou les deux.

---

1. Émission de radio où le présentateur, Sean Hannity, conservateur, débat de sujets politiques avec un invité. (*NdT*)

— Asseyez-vous si vous voulez.
— Oh, d'accord, super.

J'avançai prudemment à tâtons, en priant pour ne pas trébucher et m'étaler sur la moquette répugnante.

— Désolé pour l'obscurité, dit-il en désignant les rideaux. Faut que je les laisse fermés. Sinon, quand les drones viendront, ils pourront tout photographier. Quelques clichés de moi qui ai pris de la bouteille et hop! ils rassembleront un jury de la mort[1], dit-il avec un claquement de doigts.

Mais bien sûr : des jurys de la mort et des drones.

— Je comprends, dis-je. *(Que vous êtes cintré.)* Avec vos rideaux fermés, j'imagine que vous n'avez rien vu de ce qui est arrivé à ce bébé?

— Qui a dit ça? s'emporta-t-il, de nouveau sur la défensive. Saletés de flics. C'est pas parce que je refuse de parler à ces amputés du cerveau que je sais pas des trucs. Seulement j'estime que c'est pas mon boulot de faire le leur en espionnant les gens. Je crois en la liberté individuelle : chacun a le droit de faire ce qu'il veut.

— Y compris d'abandonner un bébé dans les bois?
— Est-ce que je sais, moi?

Il haussa les épaules.

Ses convictions semblaient en grande partie aléatoires et incohérentes, cependant on discernait en fil rouge un conservatisme poussé. J'espérai qu'en tirant dessus je parviendrais à dérouler quelque chose d'intéressant.

— Mais si les gens ne sont pas tenus responsables de leurs actes, dans quel monde allons-nous vivre? Un État-providence.

---

1. Traduction littérale de l'expression «death panel» inventée en 2009 par la républicaine Sarah Palin lors d'un débat sur la réforme du système de sécurité sociale américain. Elle affirmait en effet que la législation proposée conduirait à la création d'un «jury de la mort» composé de bureaucrates qui décideraient si telle ou telle personne méritait de recevoir des soins médicaux. (*NdT*)

—Je ne vous le fais pas dire.

Il me regarda, les yeux étrécis. Puis il hocha la tête comme s'il était parvenu à quelque conclusion.

—Venez, je vais vous montrer quelque chose.

Il me fit signe de le suivre au bout d'un couloir encore plus sombre et plus encombré, où il aurait pu avoir l'intention de me cloîtrer. J'hésitai. Cela faisait longtemps que je n'avais pas fait de sport, il ne me restait plus qu'à espérer que j'avais conservé une espèce de mémoire musculaire au cas où il me chargerait.

—Avez-vous vu ce qui est arrivé à ce bébé, monsieur…

Je sortis mon portable tout en marchant derrière lui et envoyai vite un texto à Justin avec l'adresse de cet homme, sans aucune explication. Si je ne rentrais pas à la maison, cela lui donnerait au moins un point de départ. Il allait adorer quand plus tard j'allais devoir lui donner des précisions.

—Je n'ai pas vu ce qui est arrivé au bébé, répondit-il en pénétrant dans la buanderie située à gauche de la porte qui menait au garage. Mais j'ai vu quelque chose.

À l'intérieur se trouvait un télescope pointé vers la fenêtre. Il se dirigea droit dessus et y posa une main satisfaite, comme si c'était la réponse à toutes mes questions. Je regardai fixement l'objet, sans trop savoir quoi dire. Cette découverte me rassurait et m'inquiétait à la fois : elle me rassurait quant à la possibilité que cet homme ait vu quelque chose d'utile, et m'inquiétait quant au genre de personnalité à laquelle j'avais affaire.

—Qu'avez-vous vu ? grinçai-je d'un filet de voix.

—Vous croyez aux fantômes ?

Non. Mais ce n'était pas la réponse qu'il attendait.

—Euh, bien sûr. Pourquoi ?

—Parce que j'en ai vu un.

Il se pencha pour espionner par son télescope.

—Un soir tard, il y a quelques semaines.

— Qu'avez-vous vu ?

Il me regarda avec un hochement de tête grave.

— Ça *ressemblait* à une fille, répondit-il d'un air entendu. Elle sortait du ruisseau à plat ventre. Elle était couverte d'un truc aussi, comme une peinture de guerre. Sombre, vous voyez, comme un genre de camouflage.

— Un camouflage ?

Curieuse, pas sceptique. Renseigne-toi, ne doute pas.

— Ouais, sur toute la figure.

Il mima comment elle avait dû l'appliquer.

— Et vous l'avez vue sortir du ruisseau ?

— Je l'ai vue deux fois. Cette fois-ci elle est sortie du ruisseau et elle a vomi. Et elle avait cette peinture de guerre. La fois d'avant, pas de peinture. Et elle courait, dans une robe rouge.

— Cette fois-ci ?

Moi qui espérais l'entendre dire quelque chose qui aurait prouvé qu'il était moins délirant qu'il n'y paraissait.

— Ouaip, cette fois-ci elle est sortie à plat ventre et elle a vomi.

Il haussa les épaules.

— Pliée en deux de l'autre côté du jardin en bas. Soûle, peut-être. Après elle est partie, elle a couru par là le long des arbres. Avec la peinture sur le visage.

— De quand datait l'autre fois ?

— Oh, ça fait un bail : quinze, vingt ans. Longtemps, très longtemps. C'était la nuit où ce gamin s'est cogné la tête en tombant pendant cette fameuse fête.

— Mais c'était la même fille ?

— Ouaip.

Super.

— Je suis sorti avec mon appareil photo histoire d'avoir une preuve cette fois-ci. Pour l'envoyer à une de ces émissions de chasseurs de fantômes, vous savez. Mais le temps que je sorte, elle était partie. Disparue.

Il frappa dans les mains.

— Comme ça, pouf.

— Donc vous n'avez aucune photo ?

— Nan, mais j'ai un autre truc. Si j'arrive à le trouver.

Il se mit à ouvrir brutalement tous les tiroirs de la buanderie, qui n'avait pas assuré sa fonction première depuis Dieu seul savait quand.

— C'est quelque part par là. Minute. Attendez. Le voilà.

Il cachait un objet entre ses doigts. Je tendis la main en me préparant à sentir dans ma paume une chose moite et répugnante.

— C'était à elle. Je l'ai trouvé dans la rue après l'avoir vue en bas la première fois.

Dieu merci, c'était frais et lourd. Je baissai les yeux : un petit bracelet en argent avec une inscription gravée à l'intérieur. « Pour J.M. À jamais, Tex. »

— Je vous le dis. C'était la même fille. Un putain de fantôme.

RIDGEDALE READER
Édition numérique
18 mars 2015, 10 h 26

LE VIDE JURIDIQUE DU PARADIGME DE L'INFANTICIDE ET DU NÉONATICIDE

Essai de Molly Sanderson

Le corps d'un nouveau-né de sexe féminin a été retrouvé à Ridgedale il y a moins de trente-six heures, à proximité d'Essex Bridge. Le médecin légiste n'a pas encore annoncé la cause officielle du décès, et le bébé n'a toujours pas été identifié.

Beaucoup de gens ont conclu que les coupables étaient les parents du nourrisson. De fait, les statistiques nationales semblent étayer de telles hypothèses. Les enfants âgés de moins de deux ans ont deux fois plus de risques de se faire assassiner que de mourir dans un accident de voiture. D'après des statistiques récentes du ministère de la Justice, dans le cas de meurtres d'enfants de moins de douze ans, 57 % des auteurs sont les parents de la victime. De plus, en pareils cas, les femmes comptent pour 55 % des prévenus. En revanche, si l'on prend les homicides dans leur globalité, les femmes ne comptent que pour 10,5 % des prévenus.

Parallèlement, notre compréhension des troubles psychologiques maternels continue à progresser. On sait aujourd'hui que la dépression post-partum, considérée à une époque comme un trouble qui frappait les femmes uniquement juste après l'accouchement, est beaucoup plus disparate. Il arrive que des femmes souffrent de troubles de l'humeur liés à la naissance dès le premier trimestre de grossesse ; de même, il arrive que les symptômes émergent longtemps après le travail et la délivrance. Contrairement à ce qu'on supposait avant, la dépression maternelle peut se manifester d'une myriade de façons, dont la plupart sont très différentes de ce que certains pourraient considérer comme des symptômes dépressifs traditionnels, par exemple la psychose, le trouble obsessionnel compulsif et d'autres troubles de l'anxiété.

Dans le cas dramatique où une mère ôte bel et bien la vie à son nouveau-né – néonaticide –, la dépression maternelle, qu'elle soit pré ou postnatale, tombe rarement dans le cadre strict de la définition de la démence requise par une cour de justice. C'est pourquoi le témoignage d'un expert concernant la santé mentale de la mère est souvent proscrit. Toutefois, même si la démence n'est pas une défense adaptée, jurés et juges devraient pouvoir être autorisés à prendre en considération la santé mentale d'une mère. Or cette possibilité en forme de compromis reste largement inexploitée par notre système judiciaire. Rares sont les zones du droit pénal à être aussi floues que celle du néonaticide. La détermination de la gravité du crime est bien souvent laissée entièrement à la discrétion du procureur : les inculpations allant du meurtre à l'enlèvement illégal de cadavre sont monnaie courante. Une telle versatilité ne fait que compliquer davantage un terrain légal et émotionnel déjà instable.

Certes, il n'existe peut-être pas de crime plus tragique que celui d'une mère qui prend la vie de son enfant. Mais nous ne pouvons pas laisser notre peur de ce que nous apprend sur nous, êtres humains, le meurtre d'un bébé reléguer celui-ci au rang des actes inexplicables commis par des monstres. Car ces monstres sont aussi des filles ou des sœurs. Elles ont été des mères.

COMMENTAIRES :

JoshuaSki2
Il y a 57 min.
Parle pour toi, Molly Sanderson. Je ne connais aucune femme qui tuerait son propre bébé. Pas moyen, jamais. Tu veux savoir qui fait une chose pareille ? Les animaux. Voilà qui.

SaraBethK
Il y a 55 min.
Pourquoi essayez-vous de rendre acceptable ce genre de comportement ? « N'importe qui » pourrait tuer un bébé ?? Vraiment ? Beaucoup de femmes tombent enceintes sans le vouloir et élèvent des bébés heureux, ou les confient à l'adoption, ou les élèvent dans le malheur, mais elles ne les TUENT PAS !!! Pourquoi défendez-vous cette mère alors que vous ne savez même pas ce qui s'est passé ?

MommaX
Il y a 52 min.
Manque d'argent = manque d'éducation = moins d'options et plus de stress. 22 % des enfants américains vivent dans la pauvreté aux États-Unis, et chez les enfants issus des minorités, ce taux est encore

plus important. Il y a peut-être des gens qui sont juste véritablement diaboliques. Ou peut-être qu'il y a des gens que les circonstances obligent à faire des choix atroces.

WyomingGirl
Il y a 50 min.
Certains d'entre vous ont-ils entendu parler de cette affaire à Newark où le cadavre d'un bébé avait été retrouvé et où ensuite, longtemps après, on avait découvert que la mère était morte ? Elle aussi avait été assassinée. Si ça se trouve, c'est pareil ici.

Anniemay
Il y a 45 min.
Personnellement, je préfère m'en tenir à l'idée qu'il s'agissait de gamins terrifiés. Mais c'est sûr que ça aiderait si la police nous en disait un peu plus...

Gracie55
Il y a 37 min.
Pour moi, toute cette affaire ressemble à une chasse aux sorcières. Allons-y, tant qu'on y est, rassemblons tous les habitants de Ridgedale qui gagnent moins d'une certaine somme par mois sous prétexte que les grossesses non désirées sont plus courantes au sein de ce groupe. Efficacité n'est pas synonyme de justice.

ariel.c
Il y a 28 min.
Jusqu'ici je me suis retenue, mais si personne ne se décide à le dire, je vais le faire. Démission parentale. Rien de tout ça ne serait jamais arrivé si les adolescents n'étaient pas livrés à eux-mêmes. Je ne dis pas qu'il

s'agit forcément de la mère. Mais il s'agit forcément de QUELQU'UN, bon Dieu.

tds@kidsrus
Il y a 25 min.
Ariel, es-tu sérieusement en train de mettre la mort de ce bébé sur le compte des parents qui travaillent ? On ne sait même pas à qui est ce bébé ! Grrr.

HeatherSAHM
Il y a 21 min.
OK, peut-être qu'Ariel aurait pu le formuler autrement, mais je comprends ce qu'elle veut dire. En général, les parents qui abandonnent leur bébé sont jeunes. Or seul un parent qui est vraiment hors service – ou simplement hors du domicile – pourrait ne pas remarquer que sa propre fille est enceinte.

246Barry
Il y a 11 min.
IL COURT TOUJOURS. TROUVEZ-LE.

Barbara

—On s'arrête prendre une glace, Cole ? lança Barbara gaiement tandis que Steve les ramenait à la maison.

Pourtant elle n'avait pas vraiment le cœur à se réjouir. Depuis qu'elle avait vu le dessin affreusement violent de Cole – tout ce sang et ce bras manquant –, elle était dans tous ses états. Mais elle n'en laissait rien paraître. Elle avait fait de son mieux pour garder ses inquiétudes pour elle, ou du moins loin de son fils.

Le rendez-vous de Cole avec le docteur Kellerman, un homme frêle avec des cheveux gris inutilement broussailleux et des yeux marron fatigués, avait été une vraie déception. Ça n'avait été guère plus qu'une vulgaire récréation. Et se retrouver dans cette cellule d'observation à regarder Cole par un miroir sans tain comme s'il s'agissait d'un cobaye avait été véritablement traumatisant. Après cette séance, Barbara s'était juré qu'elle ne céderait plus à la panique. Mais c'était plus facile à dire qu'à faire.

—À ce stade, il ne sert à rien d'essayer d'obtenir de Cole l'explication de ce dessin, avait commenté le docteur Kellerman après avoir passé quarante-cinq minutes à faire des jeux et des puzzles (sans presque parler à Cole). Il est peu probable qu'il la connaisse lui-même.

—Comment pouvez-vous en être aussi sûr ? avait presque crié Barbara.

Comportement à l'évidence guère astucieux, à moins de vouloir se faire reprocher toute la situation. Mais c'était plus fort qu'elle.

—Vous ne lui avez presque rien *demandé*.

—Pour le moment, tenter d'obliger Cole à s'expliquer serait à la fois inefficace et contre-productif.

Le docteur Kellerman avait conservé une voix calme et apaisante, comme si ça avait été elle la patiente.

—Il y aurait de fortes chances que ça ne fasse qu'ajouter à son angoisse.

—Alors c'est tout ?

—Pour l'instant, savoir ce qui a poussé Cole à dessiner ce garçon est loin d'être aussi important que de parvenir à contrôler son angoisse. C'est elle qui est derrière son comportement perturbateur en classe et son dessin, avait poursuivi le docteur. Un examen attentif nous révélera peut-être qu'elle remonte à un certain temps et que ces incidents représentent une sorte de pic. Il arrive qu'on ne remarque certaines émotivités qu'après coup.

—Cole n'est pas émotif, avait-elle aboyé.

Et c'en avait été fini. Elle n'avait plus écouté le docteur, et peu importait qu'il le remarque, elle s'en fichait.

—Il ne l'a jamais été.

Sans compter qu'elle savait déjà exactement ce qui se passait. Cole avait entendu quelque chose qu'il n'aurait pas dû entendre, ou vu quelque jeu vidéo violent ou l'extrait d'un film d'horreur terrifiant interdit aux moins de dix-huit ans, et ça le hantait. Et il n'y avait qu'un endroit où cela aurait pu se produire : chez Stella. C'était son satané fils aîné, à tous les coups, ou peut-être une des aventures d'un soir de Stella. Et encore, c'était le meilleur scénario : un film, un jeu, quelque chose en deux dimensions, sans rapport avec la vraie vie.

Car Barbara en connaissait suffisamment sur Stella pour savoir qu'il n'y avait pas de limites à l'inconvenance de ce qui se passait sous son toit.

— Chéri, tu m'as entendue pour la glace ? lança-t-elle de nouveau.

Cole ne répondant toujours pas, elle se tourna, se préparant à le voir assis là dans son siège auto à regarder par la vitre avec cette expression atroce de zombi. Dieu merci, sa tête tombait vers l'avant : il dormait. Il avait l'air tellement paisible et tellement parfait comme ça. À l'image de ce qu'il avait toujours été. Elle eut envie de pleurer. Comment avait-il pu s'effondrer aussi vite et aussi complètement ?

— On rentre, murmura-t-elle à Steve en désignant la banquette arrière.

Steve jeta un coup d'œil à Cole endormi par le rétroviseur et hocha la tête. Il tourna à gauche dans Rainer Street afin de prendre le chemin du retour sous la canopée révérencieuse des hêtres de Mayfair Lane. Ces arbres avaient toujours paru si magiques et mystérieux à Barbara quand, petite, elle voyageait à l'arrière de l'un des pick-up du garage Al's Autobody de son père. À présent ils lui paraissaient juste laids et diaboliques.

Elle se tourna vers Steve. Il s'efforçait d'avoir l'air détendu, insouciant, mais elle voyait bien l'inquiétude qui se concentrait aux coins de ses yeux. De fait, il n'avait pas paru dans son assiette depuis qu'il était rentré à la maison pour les amener au rendez-vous, alors que le matin même il allait bien. Elle ne lui avait pas demandé ce qui s'était produit en l'espace de ces quatre heures de travail. Et elle ne le ferait pas. Pour l'instant, elle se fichait pas mal des enquêtes, même si cela concernait un pauvre bébé.

Ce dont elle se souciait c'était de *son* bébé. Elle aurait préféré que Steve n'aille pas du tout travailler ce matin-là, mais c'était typique de son mari : le devoir l'appelait, il y allait.

Et voilà qu'il avait de nouveau la tête ailleurs. Elle détestait tout particulièrement ce fameux regard lointain et inquiet. Elle le connaissait, il n'en résultait jamais rien de bon.

Barbara n'avait jamais aimé ces fêtes dans les bois. Trop incontrôlables à son goût. Évidemment, c'était cet aspect qu'adoraient la plupart des lycéens de Ridgedale. Parfois il y avait jusqu'à une centaine d'ados éparpillés dans tous les coins : des couples qui forniquaient, des garçons qui jouaient à leur jeu stupide, des cliques de filles qui s'échangeaient des ragots. Tous soûlés à la bière et au whisky qu'ils avaient volés ou qu'on leur avait donnés à la maison. Il était toujours impossible de retrouver un ami dans cette masse, et quand bien même, tout le monde avait trop la tête à l'envers pour avoir une conversation digne de ce nom. Cependant Barbara supportait ces fêtes idiotes parce que Steve les trouvait amusantes, surtout « l'obstacle qui tangue », auquel il n'était pourtant jamais autorisé à participer. Il n'était jamais suffisamment ivre.

Il ne lui avait pas encore demandé sa main, mais elle savait qu'il en avait l'intention une fois qu'ils auraient obtenu leur diplôme. Il lui arrivait de se demander s'il en avait déjà parlé à son père : la tension était palpable entre Al et Steve chaque fois qu'ils se retrouvaient dans la même pièce. Mais c'était peut-être parce que les deux hommes ne s'appréciaient pas vraiment. Al avait construit le garage lucratif Al's Autobody de toutes pièces, et il avait attendu avec impatience le moment où Barbara se marierait avec quelqu'un qui reprendrait l'affaire familiale. Au lieu de cela, elle était tombée amoureuse de Steve, dont le père, un officier de police, avait été tué dans l'exercice de ses fonctions à Houston quand Steve avait six ans. Élevé par une Wanda sempiternellement glaciale qui était venue à Ridgedale pour repartir de zéro – un petit-cousin lui avait offert un bon emploi dans son agence d'assurance –, Steve avait toujours voulu être policier comme son père. Il n'allait certainement pas abandonner ce projet pour s'occuper du garage d'Al, peu importait l'argent que ça aurait pu lui rapporter.

Même avec une demande en mariage sur les rails, Barbara savait qu'elle ne devait pas trop serrer la bride à Steve. Ils allaient être adultes sous peu, elle n'avait pas envie qu'il ait des regrets. Et puis ils étaient en terminale et, comme Steve ne cessait de le lui rappeler, c'était leur dernière chance de rigoler un peu. Elle avait donc appris à tenir sa langue et à se rendre à ces fêtes dans les bois boueux où elle finissait toujours par salir ou déchirer un de ses vêtements. Elle essayait de faire mine de s'amuser à rester assise là sur ces bûches détrempées, à bavarder avec des filles qui étaient ses amies depuis des années mais qui ne lui manqueraient pas après la fin du lycée. Et elle laissait Steve partir jouer avec ses coéquipiers à leur jeu stupide et l'oublier le temps d'une heure ou d'une soirée entière. Car il revenait toujours quand il y était prêt, chaque fois.

Pourtant ça n'avait pas été facile de le laisser vagabonder quand l'*autre* avait commencé à lui bourdonner autour en lui parlant de sa famille tout à fait charmante qui ne l'aimait pas, ou des garçons dont elle était amoureuse sans réciprocité, ou des garçons qui (naturellement) la jetaient une fois qu'elle avait soulevé sa jupe. Jenna n'avait aucun scrupule, en plus. Elle se fichait comme d'une guigne que Steve appartînt à une autre. Non pas que Barbara se fût inquiétée, parce que, franchement, comment pouvait-on prendre au sérieux une fille comme ça ? On n'attrape pas les mouches avec du vinaigre. Et Steve avait suffisamment de bon sens pour ne pas céder à ce chant de sirène. Il aimait Barbara. Ils étaient parfaitement complémentaires. Elle c'était la tête. Lui le cœur. Simplement, il était trop gentil pour tourner le dos à une pitoyable pute sans aucune estime d'elle-même. D'accord, ce n'était peut-être pas très charitable de sa part de penser une chose pareille, mais ça n'en était pas moins vrai.

Venu le dernier samedi de mai, au printemps de leur année de terminale, Barbara en avait eu assez de ces fêtes. Pourtant elle était retournée dans les bois pour faire plaisir à Steve, malgré une migraine épouvantable. Sa seule exigence avait été qu'ils partent tôt. Mais quand elle avait voulu s'en aller, elle ne l'avait trouvé nulle part. Elle l'avait cherché pendant au moins vingt minutes avant de le repérer. Pas avec les autres garçons, comme elle le croyait : non, il était là, à cinq ou dix minutes de marche en aval du ruisseau, assis sur un rocher. *Avec* Jenna.

Il y avait un grand espace entre eux, leurs hanches étaient même loin de se toucher, ils ne faisaient que discuter. Mais à voir leur *façon* de parler, Barbara avait senti son cœur se briser. Pire encore avait été la façon dont il l'avait regardée alors qu'il essayait de s'expliquer sur le trajet du retour vers sa camionnette. Ses yeux débordaient de regret, non pas pour ce qui s'était passé, mais pour ce qui *allait* se passer. Pour ce qu'il était impuissant à empêcher.

— Ce n'est pas grave, avait dit Barbara avec un grand sourire en chassant ses explications d'un geste, comme si la situation ne la touchait absolument pas. Tu essaies de l'aider, je le sais bien.

Car la dernière chose au monde qu'elle voulait, c'était qu'il lui fasse des *excuses*. Elle ne voulait pas entendre à quel point il avait déjà réfléchi à toute la situation.

— C'est vrai qu'elle me fait de la peine, avait reconnu Steve en arrivant à sa camionnette.

Puis il s'était interrompu. Il y avait un « mais ». *Mais ce n'est pas...* Barbara n'avait eu aucune envie d'entendre la fin.

— Parce que tu es un gentil garçon, Steve.

Elle s'était penchée pour l'embrasser avant qu'il puisse ajouter quoi que ce soit.

— Et c'est pour ça que je t'aime.

Pendant que Steve montait Cole dans son lit, Barbara s'assit à la table de la cuisine sans enlever son manteau. Leurs tasses à café du petit déjeuner étaient toujours sur la table, il y avait du courrier en attente sur le plan de travail, une pile de linge pas encore plié et des jouets éparpillés. Depuis cet entretien avec Rhea, Barbara avait été trop soucieuse pour se préoccuper des tâches ménagères. Après seulement un jour d'inattention, la maison sombrait dans le chaos. Ce désordre ne devait sûrement pas aider Cole. Voire, il empirait les choses.

Elle se leva d'un bond, prit une tasse dans chaque main et se dirigea prestement vers l'évier, où étaient empilées les assiettes sales du petit déjeuner. Dessous se trouvait la vaisselle du dîner de la veille dans plusieurs centimètres d'eau brunâtre nauséabonde. Répugnant. Tout était répugnant. Mais elle avait dû se faire violence pour partager le repas avec Caroline après avoir vu ce dessin – que Cole ne semblait pas complètement se rappeler avoir fait –, alors faire la vaisselle, n'en parlons pas.

Elle avait laissé Steve s'occuper de prendre rendez-vous avec le docteur Kellerman pour le lendemain matin. Peu importait ce que cela coûterait, avait-elle dit avant d'aller coucher Cole. Steve avait sûrement dû tirer quelques ficelles, voire fait jouer son statut, pour obtenir un créneau aussi rapidement. Elle lui était reconnaissante de ne pas avoir ressenti le besoin de lui expliquer comment il s'y était pris.

Barbara contemplait cette crasse immonde quand Steve redescendit l'escalier.

— Dis donc, il est KO, annonça-t-il avec une gaieté forcée, essayant comme d'habitude de lui remonter le moral de façon à pouvoir s'éclipser. Ce docteur Kellerman aura au moins accompli une chose : il l'a assommé. Raison suffisante pour y retourner.

— Je ne retournerai jamais là-bas.

Elle plongea les mains dans l'évier encombré.

— Et mon fils non plus.

Pourquoi s'était-elle laissée aller à repenser à cette fête idiote qui remontait à si loin ? Car la voilà qui s'apprêtait à avoir une énième dispute avec Steve sans qu'il sache pour quelle raison au juste ils se disputaient. Elle était soudain tellement *fâchée* contre lui. Furieuse. Cette histoire, il en était responsable du début à la fin. Peut-être que si elle avait été moins préoccupée par le retour de *l'autre*, elle aurait davantage prêté attention à ce qui arrivait à Cole.

Alors qu'elle tâtonnait dans l'évier, un verre posé sur une assiette glissa sur le côté. Elle le rattrapa, mais il lui échappa des mains et se brisa : les morceaux se dispersèrent dans l'eau grisâtre.

— Merde ! hurla-t-elle en arrachant son manteau, qu'elle jeta à terre.

Puis elle empoigna le rebord de l'évier et se mit à pleurer.

— Ouh là, hé, murmura Steve en approchant derrière elle.

Elle attendit le contact de ses mains sur ses bras, mais il ne la toucha pas.

— Ça va aller. Cole va s'en tirer.

Elle fit volte-face et pressa son visage contre sa poitrine pour ne pas se mettre à lui crier dessus. Car tout semblait sa faute, tout à coup. Elle resta là longtemps, jusqu'à ce qu'il finisse par lui tapoter les épaules.

— Tu devrais retourner au travail, lui dit-elle, comme il ne l'enlaçait toujours pas.

Parce que c'était ça qu'il voulait, n'est-ce pas ? Retourner à ce boulot qu'il aimait plus qu'elle, du moins c'est ce qu'elle commençait à soupçonner. De toute façon, s'il restait, elle n'était pas sûre de réussir à maîtriser ses paroles.

— Ça va aller, je t'assure. Et j'irai encore mieux quand je te verrai annoncer aux informations que tu as arrêté le responsable de ce qui est arrivé à ce pauvre bébé.

— Ouais, bah, pour l'instant c'est pas gagné.

Il secoua la tête, puis se frictionna le visage.

Barbara prit une inspiration : *Sois gentille, pose-lui des questions.* Steve détestait quand elle se montrait froide, il ne le supportait pas. Évidemment, il ne le *disait* jamais. Il n'était pas homme à critiquer, mais il se recroquevillait instantanément dans sa coquille. Et une fois qu'il était coincé là, impossible de l'en faire sortir.

— Et cette fille à l'hôpital ? s'enquit-elle.

— Vu la façon dont elle a mis les voiles, il y a quelque chose de louche dans cette affaire, répondit-il en secouant la tête, mais *son* bébé n'est pas *ce* bébé. La sage-femme jure qu'elle a accouché il y a trois semaines d'un nourrisson de trois kilos six cents. Le légiste n'est pas encore prêt à faire une annonce officielle, mais il est certain que ce bébé n'était pas aussi vieux.

— Pourtant elle s'est enfuie.

— Qui sait ? C'est peut-être ton amie Stella qui lui a soufflé de le faire.

De toute évidence, il plaisantait.

— Apparemment, Stella aime bien faire du cinéma.

— Du cinéma ? Qui t'a dit ça ?

Sérieux ou non, il avait pêché cette idée quelque part.

— Oh, son amie Molly : la mère d'Ella. La journaliste au *Ridgedale Reader*.

— A-t-elle parlé de Will ou de Cole ? Qu'entendait-elle par « cinéma » ?

— Non, non, non, protesta-t-il en agitant un doigt. Je n'aurais même pas dû l'évoquer. Il n'y a aucune raison de penser qu'elle a le moindre rôle dans ce qui se passe avec Cole.

— Mais il a entendu ou vu quelque chose quelque part, Steve. Et ce n'était pas chez nous.

— Première chose : ça c'est toi qui le dis. Ce n'est pas ce qu'a expliqué le docteur Kellerman.

— Je sais que c'est vrai, Steve. Il est arrivé quelque chose à Cole quand il était avec Will. Chez lui.

— Barbara, tu n'as *aucun* moyen de le savoir. Même le docteur Kellerman a dit qu'il pouvait s'agir d'une espèce d'émotivité préex…

— Steve, arrête! hurla-t-elle. Arrête d'inventer des excuses pour que je ne me fâche pas contre une femme dont tu n'as aucune preuve de l'innocence et que tu ne connais même pas!

Il crispa la mâchoire. Sa patience s'effilochait. Mais ça s'arrêterait là. Il ne s'emporterait pas davantage. Bientôt il allait disparaître, battre en retraite. Partir au travail, dans sa précieuse petite coquille. Parfois elle aurait fait n'importe quoi pour qu'il se mette à lui crier dessus.

— Je n'essaie pas de la protéger, se défendit-il, l'incarnation même de la raison. Mais se focaliser sur elle plutôt que sur Cole ne va pas arranger la situation.

Il s'empara de ses clés. Parce qu'il allait partir de toute façon, évidemment, qu'elle ait ou non besoin qu'il reste.

— Promets-moi que tu vas laisser tomber, ajouta-t-il. Que tu vas arrêter avec Stella.

— Bien sûr, répondit-elle.

Et s'il y croyait – vu la façon dont elle l'avait dit –, alors il était encore plus préoccupé qu'elle ne le pensait.

— Est-ce qu'ils ont aidé Cole? demanda Hannah à la seconde même où elle rentra de cours, en parcourant le rez-de-chaussée comme pour essayer de trouver son frère.

— Cole va bien, ma chérie, dit Barbara en faisant exprès de ne pas répondre à sa question. Il est fatigué et légèrement stressé, c'est tout. Comment s'est passé ton examen blanc d'algèbre renforcé?

Hannah haussa les épaules.

— Pas trop mal, je crois. C'était un peu dur de se concentrer.

— « Pas trop mal, je crois », l'imita Barbara sur le même ton et avec le même haussement d'épaules.

Il y avait de meilleures solutions pour gérer l'angoisse d'Hannah au sujet de Cole que de se moquer d'elle. Mais Barbara n'était pas parfaite. Elle n'avait jamais prétendu l'être.

— L'université de Cornell t'a peut-être déjà admise, mais les enseignants vont faire la grimace si tu ne réussis pas ces examens de cours renforcés que tu leur as promis.

— Désolée, je n'ai…

Hannah semblait blessée.

— Je crois que je ne m'en suis pas trop mal tirée. Merci de t'y intéresser.

— Attends un peu, on est mercredi, non ? Tu as tutorat aujourd'hui ?

Barbara espérait que non. Elle avait compté les minutes qui la séparaient du retour d'Hannah pour pouvoir partir.

— Elle n'a pas pu venir, répondit Hannah en regardant sa mère d'un air coupable.

Elle se sentait probablement responsable aussi des mauvais choix de cette fille.

Barbara secoua la tête et expira.

— On ne pourra pas te reprocher que cette fille rate son GED.

— Maman, c'est mesquin.

Elle eut un mouvement de recul devant le regard foudroyant de sa mère.

— Je voulais juste… Sandy fait beaucoup d'efforts.

— Crois-moi, Hannah.

Barbara s'esclaffa en essayant de ne pas se laisser dominer par son agacement. Mais *mesquin* ? Franchement, comment osait-elle ?

— Les filles comme elle ne savent jamais ce qui est bon pour elles.

— Mais enfin, tu ne l'as jamais rencontrée, protesta Hannah.

Et voilà qu'elle défendait une fille qu'elle connaissait à peine. Exactement comme son père. Que Dieu lui vienne en aide. Quel immense chagrin attendait ce satané cœur à vif!

— Oh, ma chérie, un jour tu comprendras. Je n'ai pas besoin de l'avoir rencontrée pour savoir de quel genre de fille il s'agit.

Elle eut un sourire hargneux tandis qu'elle raflait ses clés sur le plan de travail.

— Cole fait la sieste, je dois aller faire une course. Ne le réveille pas – il était tellement épuisé – mais, s'il se lève, mets-le devant la télé. Il faut qu'il reste calme.

Ce ne fut que lorsqu'elle eut sorti la voiture du garage qu'elle se rendit compte qu'elle avait oublié son sac à main sur le plan de travail de la cuisine. Elle laissa le moteur tourner et rentra précipitamment, craignant d'être empêchée de repartir. Et elle avait vu juste : alors qu'elle traversait la cuisine après être entrée par la porte de service, elle entendit un murmure étrangement doux en provenance du salon. Hannah qui parlait au téléphone, peut-être? Mais la conversation était bizarrement à sens unique, et la voix d'Hannah étonnamment perchée. Barbara passa la tête à l'angle du mur pour voir ce que sa fille était en train de trafiquer.

Hannah était assise sur le canapé, Cole lové bien au chaud au creux de son bras, les jambes passées en travers de ses genoux. Elle devait l'avoir réveillé à la seconde où Barbara avait quitté la maison : précisément ce qu'elle lui avait défendu. En plus elle lui faisait la lecture, *The Missing Piece*, « Le Bout manquant », son livre préféré quand elle était petite. Des années durant elle avait dormi chaque nuit avec ce livre glissé sous son oreiller.

Barbara ravala son envie de la réprimander pour lui avoir désobéi et, les dents serrées, se força à retourner à la voiture. De façon à pouvoir trouver la vraie personne à réprimander.

Quinze minutes plus tard, elle se garait en haut de la longue allée courbe qui montait vers le gigantesque manoir au sommet de la colline : une bâtisse neuve imitation ancien enfoncée dans la forêt. Avec sa façade en pierres et son immense véranda qui faisait tout le tour de la maison, elle aurait pu abriter une famille de sept personnes, voire plus. Et pourtant c'était cette pauvre Stella dépourvue de mari qui y vivait avec tout son argent, son botox, et ses deux misérables gosses complètement perturbés.

Barbara s'efforça de prendre une profonde inspiration et se colla un sourire sur le visage tandis qu'elle remontait l'interminable chemin en pierres polies qui conduisait aux marches du perron, au sommet desquelles se dressaient deux portes rouges d'une hauteur absurde. Stella refuserait d'admettre qu'il était arrivé quelque chose à Cole sous son toit. Barbara allait devoir l'y amener délicatement, lui faire un peu de charme. Elle prit une nouvelle inspiration et sourit de plus belle avant d'appuyer sur la sonnette.

Un adolescent ouvrit la porte, vraisemblablement Aidan. Il était coiffé en pétard dans le style surfeur, avait un nez moucheté de taches de rousseur et de grands yeux brun doré. Une fois, Barbara avait demandé à Hannah comment il était. Elle avait répondu : « Bah, mignon », détachée, comme elle l'était toujours vis-à-vis des garçons. Pourtant, même Barbara dut reconnaître qu'Aidan était séduisant. Elle s'imaginait sans mal la montagne de cœurs brisés qu'il devait laisser dans son sillage. Quelle veine que ce soit lui qui ait ouvert la porte. Elle avait beaucoup plus de chance de tirer quelque chose d'un ado aussi effronté qu'Aidan – trop arrogant pour être prudent – que de Stella.

— Tu dois être le frère de Will, Aidan ?

Elle avait mal aux joues à force de sourire.

— Mon fils, Cole, est dans la même classe que Will.

— Ouais ?

Il regarda derrière elle, les yeux dans le vague, comme s'il essayait d'analyser l'absence de Cole. Était-il défoncé, attardé, quoi ? Était-ce cela que Stella dissimulait ? Barbara avait aussi demandé à Hannah quel genre de garçon c'était : elle n'en savait rien. Il était nouveau au lycée et une classe en dessous, sans compter qu'il ne fréquentait pas grand monde, avait expliqué Hannah. Et certainement pas le groupe de lycéens populaires qu'elle comptait parmi ses amis les plus proches, supposait Barbara. La rumeur circulait qu'il avait eu des ennuis dans son ancien lycée, avait raconté Hannah, et il avait déjà été impliqué dans plus d'une bagarre dans celui de Ridgedale.

— Enfin, Cole n'est pas avec moi, Aidan, poursuivit-elle en inclinant légèrement la tête sur le côté afin de croiser son regard. Mais il a passé beaucoup de temps chez vous ces derniers jours. Saurais-tu par hasard si les garçons ont vu ici quelque chose qu'ils n'étaient pas censés voir ? Une émission de télé, par exemple, ou un jeu vidéo, ou que sais-je ?

Ou alors, tu sais, toi en train de faire un truc horrible. Barbara approcha d'un pas et s'efforça de prendre une expression plus douce. Mais elle avait l'impression d'avoir le visage en caoutchouc.

— Nous ne pensons pas une seconde que *tu* aies mal agi, Aidan. Je suis sûre que, quoi qu'il ait pu se passer, il s'agissait d'un accident.

— Un accident ?

Il semblait en colère tout à coup. Très, très en colère. Comme quelqu'un qui a un horrible secret.

— Sérieux, madame, de quoi vous parlez, bordel ?

Une voix leur parvint alors de la maison. Sûrement Stella. *Mer... credi.* Juste quand elle allait arriver à ses fins. La main sur la poignée de la porte, Aidan se retourna pour crier :

— La mère de Cole !

Puis, agacé :

— Qu'est-ce que j'en sais ? Demande-lui, *toi*.

Une seconde plus tard, Stella apparut sur le seuil et chassa Aidan, qui disparut derrière elle dans la maison.

— Excuse-moi, Barbara, dit-elle en croisant ses longs bras musclés, les joues rouges, les yeux enfiévrés. Mais est-ce que *je* peux t'aider ?

Pour le charme, on repasserait. Au moins Barbara pouvait aller droit au but.

— Il faut que je sache ce qui est arrivé à Cole, Stella.

— Tu as perdu la boule, ou quoi ?

Stella la toisa des pieds à la tête.

— Es-tu sérieusement en train de nous *accuser* ?

— Cole m'a dit que quelque chose l'avait effrayé ici.

Ç'aurait très bien pu être vrai.

— Il a trop peur pour m'expliquer de quoi il s'agissait précisément, mais il est complètement traumatisé.

— Et donc tu t'es dit que tu pouvais te permettre d'essayer de traumatiser *mon* fils en l'interrogeant en mon absence ?

Stella rythmait ses propos avec des coups de tête, comme une adolescente.

— Tu te prends pour qui, Barbara ? Maman Gestapo ?

— J'essaie simplement d'aider Cole, protesta Barbara d'une voix soudain brisée.

Elle ne pouvait pas céder à l'émotion, pas maintenant. Pas devant Stella. Elle allait frapper là où ça faisait mal.

— Si c'était Will qui était traumatisé, je suis sûre que tu poserais les mêmes questions.

— Écoute, Barbara, rétorqua Stella d'une voix tremblante. Je crois que je me suis montrée patiente avec toi et ton mari, poursuivit-elle après s'être assurée d'un coup d'œil derrière elle qu'Aidan était bien parti, mais là j'ai eu ma dose d'accusations à la con pour la semaine.

— Je suis là en tant que mère qui s'inquiète pour son fils, Stella. Je t'aurais crue capable d'un peu de compassion. Je veux juste ramener la paix dans mon foyer.

Elle aurait dû en rester là, elle le savait. Mais il y avait cette *expression* chez Stella : cette suffisance.

— C'est peut-être difficile pour toi de le comprendre, mais tout le monde n'a pas envie de vivre comme au cinéma.

— Au cinéma ? ricana Stella. Pardon, c'était censé être une pique ? Tu ne me connais même pas, Barbara.

Mais Molly, la meilleure amie de Stella, si, or c'était elle qui l'avait traitée de comédienne. Barbara mourait d'envie de le lui cracher au visage, mais Steve l'aurait tuée.

— Disons qu'il s'agit d'une supposition éclairée.

Stella battit des cils puis lui lança un vilain sourire.

— Je suis désolée que ton fils ait des soucis, Barbara.

Sa voix était soudain très calme, très posée. C'était déconcertant.

— J'imagine que ce doit être extrêmement difficile pour quelqu'un comme toi, qui accorde beaucoup d'importance à la « normalité ».

Elle mima des guillemets.

— Mais il n'est rien arrivé à Cole ici. Pas sous mon toit. Alors maintenant j'aimerais que tu bouges ton cul de limande moralisatrice de ma véranda.

Sur ce, elle recula et claqua la porte.

Le temps que Barbara arrive à l'école maternelle de Ridgedale et emprunte le couloir pour aller dans la salle de classe de Cole, il était 16 heures passées. Heureusement, elle vit à travers la lucarne vitrée que Rhea était encore là, assise à l'une des tables, occupée à écrire un genre de carte.

Après leur prise de bec, Barbara était absolument convaincue que Stella en savait plus qu'elle ne le prétendait. Sinon, pourquoi aurait-elle été autant sur la défensive ? Cependant il lui fallait une dernière preuve avant de présenter son dossier d'accusation à Steve : celle que rien n'avait pu arriver à Cole à l'école.

Elle frappa à la porte, le visage collé à la vitre. Rhea fronça les sourcils dès qu'elle leva la tête. Elle s'apprêtait probablement à partir et n'avait pas envie d'être retenue. Lentement, elle ferma sa carte, qu'elle glissa ensuite dans son sac. Après un temps qui parut interminable à Barbara, elle lui fit signe d'entrer.

— Que puis-je faire pour vous, Barbara ? demanda platement l'institutrice en rassemblant ses affaires.

Elle ne l'avait même pas regardée. Il y avait un problème. Rhea avait perdu son pétillant habituel.

— Je voulais vous reparler de Cole, commença prudemment Barbara. Si vous avez une minute.

— En effet, j'ai eu ouï-dire de certaines de vos *préoccupations*, grinça l'institutrice. Par le menu.

« Par le menu » ? Barbara la dévisagea, interloquée. Puis elle commença à comprendre, avec un malaise grandissant. Elle s'était arrêtée au bureau de l'association parents-profs afin de discuter avec quelques mères présentes et, dans sa colère, elle avait *peut-être* dit une ou deux choses à propos de Rhea. Et *peut-être* n'avait-elle pas fait attention aux oreilles qui traînaient dans la pièce. S'était-il agi de l'un des collègues de Rhea ? Ou, que Dieu l'en garde, de Rhea elle-même ?

— J'essaie simplement de faire ce qui est le mieux pour mon fils, protesta Barbara. (Elle n'allait certainement pas *admettre* avoir dit quelque chose en particulier, pas si Rhea s'en tenait à des propos vagues.) Je suis sûre que vous comprenez.

— Mes chemisiers sont trop serrés ? lança Rhea en croisant les bras sur son haut particulièrement – justement – moulant.

Oh, et je me maquille trop. Oui, c'est ça, ça me revient maintenant. Éclairez donc ma lanterne : en quoi l'une ou l'autre de ces remarques est-elle liée à ma capacité à enseigner?

— Ma foi, c'est sortir mes propos de leur...

Rhea leva une main.

— Tout bien réfléchi, je ne veux même pas le savoir.

Elle alla chercher sur une table voisine une petite pile de papiers qu'elle glissa dans son sac.

— Et maintenant qu'est-ce que vous voulez? J'allais rentrer chez moi.

— Nous avons emmené Cole consulter ce médecin que vous nous aviez conseillé, répondit Barbara en guise de rameau d'olivier.

— Vraiment?

Rhea avait l'air sincèrement abasourdie. Car elle aussi jugeait Barbara : têtue, Madame Je-sais-tout inflexible. Au courant de tout avant tout le monde.

— Qu'a-t-il dit?

— Que le comportement de Cole résultait d'un traumatisme.

Petit mensonge dans un noble but.

— Mon Dieu, quel traumatisme? s'exclama Rhea, les yeux écarquillés.

— C'est ce qu'on essaie de comprendre. Nous espérions que vous pourriez nous aider.

Le visage de l'institutrice se crispa.

— Il n'est rien arrivé à Cole ici, Barbara. Si c'est *encore* ce que vous insinuez. Je croyais que nous en avions déjà parlé.

Mais Barbara avait besoin de pousser plus loin. Elle avait besoin d'en être absolument certaine avant d'aller voir Steve. Autrement, il ne l'écouterait jamais.

— Enfin, je suis sûre que ce n'était pas volontaire de votre part. Mais vous vous occupez de *dix-neuf* enfants, Rhea.

Vous ne pouvez certainement pas les avoir tous à l'œil en permanence.

Rhea baissa la tête et laissa tomber ses épaules. Elle prit une grande inspiration avant de lever les yeux.

—Écoutez, Barbara, je comprends à quel point cette situation doit être difficile pour vous et votre famille, commença-t-elle comme si elle avait rassemblé ses derniers fragments de patience. C'est tellement douloureux pour un parent de regarder son enfant souffrir. Je sais ce que vous ressentez, et...

—Attendez, pardonnez-moi, qu'est-ce que vous venez de dire ? l'interrompit Barbara. (La colère lui brûlait les entrailles.) *Vous* savez ce que *je* ressens ? Excusez-moi, Rhea, mais vous n'avez *même pas* d'enfants. Comment *osez*-vous affirmer savoir ce que je ressens ?

On aurait dit que l'institutrice venait d'être giflée. Pourtant ce n'était pas un jugement, c'était un fait. Rhea n'avait pas d'enfants. Ce n'était pas la faute de Barbara si c'était le genre de personne qui n'avait pas conscience du trou béant que cela créait dans sa vie.

—Chacun voit midi à sa porte, évidemment, poursuivit-elle afin de clarifier sa pensée. (Car elle ne suggérait pas que tout le monde avait *besoin* d'avoir des enfants. Seulement ceux qui voulaient prétendre savoir ce que c'était d'être parent.) Tout le monde n'a pas vocation à fonder une famille.

Rhea hocha la tête avec une expression exagérément pensive. À présent il y avait de la haine dans son regard.

—Vous savez, Barbara, pendant toutes ces années, je me suis demandé : Pourquoi moi ? Pourquoi ai-je dû subir, *moi*, une hystérectomie alors que je n'avais que vingt-six ans ? lança-t-elle d'une voix tremblante. Quand je pense que vous aviez la réponse depuis le début : je n'avais tout simplement pas vocation à fonder une famille.

Barbara baissa les yeux vers le ventre parfaitement plat de son interlocutrice. En même temps, comment était-elle censée le savoir ?

—Je ne voulais pas insinuer...

Mais c'était inutile. Elles savaient toutes les deux précisément ce qu'elle avait voulu dire. Et Rhea tendait déjà le bras vers son manteau.

—Je suis sincèrement désolée que Cole souffre. Je tiens beaucoup à lui.

Elle était redevenue très professionnelle tandis qu'elle traversait la classe et ouvrait la porte.

—Mais si quelque chose lui est arrivé, ça ne s'est pas passé ici.

Elle désigna d'un geste le couloir, pressant Barbara de sortir.

—Et maintenant, Barbara, il faut vraiment que vous partiez.

RIDGEDALE READER
Édition papier
18 mars 2015

ESSEX BRIDGE : UN LIEU MARQUÉ DU SCEAU DE LA TRAGÉDIE

Par Molly Sanderson

Le bois derrière Essex Bridge était depuis longtemps connu pour être un lieu de rassemblement des lycéens de Ridgedale certains soirs de week-end où la température était douce. Quand les fêtes devenaient trop tapageuses, les voisins ne manquaient jamais d'appeler la police. Les lycéens étaient alors dispersés, et il arrivait aux plus soûls d'entre eux de se voir confisquer leurs clés ou d'être reconduits chez eux à l'arrière d'une voiture de patrouille.
Il n'y avait jamais aucune arrestation. L'opinion générale qui régnait parmi les habitants du quartier et le service d'ordre local était qu'il s'agissait de jeunes sympathiques qui voulaient juste s'amuser.
Au printemps 1994, Simon Barton finissait dans la bonne humeur son année de terminale au lycée de Ridgedale. Athlète accompli et excellent élève, sa plus grande préoccupation était de savoir s'il devait s'inscrire à l'université de Duke ou jouer au basket pour l'université de Virginia, où on lui avait proposé une bourse sportive.

Fils unique de Sheila et Scott Barton, Simon était né au CHU de Ridgedale et avait vécu dans cette ville toute sa vie. Suite à une glissade dans les bois, il mourut d'un traumatisme crânien.

Malgré la preuve d'une alcoolisation lourde des mineurs présents ce soir-là, il n'y eut jamais aucune arrestation en lien avec son décès. Accusations et poursuites judiciaires furent supplantées par un épanchement collectif de chagrin. Plus de neuf cents élèves sur les mille que comptait le lycée de Ridgedale assistèrent aux funérailles. En l'espace de quelques semaines, plus d'une demi-douzaine de collectes furent organisées afin de fonder une bourse d'études au nom de Simon.

Vingt ans plus tard, un autre décès a eu lieu dans ce même bois. À l'heure qu'il est, il y a eu plus de deux cents posts sur un réseau social du nom de Fac Chat. Créé à l'intention des étudiants de la fac, il a été à Ridgedale -comme dans beaucoup d'autres villes- pris d'assaut par les lycéens. La grande majorité de ces posts accusent divers élèves d'être responsables de la mort du bébé.

Malgré la proximité géographique de ces deux incidents, la police récuse tout lien. N'ayant toujours pas identifié la mère ni le père du bébé, elle continue à demander l'aide de la population. Si vous avez la moindre information, appelez le 888-526-1899.

Molly Sanderson, séance 13, 28 mai 2013

(transcription audio, séance enregistrée avec l'accord conscient du patient)

M.S. : Pourquoi ne parlons-nous jamais du bébé ? Nous parlons de tout le reste : mon boulot, Ella, Justin. Ma mère, qui est morte depuis près de vingt ans.

Q. : Vous ne pensez pas que votre mère soit un sujet pertinent ?

M.S. : Non, en effet. J'ai peur de devenir comme elle, évidemment. Mais à part ça, non, je ne pense pas qu'il s'agisse d'un sujet pertinent.

Q. : Devenir comme elle dans quel sens ?

M.S. : Le départ de mon père l'a détruite. Et, parce qu'elle était détruite, elle a été une mère épouvantable.

Q. : Pensez-vous être détruite ? Et devenir une mère épouvantable ?

M.S. : Devenir ? C'est déjà fait. Voilà des mois que je suis une mère épouvantable. Il faut que je passe cette phase. Il faut que j'aille mieux. Sinon, oui, je vais devenir exactement comme ma mère. Je peux accepter presque n'importe quoi, sauf ça. Alors comment vais-je pouvoir passer cette phase ?

Q. : Je crois qu'il faut qu'on s'attaque à votre culpabilité.

M.S. : Ce bébé était dans mon ventre. Évidemment que je me sens coupable.

Q. : Que s'est-il passé les jours qui ont précédé la découverte de l'arrêt du cœur du bébé ?

M.S. : Les jours précédents ? Je ne sais pas. Je ne me rappelle pas grand-chose. Qu'est-ce que ça change ?

Q. : Le fait que vous ne vous en rappeliez pas m'indique que ça pourrait avoir une grande importance.

M.S. : La routine. Je terminais le brouillon d'une proposition de loi avant de partir en congé maternité. Et on essayait d'habituer Ella à aller sur le pot, mais elle n'arrêtait pas de faire pipi sur la moquette, ce qui paraît comique maintenant. Mais à l'époque ça ne l'était pas du tout. Je n'arrêtais pas de me dire qu'on allait devoir shampouiner la moquette avant que la famille de Justin ne vienne voir le bébé.

Q. : Et Justin? Était-il occupé, lui aussi?

M.S. : Très. Il remplaçait un collègue pour un cours et il devait présenter deux articles différents à deux conférences différentes au cours des trois semaines précédant le terme de ma grossesse. Nous étions tous les deux vraiment très occupés. C'est la vie, non? Tout le monde a beaucoup à faire.

Q. : Vous n'aviez encore jamais paru en être contrariée.

M.S. : Que Justin soit occupé? Après tous les sacrifices qu'il a dû concéder pour prendre soin de nous depuis? Comment diable pourrais-je en être agacée? Sans compter que c'était moi qui portais le bébé.

Q. : Et donc il n'a aucune responsabilité?

M.S. : Bien sûr qu'il a des *responsabilités*. Il m'a aidée à m'occuper de Stella après. Et avant aussi. Mais il travaillait tout le temps. Ce n'était pas sa faute. Il avait un boulot à faire.

Q. : Vous semblez très contrariée maintenant, pourtant.

M.S. : Je le suis. Par *vous*. Écoutez, notre problème n'était pas de savoir qui pliait le plus le linge, vidait le plus le lave-vaisselle ou qui avait été le dernier à sortir les poubelles. Notre bébé est mort, c'est ça notre problème.

JENNA *28 MAI 1994*

Ça y est !!! Le Capitaine et moi on a baisé ! Je dirais bien faire l'amour si c'était pas aussi dégueu. Pourtant c'est l'impression que j'ai eue : l'amour. Tout a été absolument parfait. Ses parents n'étaient pas là, du coup on avait la baraque rien qu'à nous, et j'ai menti aux miens en leur disant que je passais la nuit chez Tiff.
Ça a marché comme sur des roulettes. Pour une fois, ils n'ont même pas appelé la mère de Tiff pour vérifier. Sinon ils auraient découvert que sa famille était partie à un mariage à Philadelphie.
Le capitaine m'a d'abord CUISINÉ un dîner. Comme si c'était mon mari ou je ne sais quoi. C'était un genre de plat de spaghetti assez dégueu à voir, mais j'ai jamais rien goûté d'aussi bon de toute ma vie.
C'était incroyable. J'ai même pas eu mal contrairement à ce que m'avait dit Tiffany. Le Capitaine était tellement mignon, tellement doux. Et il savait même pas que c'était ma première fois. (Je voulais pas qu'il flippe, et puis de toute façon c'est pas si important. J'ai fait UN TAS d'autres trucs avec UN TAS d'autres gars.) Il ne m'a pas dit qu'il m'aimait après – j'aurais pas voulu de toute façon.
C'était tellement mieux qu'il me serre juste dans ses bras comme ça.

Sandy

Au moins, il n'y avait pas de voiture dans l'allée quand Sandy arriva chez Hannah. Quand elle sauta à bas de son vélo, son cœur battait encore la chamade.

Si elle avait eu le choix, jamais elle ne serait allée chez Hannah. Après avoir réussi à se barrer du bureau du commissaire, le dernier endroit où elle avait envie de mettre les pieds c'était bien *chez lui*. Mais c'était cette voix qu'avait eue Hannah au téléphone quand elle avait arrêté d'envoyer des textos et qu'elle s'était mise à l'appeler : on aurait dit qu'elle glissait au fond d'un puits. Sandy s'était dit : *Ça y est. C'est la fin.* Pendant tout ce temps, Hannah avait été un château de cartes. Et ces salopes avaient commencé à s'effondrer. Pile dans les mains du commissaire, si ça se trouve.

Le père d'Hannah avait été assez sympa avec elle, il lui avait dit qu'il allait rechercher Jenna et tout. Mais il y avait un truc dans la façon dont il s'était comporté après qu'elle avait prononcé le nom de sa mère. Comme si ça avait tout changé pour lui. Une chose était sûre, il savait qui était Jenna, il avait au minimum entendu son nom quelque part. Peut-être que c'était positif, mais quoi qu'il en soit Sandy n'avait qu'une hâte : ressortir de chez lui avant que la polarité s'inverse.

— Je suis tellement contente que tu sois là, s'exclama Hannah quand elle ouvrit la porte.

Elle adressa un sourire inquiet et larmoyant à Sandy, puis l'attira contre elle et la serra fort en l'entraînant à l'intérieur.

— Ça fait plaisir de te voir. J'étais vraiment inquiète.

— Mais tu n'as *vraiment* pas à t'inquiéter, protesta Sandy. (Même si elle savait déjà que c'était inutile. Rien de ce qu'elle pourrait dire ne les ferait sortir de ce putain de bourbier où elles s'étaient enlisées.) Je vais bien, je t'assure.

— Tu veux un truc à boire ou quelque chose ? demanda Hannah en la conduisant vers la cuisine. Mon Dieu, tu as l'air crevée. Est-ce que tu as fini par aller voir un médecin ?

À peine Sandy avait-elle franchi la porte qu'Hannah était lancée. Sandy avait espéré qu'elle ne le ferait pas : les obliger à avoir cette conversation face à face. Ça paraissait con à présent, mais de fait elle avait pensé qu'Hannah et elle ne se reparleraient plus jamais après cette fameuse nuit. Qu'elle n'aurait jamais besoin de raconter à qui que ce soit ce qui s'était passé. Et au bout d'un moment – même si c'était un long moment –, ça aurait été comme s'il ne s'était rien passé. Mais, à la vue du visage angoissé d'Hannah, elle comprit à quel point elle s'était fourré le doigt dans l'œil.

— Tout va bien, répéta Sandy. Je te l'ai déjà dit un paquet de fois. *Parfaitement* bien.

En vérité elle se sentait hyper mal. Ça faisait deux jours qu'elle n'avait pas pioncé, et elle avait l'impression qu'elle n'aurait plus jamais faim.

— Désolée de t'avoir fait venir ici, mais il faut que je garde mon frère. Il ne va pas... il ne se sent pas très bien. Maintenant ça va, mais ma mère devait partir et, disons que je ne savais pas quand j'aurais l'occasion de ressortir.

— Écoute, on peut monter ? Juste au cas où tes parents rentreraient à la maison. J'ai pas envie d'être assise là, pile à côté de l'entrée.

Le vrai problème, c'était qu'elle entendait la télé dans la pièce voisine, où devait se trouver le petit frère d'Hannah, et ça lui donnait de mauvais flash-backs.

— Bien sûr, viens, répondit Hannah en souriant tandis qu'elles se dirigeaient vers l'escalier comme si elle avait huit ans et que Sandy allait rester dormir. On va aller dans ma chambre.

Ce n'était pas la première fois que Sandy avait l'impression d'être une gamine en présence d'Hannah. C'était en partie pour ça qu'elle avait aimé traîner avec elle. Elle avait l'impression d'être une ado normale quand elles papotaient ensemble de conneries banales.

— T'as *jamais* eu de petit copain, de toute ta vie ? avait demandé Sandy durant l'une de leurs dernières séances de tutorat. (Elle lui avait parlé d'Aidan, ce qui était débile. C'était pas comme si c'était son mec.) Comment c'est possible ? T'as quoi, dix-sept ans ? Et regarde-toi. Je te crois pas.

Elles ne se connaissaient pas depuis longtemps, et pourtant ces derniers temps elles avaient parlé d'un tas de trucs qui n'avaient rien à voir avec les devoirs de Sandy. C'était Hannah qui avait été la première à le proposer. Genre, *si* Sandy voulait traîner un peu après. Et c'était sympa de sa part parce que c'était pas comme si elle était à court de potes ou quoi. Peut-être que ça lui plaisait d'avoir une copine déglinguée, histoire de se sentir bien dans sa peau en comparaison. Mais Sandy s'en fichait pas mal. Tout le monde avait besoin de quelque chose.

— Comment ça, tu ne me crois pas ? avait demandé Hannah dans un petit rire. Je suis sérieuse, pas de petit copain, jamais. C'est vrai.

— Très bien, n'importe, mais je te le dis, je te crois pas. (Sandy lui avait agité un crayon au visage.) T'es trop mignonne, sympa, intelligente… Attends, t'es gay ?

Ça aurait pu expliquer un tas de trucs.

— Enfin, j'en ai rien à foutre. Mais dans ce cas précis, ça compterait pour un mensonge, à mon avis. Copine, copain, même combat.

— J'aime les garçons, avait répondu Hannah avec un haussement d'épaules. Mais c'est compliqué. Pour l'instant, ils ne valent pas le dérangement.

— Peut-être que t'as pas été avec les bons. En général ce sont ces dames qui embrouillent les choses à mort.

Mais c'était peut-être Sandy qui se plantait. Quand les gars te désirent vraiment – toi tout entière –, c'est probablement encore un plus gros bordel. Peut-être que ses relations avec les mecs avaient toujours été simples parce que c'étaient pas des relations du tout. Les mecs ne voulaient qu'une chose avec elle : baiser. Et, après avoir passé sa vie à observer Jenna, elle savait que c'était débile de leur céder aussi facilement qu'elle le faisait. Mais, bizarrement, ça lui avait toujours paru encore plus débile de se boucler une ceinture de chasteté. Fallait être con pour penser que l'abstinence changerait le tour des choses pour elle.

— Je ne dis pas que ce sont les *mecs* qui sont compliqués, avait précisé Hannah en levant les yeux au ciel. C'est tout un paquet d'autres trucs. Ma mère, pour commencer. Quand tu vois comment elle est coincée pour une paire de chaussures à paillettes, je te laisse imaginer comment elle serait pour les garçons. De toute façon, il n'y a pas qu'elle. J'ai peut-être bien envie de me préserver jusqu'au mariage. Et ne te donne pas la peine de te moquer de moi. Je sais déjà que tu vas probablement penser que c'est « de la merde » ou je ne sais quoi.

Ça faisait toujours hyper bizarre d'entendre Hannah jurer. Comme si elle ne comprenait pas ce qu'elle disait. Sandy avait haussé les épaules.

— Est-ce que c'est ce que tu veux *toi* ? Attendre d'être mariée ? Et je veux dire toi, pas ta mère.

Hannah avait alors levé les yeux :

— Oui, avait-elle murmuré. C'est ce que je veux. Quand je fréquenterai enfin quelqu'un, j'ai envie que ce soit quelqu'un qui m'aime pour ce que je suis, tu vois. En général, avec tous les garçons que je connais, j'ai l'impression qu'il n'y a que leur petite personne qui les intéresse.

Qu'est-ce que Sandy en savait, bordel ? C'était peut-être exactement ce qu'Hannah devait faire : attendre quelqu'un de plus mûr. C'était peut-être exactement ce que Sandy aurait dû faire.

— Si c'est ce que tu veux *toi*, avait répondu Sandy, alors c'est pas de la merde.

— Tu ne peux pas savoir comme c'est bon de voir que tu vas bien, répéta Hannah une fois qu'elles furent à l'étage.

Elle fit signe à Sandy de s'asseoir sur le lit tandis qu'elle tirait sa chaise de bureau et la faisait pivoter. De fait, elle avait l'air soulagée à présent, presque heureuse.

— Enfin, tu as l'air crevée, comme je le disais. Mais je m'imaginais... je ne sais pas, pire.

Il fallait que Sandy appuie sur la gâchette : qu'elle mette fin à cette situation d'une façon qui, avec un peu de chance, ne ferait pas partir Hannah en vrille. Ensuite il fallait qu'elle s'arrache de ce merdier, lentement mais sûrement. Pas de grands gestes.

— Ouais, dit Sandy. Bon, écoute, moi aussi je suis contente d'être venue. Parce qu'il fallait que je te dise que je vais quitter la ville un moment. Je serai peut-être difficile à joindre pendant un temps.

Elle n'avait pas dit « déménager », ça aurait été trop gros. Juste un voyage, une excuse pour être injoignable. Les gens comme Hannah sortaient tout le temps de Ridgedale : week-ends prolongés, vacances d'été, pour eux c'était la routine.

— Ah ? s'inquiéta Hannah. (Elle balançait les hanches d'avant en arrière, les mains glissées sous les cuisses.) Tu vas où ?

Merde. Sandy n'y avait pas réfléchi. Voilà encore un truc que faisaient les gens comme Hannah : ils prévoyaient un endroit où aller, ils ne se contentaient pas de conduire au hasard, comme la dernière fois que Jenna et elle étaient parties en « vacances » et avaient fini dans un hôtel d'affaires à Camden.

— Washington D.C., répondit-elle. (C'était le premier endroit qui lui était passé par la tête. Une ville où allaient les gens normaux.) Pour quelques semaines. Peut-être un mois.

— Un mois ? C'est super long.

Merde, c'était vrai. Elle n'aurait pas dû dire un mois. Elle aurait dû commencer petit, en croisant les doigts pour que ça passe. Mais de toute façon ça changeait quoi ? Une semaine, un mois. Finalement, une fois qu'elle serait partie, elle ne pourrait plus contrôler ce qu'Hannah dirait ni à qui elle le dirait. Raison de plus pour vraiment se barrer. Se barrer loin. Et pour toujours. Mais pour ça, elle allait avoir besoin de Jenna.

— Ouais, ça fait un peu long, confirma Sandy. Mais ma mère a envie d'y rester un moment, alors…

— Tu n'auras pas ton téléphone ?

Merde. Pourquoi elle n'avait pas pensé à ça non plus ?

— Euh, ma mère refuse que je l'emmène. Elle a envie de débrancher, tu vois.

— Oh, d'accord.

Hannah semblait satisfaite. Y avait bien qu'elle, avec la mère qu'elle avait, pour gober une connerie pareille.

— Bon ben, merci d'être venue. C'est juste que je ne pouvais… Il fallait que je te voie de mes propres yeux pour être sûre que tu allais bien. C'était… Je n'arrivais pas à dormir, tellement j'y pensais. Et puis je voulais m'assurer que tu ne te reprochais rien. Parce que c'était un accident, tout ce qui s'est passé.

Sandy hocha la tête sans mot dire, craignant de faire une boulette alors qu'elle était sur le point de sortir.

— Ouais… enfin, non. Je ne me reproche absolument rien. Merci de t'inquiéter. Mais en fait il va falloir que j'y aille, maintenant. Ma mère doit m'attendre. Est-ce que je peux juste utiliser ta salle de bains avant de partir ?

Elle avait envie de s'asperger le visage, de se laver les mains. Elle avait pédalé pendant des heures.

— Oui, bien sûr, évidemment. C'est tout au bout du couloir à gauche.

Sandy observa son reflet dans le miroir de la salle de bains. Hannah avait raison. Elle avait vraiment une sale gueule. Et ça ne risquait pas de s'améliorer de sitôt. Quand elle rentrerait dans leur appart vide, elle n'arriverait jamais à dormir.

C'est alors que le placard à pharmacie attira son attention. Peut-être y avait-il une chance qu'elle se *sente* mieux un moment. Ou peut-être qu'elle pourrait juste oublier un peu. Au point où elle en était, ça lui aurait suffi. Temporairement. Il était grand temps qu'elle fasse une pause, bordel. Et ouais, ça aurait été mieux que ce ne soit pas dans le placard à pharmacie du commissaire qu'elle s'apprête à rafler des flacons. En même temps, il ne saurait pas qu'elle était venue chez lui. Sans compter qu'Aidan avait peut-être raison depuis le début. Peut-être que ce dont elle avait besoin, c'était de tout envoyer chier.

Elle ouvrit le placard : plus d'une demi-douzaine de petits flacons ambre étaient alignés avec toutes sortes de noms différents. Il y en aurait bien là-dedans qui feraient l'affaire. Qui effaceraient le monde. Elle en prit deux parmi les plus vieux à l'arrière (un à Barbara, un à Steve : délavés, presque périmés, moins susceptibles de faire défaut), qui portaient la mention éloquente : « Danger, Liste II. Uniquement sur ordonnance. » Calmants, antidouleurs, quelle différence ? Il y en avait bien un qui ferait le job. Quand elle secoua les flacons, il y eut un bruit de crécelle. Pas maintenant, cela dit, pas encore. Juste si elle n'arrivait vraiment plus à encaisser : la recherche de Jenna, les souvenirs. Elle fourra les fioles dans ses poches. Elle tirait sur sa chemise pour couvrir les bosses dans son jean quand on frappa doucement à la porte.

— Tu devrais y aller, maintenant, Sandy. Par la porte de service, murmura Hannah derrière le battant. Mon frère vient juste de se réveiller, il est dans tous ses états. Ma mère ne va pas tarder à rentrer.

Sandy vit la notification – jaune pétant, scotchée sur la porte de leur appart – en arrivant en haut des marches des Ridgedale Commons. Elle repéra aussi le cadenas, même à cette distance. Le type avait dit vingt-quatre heures. Il lui en avait même probablement accordé quelques-unes de plus.

— Merde.

Elle s'arrêta et s'appuya contre la rambarde en fer forgé, la gorge serrée. Elle ne pouvait plus se retenir. Plus rien encaisser.

— Merde !

Elle gueula si fort que sa gorge vibra tandis qu'elle se laissait glisser contre le mur. Recroquevillée par terre, elle serra les bras autour de ses genoux et s'écrasa la bouche dessus. Et là, elle se mit à chialer tout ce qu'elle pouvait. Une fois lancée, c'était comme si elle n'allait plus jamais s'arrêter. Son corps tremblait, elle n'arrivait pas à reprendre son souffle. Elle avait de la morve partout. Elle appuya plus fort les lèvres contre ses genoux, jusqu'à avoir l'impression que sa bouche allait se fendre. Elle aurait bien voulu.

Elle pleurait encore quand elle entendit la porte de Mme Wilson s'ouvrir. Une seconde plus tard, elle entendit la vieille sortir et sentit son regard peser sur elle. *Putain.*

— Doux Jésus, s'exclama sa voisine. Peut-on savoir ce que vous faites ?

Super. Exactement ce dont Sandy avait besoin : que Mme Wilson lui rentre dans le lard. Elle n'aurait pas dû gueuler. Pas juste devant la porte de Mme Wilson. Elle le savait, pourtant. Elle essaya de s'essuyer les yeux dans l'espoir que ça l'aiderait à arrêter de pleurer. Ce fut encore pire. Elle avait l'impression de fondre sous le bout de ses doigts, comme si ses larmes lui emportaient la peau.

— Quel gâchis tout ça, tout le temps, marmonna la vieille en approchant.

Sandy voyait ses pieds nus osseux aux ongles peints en orange fluo. Elle se demanda un instant quel effet ça ferait de recevoir un coup de pied de Mme Wilson. Elle se prépara au choc.

La douleur ne venant pas, Sandy leva la tête : la vieille se tenait là dans un jogging rose d'ado, et ses yeux pareils à deux billes marron brillaient dans son visage anguleux et décrépit. Elle avait une main sur la hanche, une expression de dégoût sur le visage.

— Tu t'es fait mal ou quoi ? hurla-t-elle, comme si c'étaient les capacités auditives de Sandy, le problème. Y a un de ces salopards qui t'a fait quelque chose ?

Sandy secoua la tête, mais la vieille inspecta quand même le couloir comme pour trouver un coupable. Son regard se posa alors sur la porte de Sandy. Elle fit pivoter ses orteils vernis d'orange, puis s'approcha à petits pas pour examiner le battant de plus près. Elle souleva son menton pointu pour regarder, yeux plissés, l'horrible autocollant jaune, puis colla son nez contre le cadenas qui verrouillait la porte.

Elle retourna ensuite vers son propre appartement en rouspétant de plus belle et disparut à l'intérieur. Sandy s'attendait à ce qu'elle claque la porte. Mais non, elle réapparut, un pied-de-biche à la main.

Après l'avoir calé contre une hanche, elle se dirigea vers l'appartement voisin. À chaque pas, on aurait cru que son corps squelettique allait basculer. Elle posa le pied-de-biche par terre puis tambourina à la porte.

Deux jeunes types vivaient là. Chelous, c'est sûr, mais pour ce que Sandy en savait, ce n'étaient pas des dealers. Sinon ça aurait fait un bail que Jenna aurait trouvé le moyen de s'introduire chez eux. Du matériel électronique tombé du camion, peut-être, ou un quelconque produit de contrefaçon. Vu le flot continu de gens qui entraient et sortaient de chez eux, aucun doute, ils vendaient un truc.

— Hé, je sais que vous êtes là ! cria Mme Wilson comme ils n'ouvraient pas sur-le-champ. (Elle tambourina de plus belle, cette fois-ci avec tout l'avant-bras.) Je viens d'entendre votre télé à travers mon mur ! Ouvrez cette fichue porte !

Une seconde plus tard, le type avec trois poils au menton remplit le seuil. Il portait un tee-shirt de basket et une casquette de base-ball posée à l'envers sur une queue-de-cheval brune emmêlée. Il avait une chaîne en or au poignet droit. Il dévisagea Mme Wilson sans mot dire, pareil à un éléphant stupéfait, pas fâché, juste perplexe.

— Tenez. (Elle poussa le pied-de-biche vers lui. Il toisa l'objet sans le prendre.) Allez, rouspéta-t-elle. Qu'est-ce que vous attendez ?

Il finit par tendre la main. Dans ses gros doigts, l'outil devint une frêle allumette. Il le contempla, surpris et encore plus déconcerté.

— Bon, dit Mme Wilson, maintenant, avec ça, vous allez ouvrir cette porte.

— Quoi ?

Sa voix était plus agréable et plus polie que ne l'aurait imaginé Sandy.

— Vous m'avez entendue. Allez ouvrir la porte de cette fille.

Du pouce, elle désigna l'appartement de Sandy.

— Il est cadenassé, expliqua-t-elle.

— Quoi ? (Maintenant on aurait dit un ado geignard.) Pourquoi ?

— Parce que je vous le demande, aboya-t-elle en croisant les bras. Vous autres, vous avez bien de la chance que personne ne vous ait dénoncés aux flics. Et *quelqu'un* pourrait encore le faire.

Le type poussa un profond soupir et sortit de son appart d'un pas traînant. Alors qu'il se dirigeait vers la porte de Sandy, il souleva le pied-de-biche dans sa main gigantesque. Il s'arrêta devant le battant pour lire la notification, puis se retourna vers Mme Wilson.

— Oh, je vous en prie, ne faites pas comme si vous vous embarrassiez de la loi, l'engueula-t-elle avec un geste sec de la main. Allez-y.

Il regarda une dernière fois par-dessus son épaule pour s'assurer que personne ne le voyait – geste qu'il avait définitivement dû faire une centaine de fois avant d'entrer par effraction ailleurs –, puis brisa les scellés d'un seul mouvement leste. Le cadenas tomba à terre avec un bruit sourd. Il retourna ensuite vers elles, les yeux baissés. Il appuya le pied-de-biche contre le mur à côté de Mme Wilson et disparut chez lui sans un mot de plus.

Sandy se releva d'une poussée, le cœur battant. Il fallait qu'elle fasse fissa, maintenant. Qui sait ce qui se passait quand on pétait un cadenas comme ça ? On vous arrêtait, à tous les coups, or elle n'avait franchement pas besoin de ça.

— Merci, dit-elle à Mme Wilson, la voix encore rauque d'avoir pleuré.

La vieille secoua la tête et s'approcha en la fixant droit dans les yeux.

— Va récupérer ce dont tu as besoin, dit-elle. Mais après, *file*. Tu es la seule personne au monde qui prendra soin de toi. Plus vite tu le comprendras, mieux tu te porteras.

À l'intérieur de l'appartement, Sandy se grouilla. Elle empoigna deux des cartons dont elles s'étaient servies pour emménager quelques mois plus tôt, puis s'affaira à rassembler la camelote qui comptait à leurs yeux : la boîte à bijoux de Jenna, les photos des grands-parents de Sandy, ses dossiers scolaires. Elle ouvrait et fermait les placards, dardant les yeux partout en quête des objets importants. Il n'y avait pas bézef. Les trucs qui comptaient remplissaient à peine un carton.

Elle en remplit un deuxième avec du matos de cuisine basique : quelques assiettes, des bols et une poignée de couverts. Elle s'empara aussi des affaires qu'Hannah lui avait confiées ce soir-là. Elle ne s'imaginait pas la revoir, jamais – elle espérait bien que non en tout cas –, mais elle avait des scrupules à les abandonner. Elle ne put pas prendre grand-chose d'autre. Il allait juste falloir qu'elles remplacent le reste de leurs merdes par des merdes neuves. D'ailleurs, elle ne savait pas où elle allait bien pouvoir foutre ces deux cartons : elle ne risquait pas de se barrer avec sur son vélo.

Elles allaient aussi avoir besoin de fringues, une tenue chacune, et il allait falloir miser sur le printemps parce qu'elle n'avait pas le temps de prévoir pour l'hiver. Ce ne fut qu'à ce moment-là qu'elle remarqua le manteau de Jenna accroché à l'arrière de la porte. Il avait fait froid l'avant-veille, il y avait eu du givre sur l'herbe le lendemain matin. Et si Jenna était quelque part dehors ? Et si elle était morte de froid ?

Elle essaya de ne pas y penser tandis qu'elle retournait dans la chambre de Jenna pour une ultime vérification. Elle avait beau s'efforcer de ne pas espérer trouver son fric, elle fut quand même déçue de faire chou blanc.

Il restait un dernier endroit où elle pouvait chercher : l'endroit où les meufs comme Jenna planquaient toujours leur magot. Elle empoigna le matelas à deux mains et poussa. Elle fut presque contente quand il bascula sur la gauche et s'effondra contre la commode de Jenna, emportant tout ce qu'il y avait dessus : flacons de parfum bon marché et bibelots en verre.

Elle reporta son attention sur le sommier et là, elle n'en crut pas ses yeux, il y avait bien un truc, sur les putains de ressorts. Pas son fric. Jamais elle n'aurait eu un bol pareil. C'était un petit bouquin noir. Elle le ramassa et retint son souffle en l'ouvrant d'un geste sec. Bingo, l'écriture ronde et gamine de sa mère, ainsi qu'une date sur la première page : « 15 février 1994. » Merde.

Elle cala les deux cartons sous l'escalier de l'immeuble dans un coin poussiéreux bourré de toiles d'araignées où elle était certaine que personne n'irait fouiner. Dans son sac à dos, elle avait fourré ce qu'il lui restait de liquide – plus que dix-huit dollars –, le journal intime de Jenna, deux ensembles de sous-vêtements, deux tee-shirts et sa brosse à dents. Elle n'avait pas le moindre début d'idée d'où elle allait crécher, mais sûr, c'était pas là.

La dernière chose qu'elle s'apprêtait à laisser tomber dans son sac étaient les médocs qu'elle avait chourés chez Hannah. Elle en prendrait seulement en cas d'urgence et, même là, juste un comprimé. Peut-être deux. Sauf qu'arrivée à ce stade, vu comment elle se sentait, elle n'était pas sûre de pouvoir se faire confiance. Au cas où, mieux valait n'en garder que quelques-uns et balancer le reste. Elle ouvrit les flacons d'un geste brusque et en versa le contenu dans sa paume.

Elle examina son butin : plusieurs comprimés de formes variées et une chaîne en argent – fermoir cassé – avec une lune en argent sertie d'une aigue-marine.

C'était le collier de Jenna. Celui qu'elle portait toujours. Celui qui comptait tant à ses yeux, sans que même Sandy sache pourquoi. Car Jenna avait beau partager d'innombrables secrets avec sa fille – sur les drogues qu'elle prenait et les types avec qui elle couchait –, la personne qui lui avait offert ce collier était la seule chose qu'elle refusait de révéler.

Le temps que Sandy monte sur son vélo, il faisait nuit. Ses mains tremblaient sur le guidon, son cœur battait à cent à l'heure. Il n'y avait aucune bonne raison pour que la chaîne de Jenna se trouve dans l'un de ces flacons. Seule une mauvaise pouvait expliquer qu'elle et son collier soient séparés : Jenna était morte. Comment ce bijou avait-il atterri chez Hannah dans un putain de vieux flacon de médocs, elle n'en avait pas la moindre idée. Steve avait-il confisqué ces comprimés à Jenna ? Non, il y avait son nom (ou celui de sa femme) dessus. Rien de tout ça n'avait de sens. Pas un bon, en tout cas.

Ce n'est que lorsqu'elle sortit du parking qu'elle remarqua la bagnole de flic garée en face des Ridgedale Commons. *N'aie pas l'air coupable. Ne leur donne pas de prétexte.* Tout ce qu'elle avait à faire, c'était passer son chemin, relax, comme si elle n'avait pas un souci au monde. Comme si tous les ados de Ridgedale se trimballaient à vélo dans le noir.

Quand elle longea la voiture, elle leva juste un peu les yeux au-dessus de son bras. Ça aurait pu être n'importe qui dans cette bagnole, assis là pour tout un tas de raisons. Sauf qu'en regardant mieux, elle vit que ce n'était pas juste n'importe qui. C'était le père d'Hannah, Steve. Le type qui avait semblé tout savoir sur Jenna à la seconde où Sandy avait mentionné son nom. Le type qui avait dans son placard à pharmacie le bien le plus cher à Jenna. Ce *type*, c'était le père d'Hannah. Et là, maintenant, ce *type* la regardait droit dans les yeux. Comme si c'était elle qu'il cherchait.

MOLLY   *2 JUIN 2013*

Justin a décroché le poste à l'université de Ridgedale ! Il est hyper enthousiaste, je suis vraiment très contente pour lui. Il a fait tellement de sacrifices ces dix-huit derniers mois pour s'occuper de nous. Bizarrement, toute cette horrible situation nous a énormément rapprochés. Et puis c'est définitivement son tour à présent. Je veux qu'on se concentre sur lui et ses besoins pendant un temps.
Mais c'est tellement dur de penser au départ. Je sais bien qu'elle n'a jamais vécu dans notre appartement. Mais elle y est morte. À l'intérieur de moi. Alors que je dormais. Que je marchais. Que je respirais.
Qu'adviendra-t-il d'elle si on abandonne cet endroit ?

RIDGEDALE READER
Édition numérique
18 mars 2015, 17 h 23

AVIS D'INFORMATION
LA POLICE ORGANISE UNE RÉUNION DE QUARTIER

Par Molly Sanderson

Le service de police de Ridgedale tiendra ce soir à 19 heures une réunion de quartier au gymnase de l'université de Ridgedale. Cette réunion permettra d'informer la population sur le déroulement de l'enquête concernant le nourrisson retrouvé mort à proximité d'Essex Bridge. Parmi les sujets à débattre, il y aura la volonté de la police d'organiser une vaste campagne de tests ADN sur la base du volontariat.

La réunion est ouverte au public. Une séance de questions-réponses suivra une brève présentation.

Molly

Quand j'arrivai au *Winchester's Pub,* Justin était assis dans l'un des vieux box en bois du fond, ceux avec les initiales d'anciens étudiants de la fac gravées sur les surfaces désormais lisses après plusieurs dizaines d'années. Avec sa barbe de deux jours et son jean élimé, Justin aurait pu passer pour un séduisant étudiant de licence s'il n'avait pas été en compagnie de deux véritables étudiants : un garçon affligé d'une acné sévère et d'une énorme pomme d'Adam, et une fille au visage de lutin et aux cheveux noirs en brosse avec les pointes vertes, tous deux ayant l'air d'avoir douze ans en comparaison.

Quand je lui avais envoyé un texto, il m'avait répondu qu'il était revenu de sa conférence et que, si je voulais le rejoindre, il mangeait un bout avec quelques-uns de ses élèves. Oui, je le voulais. J'avais besoin de le voir. Depuis que j'avais quitté la maison d'Harold avec dans ma poche ce bracelet qu'il m'avait cédé en échange d'une vieille boîte remplie de CD dénichée par hasard dans mon coffre, j'étais ébranlée.

Parler à Steve après n'avait pas aidé non plus. Une fois garée dans une allée déserte à bonne distance de chez Harold, je l'avais aussitôt appelé.

— Je crois que vous devriez envisager de retourner parler à l'homme qui habite en face de l'endroit où vous avez retrouvé le bébé, avais-je conseillé en essayant de ne pas avoir l'air d'une enquiquineuse donneuse de leçons. Il est possible qu'il ait vu quelque chose la nuit où le bébé a été abandonné.

— C'est Harold qui vous a raconté ça, hein ? avait demandé Steve avant de prendre une grande inspiration. Est-ce qu'il vous a aussi raconté que c'est un ancien détenu – violences avec voies de fait – avec un passif de maladie mentale et un dossier rempli de cas de faux signalements ?

— Non, avais-je répondu, honteuse d'être à nouveau sermonnée. Il ne m'en a pas parlé.

— Personnellement, je vous conseillerais de garder vos distances avec Harold. Rien de ce que vous tirerez de lui ne vaudra jamais le risque encouru en allant vous en rendre compte par vous-même.

Justin fit un grand sourire et agita la main en me voyant. Il s'apprêtait à me rejoindre quand mon portable sonna. Je m'arrêtai à côté du bar : « Richard Englander ». Je laissai aussitôt retomber mon téléphone dans ma poche et son appel basculer sur la messagerie. J'avais aussi reçu plusieurs textos d'Erik, dont un qui me complimentait pour mon essai sur l'infanticide, mais aucun n'avait mentionné Richard. Erik devait revenir dans un jour ou deux, avait-il dit. Si ça posait un problème à Richard que ce soit moi qui couvre cette affaire, il n'aurait qu'à en parler avec Erik à son retour.

— Je vous présente ma femme, Molly, lança Justin quand j'arrivai à la hauteur de leur table, couverte d'assiettes et de verres à demi vides.

Ils avaient fini de manger depuis longtemps.

— Tamara et Jeff suivent mon cours de littérature du XIXe siècle. Ils viennent juste de m'apprendre que le doyen des étudiants avait rejeté le projet du Comité des droits des animaux de s'enfermer dans des cages au milieu de la cour pour protester contre l'élevage industriel.

— L'élevage industriel est complètement révoltant, lâcha la fille en me fusillant du regard comme si j'avais des veaux entassés derrière des barreaux dans mon jardin.

— Oui, répondis-je, craignant de la contrarier. C'est absolument horrible.

— Je vous promets de faire mon possible pour vous aider à plaider votre cause. Mais, pour l'heure, j'ai bien peur d'être en train d'entamer le temps imparti à ma femme, déclara Justin en m'adressant un clin d'œil. On peut reprendre cette conversation plus tard ?

— Ouais, bien sûr, répondit le garçon en s'emparant de ses affaires et en plongeant les mains dans ses poches en quête de monnaie.

— Non, non, Jeff, protesta Justin. C'est moi qui paie.

— Merci, professeur Sanderson.

Jeff donna un coup de coude à la fille :

— Viens, Tam.

Elle me toisait toujours d'un air suspicieux.

— Tamara, on trouvera une solution, la rassura Justin. Ne t'inquiète pas.

— D'accord, monsieur Sanderson, dit-elle avant de sortir avec une moue.

— Ben dis donc, quel rayon de soleil, marmonnai-je.

— L'arrogance de la jeunesse, répliqua Justin avec un haussement d'épaules en les regardant partir. Il faut bien que quelqu'un continue à livrer de justes combats maintenant que nous sommes trop vieux et décrépits pour nous soucier d'autre chose que d'avoir une bonne nuit de sommeil.

— Ils sont en quoi, première année ? On dirait des bébés.

— *Ce sont* des bébés. Ce sont des lycéens de Ridgedale – première et terminale – qui suivent les cours d'immersion à la fac.

Il plissa le front.

— D'ailleurs, j'y pense, je suis quasi sûr qu'ils ne sont pas censés adhérer aux clubs, encore moins manifester contre quoi que ce soit au sein du campus. Enfin, je laisserai peut-être Thomas Price gérer la situation. C'est lui qui supervise ce programme d'échange avec le lycée. Bref, ce sont de gentils gamins. Le garçon est hyper intelligent, plus perspicace qu'un grand nombre des étudiants en première année.

— Et la fille ?

— Hum, pas autant que lui. Sa colère doit lui brûler beaucoup d'énergie mentale.

Je m'esclaffai.

— Ma foi, si l'élevage industriel la met en rogne, dis-je, elle va littéralement exploser quand elle entendra parler de la grande pêche à l'ADN organisée par la police.

Quand on avait parlé d'Harold, Steve m'avait brièvement fait part du projet de campagne de tests ADN à l'échelle locale sur la base du volontariat. Il m'avait demandé de poster un avis sur Internet à propos de la réunion de quartier, où il ferait l'annonce officielle.

— Pêche à l'ADN ? Pas très réjouissant, commenta Justin tandis que je m'asseyais en face de lui et commençais à picorer le reste de ses frites.

— Non, en effet. Tu pourras récupérer Ella en rentrant à la maison ? Elle est invitée à dîner chez Mia.

— Pas de problème. Tout va bien ?

— Il faut juste que je couvre cette réunion de quartier histoire de pouvoir enregistrer la fureur collective des habitants quand cette mesure sera annoncée.

— Pour leur défense, ça ne me paraît pas très constitutionnel. Oh, et au fait…

Il sortit son portable et me montra le texto que j'avais envoyé plus tôt.

— C'est quoi ça ? On dirait une adresse ?

Il sentait bien que ce n'était ni anodin ni une erreur. Mentir ne me paraissait pas judicieux. Si je voulais sa confiance, il fallait que j'en sois digne.

— J'ai dû faire une interview, répondis-je en haussant les épaules. Le type m'a rendue nerveuse. Il me paraissait préférable que quelqu'un sache où j'étais. Au cas où.

— Au cas où ?

Il écarquillait les yeux.

— Excès de prudence. N'est-ce pas ce que tu voulais ?

— Hum.

Il s'efforçait de ne pas polémiquer. Ni l'un ni l'autre n'avions envie de retourner sur le chemin chaotique que nous avions emprunté la veille au soir.

C'est alors que je sentis le bout de papier dans la poche de mon manteau, celui que j'y avais trouvé le matin. Enfin, celui-là était bien plus qu'un bout. Près d'une demi-page, pliée en quatre. Je la sortis.

— C'est l'un de mes préférés.

— Je sais. Je m'en souviens.

« C'est la merveille qui maintient les étoiles éparses.
Je garde ton cœur, je l'ai dans mon cœur. »
E.E. Cummings

La serveuse apporta l'addition à Justin. Il sortit quelques billets, qu'il fourra dans le porte-addition en cuir rigide.

— Attends, tu ne vas quand même pas les aider à faire la publicité de leur chasse aux sorcières ? lança Justin, l'air soudain agacé, comme s'il venait juste de réfléchir à la question. Je n'arrive pas à croire que tu puisses approuver un truc pareil. Ça va à l'encontre de ce en quoi tu as toujours cru.

En dépit de l'âge et de la décrépitude avancés qu'il se plaisait à revendiquer, il prenait vite la mouche quand il s'agissait de justice sociale.

— Je signale son existence, ça ne veut pas dire que je l'approuve, me défendis-je.

Justin interprétait probablement ça comme un énième signe de mon instabilité fondamentale.

— En plus, je crois qu'ils espèrent ne pas avoir à passer à l'acte. Que cette menace suffira à ce que quelqu'un se présente à eux.

— Et entre-temps, ils veulent que tu leur serves de machine de propagande ? dit Justin comme s'il s'agissait d'une espèce d'affront personnel. Je ne veux pas jouer les connards, Molly. Et j'ai bien entendu hier soir ton besoin de couvrir cette affaire jusqu'au bout. C'était très clair. Simplement, je n'ai pas envie qu'on se serve de toi au passage. Je suis désolé de te le dire, mais tu constitues sans doute une cible facile.

— Super, merci beaucoup, répliquai-je sans hausser le ton.

Il acceptait de laisser tomber ses objections à ce que je poursuive cette affaire. Il me fallait lui en être reconnaissante et encaisser cette baffe déguisée.

— Tu n'es pas à court de compliments en ce moment, ajoutai-je.

— Excuse-moi.

J'essayai de ne pas remarquer à quel point il semblait triste.

— Je veux juste... J'essaie de te protéger, c'est tout.

— Je sais.

Je lui posai une main sur la joue.

— Protège-moi peut-être un petit peu moins, d'accord ?

— Tu es sûre ? dit-il en souriant, quelque peu revenu de sa mélancolie. Parce que je suis tellement doué pour ça.

— Certes, sauf que, heureusement pour nous – du pouce, je lui caressai la joue –, tu es doué pour un tas d'autres choses.

À mi-chemin du gymnase, je me rendis compte que j'aurais dû prendre ma voiture pour me garer dans le parking attenant facilement accessible et bien éclairé. Je n'avais pas vraiment réfléchi quand Justin et moi nous étions séparés sur la place gazonnée. Comme il faisait nuit mais étonnamment doux, je m'étais dit que marcher me ferait du bien. J'avais donc laissé ma voiture garée dans Franklin Avenue et m'étais dirigée, le pied léger, vers le campus.

Sauf qu'il ne m'était pas venu à l'esprit qu'il serait aussi sombre et aussi désert. Les dortoirs et le foyer des étudiants étaient dans la direction opposée, à l'instar, manifestement, de tous les gens. Le labo de langues, l'atelier d'art plastique et le théâtre étaient tous éclairés mais relativement loin, et les plus grands bâtiments universitaires – Rockland Hall, Barry Hall et Sampson Hall – étaient à cette heure tous plongés dans l'obscurité. Plus je m'enfonçais dans les ténèbres, plus j'angoissais, de sorte qu'arrivée au milieu du campus, même le bruit de mes talons sur le chemin – dont le claquement résonnait – me fichait les jetons.

J'envoyai un texto à Justin en marchant.

> S'il te plaît, dis-moi que le campus est plus sûr qu'il n'y paraît.

Je gardai mon portable à la main en attendant sa réponse. Mais il était probablement chez Mia en train de récupérer Ella, son téléphone oublié dans le porte-gobelet de la voiture.

J'accélérai, ayant l'impression d'être encore plus vulnérable avec ce texto sans réponse à la main. Je m'assurai d'un coup d'œil par-dessus mon épaule que personne ne me suivait. Nullement rassurée, je répétai ce geste inlassablement. Jusqu'à me retourner tous les deux pas, un peu plus à cran à chaque torsion du cou. Il n'y avait personne derrière moi, du moins personne que je puisse voir, et pourtant j'avais l'impression d'une *présence* tandis que je descendais la colline en direction du gymnase avant de m'enfoncer dans un petit tunnel d'arbres.

Je fus soulagée de voir le chemin remonter de l'autre côté et le gymnase apparaître, éclairé d'un or bienveillant.

Il y avait une petite foule amassée à l'entrée. Probablement encore trop loin pour m'entendre si je criais, j'accélérai donc le mouvement, mes talons claquant de plus belle alors que je traversais la dernière portion de béton.

Je m'apprêtais à poser le pied sur le trottoir qui ceinturait l'allée circulaire quand il y eut un bruit à ma gauche. Quelque chose dans l'obscurité. Le vent, avec un peu de chance. C'était le meilleur scénario. Alors que je me tournais dans la direction du bruit, je percutai quelque chose – quelqu'un. Mon portable me glissa des mains et s'écrasa par terre.

— Oups, dit Deckler, comme si ce n'était pas très malin de ma part de balancer mon téléphone.

Il se baissa pour le ramasser, l'inspecta, puis essuya l'écran d'un revers de manche avant de me le rendre.

— Comme neuf.

Il ne portait plus sa tenue de cycliste moulante jaune et noir d'agent de la sécurité du campus, mais il était encore moins sexy dans son sweat et son jean. Pourquoi était-il toujours partout à m'observer ?

Les dossiers. Un agent de la sécurité du campus aurait eu tout le loisir de mettre la main sur chacune de ces filles. Et le pouvoir d'enterrer leurs plaintes. Sans parler des ondes menaçantes qui émanaient de lui et de sa volonté manifeste de surprendre une femme qui marchait seule dans l'obscurité. Il ne gardait pas des distances décentes, du moins pas avec les femmes. Il savait que je possédais ces dossiers, et ça ne lui plaisait pas – j'en étais convaincue. Il traînait dans les parages en attendant de voir ce que je comptais faire avec, et ensuite, si nécessaire, il me sauterait dessus.

— Merci, dis-je en reprenant mon téléphone. Vous êtes là pour la réunion ?

— Nan, je jette un coup d'œil, c'est tout, répondit-il avec un flou déconcertant.

— OK, bon, super.

Je lui adressai un sourire sans doute guère convaincant.

— Il faut que j'y aille. Quelqu'un me réserve une place à l'intérieur.

Il fallait qu'il sache que j'allais rejoindre quelqu'un, que mon absence ne passerait pas inaperçue. Même si c'était faux. Je m'attendais à croiser Stella, mais nous ne nous étions pas organisées pour nous retrouver.

— Au fait, avez-vous obtenu ce dont vous aviez besoin sur cette étudiante ? demanda-t-il, le regard dans le vague, comme s'il était – vous savez – juste curieux. Rose, c'est bien ça ?

Sauf que je ne lui avais pas précisé son nom.

— Oui, oui, répondis-je en souriant tandis que je reculais vers le bâtiment, hors de sa portée. J'ai toutes les informations qu'il faut, maintenant.

— N'hésitez pas si je peux faire quoi que ce soit d'autre pour vous aider, dit-il platement.

Sa voix dépourvue d'émotion me flanqua la chair de poule.

— Je n'y manquerai pas. Au revoir !

Je fis volte-face et courus vers le bâtiment sans me retourner, m'attendant à tout moment à ce que Deckler m'empoigne.

Je parvins à m'engouffrer sans encombre dans le gymnase, le cœur battant à tout rompre. Steve était juché sur un podium au centre du parquet. Il était flanqué de Ben LaForde et de Thomas Price, qui n'arrêtait pas de consulter sa grosse montre, comme s'il y avait un endroit où il aurait de loin préféré se trouver. N'importe où ailleurs, probablement. Difficile de le lui reprocher. Cela dit, en matière de com' ça avait été malin de la part de la fac d'accueillir cette réunion de quartier : une idée de Thomas Price, supposai-je. Au lieu de se distancier de la mort de ce bébé, l'université prenait part à la mêlée. Seule une institution convaincue de son innocence pouvait faire une chose pareille. Mais, après ma rencontre fortuite avec Deckler, je trouvais cette assurance terriblement déplacée.

Il y avait foule dans le gymnase. Les gradins de part et d'autre étaient entièrement occupés. Des chaises pliantes avaient été installées à chaque extrémité. Beaucoup de gens restaient debout.

— Je me présente, Steve Carlson, commissaire de police de Ridgedale. Merci à tous d'être venus.

Ce ne fut qu'à ce moment-là que je remarquai les prospectus qui circulaient bruyamment dans la salle.

— L'objet de cette réunion est de vous informer du déroulement de notre enquête sur le nourrisson de sexe féminin, probablement nouveau-né, retrouvé mort mardi matin à proximité d'Essex Bridge. Vous pourrez poser vos questions après un bref communiqué. Le nourrisson n'a toujours pas été identifié et nous attendons encore les résultats officiels du médecin légiste concernant la cause de sa mort. Nous ne pensons pas que ce décès soit lié à aucun autre.

Ça, c'était en réaction à mon article sur Simon Barton, et je ne démordais pas du fait que cette piste était digne d'intérêt : une telle *coïncidence* valait la peine d'être creusée, même si j'avais pour seule preuve Harold l'hystérique.

— Nous sommes en train de mettre en place un programme innovant de tests ADN effectués sur la base du volontariat, dans l'espoir d'accélérer l'identification du bébé.

Ma foi, voilà qui était formulé avec des pincettes : comme si le bébé allait être identifié grâce aux échantillons d'ADN de braves gens innocents. En réalité, la seule personne dont le résultat du test importerait serait le coupable.

— Comme il est expliqué dans les prospectus qui vous sont distribués, ce test est rapide, moins de cinq minutes, et sans douleur. Les échantillons d'ADN qui ne correspondent pas seront aussitôt détruits. J'insiste, ils ne seront en aucun cas conservés dans une base de données. Les détails concernant le lieu et la date de la collecte d'ADN sont précisés dans le tract. Nous espérons que vous allez tous réfléchir à la possibilité de nous apporter votre collaboration.

Il y eut un bruissement provoqué par la manipulation des papiers, puis un long silence pendant que les gens lisaient, ayant certainement du mal – comme moi – à digérer l'information. Ce qui était particulièrement révoltant, c'était que collégiens, lycéens et étudiants fassent clairement partie du grand coup de filet qui allait s'abattre sur tous les habitants de Ridgedale âgés de plus de douze ans. Il était précisé dans un astérisque que les mineurs ne feraient le test qu'en présence et avec l'accord de leurs parents ou tuteurs. Un instant plus tard, plusieurs mains s'élevèrent, à l'instar du volume sonore. Les gens avaient désormais la mine sombre, l'humeur à l'avenant.

— Oui, monsieur ? dit Steve.

Il désignait sur les gradins à sa droite un homme trapu, vêtu d'un pull couleur citrouille d'aspect fort coûteux. À l'aube de la cinquantaine, il se dégarnissait. Quand il se leva, le brouhaha général s'était mué en rugissement.

— Messieurs dames, s'il vous plaît ! lança Thomas Price en sauveur inattendu, le seul possible vraisemblablement. Il va falloir se taire si on veut s'entendre !

En l'observant, je compris pourquoi la fac l'avait désigné comme son porte-parole officieux : calme, autoritaire, séduisant. Qui plus est, ils pourraient toujours prétendre qu'il n'était pas leur représentant officiel si les choses tournaient mal. Le volume sonore baissa docilement.

— Merci à tous. Allez-y, monsieur, posez votre question.

— Il y a à peu près mille raisons qui font de cette vaste campagne de tests ADN l'une des pires idées que j'aie jamais entendues.

Il embrassa la foule du regard, les yeux écarquillés.

— Personne ne va s'y plier, vous le savez, non ? Du moins ils ne devraient pas. Croyez-moi, je suis avocat. Ne le faites pas.

Parlez-en au moins à votre propre avocat avant. Vous allez perdre vos droits constitutionnels. Ce n'est pas parce qu'ils disent qu'ils ne garderont pas les échantillons qu'ils ne le feront pas : rien ne peut les en empêcher.

Il adressa un signe de tête à Steve.

— Sans vouloir vous offenser. Je ne parle pas de vous en particulier. Je veux dire en général.

Steve fusilla l'homme du regard jusqu'à ce qu'il se rassoie. Puis, sans mot dire, il parcourut lentement la foule des yeux, tant et si bien que le silence en devint gênant.

— Il n'y a pas de mal, finit-il par répondre en tordant la mâchoire. Et que ce soit bien clair, vous êtes tous absolument libres de consulter vos avocats, vos comptables ou vos conseillers spirituels avant de décider de nous aider ou non. Vous pouvez juger, après réflexion, qu'il vous semble mal, par principe, qu'on frotte avec un coton-tige l'intérieur de votre joue ou de celle de votre enfant. Nous sommes en pays libre, et c'est bien le sens du mot « volontariat » : vous avez le choix.

La foule ne bougeait plus d'un cil à présent.

— Mais je ne dirais qu'une chose : quand nous avons trouvé ce bébé flottant dans le ruisseau comme un vulgaire déchet, elle était coincée là, le cou accroché sur un bâton. Je l'ai sortie moi-même, elle ne pesait presque rien.

Il se tut de nouveau, cette fois-ci comme s'il essayait de se ressaisir.

— Les *principes* sont un luxe que ce bébé ne pourra jamais se payer.

C'était du bon théâtre. Passionné, persuasif. Et sincère. De toute évidence, Steve croyait à ce qu'il disait. Bien sûr, ça n'était pas vrai pour autant. Justin avait raison : ce coup de filet semblait bel et bien anticonstitutionnel, du moins potentiellement.

Cependant son discours avait eu l'effet escompté de réduire au silence l'opposition publique. Pendant l'heure et demie qui suivit, les gens évitèrent soigneusement toute question relative aux tests ADN. Au lieu de cela, quelqu'un voulut en savoir plus sur Simon Barton. Comme il l'avait fait avec moi, Steve récusa d'emblée tout lien. D'autres avaient des questions au sujet de plusieurs hommes inscrits au registre des délinquants sexuels de la région. Un autre encore préconisa le relevé d'empreintes digitales au sein des écoles à titre de précaution, et un deuxième la mise en place d'un système de voisins vigilants à des fins d'investigation qui se concentrerait principalement – semblait-il – sur les Ridgedale Commons, la barre d'immeuble qui était *de facto* le lieu de résidence des foyers modestes de la ville. Heureusement, plusieurs personnes rejetèrent cette idée comme étant honteusement discriminatoire. Et de toute façon Steve y porta un coup d'arrêt définitif en la qualifiant d'autodéfense dangereuse et irresponsable. Peu après, il mit un terme à la réunion.

— Il semblerait que nous devions nous en tenir là pour le moment, lança-t-il d'une voix rauque d'avoir trop parlé, le doigt tendu vers une énorme horloge accrochée très haut sur le mur. L'université a eu la gentillesse de nous laisser ses locaux à disposition, mais j'avais promis de quitter les lieux à 21 heures au plus tard, or nous avons déjà dépassé ce délai de vingt minutes.

Quelques grommellements se firent entendre alors que les gens se levaient et commençaient lentement à se disperser. Certains n'allèrent pas très loin, se regroupant en grosses grappes qui ponctuaient le parquet du gymnase, probablement afin d'échanger théories et récriminations. D'autres se dirigèrent vers la sortie en traînant la patte. Je m'acheminai vers Stella, que j'avais repérée au loin, noyée dans un groupe de parents de lycéens. J'espérais qu'elle me reconduirait à ma voiture. Hors de question que je retraverse seule ce campus plongé dans les ténèbres, pas avec Deckler qui rôdait dans les parages.

— Stella ! appelai-je en les voyant, elle et son groupe, commencer à se diriger vers les portes.

Elle continua à bavarder avec une mère sans s'arrêter de marcher : elle ne m'avait pas entendue. Une seconde plus tard, elle avait disparu, perdue au milieu de la foule.

— Molly Sanderson, dit alors quelqu'un. Quel plaisir de voir un visage amical.

Ce fut un soulagement de voir Thomas Price se diriger vers moi, une main plaquée sur la nuque. Il avait l'air complètement à plat.

— Oh, bonsoir, répondis-je en réfléchissant à la façon de lui demander de me raccompagner à ma voiture sans avoir l'air esseulée ni ridicule. Vous allez bien ?

— Ça a déjà été mieux.

Il désigna la foule qui se dispersait.

— Je regrette que le président de l'université ne soit pas là pour voir ça : tous ces gens. Peut-être qu'alors il comprendrait qu'on ne va pas éclipser cette affaire de sitôt, répondit-il en secouant la tête. Bref, à part ça, je vais très bien, merci. Et vous-même ?

— Ça va. Mais puis-je vous poser une question ?

— Pour vous, n'importe quoi.

Il se détourna alors comme s'il avait malencontreusement découvert son jeu. Mais quand il croisa mon regard une seconde après, son expression était tellement candide que je me demandai si je n'avais pas rêvé.

— Toutefois, je vous préviens : mon stock de réponses semble être affreusement limité aujourd'hui.

— Je suis tombée sur l'un des agents de la sécurité du campus en venant ici : l'officier Deckler ?

Comment accuser Deckler d'agression sexuelle *sans* l'accuser, telle était la question. Car même Rose ne s'était pas exprimée en termes aussi précis, et en soi les dossiers ne constituaient la preuve de rien du tout : ils n'étaient qu'un simple indice convaincant. Une salve d'ouverture nourrie. Ma preuve la plus forte était ma suspicion instinctive irrésistible, exacerbée par l'attitude perpétuellement flippante de Deckler – loin d'être irréfutable, elle aussi.

— Deckler paraissait extrêmement intéressé par la conversation que j'ai eue avec vous au sujet de Rose Gowan et le déroulement de mon enquête en général. Sauriez-vous expliquer pourquoi ?

— Attendez, Deckler était sur le campus ce soir ? s'alarma-t-il de façon peu coutumière. Où l'avez-vous vu ?

— À l'extérieur du gymnase, sur le chemin qui mène aux bâtiments principaux du campus.

Mon ventre se serra. J'avais été tellement persuadée que Price allait me faire mille compliments sur Deckler.

— Il n'était pas en uniforme. Je ne crois pas qu'il était en service.

— Non, il ne devait pas l'être, en effet.

Il regardait vers l'entrée, l'air d'ébaucher quelque calcul.

— Deckler a été suspendu un peu plus tôt dans la journée. On lui a aussi interdit l'accès au campus en attendant l'ouverture de l'enquête. Autrement dit, il n'aurait pas dû se trouver là du tout.

Deckler n'était pas au repos. Il était au chômage.

— Pourquoi fait-il l'objet d'une enquête ?

— Disons simplement excès de zèle, répondit Price avant de secouer la tête en poussant un soupir. Entre autres.

— Qu'entendez-vous par « excès de zèle » ?

La panique montait dans ma voix. C'était plus fort que moi. Ce terme résonnait comme l'euphémisme d'une chose bien plus terrible.

— Les détails sont confidentiels, j'en ai peur. Notre enquête interne est en cours. Faire une entorse au droit du travail en faisant une déclaration prématurée à la presse concernant un employé sous contrat ne me fera pas marquer de points auprès du président.

— Je ne vous le demande pas en tant que journaliste. Je soupçonne Deckler d'être… Pour l'instant, je m'inquiète pour ma sécurité et celle de ma famille. Je possède des informations et je… enfin, je n'en saisis même pas encore le sens. Mais j'ai besoin de savoir à quel point je dois me méfier de Deckler.

Son visage s'adoucit. Il hocha la tête, croisa les bras.

— Entre nous, il y a eu des plaintes de la part d'étudiantes. Deckler en a mis plus d'une mal à l'aise à plusieurs reprises. Il est inutilement insistant.

Exactement comme il l'avait été avec moi. Exactement comme il avait dû l'être avec Rose Gowan.

— Je sais que Deckler travaille ici depuis un moment. Mais savez-vous s'il était déjà là en 2006 ? Ou s'il est parti un moment entre 2008 et 2012 ?

Voilà une pièce du puzzle que je pouvais réussir à insérer. L'absence de Deckler durant cette période aurait expliqué l'écart substantiel entre les dossiers.

— Je ne crois pas. Je ne connais pas son CV par cœur, mais je suis bien placé pour me souvenir de ces dates. Elles correspondent exactement à l'occupation de mon poste ici.

« Boum, boum », faisait mon cœur à mes oreilles.

— Ah oui ? dis-je avec un sourire forcé. Vous avez quitté l'université de Ridgedale puis y êtes revenu ?

— Oui, je suis arrivé en tant que professeur de civilisation américaine en 2006 afin de remplacer Christine Carroll pendant un an, le temps de sa chimiothérapie. Cela a finalement duré deux ans, le traitement s'étant révélé plus compliqué que prévu. À son retour en automne 2008, je suis parti pour Wesleyan. Je ne suis revenu à l'université de Ridgedale que quelques années plus tard, cette fois comme doyen.

Il semblait perplexe. Pas moi. Plus, en tout cas. Non seulement les dates auxquelles il avait occupé son poste correspondaient à celles des dossiers, mais il avait également été l'enseignant des trois premières filles dans le seul cours qu'elles avaient eu en commun.

— Excusez-moi, j'ai bien peur d'avoir perdu le fil de notre discussion. Quel rapport avec Deckler ?

JENNA   *30 MAI 1994*

Aujourd'hui Tex m'a coincée alors que j'allais en espagnol. Il m'a carrément fait flipper. Énervée, aussi. C'était sympa de l'avoir comme un genre de grand frère secret — surtout après que ce menteur de Todd Nolan s'est mis à raconter à tout le monde qu'on avait baisé dans les vestiaires des garçons. (Il m'a pelotée. POINT BARRE.) Mais je crois que Tex s'est fait de fausses idées. D'abord il a une meuf, alors je vois pas pourquoi il me fait chier. Surtout que j'ai un mec. Peut-être pas encore officiellement. Mais c'est bien ce qu'on est, le Capitaine et moi : UN COUPLE. J'ai déjà dit à Tex dix mille fois qu'il était PAS mon genre — enfin peut-être que je lui ai pas dit comme ça franco. Je voulais pas faire ma pute ou je sais pas quoi. Sans compter que ce que je lui ai dit aurait dû suffire.

Mais là aujourd'hui il m'a plaquée contre le mur et il m'a fait : « Méfie-toi. » Et moi j'ai fait : « De quoi ? » Et il m'a fait : « Tu sais bien. » Et moi j'ai fait : « Ben non, je sais pas. » Après genre dix minutes de cette conversation à la con, il a fait : « Du Capitaine, méfie-toi du Capitaine. » Et du coup, j'avoue, j'ai pété un câble et je lui ai dit un truc que j'aurais pas dû. Un truc tellement méchant que je l'écrirai même pas ici.

Je me suis sentie un peu mal après parce que je crois pas que Tex fasse exprès de jouer au con ou je sais pas quoi. Mais il se trompe à propos du Capitaine. Et il a pas les idées claires sur nous. C'est pas sa faute, en plus. C'est sûrement parce que sa copine coincée du cul refuse de coucher.

Barbara

Barbara était assise sur le canapé du salon. Elle attendait. À chaque minute qui passait, son exaspération de ne pas voir Steve rentrer augmentait. Elle n'avait pas peur de le reconnaître : elle ne pouvait pas gérer toute seule la situation avec Cole. Mais quand elle regarda l'heure sur la box de la télé, elle constata qu'il n'était que 21 h 34. La réunion de quartier avait dû déborder 21 heures à cause de la séance de questions. Il rentrerait au plus vite après ça. En supposant que son téléphone n'était pas mort et qu'il n'avait pas été absorbé au point de ne pas voir le nombre d'appels qu'elle lui avait passés. De toute façon, à quoi bon laisser un énième message ?

Une seconde plus tard, son téléphone sonna. Barbara se jeta dessus en s'enjoignant de ne pas aboyer sur Steve. Quand on s'efforce de bien faire, on n'a pas envie de se faire enguirlander à cause d'un retard. Mais c'était un numéro privé. Le docteur Kellerman, supposa Barbara : les psychiatres n'ont pas la bêtise de vous téléphoner d'un numéro auquel vous pourriez ensuite les rappeler. C'était tellement gentil de sa part de revenir *enfin* vers elle après qu'elle lui avait envoyé *quatre* messages.

—Allo ?

—Docteur Kellerman à l'appareil, annonça-t-il d'un ton agacé.

—Merci beaucoup de me rappeler.

Enfin, faillit-elle ajouter.

—Oui, madame Carlson, quel est le problème au juste ?

L'enfer de l'après-midi jaillit de sa bouche dans un flot irrépressible. Le temps qu'elle rentre à la maison après son passage à la maternelle de Ridgedale – et un « petit saut » stupide à l'épicerie, qui s'était éternisé parce qu'elle était complètement obnubilée par sa conversation déplorable avec Rhea –, Cole s'était complètement effondré. Hannah, dans la cuisine, essayait désespérément de le convaincre que la lumière rouge sur le détecteur de fumée signifiait simplement qu'il était allumé, pas qu'il y avait un incendie.

Mais Cole n'en démordait pas :

— Je ne pense pas, disait-il en secouant la tête d'avant en arrière dans un mouvement incessant.

Il n'avait même pas semblé remarquer le retour de Barbara.

— Maman, il ne va pas bien, avait murmuré Hannah, l'air terrifiée.

— Monte donc dans ta chambre, Hannah, lui avait-elle répliqué.

Parce que soit Hannah tenait le choc, soit il fallait qu'elle dégage le plancher.

— Va faire tes devoirs, écoute de la musique. Fais quelque chose pour te distraire. Cole va bien, ma chérie. Il va très bien.

— Maman, s'il te plaît, éteins-le, avait murmuré Cole une fois que sa sœur s'était dirigée à contrecœur vers l'escalier.

Il désignait la lumière rouge sur le détecteur de fumée.

Comme elle s'était montrée à la hauteur, alors ! Elle avait été un quasi-modèle de calme maternel, enlevant délicatement les piles du détecteur, dont elle avait ensuite tendu la coquille vide à Cole. Il était allé mieux après ça, pendant une bonne dizaine de minutes. Jusqu'à ce qu'elle allume la cuisinière pour préparer le dîner. Un regard à la flamme bleue qui vacillait sous la casserole et Cole avait de nouveau sauté au plafond. Au moins, Hannah était restée dans sa chambre : elle n'était même pas descendue manger. C'est vrai, Barbara n'était pas montée la chercher non plus : Hannah savait à quelle heure on servait le repas. Non, elle s'était estimée heureuse de ce répit.

Une fois le dîner terminé, elle avait passé au moins une demi-heure à convaincre Cole qu'un horrible monstre n'avait pas la place de se cacher derrière la bibliothèque. Et pendant qu'il se brossait les dents, il lui avait demandé au moins une dizaine de fois si un « loup de mer », qu'il prenait manifestement pour un vrai loup, allait s'introduire par la fenêtre pendant son sommeil.

« Non, avait-elle répondu chaque fois. Non, Cole. Bien sûr que non. » Pendant tout ce temps elle avait prié pour ne pas céder à la panique. Et elle y était arrivée, de justesse. Ce n'est pas facile de regarder son enfant perdre la tête sans rien faire.

—Je peux lui trouver de la place demain matin, annonça le docteur Kellerman avec un pragmatisme particulièrement agaçant quand Barbara eut fini de lui rapporter leur soirée épouvantable. Nous allons peut-être devoir envisager un traitement afin de le stabiliser.

—Un traitement ? jappa-t-elle. Attendez, la situation n'est pas alarmante au point de l'examiner sur-le-champ, mais elle l'est *assez* pour le *droguer* ?

—C'est *une* possibilité parmi d'autres, madame Carlson, et uniquement à titre temporaire. Il est important que nous conservions une certaine ouverture d'esprit.

« Nous », comme si Cole était son fils. Comme s'ils traversaient vraiment cette épreuve ensemble.

—Amenez Cole à 10 heures, madame Carlson, nous pourrons discuter des différentes options à ce moment-là. En attendant, essayez de garder votre calme.

—Garder mon calme ? Et si on ne peut pas attendre aussi longtemps ? C'est *maintenant* qu'il ne va pas bien, docteur.

—À cette heure-ci, notre seule option serait l'hôpital, or je ne pense pas que ce soit le lieu le plus adapté au vu des circonstances. Où est-il en ce moment, madame Carlson ?

—Là maintenant, il dort, mais...

—Alors là maintenant, la véritable difficulté c'est *votre* angoisse, n'est-ce pas ? C'est parfaitement compréhensible. Vous vivez une situation extrêmement stressante. Néanmoins, pour le bien de Cole, vous allez devoir trouver le moyen de maîtriser votre angoisse. Si vous le souhaitez, je peux vous donner le nom d'un confrère afin que vous alliez vous-même consulter.

—Moi-même consulter ? Mon seul problème en ce moment, c'est Cole. Non, ce n'est pas ce que je voulais dire : *Cole* n'est pas un problème. *Ses* problèmes sont *mes* problèmes, voilà ce que je voulais dire.

—Oui, répliqua le docteur sans avoir l'air d'accord.

Puis il resta un long moment silencieux, ce qui déplut à Barbara.

—Très bien, dit-elle, car il fallait qu'elle raccroche avant de dire quelque chose qu'elle regretterait. Mais je vous rappellerai s'il y a le moindre changement. Sinon, on se voit demain à 10 heures.

—Absolument, rappelez-moi si son état se dégrade. En attendant, essayez de vous reposer, madame Carlson. Il va peut-être falloir du temps et beaucoup de travail pour dénouer cette situation, mais Cole va s'en sortir. Les enfants sont incroyablement résistants.

Elle essaya d'aller se coucher après avoir raccroché : 21 h 42 et *toujours* aucun signe de Steve, ce qui augmentait sa colère à chaque minute qui passait. Fallait-il vraiment qu'il réponde à la *moindre* question idiote ? Ou n'était-il même plus à la réunion ? Mais dans un tout autre endroit ? Sa seule excuse serait qu'il n'ait pas eu ses messages.

Quand elle monta à l'étage, elle vit un étroit bandeau de lumière briller sous la porte d'Hannah. Elle songea à entrer pour dire à sa fille d'aller se coucher, mais, aussitôt sa main sur la poignée, elle craignit que ce ne soit une très mauvaise idée. Et si Hannah se mettait de nouveau dans tous ses états à cause de Cole ? Cela se finirait mal entre elles, très mal. Barbara en était sûre.

Elle passa donc son chemin et se dirigea vers sa propre chambre en espérant ne pas rouvrir les yeux jusqu'au lendemain matin, où Steve serait là et où ils n'auraient plus longtemps à attendre avant leur rendez-vous avec le docteur Kellerman.

Quand elle entra dans sa chambre, elle découvrit que le tiroir de sa table de nuit était légèrement entrouvert. C'était là qu'elle avait remisé le dessin de Cole. Elle n'avait pas voulu le laisser au docteur Kellerman – d'autant qu'elle avait quitté son cabinet avec la ferme intention de ne plus y remettre les pieds. Incapable de se résoudre à le jeter, comme Steve le lui avait suggéré, elle l'avait glissé dans le tiroir où elle conservait tous ses papiers importants. Cole était-il allé dans leur chambre ? Hannah était-elle venue fouiner ? Barbara espérait que non, mais sa fille pouvait être d'une insistance exaspérante. L'après-midi qu'ils venaient de passer l'avait peut-être déterminée à découvrir tout ce qu'il y avait à savoir sur Cole. Cela dit, il se pouvait que ce soit Barbara elle-même qui ait laissé ce tiroir ouvert. Elle ne s'en rappelait plus, toujours est-il qu'elle avait contemplé ce dessin plus d'une fois depuis qu'elle l'avait caché là.

Il lui fallut une éternité pour arriver à s'endormir, et, alors qu'elle venait enfin de commencer à sombrer, un bruit la réveilla en sursaut. Elle ouvrit brusquement les yeux : Cole était là, à rôder dans l'obscurité juste à côté de son visage.

—Il y a des vilaines choses dans ma tête, souffla-t-il. Fais-les sortir, maman. S'il te plaît.

Simple cauchemar, songea Barbara. Les cauchemars, ce n'était pas grave. C'était un truc normal d'enfant.

—Tout va bien, mon chéri.

Elle le tira dans son lit et se lova contre lui.

—Viens par là.

—Mais j'ai encore peur, maman, murmura-t-il, l'air de craindre que cette confession lui attire des ennuis. Je n'arrête pas de faire le même cauchemar.

—Oh, Cole, tu n'es même pas encore endormi. Tu ne peux pas être en train de cauchemarder.

—Mais si, maman, murmura-t-il. Et c'est tellement, tellement affreux.

Que répondre à ça ? Au cauchemar d'un petit garçon qui se poursuit longtemps après qu'il a ouvert les yeux ? *Rien*. Alors elle lui frictionna le dos et, au bout d'un certain temps, il finit par s'endormir. À peu près au même moment, elle eut la conviction qu'elle ne dormirait jamais plus.

Elle parvint à se glisser hors du lit sans réveiller Cole. Dans le couloir, la lumière d'Hannah était *toujours* allumée. Elle ne dormait *toujours* pas. Et Barbara n'arrivait *toujours* pas à se résoudre à entrer pour la réconforter. Elle n'avait tout simplement plus rien à donner. Peut-être cela faisait-il d'elle une mère épouvantable et une mauvaise personne, mais c'était la vérité. Elle avait ses limites. Le docteur Kellerman avait raison : il fallait qu'elle se concentre pour garder son calme – et celui de Cole.

En bas, elle regarda l'horloge sur le mur : 22 h 23. Steve n'était plus à cette réunion, c'était une certitude. « Fais chier, Steve », chuchota-t-elle alors qu'elle contemplait l'allée obscure par les fenêtres du salon. Où était-il *passé* ?

Elle allait bientôt devoir appeler le commissariat. Elle n'aimait pas faire ça. La femme du commissaire qui se retrouvait à pister son mari ? Cela ne donnait une bonne image de personne. Mais avait-elle le choix ? Avant qu'elle n'ait pu composer le numéro, il y eut un bourdonnement à l'autre bout de la pièce. L'iPhone d'Hannah vibrait sur la desserte. Sa fille avait beau ne pas faire partie de ces adolescents scotchés à leur téléphone, il était tout de même étrange qu'elle l'ait laissé en bas. Quand Barbara s'en empara, le texto s'afficha une deuxième fois :

Je suis désolée. J'aurais dû te le dire avant. Pour tout.

Le message était de Sandy, la fille dont Hannah était la tutrice. À propos de quoi Sandy était-elle désolée ? De rater sa séance de soutien ? Une vague de nausée lui tiralla les entrailles. *« Pour tout. »* Non, il ne s'agissait pas de rater une séance de soutien.

Elle composa le mot de passe d'Hannah – qu'elle le connaisse était la condition pour que sa fille puisse posséder un téléphone – puis ouvrit les messages que s'étaient envoyés les deux adolescentes en remontant jusqu'à ceux qui avaient précédé le nouveau. Elle reconnut nombre des échanges que les filles avaient eus : elle les avait contrôlés régulièrement depuis le début. Évidemment, elle avait des réserves concernant le fait qu'Hannah se sociabilise avec le genre d'adolescents pris en charge par le programme de soutien, et elle n'avait pas honte de le reconnaître. Cependant les conversations des filles avaient été d'une routine particulièrement inintéressante : il s'agissait de programmer leurs séances, de déterminer un lieu de rendez-vous ou les devoirs à faire. Elles n'étaient manifestement pas de véritables amies. Pas comme les autres amies d'Hannah, qui – il fallait être honnête – avaient leur lot de problèmes liés à la descente abusive de Corona.

Hannah avait écrit à Sandy environ une semaine plus tôt :

Tu vas bien ?

Sandy avait seulement répondu :

Ouais.

Tu es sûre ? Tu devrais aller voir un médecin. C'était vraiment grave.

Un médecin ?

Pour qu'il t'examine. Être sûre que tu vas bien.

Je VAIS bien.

Le pouls de Barbara s'était mis à s'accélérer. Qu'est-ce qui était « vraiment grave » ? D'autres conversations suivaient, plus ou moins du même acabit. Hannah demandait à Sandy si ça allait. Sandy lui assurait que oui. Hannah reposait la question. Encore et encore. Elle s'était manifestement inquiétée pour cette fille. Mais pourquoi ? Barbara regarda la date de ces différents textos. Ils avaient commencé près de deux semaines plus tôt. Juste au moment où le bébé avait probablement été…
Elle se plia en deux, la pièce se mit à tourner. Elle allait vomir. Sa tête tintait.
Cette Sandy était venue chez eux. Se pouvait-il qu'elle ait accouché ici ? *Oh mon Dieu : Cole.* Hannah mentait-elle depuis le début pour protéger Sandy ? Avait-elle préféré une inconnue, une sale zonarde, à son propre frère ?
Folle de rage, Barbara fonça vers l'escalier, la main crispée sur le portable de sa fille. Il y eut alors un bruit : la porte

d'entrée qui s'ouvrait, *enfin*. Steve. Elle se fichait pas mal désormais de la raison de son retard et de l'endroit où il était allé. Elle était juste immensément soulagée qu'il soit là maintenant. Elle se jeta sur lui, plongea dans ses bras et enfouit son visage contre sa poitrine. Elle ne se rendit compte qu'elle pleurait que lorsqu'elle essaya de parler.

— Que se passe-t-il? demanda-t-il.

Mais elle n'arrivait pas à articuler un seul mot. Il la repoussa. La secoua une fois, fort. Comme pour essayer de la réveiller.

— Qu'est-ce qui ne va pas, Barbara? Parle-moi. C'est Cole?

— Le bébé, dit-elle en lui agitant le téléphone au visage. Il est à cette fille dont Hannah a été la tutrice. Je crois que Cole a vu quelque chose. Steve, je crois que ce qui est arrivé à ce bébé est arrivé ici.

— Barbara, qu'est-ce que tu racontes?

Il avait élevé la voix: furieux, inquiet, incrédule. Elle non plus ne voulait pas y croire. Elle ne voulait pas croire que leur fille puisse être aussi insensible et cruelle. Hannah avait fait semblant d'être bouleversée par ce qui arrivait à Cole alors que depuis le début elle savait exactement ce qui n'allait pas chez lui. Pire encore, elle en était *responsable*.

Steve s'empara du téléphone et fit défiler l'écran d'un doigt. Il avait le visage dur, impassible. Il finit par prendre une grande inspiration puis expira en se passant une main sur la bouche.

— Où est Hannah à présent?

— Là-haut.

Il était désormais sur le qui-vive, le voile de fatigue avait disparu de ses yeux. Il avait la situation en main, c'était un policier chargé d'une enquête. Barbara fut envahie par un immense soulagement. Steve était là, il allait prendre le contrôle des choses. Sa colère envers lui semblait un souvenir lointain et idiot. Parce qu'ils affrontaient cette situation ensemble. Ils affrontaient tout ensemble. Ils l'avaient toujours fait et le feraient toujours.

— Attends-moi ici, intima-t-il avant de prendre une inspiration. Je reviens tout de suite.

Elle était contente qu'il n'ait pas insisté pour qu'elle l'accompagne. Les choses se passaient tellement mieux sans elle, avec Hannah.

Il se retourna au pied des marches.

— Cette histoire, Cole, Hannah, tout ça : ma priorité est de nous sortir de cette situation et de m'assurer que les enfants vont bien, déclara-t-il en la fixant d'une façon particulièrement déconcertante. Mais une fois que nous aurons démêlé les choses, toi et moi nous allons devoir parler.

Il ne faisait pas allusion à une conversation anodine.

— Parler ? De quoi ?

— Je crois que tu le sais, Barbara.

Elle resta là, droite comme un i sur le canapé, retenant son souffle. Tâchant de ne pas penser à ce que Steve avait voulu dire. Tout ça – *si* toutefois c'était bien de ça qu'il parlait – n'avait pas grande importance de toute façon, et encore moins maintenant. Elle tendit l'oreille pour entendre Steve élever la voix et Hannah pleurer, même si elle n'arrivait pas à s'imaginer son mari crier sur leur fille, même dans cette situation.

Elle se préparait à voir Hannah filer à toute vitesse en bas de l'escalier et courir vers la porte. Détaler dans la nuit. Elle envisagea même une seconde de s'enfuir elle-même dans l'obscurité. De disparaître. Car désormais une angoisse des plus terribles la submergeait. Comme si quelque chose, une véritable chose – lourde, sombre, et chaude –, lui était remontée le long du dos et s'était agrippée à son cou.

Une minute plus tard, des pas rapides descendirent bruyamment l'escalier. Puis Steve apparut, le visage tendu et parfaitement réveillé tandis qu'il traversait lestement la pièce pour récupérer ses clés de voiture.

—Quand l'as-tu vue pour la dernière fois ?

—Quoi ? Qui ?

—Hannah, Barbara ! cria-t-il. Quand l'as-tu vue de tes yeux pour la dernière fois ?

—Je... je ne sais pas. Je ne me rappelle plus. J'étais trop occupée à essayer d'apaiser Cole.

Elle s'efforça de se souvenir. Ça avait été avant le dîner, à tout le moins. Mais elle n'allait pas dire à Steve que ça remontait aussi loin. Il ne comprendrait jamais à quel point elle avait été accaparée par Cole.

—Elle est peut-être sortie se promener. Ça lui arrive parfois, tu sais.

—Sans son téléphone ? (Il désigna le plan de travail où se trouvaient les clés d'Hannah.) Ni ses clés ? Sa veste aussi est là.

Il semblait absolument furieux, qui plus est *contre* Barbara. Hors de lui, il attrapa sa veste sur le dossier d'une chaise.

—Steve, où vas-tu ? lança-t-elle comme il se dirigeait à grands pas vers la porte.

—Je vais faire ce que tu aurais dû faire depuis plusieurs heures : trouver notre fille.

FAC CHAT

Bienvenue chez les chatteurs du coin. Sois cool, respecte les règles et bonne route ! Et si tu ne connais pas les règles, LIS-LES D'ABORD ! Il faut avoir dix-huit ans pour chatter sur Fac Chat.

Comment faire pour qu'Aidan Ronan se fasse éjecter du bahut avant qu'il apporte un flingue ou quelque chose comme ça ?

3 réponses
La semaine dernière, il m'a dit qu'il avait un flingue dans son sac.
Et c'était pas un mytho. Je l'ai vu.
Vous êtes vraiment des gros cons, les gars.

Un type capable de faire ça à un bébé pourrait carrément faire un strike de lycéens.

1 réponse
Butons-le avant qu'il nous bute !

Faudrait le dénoncer au bahut.

Quelqu'un a vu sa meuf ? Peut-être qu'elle aussi elle a clamsé ?

2 réponses
Je l'ai vue une fois, elle aurait été morte ça aurait été pareil.
Morte ou pas, elle est toujours sexy.

Faudrait le dénoncer aux flics.

3 réponses
Ma daronne m'a dit que les flics avaient déjà parlé à sa mère.
Ma daronne peut pas blairer la sienne. C'est une tepu.
Ma daronne dit que SA mère drague MON père. Et mon daron c'est un gros laideron.

Inondez les flics de messages anonymes ! Chopons-le avant qu'il nous chope !

MOLLY

À mon retour de la réunion de quartier, Justin dormait, un exemplaire de *Tendre est la nuit* ouvert sur la poitrine. J'avais monté les marches quatre à quatre pour lui raconter ce que j'avais appris sur Thomas Price. Mais en le regardant dormir aussi paisiblement, il me traversa l'esprit qu'il ne serait peut-être pas ravi d'apprendre que je m'étais sentie menacée au point de fuir Price dans un mouvement de panique. Ni que ma terreur avait été d'autant plus forte que j'étais complètement tombée sous son charme. Il m'avait bien leurrée, tout comme il avait dû leurrer toutes ces jeunes femmes. Or je n'étais pas jeune. J'aurais dû être plus avisée. Mon Dieu, j'avais même été flattée qu'il flirte avec moi. Rien que d'y penser, j'avais la nausée. Les mains tremblantes, je soulevai délicatement le livre posé sur Justin et le remisai sur la table de nuit avant d'éteindre sa lampe.

Alors que je redescendais, mon portable vibra dans ma poche : « Erik Schinazy ».

— Salut Erik, dis-je, soulagée que ce soit lui.

— Oh, salut Molly, répondit-il d'un ton étonné, comme si c'était moi qui appelais. Je reviens à Ridgedale, je suis dans ma voiture. Je venais juste aux infos concernant la réunion de quartier. Du nouveau ?

Il semblait nerveux, aussi. Ou peut-être faisais-je simplement des projections.

— Une bonne partie a été consacrée à la grande pêche à l'ADN que la police est en train d'organiser à l'échelle locale.

Comme tu peux l'imaginer, les habitants ne sont pas ravis. Et je les comprends.

—Pas d'autres éclaircissements? Aucune mention de cette femme qu'ils retenaient à l'hôpital?

—Non, il n'y avait vraiment rien de neuf. Sans ces tests ADN, il n'y aurait rien eu à dire. Autant que je sache, la patiente de l'hôpital n'a toujours pas été retrouvée. Cela dit, je crois qu'ils ont écarté la possibilité qu'elle soit la mère du bébé, ou ils le feront bientôt. Le sien aurait eu plusieurs semaines.

Je pris un peu d'air afin de me préparer à révéler le reste. J'allais lui paraître folle à lier.

—En revanche, je crois qu'il est possible qu'elle ait subi une agression sexuelle de la part du doyen des étudiants de l'université de Ridgedale. Que son bébé soit son bébé à *lui* – seulement, ce n'est pas celui qui a été retrouvé.

—Quoi?

Comme je m'y attendais, il avait l'air choqué.

—Je sais, ça semble… Moi-même, j'étais sidérée. Mais je crois que c'est vrai.

—C'est là une allégation grave, Molly. D'où tiens-tu ça?

Il semblait aussi sceptique que lorsqu'il m'avait missionnée sur l'affaire du bébé. Même plus, d'ailleurs. Et encore, il ne savait pas qu'une grande partie de ma théorie reposait sur une boîte de dossiers qui avait été introduite subrepticement dans mon salon, par Deckler, supposais-je à présent. L'agent de sécurité n'était pas remonté dans mon estime comme par magie. Alors pourquoi avais-je désormais envie de croire ce qu'il voulait me faire croire? Comme Erik me l'avait dit: tout le monde a sa petite idée en tête. Le scoop était assurément trop gros pour que je déballe tout à Erik au téléphone : les articles du *Wall Street Journal* ne se basaient probablement jamais sur quelque chose d'aussi douteux qu'une effraction. Avant de tout lui balancer, il allait falloir que je maîtrise davantage la situation.

—C'est une allégation grave, tu as raison. Et je n'aurai pas de certitude avant de passer quelques coups de fil supplémentaires. Le mieux serait peut-être de commencer par Rose. D'ailleurs, elle était étudiante en psychologie avant d'abandonner ses études. Peut-être que Nancy la connaît.

—J'en doute, le département est gigantesque, répliqua-t-il sèchement, comme s'il était hors de question qu'il ennuie sa femme avec mes théories à la noix.

—D'accord, bon, reste mon amie Stella. Elle a peut-être eu des nouvelles de Rose à l'heure qu'il est.

—Très bien, fais le point avec elle. Je ne veux pas être négatif, Molly. Il semblerait que tu aies le début d'une piste. Seulement, je ne veux pas lancer une accusation diffamatoire contre le doyen des étudiants sans une preuve irréfutable. Dès qu'on la tiendra – un témoignage de Rose ou d'une autre, comme tu disais –, on lui tombera sur le râble. Et promis, c'est moi qui mènerai la charge, dit-il d'une voix désormais repentante.

Il prit une inspiration avant d'ajouter :

—Merci, Molly. Pour tout ton boulot sur ce bébé et ce que tu es en train de mettre au jour. Tu as fait du très bon travail. À tous points de vue.

Une fois au rez-de-chaussée, j'étalai les dossiers par terre, à la recherche de liens entre Price et chacune des filles. Les trois premières, c'était facile : il leur avait enseigné la civilisation américaine en remplacement de dernière minute de Christine Carroll, le professeur inscrit sur leur emploi du temps du premier semestre. Il me fallut près d'une heure pour croiser les différents documents universitaires, mais je parvins facilement à relier chacune des autres jeunes femmes à Price. Jennifer Haben (2012) avait été stagiaire au service du bureau du doyen des étudiants, et Willa Daniela (2013) avait travaillé au foyer des étudiants, dont le bureau jouxtait celui du doyen. Quant à Rose Gowan (2014) – que Thomas

Price, de façon très convaincante, avait fait mine de ne pas connaître –, elle avait siégé à ses côtés au sein d'un comité consultatif estudiantin composé de sept membres qui s'étaient réunis quotidiennement durant les deux années précédentes.

J'étais encore en train d'étudier les dossiers quand mon téléphone se mit à vibrer, ce qui me fit sursauter. Je pris vainement une inspiration pour me calmer. Texto envoyé par un numéro privé.

Trouvez Jenna Mendelson.

C'était tout. Qui diable était cette Jenna ?
Je retournai aux chemises éparpillées par terre en me demandant si je l'avais ratée dans les dossiers. Il y avait Jennifer Haben, mais pas de Jenna et pas de Mendelson.

Je répliquai aussitôt, même si j'étais réticente à engager la conversation :

Qui est Jenna Mendelson ?

La dernière chose dont j'avais besoin, c'était bien d'un énième mystère à résoudre. Mais les trois fameuses petites ellipses apparaissaient déjà : une réponse arrivait.

Elle a disparu.

Alors allez voir la police.

C'est À CAUSE de la police qu'elle a disparu.

Qui est-ce ?

J'attendis l'apparition des ellipses. Mais cette fois-ci, rien.
Les yeux rivés sur l'écran, j'aperçus du coin de l'œil un mouvement à l'autre bout de la pièce. Je bondis et fis volte-face :

agrippée à sa couverture au pied des marches, Ella essayait de ne pas pleurer.

— Ella, qu'est-ce que tu fais ? m'écriai-je d'une voix chargée de colère.

Je fermai les yeux et, d'une main pressée contre la poitrine, cherchai à ralentir les battements de mon cœur. J'entendis alors un reniflement, suivi d'un gémissement. J'ouvris les yeux : Ella pleurait à chaudes larmes.

— Oh, Ella, je suis désolée.

Je courus la prendre dans mes bras.

— Je ne voulais pas crier. Tu m'as surprise, c'est tout. Qu'est-ce qui ne va pas ?

Elle repoussa mes cheveux pour me murmurer à l'oreille :

— Les insectes. Il y en a partout.

Un de ses cauchemars, du moins l'espérais-je.

— Partout où ?

— Dans mon lit.

Pas de doute, c'était un cauchemar.

— Allez, Ouistiti. Tout va bien. Maman est là, la rassurai-je en la soulevant contre moi tandis que je me levais. Montons régler cette histoire.

Au bout d'une demi-heure passée allongée dans son lit à lui frotter le dos, elle s'était enfin rendormie. Je redescendis en me demandant s'il était possible que j'aie imaginé ces textos envoyés en numéro privé. Mais non, la conversation était toujours dans mon téléphone, et ma dernière question – « Qui est-ce ? » – toujours sans réponse. Maintenant, c'était *moi* qui avais envie de savoir qui était Jenna Mendelson et pourquoi au juste la police était « impliquée » dans ce qui lui était arrivé. J'insistai :

Pourquoi devrais-je essayer de la retrouver si j'ignore qui elle est ? Et qui êtes-vous ?

Cette fois, la réponse fusa :

Parce qu'on sait ce qui est arrivé au bébé. Trouvez-la
et on vous expliquera.

Comment puis-je savoir que vous dites la vérité ?

Le bébé a été retrouvé avec la tête écrasée. Personne
ne le sait à part la police. Et moi.

J'ignorais s'il s'agissait de la vérité. Steve ne m'avait pas
communiqué ces détails, mais ça collait avec sa mention de
« l'état du corps ». Ça collait aussi avec le fait qu'il avait eu
l'air profondément bouleversé.

OK. Que voulez-vous que je fasse ?

Pas de réponse.

D'après Google, il existait – hélas – de nombreuses Jenna
Mendelson, dont manifestement aucune n'habitait à Ridgedale.
Il me fallut près d'une heure pour toutes les passer en revue à
grand renfort de clics. La vue trouble, je tapai par erreur une
nouvelle requête dans la barre de recherche de ma boîte mail
au lieu de celle de Google et je tombai alors sur une piste : un
mail envoyé par la maîtresse d'Ella, Rhea, qui comptait parmi
la longue série d'échanges que nous avions eue à l'époque où
j'avais rédigé ce reportage sur son programme de soutien.

Objet : Retour sur les questions de l'interview

Bonjour Molly,
Je voulais juste vous donner le nom de quelques élèves
inscrits au programme que vous pourriez avoir envie

de contacter. Celle à laquelle vous pourriez à mon avis consacrer un article entier s'appelle Sandy Mendelson. Elle est extrêmement intelligente et ne ménage pas sa peine. Je nourris de grands espoirs pour elle. Cette gamine incarne vraiment à merveille ce programme.

Bien à vous,

Rhea

Elle m'avait aussi donné le numéro de téléphone de Sandy. Je me souvenais de lui avoir laissé plusieurs messages à l'époque, sans qu'elle rappelle jamais. J'avais donc rédigé mon article en l'illustrant du témoignage de deux autres élèves qui participaient au programme.

Je composai le numéro et retins mon souffle, en pariant sur le fait que c'était Sandy qui m'avait envoyé ce texto à propos de Jenna – qui devait être sa sœur ou peut-être sa mère. J'espérais que je n'allais pas être annonciatrice de mauvaises nouvelles.

—Allo? dit une voix parfaitement réveillée.
—Sandy Mendelson?
Il y eut un long silence.
—Oui, répondit-elle enfin.
—Molly Sanderson à l'appareil. Je crois que vous avez essayé de me contacter?

Le lendemain matin, je trouvai Justin dans la salle de bains, déjà revenu de son footing. Debout devant le lavabo, enveloppé dans une serviette, il égalisait les contours de sa barbe au rasoir.

—Je crois que Thomas Price est possiblement coupable – ou l'a été – d'agressions sexuelles sur des étudiantes du campus, annonçai-je.

J'essuyai du dos de la main la buée du miroir afin de voir le reflet de son visage.

—Sérieux?

Figé, le rasoir en suspens, la tête inclinée sur le côté, il me lorgnait dans le miroir: soucieux, sur ses gardes.

—D'où tu sors ça? Ça a un rapport avec ton article sur le bébé?

Il craignait probablement de se faire virer de son cher boulot décroché à la sueur de son front parce que j'étais là à agiter des accusations possiblement infondées. Ça aurait été compréhensible.

—Je ne pense pas que ça ait de rapport avec le bébé, mais je n'en sais rien. Pour l'instant ce n'est qu'une intuition, de toute façon.

Pourquoi minimisais-je les faits? Je n'étais certes pas en mesure d'écrire un article en une, mais je n'avais pas inventé cette histoire de toutes pièces. Prétendre le contraire ne nous aiderait ni l'un ni l'autre.

—Non, c'est plus qu'une intuition. Je suis presque sûre que c'est vrai. Seulement je n'ai pas assez de preuves pour agir.

Justin secoua la tête, dégoûté, puis se pencha plus près du miroir et poursuivit son rasage.

—Je n'ai pas envie de dire que je te l'avais dit. Mais tu sais que je n'ai jamais aimé ce type.

—Je t'avertirai avant de faire quoi que ce soit. Je sais que lancer ce genre d'allégations contre Price pourrait être désastreux pour toi. Franchement, j'essaie de déterminer ce qu'il y a de mieux à faire.

—Ma foi, ne t'en fais pas pour moi, répliqua-t-il, presque vexé. Si tu dis vrai, l'université de Ridgedale ne voudra pas le défendre. Et le cas échéant, je te soutiendrai, Molly, quelle que soit ta décision.

RIDGEDALE READER
Édition numérique
19 mars 2015, 8 h 27

RÉUNION DE QUARTIER À RIDGEDALE : LA POLICE ANNONCE UNE CAMPAGNE DE TESTS ADN

Par Molly Sanderson

Hier soir, au gymnase de l'université de Ridgedale, des fonctionnaires de la police ont tenu une réunion publique afin d'échanger autour de l'enquête menée sur la mort du nourrisson retrouvé à proximité d'Essex Bridge. Le commissaire de police Steve Carlson a répondu aux questions pendant plus d'une heure. La cause du décès et l'identité du bébé restent à déterminer.

Afin d'accélérer le processus d'identification, le service de police de Ridgedale va entamer une campagne de tests ADN à l'échelle locale sur la base du volontariat. Celle-ci aura lieu au commissariat de Ridgedale pendant les trois prochains jours. Les horaires où se dérouleront ces tests ainsi que des explications détaillées sur les modalités de la procédure sont disponibles en ligne sur www.ridgedalenj.org. Maître David Simpson, avocat de la défense au pénal et habitant de Ridgedale, a invité tous ceux que les implications légales d'une telle campagne inquiètent à le contacter en vue d'une consultation gratuite.

COMMENTAIRES :

Marney B
Il y a 2 heures
Des tests ADN ??? Ils sont fous ou quoi ?

Gail
Il y a 1 heure
Entièrement d'accord. Impossible que ce soit légal.

Stephanie
Il y a 57 min.
Sûr, ils essaient de faire flipper le coupable pour qu'il sorte du bois. À tous les coups ce n'est même pas vraiment la faute de la fille. Qui sait le genre de vie qu'elle mène ? Peut-être que sa mère doit faire trois boulots à la fois ou je sais pas. On ne naît pas mauvais parent, vous savez, on le devient.

Mom22
Il y a 52 min.
Je n'ai pas d'adolescent, mais si c'était le cas, jamais je ne les laisserais donner un « échantillon ». On est où, là ? Dans 1984 *?*

LifeIsLiving
Il y a 47 min.
Moi je le ferais si ça pouvait aider à découvrir qui a infligé ça à son bébé. Il faut bien que quelqu'un envoie un message à ces gosses qui ne sont manifestement pas trop jeunes pour avoir des relations sexuelles, mais qui s'estiment trop jeunes pour être tenus responsables.

SaranB
Il y a 45 min.
Alors selon toi c'était juste une ado qui n'avait pas envie de s'emmerder à faire adopter son gamin, c'est ça ? Tu penses vraiment que les gens sont cruels à ce point ?

246Barry
Il y a 42 min.
VOS GUEULES. TROUVEZ-LE. AVANT QUE CE SOIT LUI QUI VOUS TROUVE.

Carrollandthepups
Il y a 37 min.
Oh non, pas encore ce débile. 246Barry, personne ne veut de toi ici.

Samuel L.
Il y a 25 min.
Je viens juste de te dénoncer aux flics, 246Barry. Qu'est-ce que tu dis de ça ? Il s'avère qu'ils te connaissent déjà. Rira bien qui rira le dernier quand tu te feras coffrer pour harcèlement et que ton nom sera placardé partout. Parce que, à ce moment-là, tant pis si la police ne fait rien, nous autres on s'en chargera.

JENNA *11 JUIN 1994*

Le Capitaine débarque à 20 heures ! Il m'a aussi dit qu'il était à fond pour rencontrer mes parents. J'espère juste qu'ils ne vont pas tout foutre en l'air en faisant comme si j'étais complètement timbrée. Au moins je porte une robe trop belle. Rouge, avec un putain de col en V qui montre toute la marchandise. Ma mère ne m'a même pas soûlée avec ça.
C'est parce qu'elle sait à quelle famille appartient le Capitaine. Je crois qu'elle espère que je vais l'accrocher pour de bon. Peut-être qu'après elle arrêtera de passer tout son temps libre à prier pour mon âme mortelle.
Et je refuse de penser à la présence de Tex à la fête. Parce qu'il y sera. Et il va tout faire pour essayer de me pourrir ma soirée. À me dire de me méfier et je sais pas quoi. Comme si c'était ÇA le problème et pas le fait qu'il voudrait que je couche avec lui plutôt qu'avec le Capitaine. Mais je vais pas le laisser me donner mauvaise conscience d'avoir réussi à choper le mec que j'ai toujours voulu. Le genre de mec que tout le monde, mes parents compris, trouve trop bien pour moi.
Cela dit tout serait vachement plus facile si je détestais Tex. Si je n'aimais pas aussi un peu qu'il soit attaché

à moi. Parce que du coup je pourrais l'envoyer chier pour toujours. Mais ce n'est pas aussi simple. Rien n'est jamais simple.

Sandy

Sandy s'assit dans un box poisseux au fond de chez *Pat's Pancakes* en attendant Molly. Le resto était presque désert, contrairement aux week-ends, où la queue s'étirait jusque dans la rue. Une demi-douzaine de personnes, âgées pour la plupart, occupaient les box, mangeant leurs omelettes et leurs crêpes tellement lentement qu'on les aurait crues payées à la minute.

— Qu'est-ce que je te sers, chérie ?

La serveuse ouvrit son bloc-notes d'un coup sec. Elle était jolie, ou du moins l'avait été. Là, elle avait une queue-de-cheval crépue et un visage ultra ridé, mais elle n'avait pas l'air *si* vieille. C'était à ça que Jenna finirait par ressembler. Si on lui en laissait la chance. *Un jour,* songea Sandy, *moi aussi j'aurai sûrement cette tête-là.*

— Je peux avoir un café ? demanda-t-elle.

— *Juste* un café ?

La serveuse ne voulait pas jouer les salopes, Sandy le savait. Juste payer ses factures.

— Pour l'instant, oui. J'attends quelqu'un.

Elle n'avait plus qu'à espérer que cette fameuse Molly allait commander à bouffer en arrivant. Sandy ne pouvait pas se permettre de gaspiller du fric pour manger alors qu'elle n'avait pas faim, même pour faire plaisir à une collègue serveuse. Ça faisait des jours qu'elle n'avait pas eu faim. Évidemment, ça n'avait pas empêché Aidan, la veille au soir, d'essayer de la gaver comme une mamie surprotectrice.

— J'ai des trucs pour faire un sandwich, des chips, des biscuits et une pomme, avait-il énuméré en déversant une pile de bouffe sur son lit.

Il avait eu raison, ça avait été facile d'entrer discrétos par la porte de service, et Sandy se sentait presque en sécurité maintenant qu'ils étaient là-haut dans sa chambre, derrière la porte fermée à clé. Elle avait contemplé toute la bouffe qu'Aidan avait raflée dans la cuisine. Il y avait même de la laitue, une tomate et un joli petit pot d'un truc qui devait être de la moutarde, parce que les gens qui vivent dans des baraques comme celle d'Aidan ne se font pas des sandwichs de pain de mie au jambon avec de la moutarde en tube, comme l'avait toujours pratiqué Sandy. Aidan regardait fixement ces victuailles comme s'il ne s'était jamais préparé de sandwich de sa vie. Comme s'il n'avait pas la moindre idée de par où il fallait commencer.

— Merci, avait dit Sandy sans détacher les yeux de la bouffe.

Elle n'arrivait pas à regarder Aidan en face.

— De me laisser venir ici.

Parce qu'elle avait prévu d'aller où, putain ? Elle avait prévu que dalle, c'était ça la vérité. Elle avait juste voulu échapper au père d'Hannah, qui rôdait devant les Ridgedale Commons. Du coup elle avait pédalé jusqu'à être sûre que personne ne la suivait. Elle avait percuté trop tard qu'il commençait à faire nuit et qu'elle n'avait pas de plan. Malgré ce qu'elle s'était dit, elle ne pouvait pas dormir dehors. Bordel, c'est dingue qu'un truc pareil puisse sembler une option valable – *c'est pas grave, je pioncerai dehors s'il le faut* – jusqu'au moment où on commence à réfléchir aux détails. Où ça dehors ? Dans les bois ? Sur le trottoir ? Déjà, il caillait trop. Et c'était pas comme si quelqu'un dormant dans la rue pouvait passer inaperçu à Ridgedale. *Personne* ne dormait dans la rue à Ridgedale.

Elle espérait qu'Aidan n'allait pas la forcer à bouffer. Elle n'était pas sûre de pouvoir avaler quoi que ce soit. Par contre elle avait une soif dingue. Elle ne se rappelait même plus la dernière fois où elle avait bu un truc. Jamais, on aurait dit. Elle avait descendu d'un trait les deux bouteilles de limonade chicos en verre qu'Aidan avait laissées tomber sur le lit, avant de relever la tête. Il la dévisageait avec de grands yeux paniqués. Il venait de piger à quel point elle était dans la merde. Elle avait dû avoir l'air d'un animal, à boire comme ça. Sûr, elle avait l'impression d'en être un.

— Désolée, avait-elle dit en essuyant sa bouche sale du revers d'une main qui l'était tout autant.

— Non, t'inquiète, avait-il murmuré en s'asseyant sur le lit à côté d'elle.

Les yeux rivés sur ses propres mains immaculées, il regrettait sûrement à mort de l'avoir invitée. Il avait dit vouloir l'aider, c'est sûr. Mais jouer en marge de sa vie de merde, c'était une chose. Se retrouver au centre de la scène, c'était pas la même.

— Je peux me barrer, tu sais, avait proposé Sandy. (Elle se sentait mal de lui imposer toutes ces saloperies.) Je t'en voudrais pas. J'ai pas envie que tu te sentes, genre, indispensable.

Aidan lui avait pris des mains la bouteille de limonade – sa troisième – et avait bu une gorgée avant de la lui repasser.

— Oh, je ne suis pas indispensable, avait-il répliqué en se tournant vers elle. Je suis vital, oui, putain.

Le lendemain matin, quand il l'avait embrassée pour lui dire au revoir en partant au lycée, elle savait que c'était peut-être la dernière fois qu'elle le voyait. Que peut-être même ce serait mieux ainsi. Pourtant, le plan c'était qu'elle s'éclipse plus tard, une fois la mère et le frangin d'Aidan partis, et ensuite elle était censée le retrouver après les cours.

— À plus, avait-il lancé. Je t'enverrai un texto.

Ça avait fait une différence qu'Aidan soit là. Mais quand on est pris dans un cyclone d'emmerdes, la question n'est pas de savoir si la situation va partir en vrille, mais quand. Le moins qu'elle pouvait faire c'était de protéger Aidan des projectiles.

Après son départ, Sandy avait sorti de son sac à dos le journal intime de Jenna et s'était allongée par terre, coincée derrière le lit, en priant pour que la mère d'Aidan ne vienne pas retourner la piaule en quête de drogue ou autre alors qu'elle y était planquée. Jenna lui avait déjà raconté une partie de ce qui était consigné dans son journal, assez pour savoir exactement comment toute cette histoire à la con allait se terminer. Assez pour jurer que rien de ce qu'elle lirait ne pourrait aggraver les choses. Erreur de débutante. Avec Jenna, le pire était toujours possible.

Et si Jenna avait décidé qu'elle ne pouvait plus supporter ses souvenirs ? À la fin de sa lecture, Sandy ne pensait qu'à ça. Et si leur venue à Ridgedale avait été un moyen pour sa mère de trouver une fin plutôt qu'un nouveau départ ? Non, Sandy ne croyait pas plus à cette théorie qu'elle ne croyait que Jenna s'était fait la malle. Et peut-être que ça faisait d'elle quelqu'un d'aussi con que tous ceux qui étaient tombés dans le panneau de sa mère. Mais elle n'y croyait pas – elle s'y refusait.

Un souvenir lui était alors revenu comme un flash : elle et Jenna en train de danser. Elle avait dix ans à peine, elles étaient dans leur appart miteux de Camden, celui avec la cuisinière où un seul brûleur fonctionnait et cette putain de traînée de moisissure verdâtre sur le mur du salon. Ce jour-là, le soleil brillait tellement fort par la fenêtre que leur taudis avait presque une bonne tête, surtout avec Jenna qui essayait de lui apprendre le cha-cha-cha. Jenna, ses cheveux noirs remontés sur le dessus du crâne, une cigarette coincée entre ses lèvres rouges, moulée dans ses leggings élimés, balançait les hanches d'avant en arrière en essayant de diriger Sandy.

Sandy ne se rappelait pas grand-chose de son enfance, mais l'accroc qui avait eu lieu avant cette séance de danse se détachait, parce qu'il avait totalement éclipsé son dixième anniversaire. Son entrée dans le monde des nombres à deux chiffres avait été complètement noyée dans les trois jours successifs où Jenna était restée dans son pieu à pleurer toutes les larmes de son corps, malgré les ravitaillements incessants de Sandy en soda light, en pinard, et en Curly. Un type – un autre type pareil à tous les autres types – lui avait brisé le cœur. Mais venu ce fameux après-midi – Sandy avait alors dix ans et quatre jours –, elles avaient dansé. Et Sandy avait compris qu'elles s'en étaient de nouveau sorties. Pour cette fois.

— T'as pigé! T'as pigé! s'était écriée Jenna avec ravissement quand Sandy avait réussi à suivre le mouvement. Regarde-toi! C'est ça!

Jenna avait eu l'air tellement heureuse alors qu'elles dansaient, le son monté à fond, sur un album de Kid Rock carrément pas adapté au cha-cha-cha. Heureuse à exploser. C'était tout Jenna, ça : au fond du trou un jour, au septième ciel le lendemain.

Jenna n'aurait pas pu se suicider. Impossible. Elle rebondissait toujours. Et elle rebondissait fort. Elle était peut-être revenue à Ridgedale en quête de quelque chose ou de quelqu'un, Tex, si ça se trouve. S'il avait pris soin d'elle à l'époque, Jenna pensait peut-être qu'il recommencerait. *Ça oui*, Sandy l'imaginait très bien : Jenna qui les traînait dans ce bled parce qu'elle avait l'idée tordue que son chevalier à l'armure rutilante serait encore dans le coin après toutes ces années, attendant de la sauver une bonne fois pour toutes.

— Sandy?

Elle leva la tête : une femme se tenait devant son box. Jolie, la peau pâle, de longs cheveux roux bouclés. Molly avait l'air sympa, normale. Comme une mère ordinaire, mais pas dans un sens négatif. C'était Aidan qui avait eu l'idée de lui envoyer un texto la veille au soir. C'était une journaliste, la copine de sa mère. Une personne susceptible de l'aider.

— Ouais, acquiesça-t-elle avec un hochement de tête, beaucoup plus nerveuse qu'elle ne l'aurait voulu.

— Je suis Molly Sanderson.

La femme tendit la main tout en s'asseyant en face d'elle.

— Je ne sais pas si tu t'en rappelles, mais en fait je t'avais contactée il y a quelques mois, quand j'écrivais un article sur le programme de soutien scolaire. Rhea m'avait donné ton numéro.

— Ah oui, c'est vrai, répondit Sandy, même si elle n'en avait aucun souvenir.

Au moins, ça expliquait comment Molly s'était démerdée pour la pister aussi vite.

— Jenna est ta mère, j'imagine ?

Sandy hocha la tête puis haussa les épaules.

— Mais c'est pas le genre de mère habituel.

— Je ne suis pas sûre qu'une telle chose existe, dit Molly.

C'était sympa, elle n'était pas obligée.

— Donc tu disais qu'elle avait disparu ?

— Elle a quitté le *Blondie's* après son boulot il y a deux jours et elle n'est jamais rentrée à la maison. Elle est un peu paumée. Complètement, même. Mais pas comme ça. Elle m'aurait appelée.

— Je te crois.

Et de fait elle semblait sincère.

— Manifestement, tu es déjà allée voir la police.

— Oui. Le commissaire, Steve. Il était gentil et tout, et il m'a dit qu'il m'aiderait. Mais après j'ai trouvé ça chez lui.

(Elle posa le collier sur la table et le fit glisser jusqu'à Molly.) Il est à ma mère. Elle ne l'enlève jamais.

La journaliste s'en empara, l'air inquiète.

—Qu'est-ce que tu faisais chez lui ?

—Je ne suis pas entrée par effraction ni rien. (*Je fouillais juste dans ses affaires pour lui faucher des médocs.*) Je connais sa fille.

—Ta mère aurait-elle une raison de connaître Steve ?

—Je ne crois pas, à moins qu'il l'ait arrêtée. Ce ne serait pas impossible, sauf qu'elle ne m'en a jamais parlé. Or elle l'aurait fait. Elle me dit tout. Et pourtant il a tiré une tête hyper bizarre quand je lui ai dit son nom.

—Tu as demandé à sa fille ?

—Demandé quoi ?

—Si son père connaissait ta mère.

—Je ne peux pas franchement lui poser de questions en ce moment.

Sandy secoua la tête, essayant d'ignorer la sensation de brûlure dans sa gorge.

—Elle a un peu coupé les ponts.

Elle avait menti en écrivant à Molly qu'elle lui raconterait ce qui était arrivé au bébé. Elle allait tirer de cette journaliste ce dont elle avait besoin, et après cette femme pourrait aller se faire foutre – sans rancune. Ce qui était arrivé à ce bébé était un secret qu'elle emporterait dans sa tombe. Elle ne l'avait même pas raconté à Aidan, qui avait eu la gentillesse de ne pas lui demander comment elle pouvait bien savoir ce qui était arrivé au crâne de ce mioche.

—Tu pourrais aller voir un autre service de police, tu sais, suggéra Molly comme si elle essayait vraiment de l'aider. La police d'État, peut-être.

—Impossible.

Sandy secoua la tête. Elle n'avait plus qu'à espérer que cette femme lâcherait l'affaire.

334

— Enfin, c'est *vraiment* impossible. Croyez-moi.

— D'accord, rétropédala Molly, au soulagement de Sandy. Laisse-moi juste réfléchir un instant.

Elle contemplait la table. Quand elle releva les yeux, elle croisa les bras, le visage plus dur.

— Je vais le faire. Je vais lui demander pourquoi il avait ce collier. Et s'il n'a pas de réponse satisfaisante à me donner ou qu'il ne s'est pas assez démené pour trouver ta mère, j'irai moi-même voir la police d'État. Nous trouverons le moyen de découvrir ce qui lui est arrivé, Sandy, je te le promets.

Elle se pencha et posa une main sur la sienne. Et voilà que Sandy avait de nouveau les larmes aux yeux – sérieux ? Il suffisait de ça ? Qu'une meuf sympa, l'air normale, lui témoigne un peu d'attention, pour qu'elle s'effondre complètement ?

— D'accord, répondit Sandy avec un hochement de tête.

Et c'est tout ce qu'elle parvint à articuler. Elle se tourna vers la fenêtre.

— Mais, Sandy, qu'importe ce qui est arrivé à ce bébé – et je ne dis pas que c'était toi –, peu importe qui, peu importe comment, c'est le genre de chose qui ne s'efface pas comme ça, même si on le veut de toutes ses forces. Et plus on essaie de le refouler, plus ça remonte violemment à la surface. Je parle d'expérience, ajouta-t-elle d'un air triste. Cela pourrait t'aider, de te confier à quelqu'un. Je pourrais être cette oreille, Sandy. Je suis avocate – du moins je l'étais. Je peux être la *tienne* dans le cadre de cette affaire. Comme ça, personne ne pourra m'obliger à révéler ce que tu me confieras. Tu n'as qu'à dire que tu veux que je sois ton avocate.

— Je veux que vous soyez mon avocate.

Mais ce n'était pas ce qu'elle pensait. Elle pensait : *Je veux que vous soyez ma mère.*

Sandy n'avait pas voulu aller chez Hannah pour leur séance de tutorat. Elle avait espéré ne jamais être obligée de voir l'endroit où elle vivait, de sentir tout cet amour douillet qui suintait des murs. Seulement, Hannah lui avait dit qu'elle était coincée chez elle à surveiller son frère. Elle lui avait proposé de repousser leur rendez-vous, mais Sandy n'était pas prête pour l'interro de maths, or si elle ne s'entraînait pas, si elle n'avait pas l'air de s'être donné du mal, Rhea serait mortifiée.

En gros, la baraque avait été le cauchemar redouté. Rien de chicos comme chez Aidan, mais gai comme c'était pas permis. Listes de trucs à faire, plannings de corvées, articles de journaux customisés par des Post-it et du surligneur. Il y avait aussi un de ces fameux calendriers personnalisés avec des photos d'Hannah et de Cole et un grand cercle rouge autour du 31 mars : « Récital d'Hannah ! »

— Mes parents ne rentreront pas avant au moins une heure et demie, et Cole regarde la télé. Si ça te va, on pourrait travailler ici, à la table de la cuisine ? Au cas où il aurait besoin de quoi que ce soit ? (Hannah avait déplacé une pile de sets de table et un petit vase de fleurs avant de laisser tomber ses livres au centre de la table.) Tu veux un truc à boire ou autre chose ?

— C'est bon, merci, avait répondu Sandy.

Elle voulait juste en finir le plus vite possible et se tirer d'ici. Parce qu'elle avait un mal de chien à respirer dans cette baraque. Chaque fois qu'elle restait trop longtemps dans un lieu trop normal, c'était toujours la même chose. L'impression qu'on lui broyait la poitrine dans un étau.

Elles avaient commencé depuis une demi-heure quand Hannah était allée voir si tout allait bien pour son petit frère.

— Je reviens tout de suite, avait-elle dit. Fais ces problèmes en attendant.

Mais Hannah était partie des *plombes*. Assez longtemps pour que Sandy résolve tous les problèmes et poireaute encore une éternité après. Elle avait tendu l'oreille pour voir si elle entendait Hannah parler à son frère, mais seul lui parvenait le bruit de la télé. Ce n'est que lorsqu'elle avait regardé son téléphone qu'elle s'était rendu compte que plus de quinze minutes s'étaient écoulées. Il fallait qu'elles terminent avant le retour des parents d'Hannah. Accepter d'être chez sa tutrice, c'était une chose, mais jamais elle ne pourrait supporter de bavarder avec ses darons.

Au bout d'encore quelques minutes, Sandy n'avait plus eu le choix. Il fallait aller chercher Hannah. Et, même s'il n'y avait rien de catastrophique à ce que Cole la voie, elle espérait ne pas avoir à lui parler non plus.

Elle avait discrètement jeté un coup d'œil dans le salon : le gamin pionçait, étendu de tout son long sur le canapé, lumière éteinte, télé allumée. Hannah n'était nulle part en vue. Où était-elle passée, bordel ? Sandy avait fait tout le tour du rez-de-chaussée. Elle l'aurait bien appelée, mais elle ne voulait pas réveiller le gosse. Et puis elle détestait se trimballer dans des pièces où elle n'avait pas été explicitement invitée. S'il y avait un vol, qui c'est qu'on accuserait, hein ?

Elle avait enfin aperçu une porte avec de la lumière en dessous. Les chiottes.

— Ça va ? avait-elle lancé en frappant doucement au battant.

Hannah n'avait pas répondu, mais Sandy entendait ce bruit à l'intérieur : « pom, pom, pom ».

— Hannah ? Qu'est-ce que tu fous là-dedans ? Je vais bientôt devoir décoller.

« Pom, pom, pom », silence. « Pom, pom, pom ».

— Hé ho ? s'était-elle écriée plus fort devant l'absence de réponse. Bon Dieu. Je vais ouvrir, OK ?

Elle avait tourné la poignée, s'attendant à ce qu'elle soit verrouillée. Auquel cas elle se serait contentée de partir, avant le retour des parents. Mais la porte n'était pas fermée à clé.

Sandy avait lentement poussé le battant, s'attendant à ce qu'Hannah lui crie d'arrêter, qu'elle avait besoin d'un peu d'intimité. Qu'elle allait sortir dans une minute.

Pas de cri, pas d'Hannah. Rien à part ce « pom, pom, pom ».

Sandy avait d'abord vu la flaque de peinture rouge pétant. Elle était sur le carrelage blanc, provenant de derrière la porte. Elle en avait vu sur la cuvette, aussi, en ouvrant davantage. Encore plus de peinture. Sur plus de carrelage. Mais bordel, pourquoi y avait de la peinture partout ? Hannah peignait un truc ?

Pas de la peinture. C'est pas de la peinture. Sandy avait pensé ces mots avant même d'en comprendre le sens. *Pas de la peinture.* Elle avait encore poussé la porte. Il y en avait toujours plus, du rouge partout, sur tout.

Du sang.

C'est du sang.

Et puis elle avait vu Hannah, accroupie dans le coin derrière la porte, nue de la taille jusqu'aux pieds, qui se balançait si fort que ses coudes n'arrêtaient pas de cogner contre le mur carrelé derrière elle : « pom, pom, pom ». Blanche comme un linge, le regard vide, elle serrait convulsivement ses poings ensanglantés. Et là par terre à côté d'elle, il y avait un pâté de sang grumeleux et un autre truc enroulé.

Et relié à ce truc il y avait un machin qui ressemblait à un bébé, sauf que c'était violacé. Couvert de sang, l'aspect cireux. Ça bougeait pas.

— Putain de Dieu ! s'était écriée Sandy en se précipitant vers Hannah, glissant sur le sol maculé de sang.

Elle s'était rattrapée au porte-serviettes, qu'elle avait failli arracher du mur.

— Hannah, que s'est-il passé ?

Hannah continuait à se balancer.

— Ça va ?

— J'ai essayé de retirer le cordon de son cou, avait-elle fini par murmurer. J'y suis arrivée. J'ai réussi. Mais c'était tellement... Mes doigts n'arrêtaient pas de...

Elle avait regardé dans le vague.

— ... glisser. Mais elle a été vivante l'espace d'une minute.

Hannah avait levé la tête vers Sandy, partagée entre émerveillement et horreur.

— Elle a ouvert les yeux. Elle m'a regardée.

— Il faut appeler une ambulance, avait répliqué Sandy en contemplant ses chaussures trempées de sang.

— Elle va me tuer.

Hannah s'était brusquement plaqué une main sur la bouche. Comme si l'idée de sa mère venait juste de lui traverser l'esprit.

— Elle va me tuer. Elle va me tuer. Elle va me tuer.

— Mais tu saignes, avait protesté Sandy, un doigt pointé vers le sol, les mains tremblantes. Et le...

Elle voulait dire «bébé», mais un coup d'œil à sa peau violacée suffisait à savoir que, s'il avait jamais été en vie, on ne pouvait strictement plus rien faire pour lui.

— Elle va me tuer.

Hannah avait fait une embardée vers Sandy et lui avait agrippé les poignets. Elle ouvrait des yeux gigantesques.

— S'il te plaît, il faut que tu m'aides. Elle va me tuer.

Sandy avait des questions plein la tête. Hannah savait-elle qu'elle était enceinte? L'avait-elle caché exprès? Avait-elle invité Sandy chez elle parce qu'elle savait qu'elle allait accoucher? Qui était le père, bordel? Et ses conneries de je-me-préserve-pour-le-mariage, alors? Tout ça c'était bidon.

Cela dit, les bobards, Sandy, ça la connaissait. Cette façon étrange qu'ils avaient de ressembler trait pour trait à la vérité. La peur aussi, ça la connaissait, ce sentiment d'être si seul qu'on voudrait disparaître. Elle avait regardé le carrelage ensanglanté. Puis de nouveau Hannah, une fille qui avait toujours été super sympa avec elle. Qui avait essayé de l'aider quand la plupart des gens ne s'étaient jamais donné cette peine. Hannah n'était pas forte. Elle était incapable de gérer ça toute seule. Et puis elle avait raison pour sa mère : elle allait la tuer.

Mais Sandy, elle, elle pouvait le faire. Elle pouvait balayer tous ces morceaux brisés. Elle pouvait nettoyer les dégâts d'une autre, comme elle l'avait déjà fait un millier de fois pour Jenna. Alors elle avait pris une petite inspiration et dégluti tout ça : la peur, le sang, le vrai bébé humain mort par terre, à quelques centimètres d'elle.

— On va avoir besoin de serviettes dont ta mère ne remarquera pas la disparition. Montre-moi où elles sont. Et un sac dont tu peux te débarrasser. Du sopalin et des produits ménagers. Tu devrais aller prendre une douche.

Elle avait regardé l'heure sur son téléphone déjà maculé de sang.

— On n'a pas beaucoup de temps.

C'est seulement une fois qu'elle eut presque fini de tout nettoyer qu'elle vit le petit frère d'Hannah planté juste derrière elle. Elle n'avait pas la moindre idée du temps qu'il avait passé là ni de ce qu'il avait vu exactement.

— Désolée d'avoir fait tout ce bazar, lui avait-elle dit.

Parce qu'il fallait bien dire un truc.

Il n'avait pas prononcé un mot. Il s'était juste fondu dans l'obscurité, et il avait disparu.

Sandy s'était carapatée avec toute cette mort autour du cou. Elle avait sauté sur son vélo et filé comme le vent. Ce qu'elle avait oublié de prendre en compte, c'était la pluie. Et comment le sac de marin qu'Hannah lui avait fourgué – bien trop gros pour son dos et plus lourd qu'elle l'aurait cru – la déséquilibrerait à mort. Or elle ne pouvait pas franchement se permettre de traîner. Pas si elle voulait s'en sortir. Car s'il y avait des choses que Sandy avait vues et faites dans sa vie, des choses auxquelles une fille comme Hannah n'aurait jamais survécu, ça, c'était une première. Hors catégorie.

Cela dit, elle savait depuis longtemps qu'on pouvait mettre un couvercle sur les trucs qu'on ne voulait pas voir devenir une partie de nous : ta mère à poil à califourchon sur un soûlard, le gars le plus populaire de ta classe de quatrième qui raconte à tout le monde que t'as le SIDA, tenir la tête de ta mère au-dessus des chiottes pendant qu'elle gerbe. On ne peut pas se débarrasser complètement de ces images, mais elles ne suintent pas forcément, mélangées au reste. Elles ne deviennent pas forcément une partie de nous.

Alors Sandy avait foncé tête baissée. Et elle avait essayé d'ignorer son dos qui semblait hyper trempé sous le sac, en espérant que ce n'était pas le sang qui transperçait. Après dix minutes, peut-être quinze, elle était arrivée. Prête à faire un truc qu'elle ferait tout pour oublier.

Au moins elle avait su où aller. Un endroit que, grâce à Jenna, elle savait sombre et tranquille, un endroit capable de garder un secret. Un endroit où personne ne verrait foutre rien.

Le temps qu'elle négocie le dernier virage en direction d'Essex Bridge, il pissait dru, mais son vélo lui semblait stable, ses jambes fortes, elle était presque arrivée. C'était presque fini. Et après, elle ferait comme si rien de tout ça n'avait jamais eu lieu. Malgré les trombes d'eau, elle s'était mise à pédaler plus fort dans la descente de la dernière colline, comme si en pédalant suffisamment fort elle aurait pu s'envoler.

L'animal avait surgi de nulle part : un tamia, un écureuil, un opossum. Une ombre, peut-être. Trop sombre pour être sûre. Trop tard pour s'arrêter. Définitivement trop tard pour rectifier le tir. Trop tard pour rester sur son vélo. Le reste s'était déroulé au ralenti, le vélo volant d'un côté, elle de l'autre. Et pendant tout ce temps elle n'avait pensé qu'à une chose : *Ne lâche pas le sac.*

Et elle n'avait pas lâché, malgré la douleur cuisante dans son genou et son bras. Mais le sac s'était retrouvé coincé sous elle dans sa chute et sa glissade : elle l'avait écrasé de tout son poids. Avec le bébé à l'intérieur. Ce n'est que lorsqu'elle s'était relevée, couverte de sang – le sien et peut-être celui du bébé –, qu'elle avait compris : certaines choses sont tellement horribles que même le plus solide des couvercles ne peut pas les contenir.

Toute cette flotte avait eu un seul avantage. Elle avait facilité le creusage du trou. Pas un trou assez gros pour le sac et les serviettes. Juste le bébé. Parce que Sandy n'avait que ses mains nues. Maintenant, avec le recul, cette terre si molle, si meuble, juste là à côté de la berge de ce ruisseau, c'était bien le dernier endroit où elle aurait dû planquer un truc qu'elle aurait voulu enfoui à jamais.

Molly avait dû se lever et venir s'asseoir à côté d'elle sur la banquette pendant qu'elle parlait.

—Ça va aller, dit-elle en se penchant pour l'enlacer. Je te le promets.

Molly la serra dans ses bras, et seulement alors Sandy se rendit compte qu'elle tremblait. Et qu'elle pleurait comme une madeleine.

JENNA *12 JUIN 1994*

Si j'avais un flingue, je me buterais. Mais j'ai pas de flingue. Pas un seul médoc. Et je supporte pas la vue du sang.

Parce que ce que j'arrête pas de revoir en boucle c'est Deux-Six qui m'arrache ma culotte. Et tout ce que j'arrête pas d'entendre c'est le Capitaine qui dit « Vas-y, prends-là », après avoir soulevé ma jupe pour montrer mon cul à Deux-Six comme si j'étais une putain de vache.

Le Capitaine ne me tenait pas encore par-derrière. J'imagine qu'il se disait que je serais peut-être d'accord. Voire partante. Deux mecs à la fois, tout au fond des bois. Il avait passé la soirée à faire allusion au fait que je pourrais baiser avec Deux-Six, il disait que son pote était déprimé et qu'il méritait de prendre du bon temps. Et puis ils étaient méchamment bourrés. On était tous complètement HS.

Après le Capitaine a fait : « Non, je plaisante pas, je veux que tu le laisses le faire. » Moi j'ai répondu : « Putain, y a pas moyen. » Et alors il m'a fait : « T'as couché avec combien de types ? Un de plus, qu'est-ce que ça peut foutre ? »

Et j'ai failli lui répondre : Un seul – TOI. Tu es le seul type avec qui j'ai jamais couché. Mais j'ai pas voulu lui donner cette satisfaction.

Non, je l'ai giflé. Et c'est peut-être ça qui a déclenché le bordel. Parce qu'il s'est passé ce truc avec le visage du Capitaine. Comme si on avait éteint la lumière. Comme si ses tripes s'étaient répandues juste devant moi.
Alors là il m'a chopée par-derrière et il a soulevé ma robe jusqu'en haut, tellement haut que j'avais même les nibards à l'air devant tout le monde. Mais je m'attendais encore à ce qu'il reprenne ses esprits. Qu'il dise à Deux-Six: Non, mec, laisse-la partir. Surtout quand je me suis mise à gueuler, puis à chialer. Il a eu beau me plaquer une main sur la bouche, on m'entendait encore. Mais il n'a pas demandé à Deux-Six d'arrêter. Personne ne le lui a demandé. Personne n'a moufté.

Molly

— Je peux te déposer quelque part ? demandai-je à Sandy quand nous fûmes sorties de chez *Pat's*.

— J'ai mon vélo, répondit-elle en désignant celui qui était appuyé contre la façade du restaurant.

Le vélo. J'avais essayé de ne pas me représenter la scène, mais à présent elle se jouait là, dans ma tête : le corps de Sandy qui volait, le sac en bandoulière sur son dos avec son impensable chargement. Cette chute expliquait tout de « l'état » suspect du corps du bébé. Et pourtant elle se déplaçait *encore* avec cet engin ? Elle n'avait probablement pas le choix. Il n'y avait sûrement pas de deuxième voiture garée dans son allée. Mais nom de Dieu ! Difficile de croire qu'elle tenait encore debout après l'épreuve qu'elle avait traversée. Après ce qu'elle traversait encore, avec la disparition de sa mère.

J'avais aussi pensé à Steve. Et à Barbara. J'avais cru que je ressentirais une espèce de satisfaction à l'égard de cette dernière : *Voilà le fruit de tes jugements.* Pourtant, tous ne m'inspiraient que pitié.

— Je pourrais te ramener chez toi, proposai-je sans lâcher le vélo des yeux. On pourrait le mettre dans le coffre de ma voiture.

Ou le balancer.

— Ouais, répondit Sandy sans avoir l'air d'accord.

Elle regardait au loin les voitures qui filaient sur la Route 33.

—On est, euh… un peu à cheval entre deux endroits en ce moment.

—Oh.

Ça n'augurait rien de bon.

—Où as-tu dormi hier soir ?

—Chez mon copain Aidan, répondit-elle. (Puis aussitôt ses yeux s'agrandirent d'effroi.) Merde, j'avais oublié que vous connaissiez sa mère. S'il vous plaît, ne lui dites rien. Je ne veux pas causer de problèmes à Aidan.

—Je ne lui dirai rien. Bien sûr que non.

Elle se tourna pour s'emparer de son vélo, et c'est alors que je la vis qui dépassait de la manche gauche de son tee-shirt : la tige épineuse d'une rose. *La fille fleur.*

C'était *elle* la personne que Stella avait cachée : Sandy. Pas parce que c'était la mère du bébé mort ni pour protéger Aidan. Non, elle avait honte que son fils ait choisi *cette* fille.

—Et si tu venais chez moi pour le moment ? proposai-je.

Il était hors de question que je la laisse retourner chez Aidan. Dieu seul savait ce que Stella dirait si elle trouvait Sandy sous son toit.

—Plus tard je pourrai t'emmener ailleurs, si tu veux. Tu as d'autres affaires à récupérer ?

Elle n'avait pour tout bagage qu'un petit sac à dos.

—Il y a deux cartons, répondit-elle après un petit temps de réflexion.

J'étais soulagée qu'elle ne rechigne pas, cependant elle n'avait pas l'air enchantée. Elle se trémoussait, mal à l'aise, évitant de croiser mon regard.

—Je les ai laissés à notre ancien appartement. J'imagine que je ferais mieux d'aller les récupérer.

—Bon, alors allons-y, lançai-je, dans l'espoir que cet élan l'empêcherait de changer d'avis.

Sandy faisait rouler son vélo vers ma voiture quand elle reçut un texto. J'observai son visage qui se crispait à la lecture du message.

— C'est le père d'Hannah, finit-elle par annoncer. Je crois qu'il m'a envoyé plusieurs textos cette nuit. Je ne les ai pas lus parce qu'ils étaient envoyés avec le portable d'Hannah. Je croyais qu'ils étaient d'elle et j'ai juste... J'avais besoin d'une pause. Apparemment, Hannah est introuvable.

— Tu sais où elle est ?

— Je ne suis pas sûre qu'*elle-même* le sache. Un jour ou deux après la naissance du bébé, elle a commencé à raconter que c'était le mien, et elle se comporte comme ça depuis, expliqua-t-elle, les yeux rivés sur son téléphone. Attendez, peut-être que... Elle est peut-être descendue là où... au ruisseau. Je lui ai téléphoné ce soir-là, après m'être débarrassée du sac et des serviettes dans une benne à ordures derrière le centre de bronzage *Highlights*. C'était le seul endroit à proximité.

Sa voix s'éteignit, elle se mit à regarder dans le vide, comme en proie au souvenir.

— Je ne lui ai pas dit que j'étais tombée ni rien, juste que le ruisseau était l'endroit où je... où était son bébé, ajouta-t-elle en secouant la tête. Bref, à mon avis il y a des chances qu'elle y soit déjà allée. Une fois, j'ai reçu un texto bizarre dans lequel elle me disait à quel point c'était beau. Elle ne m'a pas précisé de quoi elle parlait et je ne le lui ai pas demandé. J'ai reçu tellement de messages étranges d'elle. Je n'avais pas envie d'en savoir plus. Je voulais juste qu'elle se souvienne.

— Peut-être que c'est enfin ce qui s'est passé. Il faut que tu dises à Steve où elle est, Sandy.

— Je sais, dit-elle en tapant déjà une réponse.

Elle m'indiqua comment aller aux Ridgedale Commons, une barre d'un étage particulièrement déprimante, qui ressemblait aux motels miteux devant lesquels on passe sans s'arrêter, préférant de loin conduire toute la nuit. Je me garai le long du trottoir en face, peinant à croire qu'on était encore à Ridgedale.

— Je reviens tout de suite, lança-t-elle en ouvrant la portière avant même que la voiture soit complètement arrêtée.

— Tu es sûre que tu n'as pas besoin d'aide?

— Oui, oui, répondit-elle alors qu'elle s'éloignait à la hâte. Il n'y a pas grand-chose.

Je la regardai, silhouette sèche et musclée, traverser la pelouse jaunissante en direction d'un escalier qui flanquait l'immeuble. Elle jeta un regard coupable autour d'elle avant de s'accroupir et de tendre les bras sous la cage d'escalier. Ses cartons n'étaient pas «dans» son ancien appartement, ils étaient cachés sous l'escalier du bâtiment. C'était insoutenable. Je déglutis la boule qui remontait dans ma gorge. À son âge, ma situation avait été critique, mais pas à ce point.

— Vous croyez que, euh, je pourrais prendre une douche? me demanda-t-elle une fois chez moi.

Nous étions dans la petite chambre d'amis au lit excessivement douillet, aux teintes bleues et orange particulièrement tendance.

— Bien sûr, oui.

J'étais soulagée: le temps qu'elle se douche, je pourrais reprendre mes esprits. Vouloir lui porter assistance avait été très facile, mais, mise devant le fait accompli, je me sentais dépassée, mal préparée.

— Je vais aller te chercher des serviettes.

À mon retour, Sandy était plantée pile là où je l'avais laissée, bras croisés, comme si elle avait peur qu'on lui reproche d'avoir cassé quelque chose. Je lui tendis une pile de serviettes exagérément moelleuses. Tout ce qu'on avait me semblait soudain démesuré, ampoulé. Comme si je surcompensais.

— Il y a du shampoing et tout ce qu'il faut dans la salle de bains, si besoin.

— Merci, répondit-elle, figée au centre de la pièce, cramponnée à mes serviettes. Je me dépêche.

— Prends ton temps. Je vais appeler d'autres hôpitaux de la région.

J'avais aussi l'intention d'appeler le bureau du légiste afin de m'assurer qu'il n'y avait là-bas aucune Jane Does, mais il n'y avait pas de raison de le dire à Sandy.

— Je peux te poser une dernière question ?
— Ouais, pas de problème.

On aurait dit qu'elle se préparait à ce que je mette le feu au pont que j'avais si précautionneusement construit entre nous.

— Tu n'es pas obligée de me répondre si tu ne veux pas, précisai-je en m'appuyant contre le chambranle de la porte. Mais Hannah t'a-t-elle jamais confié qui était le père ?

Cela me paraissait injuste qu'il se tire à bon compte de cette affaire, surtout s'il était au courant de la grossesse d'Hannah.

— Non, dit-elle en secouant la tête. Mais possible que ce soit un étudiant.

— Qu'est-ce qui te fait dire ça ?

Elle haussa les épaules.

— Elle voulait toujours aller au *Black Cat* pour bosser. Parfois on aurait dit qu'elle attendait de voir quelqu'un. Elle était aux aguets, vous voyez.

Elle secoua de nouveau la tête, presque en colère.

— Avant ce fameux soir, elle m'avait raconté qu'elle se préservait pour le mariage. Mais je crois que c'était plus un délire de sa mère. Et puis l'an dernier elle a suivi des cours au campus. C'était dans le cadre d'un programme pour super intellos dont elle faisait partie. C'est peut-être là qu'elle l'a rencontré.

Merde. Le programme d'échange avec le lycée, supervisé par le doyen des étudiants de l'université de Ridgedale, Thomas Price.

— Le soir où elle a eu le bébé – avant qu'elle oublie que c'était le sien –, elle m'a confié tous les trucs qu'il lui avait donnés, des cartes et je sais pas quoi. Au cas où ses parents découvriraient le pot aux roses, j'imagine, et qu'ils fouilleraient sa chambre. J'ai rien regardé, mais j'ai tout conservé.

Elle désigna les cartons empilés contre le mur de la chambre d'amis.

— Elle ne m'a jamais demandé de les lui rendre. Peut-être qu'elle a oublié le type quand elle a oublié que c'était son bébé. J'aurais probablement dû essayer de la secouer pour qu'elle sorte de ce délire. Mais j'avais peur. Vous savez, comme quand on vous dit qu'il ne faut jamais réveiller un somnambule.

— Tu as pris la bonne décision, Sandy, répliquai-je sans hésiter. Tu as fait plus que ce que n'importe qui aurait pu attendre de toi.

D'après Sandy, Aidan avait déjà vérifié s'il y avait une Jenna au CHU de Ridgedale, mais, connaissant Aidan, je rappelai, juste au cas où. Je m'attendais à ce que les démarches pour se renseigner là-bas et dans les quatre autres hôpitaux proches soient laborieuses, avec tout un tas de transferts vers les services concernés, suivis par de longues périodes d'attente le temps que les infirmières listent les caractéristiques de leurs patients non identifiés puis les comparent avec ma description de Jenna. Pourtant, en l'espace de dix minutes, j'avais déjà établi que seuls deux hôpitaux avaient un patient anonyme : tous les deux des hommes, tous les deux âgés. Manifestement, les véritables Jane Does ne couraient pas tant les rues que ça. J'appelai ensuite le secrétariat du légiste : pas de victime non identifiée non plus. Peut-être cela aurait-il été différent à New York, mais à Ridgedale, de toute évidence, les gens ne restaient pas anonymes longtemps, pas même un bébé. Bientôt, tout le monde saurait de qui il était.

Lorsque je raccrochai après mon dernier appel, mes yeux s'arrêtèrent sur le journal intime de Jenna, posé sur le bord de la table de la salle à manger. Sandy l'avait couvé des mains très longtemps avant de me le laisser. Elle m'avait conseillé de le lire, disant qu'il y avait une chance que ça nous aide à retrouver Jenna, mais j'avais bien vu qu'une part d'elle n'avait pas envie que je m'y plonge. Qu'elle aurait probablement elle-même préféré ne l'avoir jamais lu.

Il ne me fallut pas plus de quelques pages pour comprendre ce qui serait la partie la plus pénible de ces confessions : l'espoir de Jenna. Quand j'eus terminé, je compris pourquoi Sandy avait choisi cet endroit dans les bois. Et je compris qu'Harold, en dépit de son instabilité manifeste, ne s'était pas trompé sur ce qu'il avait vu. Il avait juste eu tort en affirmant que les deux apparitions sorties du ruisseau étaient la *même* jeune femme : un fantôme revenu vingt ans plus tard. En réalité, il s'agissait de la mère et de la fille.

Le bracelet que j'avais troqué avec lui. Je l'avais complètement oublié. Il était toujours dans ma poche de manteau, espérais-je. J'étais tellement contente de ne pas l'avoir jeté. Pourtant ça m'avait démangée après avoir raccroché avec Steve dans un silence gêné.

Je me dirigeai vers la patère à côté de la porte du salon et plongeai la main dans ma poche. Bingo, le bracelet était toujours là, avec cette inscription : « Pour J.M. À jamais, Tex. »

— Hum, hello.

Je levai les yeux du bracelet : Sandy était là, enveloppée dans une serviette, ses cheveux noirs mouillés peignés en arrière lui dégageant le visage. Comme ça, sa beauté était encore plus saisissante. Elle était véritablement magnifique. Sa mère avait dû l'être aussi.

— Est-ce que, euh, je pourrais vous emprunter des vêtements ? Je crois qu'il faut que je lave les miens. Si ça ne vous embête pas.

— Bien sûr.

Je me précipitai. Des vêtements : tangible, direct, simple. Voilà une aide que je pouvais apporter.

— Viens dans ma chambre, on va voir ce qui pourrait t'aller.

Tandis que nous roulions en direction de la bibliothèque municipale pour y rechercher les annuels du lycée de Ridgedale, Sandy ressemblait à n'importe quel autre ado riche de la ville dans mon jean et mon tee-shirt coûteux. L'annuel me paraissait notre meilleure chance – voire la seule – de découvrir les véritables patronymes correspondant aux surnoms mentionnés dans le journal intime de Jenna. C'était une piste un peu maigre, mais c'était la seule que nous avions.

Je voulais avoir davantage de biscuits avant de me confronter à Steve. J'avais promis à Sandy de l'interroger au sujet du collier de Jenna, et j'y comptais toujours. Mais cela reviendrait à l'accuser implicitement. Si j'étais prête à m'engager aussi loin pour Sandy, une part de moi espérait malgré tout que ce ne serait pas nécessaire. Que nous découvririons qui étaient ces garçons dont parlait Jenna dans son journal. Que nous les trouverions, désormais adultes, et qu'ils nous conduiraient d'une façon ou d'une autre à elle sans que j'aie besoin de demander quoi que ce soit à Steve.

Sandy et moi nous installâmes à une grande table dans le fond avec les annuels que le bibliothécaire avait rassemblés pour nous. La pièce était bondée de mères et de jeunes enfants qui attendaient l'heure du conte. Je surpris Sandy à les observer avec un mélange d'incrédulité et d'envie que je connaissais moi-même trop bien. Voire un peu de colère, parce que ça aussi, je connaissais. *C'est ça le genre d'enfance qu'ont les autres gamins? Oui*, songeai-je. *Oui, c'est ça.* Et depuis que j'avais Ella, j'en savais quelque chose.

— Et si tu commençais par ceux-là ? proposai-je en lui passant les années les plus anciennes et donc sûrement les moins pertinentes. Cherche n'importe quelle mention de l'un des surnoms. Tiens, là.

Je désignai un endroit sous le nom d'un élève de terminale dans *L'Annuel de Ridgedale 1994*.

— Il y en a qui légendent leur photo avec.

Hélas, il semblait le seul à l'avoir fait. Le désespoir commençait à me gagner quand j'arrivai aux photos des équipes sportives à la fin du volume : coureurs de fond, joueurs de hockey, joueurs de foot. Chacune avait une photo de groupe officielle et en dessous plusieurs clichés pris sur le vif. Sous les portraits officiels, il n'y avait que le nom complet des joueurs. Sous les clichés instantanés, en revanche, il y avait des surnoms. Beaucoup de surnoms.

Je survolai l'équipe de catch, puis celle de natation et enfin celle de foot. Pas de Capitaine, pas de Tex, pas de Deux-Six. Je passai au basket, scrutant cet assortiment de visages adolescents : les maigrichons, les boutonneux, les pièges à filles. Il y avait des coupes tondeuse, des coupes mulet, une ou deux iroquoises. Hormis les shorts moulants démodés et les tignasses, c'était le même genre de garçons qu'on aurait pu trouver dans n'importe quel annuel actuel, dans n'importe quelle ville, n'importe où dans le pays.

J'étudiai la photo prise sur le vif, floue et surexposée, placée sous celle de l'équipe de basket. Il était impossible de distinguer clairement les protagonistes – leurs visages troubles étaient indistincts –, mais il y avait deux garçons collés l'un à l'autre : le plus petit, soigné, avec une mâchoire carrée et une coupe en brosse, posait une main sur l'épaule du plus grand, cheveux mi-longs et possible belle gueule. En arrière-plan, un ou deux mètres plus loin, se trouvait un gars beaucoup plus costaud, dos aux deux autres, qui mettait un panier. Et en dessous une légende : « Tex humilie Deux-Six et le Capitaine. » Si les visages de ces garçons n'étaient pas assez clairs pour qu'on puisse les comparer avec ceux de la photo de groupe, en revanche leurs numéros, eux, étaient clairs comme le jour.

Le cœur battant, j'examinai la photo d'équipe. Ils étaient là, sur la même rangée, juste au-dessus de leurs noms :

Le Capitaine, numéro 7, c'était Thomas Price. Le garçon que Jenna avait tant aimé et qui l'avait si violemment brutalisée.

Deux-Six, numéro 26, c'était Simon Barton. Le seul garçon qui, cette fameuse nuit, n'était pas sorti des bois vivant.

Et Tex, numéro 15, c'était Steve Carlson. Le garçon dont l'amour avait, plus que tout, effrayé Jenna.

Barbara

Les médecins étaient de retour. Ils avaient un travail à faire, et pour cela ils avaient besoin de place. Mais Barbara n'irait nulle part. Elle était persuadée que le coup fatal surviendrait à la seconde même où elle laisserait Hannah. Que leur fille s'éclipserait pour de bon et que toute la faute lui incomberait.

Telle serait du moins à l'évidence la réaction de Steve. Car il la punissait déjà. Il lui avait à peine adressé la parole depuis qu'il s'était précipité à la recherche d'Hannah. Il lui avait à peine jeté un regard depuis qu'elle était arrivée à l'hôpital, quatre heures plus tôt, où elle l'avait trouvé, le teint gris, complètement trempé, à côté du lit de leur fille.

Comme ça avait dû être facile pour lui de lui faire endosser toute la responsabilité. D'occulter ses propres péchés par omission.

Depuis, elle avait appris les détails, arrachés au forceps à un Steve particulièrement distant. Hannah était dans l'eau quand il avait fini par la trouver au ruisseau, à plat dos, sa chemise de nuit bleue vaporeuse flottant autour d'elle comme un nuage. Ça avait été ses termes, « comme un nuage », lorsqu'il lui avait décrit la scène en ayant l'air de la revivre. Hannah, les yeux clos, était pâle comme la mort. De fait, il était persuadé qu'elle était morte quand il s'était jeté dans le ruisseau – avec une agilité surhumaine, avait dit un officier – afin de la sauver.

Heureusement, elle s'était retrouvée coincée contre des rochers sur un côté de la berge, autrement ils ne l'auraient peut-être pas repêchée à temps. Hypothermie, tel était le diagnostic officiel, et elle n'avait pas encore repris connaissance. Seul le temps révélerait l'ampleur des dégâts, avaient expliqué les médecins. En attendant, ils la réchauffaient lentement en priant pour que tout aille bien. Ils ne pouvaient rien faire d'autre.

La seule chose qui importait à présent, c'était qu'Hannah aille mieux. Mais il était difficile de ne pas penser à ce que les médecins avaient eu tôt fait de découvrir après l'avoir examinée : elle avait accouché récemment. Il y aurait un test ADN – dans l'hypothèse où Hannah ne reprendrait pas conscience pour avouer –, mais Barbara et Steve n'en avaient nul besoin pour savoir la vérité : *ce* bébé avait été celui d'Hannah, pas de Sandy.

— Je ne crois pas qu'elle essayait de se tuer, avait aussitôt clarifié Steve.

Comme s'il voulait empêcher quiconque ne serait-ce que de faire allusion au suicide.

— Alors qu'est-ce qu'elle faisait dans l'eau, Steve ? avait protesté Barbara.

Jusqu'où irait son aveuglement, bon sang ?

— Peut-être qu'elle voulait être près d'elle – du bébé.

— Comme c'est romantique, avait-elle ironisé. Dommage que ça ne lui soit pas venu à l'esprit *avant* de la balancer là-bas.

Elle était censée être inquiète, dans tous ses états. Pas en colère contre Hannah. Et pourtant. Elle était furieuse.

— Pour l'amour de Dieu, Barb, avait aboyé Steve. Laisse tomber.

Comment était-elle censée « laisser tomber » alors que ça n'avait aucun sens ? *Quand* était-ce arrivé, et avec *qui* ? Comment Hannah avait-elle pu dissimuler aussi parfaitement un petit ami – et sa grossesse ? Certes, nombre de gens avaient ignoré la sienne jusqu'à la fin. Avoir un petit ventre était probablement génétique. Et puis ces sweat-shirts stupides. Comme ça avait été pratique que ce soit la façon dont elle s'était *toujours* habillée. On aurait dit qu'elle avait tout prévu depuis le début.

—Allez donc faire un tour, prendre un café, leur enjoignit le médecin le plus âgé, cheveux gris et grosses lunettes de guingois. (On avait expliqué plusieurs fois à Barbara que cet homme insignifiant était le directeur des urgences, mais elle avait du mal à le croire.) C'est important de prendre soin de vous. De rester frais. Hannah aura besoin de vous à son réveil. À l'heure qu'il est, son état est stable, je peux vous l'assurer.

—Désolée, dit Barbara, l'air de penser exactement le contraire.

Elle se cramponnait aux accoudoirs du fauteuil dont elle n'avait pas décollé depuis son arrivée.

—Mais je ne partirai pas.

—Vraiment, madame Carlson, ce serait beaucoup mieux pour Hannah si vous et votre mari pouviez nous laisser un peu de place, répéta le docteur grisonnant. Juste cinq ou dix minutes, vous pourrez revenir aussitôt après.

Ils s'apprêtaient à faire une manipulation que selon eux il aurait mieux valu que Steve et Barbara ne voient pas : changer la poche de colostomie, déplacer les bras et les jambes inertes d'Hannah. Une manipulation qui ferait paraître leur fille dans un bien pire état. Les médecins s'étaient montrés optimistes mais vagues. Que signifiaient les termes « rétablissement » et « reprise de fonctionnement » ? Qu'Hannah redeviendrait à cent pour cent celle qu'elle avait été ? Quelle qu'ait été cette personne, d'ailleurs. Dans tous les cas, il fallait que la température de son corps remonte avant de se perdre en conjectures.

—Viens, lui intima Steve.

Il avait la voix rauque. Rauque d'avoir crié – l'un des officiers témoins de la scène lui avait raconté ça aussi –, crié le nom d'Hannah.

— Ne restons pas dans leurs pattes. Je ne serais pas contre un petit café.

Il lui posa une main sur l'épaule avec une raideur toute professionnelle. À l'hôpital, il s'était comporté comme ça tout le temps : très professionnel.

— D'accord, très bien, se résigna-t-elle, mais pour Steve, pas pour les médecins. Juste une minute, alors.

Elle le suivit en silence dans le couloir qui menait aux ascenseurs. Au lieu d'appuyer sur le bouton du premier étage (et de la cafétéria), il appuya sur le R pour rez-de-chaussée.

— Je croyais que tu voulais un café ?

Il évitait de croiser son regard.

— Allons plutôt faire un tour.

Ainsi elle sortit de l'ascenseur derrière lui sans protester, même si aller faire un tour était bien la dernière chose au monde dont elle avait envie. Se plier à ses desiderata était une offre de réconciliation, même si elle n'avait guère l'impression que ce soit à elle de tendre des rameaux d'olivier.

Les portes de l'hôpital s'ouvrirent en grand et ils marchèrent dans la lumière aveuglante du soleil. Il faisait doux pour la mi-mars, le ciel était d'un bleu surnaturel qui détonnait terriblement avec les circonstances. Steve marchait légèrement devant, plus vite à présent, comme pour essayer d'éviter de potentielles objections. Il se dirigeait vers ces horribles bancs placés face à un carré de pelouse cerné de bâtiments. Un espace paisible destiné à la contemplation tranquille. Pour Barbara, c'était exactement comme la chapelle lugubre de l'hôpital : trop funéraire.

— Ils ont dit « cinq minutes », Steve, lança-t-elle derrière lui.

N'importe où sauf sur ces bancs.

— Je n'ai pas envie d'aller trop loin.

— Ne t'inquiète pas, répondit-il.

Sans ralentir, sans la regarder.

« *Il faut qu'on parle* », avait-il dit plusieurs heures auparavant. Avant la rivière, avant ses vêtements trempés, avant Hannah et tous ces médecins. Barbara était parvenue à complètement effacer cette phrase de sa mémoire, jusqu'à maintenant. Cette phrase – « *Il faut qu'on parle* » – n'augurait rien de bon. Elle le savait d'expérience.

Ce soir-là, il avait fait particulièrement doux pour la saison, on se serait davantage cru en août qu'en juin. Il ne restait qu'une semaine avant la remise des diplômes et, alors que Barbara et Steve s'apprêtaient à entrer dans la vie conjugale, voilà qu'il reculait.

Barbara l'avait surpris de plus en plus souvent à regarder Jenna. Pire, il essayait de moins en moins de le cacher. Presque comme s'il avait envie qu'elle s'énerve au point de rompre avec lui. Et puis ce n'était pas juste le fait qu'il regardait Jenna, le problème. C'était la *façon* dont il la regardait : l'amour, telle était l'expression qui lui collait au visage. Preuve *irréfutable* que Jenna n'était pas la cause de cette attitude distante. Car il n'y avait rien à aimer chez Jenna Mendelson. C'était une pute, purement et simplement. Et voilà que ce pauvre Steve comptait désormais parmi la ribambelle de garçons qui s'étaient laissé séduire par sa marchandise.

Ignorer son œil baladeur avait semblé fonctionner jusqu'à ce fameux soir où il lui avait dit vouloir « parler ». De quoi un adolescent veut-il jamais « parler » avec sa copine si ce n'est de rupture ? Or *ça*, c'était hors de question. Si elle avait une certitude, c'était bien celle-là.

— Salut, toi, avait-elle lancé d'une voix sucrée en montant dans la camionnette Chevrolet cabossée de Steve.

— Salut, avait-il répondu, déjà malheureux.

Ça aussi, elle allait l'ignorer. Elle était prête à s'aveugler au dernier degré s'il le fallait. Steve essayait de saboter leur relation parce qu'il avait peur, mais elle ne se laisserait pas faire. Ils étaient parfaits l'un pour l'autre. Alors ils allaient vivre ensemble, surtout maintenant. Steve allait se ressaisir une fois qu'elle le lui aurait annoncé. C'était un gentil garçon. Il ferait le bon choix.

Elle s'était penchée pour embrasser Steve, assis sur le siège conducteur. Pour l'occasion, elle avait mis une minijupe extra-courte et un de ses tee-shirts les plus moulants, qui étaient tous deux remontés à dessein lorsqu'elle s'était courbée. Après une hésitation, il s'était tourné et l'avait fugitivement embrassée : un carambolage de lèvres plutôt qu'un baiser.

— Je t'avais dit que je n'avais pas envie d'aller dans les bois ce soir, avait commencé Barbara, mais c'est la dernière fête, alors allons-y !

— Ouais, peut-être, avait-il répliqué en se passant le pouce sur le front, les yeux rivés sur le volant. Mais je crois qu'il faudrait qu'on parle d'abord.

Il s'était trémoussé sur son siège. Il n'allait quand même pas *vraiment* le faire, si ? Rompre avec elle, ce soir entre tous ? Il fallait qu'elle lui coupe l'herbe sous le pied. Sinon, ils seraient forcés de vivre à jamais en sachant quel avait été son véritable désir.

— D'accord, Steve, mais moi aussi j'ai une annonce à te faire.

Elle s'était tournée vers la vitre ouverte pour regarder la belle demeure de ses parents, qui deviendrait un jour *leur* belle demeure.

— Je peux parler en premier ?

— D'accord, avait-il répondu après un long silence.

Puis il lui avait pressé le genou d'un geste maladroit qui signifiait : « Soyons amis. »

— Annonce la couleur.

Quelque chose en lui s'était déjà éteint, elle le sentait. Mais ça ne voulait pas dire qu'on ne pourrait pas le rallumer. Elle y arriverait, elle en était sûre. Elle s'était forcée à sourire malgré sa gorge en feu. Elle ne s'était pas imaginé ce moment comme ça. Mais elle refusait d'être triste. Qu'était la perfection d'un moment comparée à une vie entière de bonheur ?

Elle avait dégluti bruyamment et souri.

— Je suis enceinte ! s'était-elle écriée d'une voix suraiguë en lui attrapant les mains, qu'elle avait ensuite plaquées contre son ventre plat, refusant de voir la façon dont il avait blêmi.

— N'est-ce pas merveilleux, Steve ? Six semaines. Je sais qu'on voulait attendre jusqu'au mariage, mais on peut se marier tout de suite, rien ne nous en empêche. Je n'ai pas besoin d'une fête grandiose. Je n'ai même pas besoin qu'on se fiance. Je veux juste être ta femme.

Steve s'arrêta à côté de ces quelques affreux bancs épars en lui faisant signe de s'asseoir – *en face* de lui. Pas à côté, où il aurait pu lui passer un bras autour de la taille. Non, *face à face*. Assise les fesses au bord du banc, elle l'observait qui contemplait ses mains jointes devant lui comme pour déterminer par où commencer.

— Attends, tu ne penses quand même pas que c'est *ma* faute, si ? demanda-t-elle, sa voix montant dans les aigus.

Il était impossible qu'il s'agisse de ça, mais mieux valait mettre les points sur les i. Car elle *refusait* d'être tenue responsable des choix insensés d'Hannah.

— J'ai tout fait comme il faut, Steve. J'ai consacré ma *vie* à mes enfants.

— Je ne te reproche pas ce qui s'est passé. Non, bien sûr que non, répliqua-t-il, même s'il semblait envisager cette possibilité pour la première fois. Nous avons fait des erreurs avec Hannah, c'est évident, à présent. Mais la faute nous en incombe à tous les deux.

Ainsi il ne la sortait pas du sac, il se mettait dedans avec elle ?

— Et le père, alors ? Allons-nous essayer de trouver qui il est ? Ne s'agit-il pas d'un détournement de mineur ?

Steve secoua la tête.

— Hannah devait déjà avoir seize ans.

Barbara croisa les bras et expira un peu d'air.

— Mais tu vas continuer les recherches. Non ?

Il finit par lui jeter un regard humide.

— Bien sûr que oui.

— Parfait. Parce que, crime ou pas, il est responsable.

Steve hochait la tête, mais son attention était de nouveau ailleurs. Elle le sentait. Il pensait à tout autre chose.

— Depuis combien de temps sais-tu qu'elle est revenue ? finit-il par demander.

Elle aurait dû être mieux préparée à ce moment. Elle avait su qu'il viendrait. Mais elle voulait désespérément oublier tout ce gâchis sordide. Gâchis dans lequel, attention, elle n'avait aucune part.

— Qui est revenu, Steve ? (Le corps tendu à l'extrême, elle résistait au tremblement qui tentait de s'emparer d'elle.) Et avant que tu me répondes... est-ce *vraiment* ce dont tu veux parler, alors que ta *fille* est là-haut dans un lit d'hôpital ?

Steve ne cilla pas.

— Dis-moi ce qui s'est passé entre toi et Jenna, Barbara. Il faut que je sache tout, sinon je ne serai pas en mesure de t'aider.

Et voilà la vérité. Voilà ce qu'il pensait d'elle.

— M'aider ? répéta-t-elle avec un rire glacial. Pourquoi diable aurais-je besoin de ton *aide*, Steve ? Qu'est-ce que tu insinues ?

— Je sais que tu étais au *Blondie's*. La fille de Jenna est venue me voir. Elle m'a expliqué qu'une femme blonde était avec sa mère durant son dernier service. Les gens du *Blondie's* ont reconnu ta photo, Barbara. Tu étais avec elle la dernière fois qu'elle a été vue.

— Oui, et alors ? Je lui ai parlé, Steve, rétorqua-t-elle en sentant la colère monter. Je voulais savoir pourquoi elle était revenue. Je voulais m'assurer qu'elle comprenait bien.

— Qu'elle comprenait quoi ?

Il avait l'air tellement *inquiet*. Incroyable. Se pouvait-il qu'il soit encore *aussi* pitoyable après toutes ces années ? C'était rageant. Elle était tellement furieuse qu'elle avait les joues en feu. Tellement furieuse qu'elle aurait pu cracher – sur Steve. Comment osait-il exiger des explications alors que tout ce qu'elle avait fait, c'était les protéger ?

— Je lui ai demandé de nous laisser tranquilles, Steve.

Elle battit des cils et eut un sourire méchant.

— Je n'ai jamais rien voulu d'autre. Nous sommes une famille, voilà ce que j'ai dit. Une famille heureuse. J'ai dit à Jenna qu'elle ne pouvait pas revenir comme ça nous détruire après toutes ces années.

Il était censé répliquer que Jenna n'aurait de toute façon jamais eu ce pouvoir. Il était censé lui dire qu'il les aimait beaucoup trop, elle et les enfants, pour que quiconque, Jenna comprise, puisse menacer leur unité. Mais il n'en fit rien. Steve n'était pas homme à mentir.

— Barbara, qu'importe ce qui s'est passé, je suis sûr que tu ne voulais pas…

— Que je « ne voulais pas » ? aboya-t-elle. Que je « ne voulais pas » quoi, Steve ?

— Barbara, s'il te plaît, dis-moi juste ce qui s'est passé.

— *Jenna*, Steve. Voilà ce qui s'est passé.

Elle se leva calmement. Prit une inspiration, se campa sur ses jambes. Car il était hors de question de lui donner – ni à Jenna – la satisfaction de la voir faire une crise de nerfs.

— Si tu veux savoir la vérité, notre gentil bavardage à l'intérieur du bar est effectivement devenu beaucoup moins gentil dans le parking. Et tu veux savoir pourquoi?

— Oui, Barbara. Je veux tout savoir.

— Jenna m'a répondu qu'elle n'accepterait rien tant qu'elle ne t'aurait pas parlé à *toi*. Ça fait des mois qu'elle est là, à essayer de trouver le courage. Pitoyable.

Elle ne lui dirait rien de plus. Il était hors de question qu'elle raconte que Jenna s'était ensuite mise à débiter tout un tas d'insanités au sujet de ce qu'avait fait Steve la nuit où Simon Barton était mort. Barbara n'avait pas écouté ses mensonges, car ce n'était rien d'autre : un tissu de mensonges. Elle se rappelait cette nuit-là – quand elle était encore béatement, bêtement inconsciente du nombre incroyable de grossesses qui ne dépassaient pas la douzième semaine. C'était elle qui était rentrée avec Steve dans sa camionnette après qu'il avait parlé à la police. Il lui avait raconté ce qui s'était passé avec Simon Barton. Il avait assisté à la scène. Ils étaient bêtes, soûls, ils chahutaient. Encore aujourd'hui, Steve était rongé par le remords.

Mais dans le parking du *Blondie's*, moins Barbara avait écouté Jenna, plus celle-ci s'était échauffée, hurlant que son collier était la preuve d'on ne sait quoi. À propos de Steve. Elle refusait de la boucler. Alors Barbara avait essayé de l'y forcer. Elle n'avait pas voulu arracher ce collier. Elle avait seulement voulu le secouer, et Jenna avec.

Jenna n'avait pas eu mal, malgré sa réaction hystérique. Le collier s'était cassé net comme un bout de ficelle. Parce que c'était de la merde bon marché, tout comme elle. Mais Barbara ne raconterait pas cette scène-là non plus. Il ne méritait pas de savoir.

— Et ensuite, que s'est-il passé ? insista-t-il en la fixant comme une espèce de spectateur béat. Après qu'elle a dit vouloir me parler d'abord ?

— Et ensuite, Steve, j'ai rappelé à Jenna ce qu'elle est : un pauvre déchet qui brille. Un truc qu'on ramasse sur le trottoir en pensant que ça a de la valeur, mais qui dès qu'on le regarde de plus près nous révèle qu'il n'aura jamais de place ailleurs que dans la poubelle. Ensuite je suis montée dans ma voiture et je suis rentrée chez moi auprès de mes enfants – de *nos* enfants, Steve. Qui diable peut bien savoir ce qui est arrivé à Jenna après ça ? C'est le problème avec les gens comme elle, Steve. Il suffit de leur dire leurs quatre vérités pour mettre le feu aux poudres.

MOLLY   *17 JUIN 2013*

Justin a relativement bien pris la nouvelle. J'ai cru qu'il protesterait quand je lui ai annoncé que je ne retournerais pas chez le docteur Zomer. Mais il était d'accord pour dire que je semblais vraiment aller mieux. Le fait que j'aie menti en affirmant qu'elle me pensait prête pour passer à la phase de « sortie de thérapie » a probablement aidé.

Sans compter qu'il était complètement accaparé par tous ses entretiens à Ridgedale. Le monde universitaire dans toute sa splendeur : on vous fait déménager et commencer à enseigner avant même de daigner vous faire une offre d'emploi.

Peut-être le docteur Zomer a-t-elle raison. Peut-être vaut-il mieux en vouloir à Justin que me sentir coupable. Mais je veux croire qu'il existe une meilleure solution. Une meilleure solution pour me sauver que de détester l'homme que j'aime.

MOLLY

À mon arrivée, Steve était assis à une table presque au fond de la cafétéria de l'hôpital quasiment déserte : trop tard pour déjeuner, un peu trop tôt pour dîner. Immobile, il contemplait le gobelet de café en carton qu'il serrait entre ses grosses mains. Son tee-shirt et son jean sombre auraient dû le rajeunir, comme la dernière fois que je l'avais vu en civil, et pourtant il avait l'air décrépit, rabougri, on aurait dit que ses os se liquéfiaient.

— Bonjour, le saluai-je, arrivée à hauteur de sa table.

Je me préparai psychologiquement. J'avais beau tenir à avoir cette conversation gênante, la perspective n'en était pas réjouissante pour autant.

Il me dévisagea en clignant des yeux comme s'il n'avait aucune idée de qui j'étais. Quand je l'avais appelé à notre sortie de la bibliothèque, je n'étais pas au courant pour Hannah. Mais au rythme brisé de sa voix, j'avais aussitôt deviné. J'aurais bien voulu lui dire : « Tant pis, notre discussion peut attendre. » Seulement, Jenna avait déjà disparu depuis trois jours. Impossible de savoir combien de temps il lui restait.

— Molly, désolé, s'excusa-t-il en portant lentement une main à son front. J'étais à des kilomètres d'ici : je repensais à l'époque où j'ai appris à Hannah à faire du vélo, entre autres bêtises.

Il me fit signe de m'asseoir.

— Quand elle se concentrait vraiment fort, elle sortait un tout petit bout de langue. Je passais les trois quarts du temps à essayer de m'assurer qu'elle ne se la morde pas accidentellement. Les problèmes étaient plus simples, alors, ajouta-t-il avec un sourire triste.

—Comment va-t-elle? m'enquis-je en m'asseyant au bord de la chaise en face de lui.

Je voulais pouvoir me carapater vite fait quand la conversation tournerait au vinaigre.

—Confidentiel?

—Bien sûr, répondis-je, malgré la voix d'Erik qui résonnait dans ma tête. *« Non. Jamais. Pas de faveurs particulières. Jamais confidentiel. »*

Cela n'importait guère à présent. Je n'étais pas là en tant que journaliste. J'étais là pour Sandy.

—Elle s'est réveillée un petit moment, ce qui, d'après les médecins, est encourageant. Elle n'a aucun souvenir de ce qui s'est passé au ruisseau. Mais elle se rappelle de nous, d'elle et du bébé. Elle dit que le bébé avait le cordon autour du cou. Je ne pense pas qu'il ait eu la moindre chance de survivre.

Il secoua la tête, s'essuya le nez puis renifla.

—Le rapport officiel du légiste nous le confirmera. J'en suis sûr. Hannah refuse de nous expliquer comment le bébé est arrivé dans les bois et pourquoi il était… euh, dans cet état. Le père, peut-être, je ne sais pas. J'espère que nous allons arriver à la persuader de tout nous raconter.

J'aurais voulu qu'il y ait un moyen de lui expliquer la chute de Sandy, de lui donner la dernière pièce du puzzle. Mais je ne pouvais pas faire ça, je m'y refusais.

—Je suis désolée de devoir vous embêter, dis-je. Si ça avait pu attendre…

Il leva une main.

—Franchement, c'est un soulagement de penser un peu à autre chose.

J'eus la nausée.

—Sandy Mendelson, la fille de Jenna, est venue me demander de l'aide. Elle est très inquiète pour sa mère.

—Je sais, répondit-il sans ciller. Elle est venue me voir aussi. Pauvre gosse. J'ai envoyé des officiers enquêter sur le terrain. Je pourrai en missionner davantage maintenant que le bébé…

—Savez-vous où se trouve Jenna, Steve ?

Son visage se crispa, rien qu'une seconde. Il voyait bien à la manière dont j'avais posé cette question qu'il y avait un problème. Que je ne demandais pas simplement des informations au commissaire.

—Comme je le disais, nous allons désormais avoir plus de ressources à notre disposition.

Il se comportait toujours comme s'il ne connaissait pas Jenna personnellement. Comme s'il s'agissait de n'importe quelle personne disparue.

—J'ai fait quelques recherches de mon côté pour essayer de retrouver sa trace. Rien, ajouta-t-il.

J'avais espéré qu'il ne m'obligerait pas à faire ça : lui tirer les vers du nez. Je pris une courte inspiration puis sortis le bracelet de ma poche et le déposai sur la table entre nous.

Il le contempla un long moment. Puis il eut un pâle sourire et tendit la main pour le caresser.

—Ça représente un paquet d'heures de boulot à la station-service.

Je sortis le collier, que je déposai à son tour sur la table.

—Et celui-là ?

—Pour remplacer le bracelet qu'elle avait perdu. Où l'avez-vous trouvé ?

Cette fois-ci, sa perplexité et son inquiétude semblaient sincères.

—Chez vous.

—Chez *moi* ?

C'est alors que je vis la lumière de la compréhension traverser fugitivement son visage : il avait beau prétendre le contraire, il se doutait de la manière dont ce bijou avait atterri chez lui.

— Ma foi, c'est complètement absurde.

J'avais juste envie qu'il s'explique de lui-même. Qu'il rende la situation moins suspecte : *Ah oui, j'ai connu Jenna au lycée, j'avais un faible pour elle et elle fréquentait aussi Thomas Price, qu'en fait je connais aussi.* Jouer à « je t'ai bien eu » avec Steve ne m'enchantait pas, seulement il ne me laissait pas le choix.

Je sortis l'annuel de l'université de Ridgedale de mon sac et l'ouvris à la page que j'avais marquée, celle avec les photos de basket. Je le fis pivoter et le glissai devant Steve. Il contempla un moment la photo de Thomas Price, Simon Barton et lui-même. Quand il croisa mon regard, il eut presque l'air soulagé. Comme s'il attendait ce moment depuis très longtemps.

— Je suis tombé sur Jenna il y a environ un an à Philadelphie, un comble, à l'occasion de la Conférence internationale des commissaires de police. On ne s'est parlé qu'une minute ou deux dans la rue, vous savez, « qu'est-ce que tu deviens ? », ce genre de banalités, expliqua-t-il en secouant tristement la tête. Tous mes vieux sentiments sont revenus comme un boomerang : enfin, c'est différent, évidemment. Je suis marié à présent. Mais je me suis rappelé précisément ce que je ressentais à l'époque. Après toutes ces années, Jenna était restée la même pile électrique. Bon Dieu, fréquenter ce genre de fille quand j'avais dix-sept ans, c'était dingue. Je ne m'étais jamais senti aussi vivant.

Il leva la tête, l'air mal à l'aise.

— Si vous pensez… J'étais content de la recroiser, oui, mais depuis ce jour, je ne l'ai plus revue, je ne lui ai plus reparlé. Je ne savais même pas qu'elle était revenue à Ridgedale.

Il me regarda droit dans les yeux, comme pour s'assurer que je comprenne bien qu'il s'agissait là de la vérité. Pourtant il taisait quelque chose. Peut-être pas au sujet de l'endroit où se trouvait Jenna, mais quelque chose.

— Nous allons la retrouver, maintenant, je vous le promets. Et quand ce sera fait, sa fille sera la première au courant.

— Il n'y a pas que ça.

S'il avait énormément de choses à expliquer, j'en avais encore plus.

— J'ai lu le journal intime de Jenna. Je sais que Thomas Price l'a agressée sexuellement au lycée. Et je crois que, depuis, il y a eu d'autres victimes sur le campus. Plusieurs.

J'observai son visage qui se crispait.

— Personne ne m'a jamais rien signalé de tel. (Il n'avait pas l'air exactement sur la défensive, mais pas loin.) Autrement nous aurions bien évidemment mené une enquête. Était-ce là ce que contenaient ces dossiers ?

— Ils ne constituent pas une preuve, mais l'histoire qu'ils racontent se tient. Tout se tient.

Il s'empara du bracelet, qu'il caressa de nouveau.

— Ce soir-là, c'est moi qui ai dit à Jenna de s'enfuir aussitôt après l'avoir libérée de l'emprise de Simon. Quand je l'ai empoigné, le sol était mouillé. On a glissé, tous les deux. Sa tête a cogné un rocher, c'était un accident.

Il s'interrompit. Contempla la table une longue minute. L'espace d'une seconde, je me demandai s'il pensait que j'étais déjà au courant. Mais on aurait plus dit qu'il voulait que je sache. Que le monde entier sache.

— Du moins la première fois. Mais la deuxième ? ajouta-t-il en secouant la tête. Quand la police et l'ambulance sont arrivées, tout le monde a supposé qu'il s'agissait d'un accident. Le sol était mouillé, nous étions tous bourrés. Bêtises de gamins, vous voyez. De coéquipiers. Quand les flics sont revenus m'interroger le lendemain, ils avaient déjà parlé à Price, qui leur avait menti en leur racontant que tout ça avait été involontaire. Il savait bien que ce n'était pas aussi simple. Il avait assisté à la scène. Mais il s'était probablement dit que s'il mentait pour moi, je mentirais pour lui. À ce moment-là, il avait déjà menacé Jenna. Elle et moi n'avons jamais expressément évoqué Simon, mais j'ai dans l'idée qu'elle a compris ce qui s'était passé entre lui et moi après sa fuite. Elle ne m'a jamais confié ce que Price lui avait dit pour la forcer à se taire, mais bon Dieu, elle était terrorisée. Et après ça elle s'est tout simplement… volatilisée. Elle a quitté la ville. La rumeur circulait qu'elle était partie vivre avec sa tante. Elle n'est jamais revenue, je n'ai jamais entendu parler d'elle. Et Barbara était enceinte. Au bout du compte, elle a perdu le bébé quelques semaines plus tard, mais à ce moment-là je… Si j'avais su qu'il y avait eu d'autres victimes, alors là… (Il secoua la tête.) J'aurais pu *agir* contre Price, la voilà la vérité, hein ? Moi, personne ne me menaçait.

Il n'avait pas encore fait le rapprochement avec Hannah.

—Vous savez, je pense qu'il est possible qu'Hannah ait rencontré le père de son bébé sur le campus, insistai-je, parce qu'il fallait en finir.

Il devait savoir.

—Thomas Price était le responsable du programme d'échange avec le lycée auquel elle a participé.

Dans un ralenti atroce, j'observai Steve qui faisait le lien entre Price et Hannah. Quand la lumière se fit, il ferma les yeux et laissa tomber sa tête. Il garda le silence un temps infini. Puis il releva vers moi des yeux humides et stupéfaits. Une seconde plus tard, ils étaient remplis de rage.

—Allez immédiatement voir la police d'État. Dites-leur ce que vous venez de me dire. Je ne veux pas qu'une enquête sur Price avorte à cause de mon implication. Et demandez-leur de nous interpeller tous les deux. Parce que sinon, je jure que j'irai le tuer de mes propres mains.

Une jeune policière menue et bien roulée entra d'un pas décidé dans la cafétéria, où elle se dirigea droit sur nous, la main posée sur sa radio comme s'il s'agissait d'un flingue. Elle avait sur le visage une expression à la fois inquiète et déterminée. Une fraction de seconde, je me demandai si quelqu'un avait déjà dénoncé Steve. Elle s'arrêta à un ou deux mètres de notre table et pointa le menton dans sa direction.

— Excusez-moi un instant, me dit-il, se ressaisissant admirablement alors qu'il se levait.

Il se dirigea vers la policière, avec qui il échangea deux ou trois phrases sèches.

— Merci, lui dit-il.

Puis il retourna à notre table.

— La voiture de Jenna a été retrouvée, m'annonça-t-il d'une voix où se mêlaient surprise et soulagement. Du moins le propriétaire du *Blondie's*, Monte, l'a repérée au fond d'un ravin près de Palisades Parkway, coincée sous des broussailles.

— Et Jenna ?

— Je ne sais pas encore. C'était trop raide pour qu'il puisse descendre. Difficile de dire quand l'accident a eu lieu. La police et les pompiers sont en route.

Quand je rentrai à la maison, Justin, Sandy et Ella jouaient à Candy Land sur la table de la cuisine. Ils riaient, Sandy comprise. Elle semblait tellement plus insouciante, plus gaie. On aurait dit qu'elle redevenait enfant. À la voir comme ça, je n'avais franchement pas envie de lui annoncer l'accident de voiture de sa mère – accident dont nous ne pouvions qu'espérer qu'il n'avait pas eu lieu trois jours auparavant. En même temps, avoir des nouvelles, même mauvaises, vaudrait peut-être mieux que de ne pas en avoir du tout.

— Salut, lança Justin.

Il traversa la pièce pour venir m'embrasser, l'air de dire : « Sacrée expérience. » Il m'avait proposé d'aller chercher Ella à la sortie de l'école et de tenir compagnie à Sandy jusqu'à mon retour. Il ne s'était probablement pas rendu compte de ce à quoi il s'engageait.

— Tout s'est bien passé ? me murmura-t-il à l'oreille.

Je hochai la tête et articulai : *Je te raconterai plus tard.*

— Comment ça va, tout le monde ?

— On s'est bien amusés, pas vrai, les filles ? lança-t-il sans me quitter des yeux.

— Oui, répondirent-elles en chœur.

— Maman, je veux que Sandy reste dormir à la maison, me supplia Ella en courant se pendre à mes jambes, sa bouille papillonnant entre une moue et un sourire. Je veux qu'elle dorme dans *ma* chambre.

— Ma foi, je crois qu'elle va rester dormir, répondis-je en jetant un coup d'œil à Sandy.

Celle-ci ne protesta pas, mais garda les yeux rivés sur les cartes du Candy Land, qu'elle battait et rebattait en une pile soignée.

— Youpi ! s'écria Ella.

— Mais dans la chambre d'amis, Ouistiti. Ton lit est trop petit.

— Bouhhhhh ! dit Ella tout en filant serrer la main de Sandy d'un air surexcité.

C'était mignon de les voir ensemble, et je dus m'empêcher de penser à la sœur qu'Ella n'avait jamais eue.

— Ella, papa va t'emmener te mettre en pyjama. Il faut que je parle un peu à Sandy.

Je lui ébouriffai les cheveux et l'embrassai sur la joue.

— Je viendrai te dire bonne nuit.

— Bouhhhhh ! répéta-t-elle, gloussant alors que Justin la hissait sur une épaule et se dirigeait vers l'escalier.

Je me retournai : Sandy rangeait soigneusement les cartes du Candy Land dans la boîte. Comme si sa vie en dépendait.

Elle souriait un peu. Non, elle ne souriait pas. Elle grimaçait. Je tirai une chaise et m'assis en face d'elle. Alors qu'elle serrait encore quelques cartes, je posai une main sur les siennes : deux glaçons.

— Elle est morte ? demanda-t-elle.

Calme, pragmatique, comme si elle avait attendu cette nouvelle dès le début, peut-être toute sa vie.

— Sa voiture a été retrouvée, c'est tout ce qu'on sait, expliquai-je doucement. Il semblerait qu'elle ait eu un accident pas loin de Palisades Parkway.

— Palisades ? répéta-t-elle en levant la tête. Mais ce n'est pas sur le trajet de la maison. Ce n'est près de rien. Où allait-elle ?

— Je ne sais pas. Je suppose que personne ne le sait encore.

— On peut y aller ? demanda-t-elle en se levant, les yeux écarquillés. Là où il y a sa voiture ?

— Oh, on ne m'a pas expliqué l'endroit précis.

Et quand bien même, jamais je n'aurais pris le risque qu'elle se retrouve à regarder le cadavre de sa mère se faire traîner hors de quelque sinistre fossé.

— Ils ont promis de t'appeler dès qu'ils auraient du nouveau. À ce moment-là, on partira illico, d'accord ?

— D'accord, dit-elle à contrecœur en se rasseyant sur sa chaise.

— Je file juste une seconde dire bonne nuit à Ella. Autrement elle n'arrivera jamais à s'endormir. Si tu n'as pas eu de nouvelles de la police d'ici là, je les rappellerai.

— Et Hannah ? Comment va-t-elle ?

— Les médecins pensent qu'elle va s'en sortir, répondis-je, même si c'était une légère exagération.

Je lui posai une main sur l'épaule en me levant.

— Pour l'instant, il faut que tu t'attaches à prendre soin de toi. Je parie que tu n'as pas mangé. Je vais envoyer Justin te préparer quelque chose.

— D'accord.

Mais de toute évidence, elle n'était pas près de manger quoi que ce soit.

Justin enfouissait Ella dans son océan de peluches : un sandwich à la crème glacée avec de gros yeux exorbités, trois chiens et un panda vêtu d'une robe de plage fleurie. Elle avait les paupières lourdes de sommeil.

— Je vais aller me changer, me glissa Justin en m'embrassant alors qu'il se dirigeait vers la porte.

Je m'accroupis à côté du lit d'Ella et appuyai mon front contre le sien. Elle me serra si fort la tête entre ses mains brûlantes qu'elle faillit m'arracher une poignée de cheveux.

— Tu m'as manqué ce soir, dis-je.

Une mère n'était pas censée faire cet aveu, avais-je une fois entendu dire. Mais je m'en fichais à présent. Parce que c'était vrai. Or la vérité se devait d'être plus importante que la raison.

— Moi aussi je t'aime, maman. Très très très très fort.

— Bonne nuit, Ouistiti.

Je l'assaillis de bisous jusqu'à ce qu'elle se mette à glousser, puis me relevai péniblement sur mes pieds fatigués.

— Lumière allumée ou éteinte ?

— Éteinte, répondit-elle d'une voix ensommeillée. Bye-bye, maman.

Je m'attardai sur le seuil à la regarder s'endormir. Elle était tellement parfaite à cet instant, juste comme ça. Je ne pouvais pas être sûre de la manière dont les choses allaient tourner, mais je pouvais au moins être sûre de ça. Et ce n'était pas rien.

J'allai ensuite tirer les rideaux et rabattre les draps du lit dans la chambre d'amis afin que tout soit prêt pour ce qui allait certainement être une nuit atroce et interminable pour Sandy. La police allait appeler d'une minute à l'autre, sans nul doute avec de mauvaises nouvelles. Cet appel serait suivi d'un long trajet jusqu'à l'hôpital et du moment déchirant de l'identification de Jenna et de la récupération de ses effets personnels. Tout cela allait être tragique, ravageur, et le retour à la maison se ferait certainement au beau milieu de la nuit. Sandy serait anéantie, épuisée, et je n'avais pas envie d'avoir à m'affairer autour d'elle à ce moment-là.

J'allumai la petite lampe de chevet et repositionnai deux fois de suite les oreillers. Comme si l'un de ces gestes avait le pouvoir d'adoucir l'inévitable atrocité. Je contournai le pied du lit et, absorbée par ma tâche, percutai les cartons de Sandy empilés contre le mur. Celui du dessus bascula et son contenu se déversa par terre dans un triste désordre. Je m'agenouillai et rassemblai rapidement photos et documents, quelques tasses en plastique et des couverts, essayant désespérément de tout remettre comme avant. Je ne voulais pas que Sandy pense que j'avais violé son intimité ou, pire, soit gênée que j'aie vu ce qui restait de son monde.

J'étais sur le point de glisser le dernier élément dans le carton : un sac en plastique rempli de bouts de papier, de talons de tickets, d'un menu à emporter – une pochette souvenir –, lorsque je vis une longue traînée rougeâtre dans le fond. Ce n'était quand même pas du sang ? Je brandis le sac devant mes yeux pour mieux voir. Ça y ressemblait sacrément. Mon Dieu, du sang qui datait de cette nuit-*là*. Rien que d'y penser, j'avais la nausée. J'étudiai un des mots à l'intérieur : c'était un message de remerciement de la part de Rhea à Hannah. Une adresse écrite d'une main juvénile avait été notée dans un espace vierge en bas. C'étaient les objets qu'Hannah avait confiés à Sandy : ses souvenirs du père du bébé. Je m'apprêtais à remettre le sac dans le carton quand un tout petit bout de papier au fond attira mon attention.

Je collai mon nez sur le sac souillé, le cœur déjà en marche accélérée.

Non. Je fermai convulsivement les yeux.

Ce n'était pas… Impossible.

J'étais fatiguée. J'avais des hallucinations. Obligé. Je fermai un peu plus fort les paupières.

Hélas, lorsque je les rouvris, ils étaient toujours là, au fond du sac zébré de sang. Des petits morceaux de papier. Beaucoup de morceaux. Et dessus, des vers de poésie écrits de la main familière de Justin.

Je ne sentis pas mes pieds bouger, pourtant c'est bien ce qui avait dû se passer. Car j'eus tôt fait de me retrouver dans notre chambre, les yeux rivés sur Justin : d'une main je serrais le sac en plastique strié de sang, de l'autre le poing. La tête sous l'eau, les bruits me parvenaient bouillonnants et déformés. Justin, assis sur le lit, était en train d'enfiler un sweat-shirt comme s'il s'agissait d'un jour ordinaire. Je l'observais avec la sensation que la pression qui m'enserrait le crâne allait m'écraser le cerveau.

Il était là, à me parler. Me parler comme si le monde ne venait pas d'être incinéré. Comme si nous n'étions pas réduits en cendres.

Je posai à côté de lui le sac d'Hannah rempli de petits mots, et il se tut. Pétrifié.

Il n'arrivait pas à détacher les yeux du sac. Tout ce que j'attendais, moi, c'était de la stupéfaction. Qu'il dise : « Quoi ? » ou « Pourquoi ? » ou « Je ne comprends pas ». Mais pas un mot. Rien. Non, il laissa tomber sa tête dans ses mains et resta dans cette position un temps horriblement long. J'avais dû reculer, me rencogner, car soudain j'avais le dos pressé contre le mur.

Quand il me regarda, ses yeux écarquillés étaient terrifiés.

— Molly, dit-il en secouant la tête.

Puis il me rejoignit. Ses bras vinrent m'enserrer, comme une cage. Je ne voulais qu'une chose : me libérer. M'enfuir. Sauf que je n'arrivais pas à bouger. Je n'arrivais même pas à respirer.

— Je ferais n'importe quoi pour revenir en arrière, Molly, souffla-t-il dans mon cou raide. C'était une erreur tellement stupide, tellement égoïste. Seulement – et ce n'est pas une excuse, car c'est ma faute –, tu me manquais. Je t'aimais, tu me manquais, je voulais que tu reviennes. Et je ne pouvais… je ne savais pas comment t'atteindre.

— Non.

Ce mot me trancha le fond de la gorge.

Mais ce n'était pas un hurlement. Ni un sanglot. Ni un cri. Juste une déclaration : Non. Non, quoi ? Non, ça n'est pas arrivé. Non, je ne t'ai pas manqué ? Non, tu ne m'aimais pas. Non. C'est. Im-pos-si-ble.

— Et puis c'était il y a si longtemps, Molly. Des mois, ajouta-t-il, s'empressant de poursuivre ses explications paniquées.

Comme s'il venait juste de se rendre compte de l'atroce énormité de ce qui était en train de se passer.

— Ça s'est terminé avant même qu'on emménage ici, je te le jure. La situation était tellement pire à l'époque. Et je le jure devant Dieu, je ne savais pas quel âge elle avait. Nous nous sommes rencontrés sur le campus quand je suis allé passer mon entretien – j'ai cru qu'elle était étudi… Molly, je suis vraiment désolé.

— Le bébé, m'entendis-je articuler.

— Je ne savais pas, pas avant que tu… avant maintenant, en fait, quand Sandy t'a raconté. Et puis même, enfin, est-ce qu'on en est sûr ? Il aurait pu y avoir d'autres types.

Justin continua son monologue, ajouta d'autres mots dont les échardes rebondissaient sur moi, me déchiraient la peau. « Elle a été la seule. Plus jamais. Je suis vraiment désolé. Je t'aime. Je suis vraiment désolé. Je t'aime. »

« Je suis vraiment désolé. Elle me rappelait toi. »

« J'ai fait tout ce que je pouvais pour que tu ne couvres pas cette affaire. Je voulais tellement te protéger. »

—Non, murmurai-je.

Tout mon corps s'était engourdi. J'avais les poumons en feu.

—Non.

Molly Sanderson, séance 16, 12 juin 2013
(transcription audio, séance enregistrée avec l'accord conscient du patient)

Q. : Vous semblez particulièrement exaspérée, Molly.

M.S. : Je le suis. Je ne vois pas pourquoi vous essayez de me mettre en rogne contre Justin.

Q. : J'essaie simplement de clarifier l'endroit où il se trouvait ce week-end-là. Vous m'aviez dit n'être pas arrivée à le contacter quand vous étiez dans le cabinet du médecin. Mais je n'avais pas compris qu'il s'était absenté tout le week-end.

M.S. : Oui, il était à une conférence à Boston. Je vous l'ai dit, il avait deux conférences.

Q. : Mais vous ne lui en voulez pas de s'être absenté ?

M.S. : Pourquoi lui en voudrais-je de s'être rendu à une conférence ?

Q. : D'avoir été injoignable.

M.S. : Il *travaillait*. C'est moi qui ai perdu les pédales.

Q. : Vous veniez d'apprendre de terribles nouvelles. On peut comprendre que vous ayez été bouleversée.

M.S. : Sauf que j'étais bouleversée bien avant le rendez-vous. Oh oui, j'avais perdu les pédales bien avant. Et si vous voulez savoir pourquoi je me sens *vraiment* coupable, c'est à cause de *ça*. Parce que Justin m'avait dit qu'il serait occupé. Qu'il devrait participer à trois tables rondes et rencontrer des collègues. Il m'avait donné un numéro de fixe où je pourrais le joindre en cas d'urgence. Mais ce n'était pas une urgence. Alors je me suis contentée d'appeler trente-six fois sur son portable. Et je ne sais pas si c'était à cause des hormones ou quoi, mais je m'étais fait tout un film d'horreur : il était peut-être *mort* ou que sais-je. Enfin, c'était vraiment stupide. Parce qu'il était là-bas *avec* quelqu'un. Elle m'aurait appelée s'il s'était fait renverser par une voiture.

Q. : «Elle».

M.S. : Non mais vous êtes sérieuse, là ? Oui, Justin voyageait avec son assistante de recherche, et oui, elle était jeune, jolie et blonde.

Q. : Lui arrivait-il souvent de ne pas téléphoner quand il voyageait avec elle ?

M.S. : Oh mon Dieu, c'est ridicule ! Vous mourez d'envie que je sois en colère contre lui, pas vrai ? Oui, Justin est allé participer à une conférence à Boston avec une jeune et jolie collègue, et oui, je ne suis pas arrivée à le joindre à des heures où ça aurait dû être possible. Et oui, j'avais des soupçons ! Parce que je n'avais pas les idées claires ! Alors j'ai perdu les pédales et je n'ai pas arrêté d'appeler sur son portable. Ensuite je me suis mise à appeler dans sa chambre au beau milieu de la nuit, et là non plus il n'a pas répondu. Et j'étais tellement contrariée que ça… que *j'ai* probablement provoqué l'accélération du rythme cardiaque du bébé. Tout ça alors que j'aurais dû me reposer et rester calme. Alors, *oui*, c'est probablement la raison pour laquelle je me sens aussi coupable. Parce que c'est *moi* qui l'ai tuée ! Voilà, c'est dit. Vous êtes contente, maintenant, docteur Zomer ?

Q. : Mais vous n'en voulez pas à Justin ?

M.S. : Lui en vouloir ? Elle était à l'intérieur de *moi*, docteur Zomer. C'était *moi* sa mère. C'était moi qui étais censée prendre soin d'elle. C'était moi qui étais censée la maintenir en vie.

Sandy

Molly n'était pas partie depuis deux minutes que le téléphone de Sandy sonna. Un numéro de Ridgedale inconnu : le service de police, probablement. Maintenant qu'ils se décidaient enfin à appeler, impossible de se résoudre à répondre. Non, elle laissa son portable sonner, quatre fois en tout. Le temps qu'elle décroche, elle était sûre que l'appel avait été redirigé sur sa messagerie. Mais non.

— Sandy Mendelson ?
— Oui ?
— Agent Fulton, du service de police de Ridgedale. Votre mère, Jenna Mendelson, a eu un accident de voiture.
— Elle est morte ? s'entendit-elle demander comme si c'était un souhait.

Alors que ce n'était pas le cas. Rien n'aurait pu être plus éloigné de la vérité.

— Hum, non, mademoiselle, répondit-il, manifestement perplexe qu'elle ait pu en venir à cette conclusion. (Et peut-être un tantinet soupçonneux.) Elle devrait s'en sortir. Elle s'en tire même très bien, vu les circonstances.

Quand elle monta à l'étage, Molly et Justin étaient dans leur chambre, porte close. Elle s'assit une minute sur le bord du lit en espérant qu'ils sortiraient pour que Molly lui propose avec son beau sourire de l'emmener *illico* à l'hôpital.

Elle y serait bien allée à vélo mais, Jenna ayant été transportée à l'hôpital de Bergen County, ça lui aurait pris au moins une heure, sur une nationale, en plus, et elle n'avait pas d'argent pour appeler un taxi. Pas le choix, il fallait qu'elle frappe.

Justin entrouvrit la porte, son corps bouchant l'embrasure.

— Hello.

Il essayait de se montrer sympathique, mais c'est sûr, il y avait un hic. Il avait les yeux explosés, les cheveux en pétard.

— Que se passe-t-il ?

— Oh, désolée de vous déranger, commença-t-elle.

Ça la faisait vraiment chier de demander de l'aide aux gens. C'était comme n'importe quelle mauvaise habitude : on le fait une fois, et après ça devient beaucoup trop facile de recommencer.

— La police a téléphoné. Ma mère est à l'hôpital. Ils m'ont dit que je pouvais venir. J'y serais bien allée à vélo, mais elle est à l'hôpital de Bergen County et…

Elle entendit Molly dire quelque chose derrière Justin.

— Attends, deux secondes.

Il s'éclipsa dans la chambre en repoussant la porte sans complètement la fermer.

Il y eut d'autres bruits de voix. Peut-être qu'ils ne voulaient plus l'aider, finalement. Ils devaient s'occuper de leur propre gamine, et Molly en avait déjà fait beaucoup plus pour elle que la plupart des gens.

— Vous savez, c'est pas grave, lança-t-elle dès que la porte se rouvrit pour éviter d'avoir à se faire gentiment refouler. (Mais cette fois c'était Molly, clés de voiture en main.) Je vais prendre mon vélo…

— Non, non, je t'emmène.

Molly, comme Justin, avait les yeux rouges et brillants.

— Je t'en prie, j'insiste.

Avec un sourire, elle lui fit signe d'avancer.

— Qu'est-ce qu'ils t'ont dit ?

— Qu'elle va s'en sortir, répondit Sandy sans être sûre d'y croire elle-même.

— Je suis tellement contente, Sandy, s'enthousiasma Molly, l'air vraiment sincère. Allez, on va te conduire auprès d'elle.

— Tu peux y aller, chérie, l'encouragea la gentille infirmière vêtue d'une blouse rose fleurie qui s'effaçait à l'entrée de la chambre de Jenna en tenant la porte. Tu es la première personne dont elle a parlé avant d'entrer au bloc. Elle sera vraiment ravie de te voir à son réveil.

Sandy entra à pas traînants, sans s'éloigner de la porte. Les yeux rivés au sol. Elle avait peur de voir à quel point Jenna était mal en point. Quand elle leva enfin la tête, elle constata que sa mère, sans être au top, n'était pas aussi amochée que ce qu'elle avait redouté. Elle avait les yeux clos et sa peau avait une teinte bleue grisâtre raccord avec les draps d'hôpital. Elle avait des bleus partout sur les bras, un pansement sur une joue, une jambe surélevée dans un appareil orthopédique.

De l'avis de tous les médecins de l'hôpital, c'était un miracle qu'elle s'en soit tirée à si bon compte. Elle avait perdu connaissance à plusieurs reprises, gravement déshydratée, pendue la tête en bas, la jambe coincée, avec une hémorragie interne – à laquelle avait remédié la chirurgie –, et ce peut-être pendant plusieurs jours. La durée restait incertaine, car Jenna ne se rappelait ni quand ni comment l'accident était arrivé. Quand elle avait été extraite de sa voiture, tout le monde était convaincu qu'elle était morte. Sans Monte, elle l'aurait probablement été.

— N'hésite pas si tu as besoin de quoi que ce soit.

L'infirmière tira un fauteuil à côté du lit puis fit signe à Sandy de s'y asseoir.

— On vient juste de lui administrer des calmants, et elle est toujours sous sédation suite à son opération. Elle va sûrement encore dormir quelques heures. Mais si elle se réveille et que vous avez besoin de quoi que ce soit, tu n'as qu'à appuyer là-dessus.

Elle désigna un bouton d'appel fixé au mur.

— Je m'appelle Terry.

Une fois l'infirmière partie, Sandy resta plantée debout un moment, les bras croisés, à regarder Jenna dormir. Elle finit malgré tout par s'asseoir sur le fauteuil raide à moins d'un mètre du lit, tout en essayant de comprendre comment elle avait pu penser une seule fichue seconde qu'elle serait peut-être mieux sans elle. Au bout d'un moment, elle se détendit un peu, s'affaissant de plus en plus à mesure que les minutes se muaient en heures et que les heures s'étiraient vers l'aube.

— Salut, toi, dit Jenna quand Sandy se réveilla. Ça fait des plombes que tu dors comme une masse dans ce fauteuil. On n'a pas arrêté de me proposer de te réveiller, mais je leur ai dit de te foutre la paix, ajouta-t-elle en esquissant un sourire tordu. J'aime bien regarder ma fille dormir. Ça me rappelle quand tu étais môme.

Le soleil qui s'était levé inondait la pièce à travers les rideaux. Jenna, encore pâle et fatiguée, semblait pourtant beaucoup mieux que la veille au soir. Sans maquillage et les cheveux tirés en arrière, on aurait dit une tout autre personne. Un peu plus âgée, mais plus belle, aussi.

— Tu vas bien ? demanda Sandy en se levant pour s'approcher du lit. Ta jambe te fait mal ?

Jenna sourit et secoua la tête en lui pressant la main.

— Ils m'ont filé tellement de médocs que j'ai jamais autant plané depuis des années.

— Tant mieux.

Sandy eut beau sourire, elle sentit sa bouche tirer fort dans l'autre sens. Elle ne voulait pas pleurer. Elle n'avait pas pleuré devant Jenna depuis l'âge de… Elle ne se rappelait même plus la dernière fois. Et si quelqu'un devait chialer, c'était Jenna. Ce n'était pas elle qui avait eu cet accident.

— Mais enfin, que s'est-il passé ?

Jenna secoua la tête avec un sourire tremblotant.

— Mon dernier souvenir vraiment clair c'est d'être allée au taf. J'essuyais des verres toute seule derrière le bar en regardant la juge Judy démolir une espèce de connard avec un clebs ultra moche toujours à gueuler, et tu sais comme j'adore ses tirades.

Sacrée Jenna.

— Oui, je sais, répondit Sandy en souriant. Mais rien d'autre ?

— J'ai des flashs où je me vois dans la bagnole après l'accident. J'avais la jambe en feu, putain, et j'avais une soif de malade. Y avait ça et le putain de silence. Tu sais que je peux pas blairer ça. Tu t'imagines, *moi* toute seule avec du temps à pas savoir quoi en foutre, juste à réfléchir ?

Elle haussa les épaules, des larmes plein les yeux.

— Par contre je me rappelle très bien mon portable qui n'arrête pas de sonner jusqu'à ce que la batterie lâche. Je savais que c'était toi. Je te jure, c'est tes appels qui m'ont fait tenir.

— Tu ne sais vraiment pas comment l'accident est arrivé ?

Jenna fronça les sourcils, secoua la tête.

— Le temps qu'ils me trouvent, c'est sûr, j'avais plus rien dans le sang. Mais avant ça, qui sait ?

— Palisades Parkway ?

Jenna haussa les épaules.

— Pour acheter de la came, j'imagine. Je connais un type qui habite un peu dans ce coin. Mais pas vraiment. Pour tout dire, j'en sais foutre rien.

— Donc tu ne te rappelles pas une nana à qui tu parlais avant de débaucher ? Laurie m'a dit qu'elle était blonde.

— Une nana ?

Jenna avait l'air aussi estomaquée que Sandy l'avait été.

— Non. Mais, comme je disais, je me rappelle rien après Judy.

Sandy essayait de rester concentrée sur le retour de Jenna, mais c'était difficile de ne pas laisser son esprit dériver. Parce que, même maintenant qu'on l'avait retrouvée, il restait plein d'autres sujets d'emmerdement : pas d'endroit où crécher, pas de fonds d'urgence. En plus Jenna ne pourrait pas bosser, et il allait falloir payer les frais médicaux. Jenna avait une assurance grâce à son taf au *Blondie's*, mais seulement si elles restaient à Ridgedale, or Sandy n'était pas sûre de pouvoir rester après ce qui était arrivé à Hannah. Bref, elles l'avaient dans l'os, et c'était une putain de litote. Cela dit, elles avaient toujours vécu sur le fil du rasoir. Et jusqu'ici, elles s'en étaient tirées.

— Tu peux venir par là ? lui demanda Jenna en tapotant le lit à côté d'elle. Plus près.

Sandy se hissa sur le lit, dix fois plus raide qu'il n'en avait l'air. Jenna lui glissa les cheveux derrière l'oreille sans la quitter des yeux, comme si elle la buvait du regard, qu'elle se nourrissait d'elle.

— Tu sais, quand tu étais toute gamine, tu avais super peur du noir. Flippée à mort.

— N'importe quoi.

Mais comment aurait-elle pu savoir ? Ce n'était pas pour rien qu'elle avait refoulé une si grande partie de son enfance. Si Jenna n'était pas facile à vivre maintenant, pour une gamine, elle avait été un cauchemar.

— Je sais, tu n'as plus peur de rien maintenant. Pourtant tu chialais tous les soirs dans ton lit jusqu'à t'endormir. Je t'ai dit un million de fois que tu pouvais laisser la lumière allumée. Tu me connais, pourquoi affronter un problème quand on peut le contourner ? Mais toi tu étais là, genre, « putain, pas moyen ». Tu devais avoir dans les cinq ans, c'est tout, et en l'espace de quelques semaines, tu t'étais guérie, raconta-t-elle d'une voix brisée, le visage décomposé. Tu es tellement plus forte que je l'ai jamais été, Sandy. Que je le serai jamais.

Sandy leva les yeux au ciel.

— C'est pas des blagues, ma puce, insista-t-elle d'une voix grave. Tu pourrais faire tellement de choses dans ce monde. Tout ce que tu voudrais. C'est pour ça qu'il faut que tu fasses un truc pour moi, Sandy. Mais il faut me promettre de le faire. Même si tu n'as pas envie.

Ça, c'était pas bon. Ça sonnait pas comme un truc que Sandy aurait envie d'accepter. Dieu seul savait ce que Jenna allait bien pouvoir lui demander : acheter de la drogue, vendre son rab de calmants, voler du PQ à l'hosto.

Elle secoua la tête.

— Hum, ouais, je ne pense pas…

— Sandy ! cria Jenna. Je déconne pas.

— D'accord, d'accord, capitula Sandy, les mains levées.

Elle pouvait toujours faire semblant de se plier aux désirs de sa mère.

— Là-dedans, il y a une enveloppe qui t'appartient.

Jenna désigna un sac plastique d'hôpital posé sur la petite table à côté des fenêtres.

— Tout y est. J'ai compté. Ça te fait une belle jambe, mais d'avoir pris ce fric, ça me désole plus que n'importe quoi d'autre dans ma vie. J'aimerais pouvoir te dire que j'avais changé d'avis avant l'accident. Que je m'étais rendu compte que seule une salope de première catégorie dépenserait le fric de sa gosse pour s'envoyer en l'air. Mais faut ouvrir les yeux, toi et moi on sait bien que c'est faux.

Sandy sortit l'enveloppe et, bingo, y avait tous ses billets de vingt. Oh putain, merci mon Dieu. Enfin un truc qui tournait à leur avantage. Ça suffirait pour bouffer pendant le séjour de Jenna à l'hosto, et pour payer au moins une semaine dans un motel miteux après sa sortie. En attendant, on la laisserait sûrement pioncer dans la chambre, et sinon, elle pourrait toujours retourner chez Molly.

Jenna lui fit signe de revenir.

— Tu sais ce que je me suis dit dans la bagnole quand je savais que c'était toi qu'arrêtais pas de m'appeler ?

Sandy secoua la tête en se rasseyant sur le lit, elle essayait de ne pas pleurer. Rien à faire. Toute cette peur, toute cette inquiétude qu'elle avait retenues ces derniers jours revenaient en masse. Bientôt il allait y avoir un tsunami.

— Je me suis dit : « Voilà que Sandy prend encore soin de moi. Alors que j'ai jamais rien fait d'autre que lui pourrir la vie. »

— C'est pas...

— Si, c'est vrai, ma puce, l'interrompit Jenna en lui caressant la joue. Et il va falloir que je vive avec. Mais pas toi, Sandy. Toi tu as le choix. C'est pour ça qu'il faut que tu prennes ce fric, et que tu te barres.

Des larmes roulaient sur les joues de Jenna, ça faisait deux gros ruisseaux.

— Il faut quitter cette ville, et jamais revenir. Il faut que tu t'éloignes de moi.

— Putain, maman, qu'est-ce que tu...

— Fais-le pour moi s'il le faut, répliqua-t-elle d'une voix brisée en essayant de ne pas se décomposer. Et je ne veux pas que tu appelles ni que tu écrives. Il faut commencer une nouvelle vie, Sandy. Une vie aussi belle que la personne que tu es. Et il faut le faire sans moi.

— Sans toi ?

La panique lui tordait le bide.

— Mais qu'est-ce que tu racontes ? C'est dingue. Tu me manquerais. Je peux pas partir *toute seule*.

Elle se mit à pleurer. Elle ne voulait pas, mais voilà. Parce qu'elle savait déjà que Jenna avait raison. Il fallait qu'elle parte.

— Je t'aime, ma puce, murmura Jenna. Mais si tu restes, tu n'auras pas la moindre chance de t'en sortir. Je nous détruirai toutes les deux.

Jenna attira alors le visage de Sandy vers le sien et l'embrassa sur le front : exactement comme la mère que Sandy avait toujours voulu qu'elle soit.

Étourdie, Sandy sortit cahin-caha dans le couloir de l'hôpital, où médecins, infirmières et patients s'activaient dans tous les sens. La vie et la mort continuaient.

En larmes, elle se dirigea vers les portes d'entrée, s'attendant à ce qu'on l'arrête. À ce qu'on lui dise qu'elle n'était pas libre de partir. Qu'il fallait qu'elle revienne. Mais personne ne le fit. Personne ne lui demanda de ralentir. Personne ne lui barra le passage. En quelques secondes, elle se retrouva dehors, le soleil dans la figure, la ville dans le dos, à essayer de déterminer dans quel sens aller.

En avant, il n'y avait que ça. C'était la seule direction à prendre.

Molly

Je finissais de préparer le dîner, et Ella faisait du coloriage sur le carrelage de la cuisine à côté de moi, quand on frappa à la porte. Je regardai par la fenêtre : Stella se tenait sur la véranda, bras croisés, mâchoire serrée, l'air déterminée. Depuis notre dernier rendez-vous au café plein de malaise une semaine auparavant, je l'avais évitée. J'hésitai à ouvrir. Elle ne m'avait pas vue regarder par la fenêtre, mais elle avait dû repérer ma voiture dans l'allée. Et je la connaissais assez bien pour savoir que si elle voulait vraiment me parler, elle ne partirait pas avant d'arriver à ses fins.

Si on exceptait les sorties indispensables comme amener Ella à l'école, le rendez-vous avec Stella au *Black Cat* avait été la première fois où j'avais quitté mon repaire durant les six semaines qui avaient suivi ma découverte de la liaison entre Justin et Hannah. Certes, ni l'adultère ni le bébé n'avaient été l'objet d'une couverture médiatique intensive à l'échelle locale car, grâce à Erik, le *Reader* n'en avait pas parlé, mais en ville, les gens savaient. Du moins c'était mon impression.

Heureusement, Barbara avait quitté Ridgedale avec Hannah et Cole : une rencontre terrifiante de moins à redouter. Ils étaient partis pour Hannah – dont le pronostic était manifestement bon, et Cole allait bien mieux lui aussi –, afin qu'elle suive son traitement de réadaptation au CHU de Pennsylvanie. Du moins c'était la version de Barbara. D'après certaines rumeurs, les parents de celle-ci, humiliés par l'arrestation de Steve et ce qui s'était passé avec Hannah, avaient insisté pour qu'elle parte passer un été prolongé dans la maison balnéaire familiale située à Cape May dans le New Jersey. Steve était resté à Ridgedale, dans l'attente de sa condamnation. Il avait avoué le meurtre de Simon Barton afin d'obtenir des poursuites réduites pour homicide volontaire. Au vu des circonstances, corroborées par Jenna, le procureur semblait rechigner à demander une peine de prison lourde.

Après cinq minutes passées en compagnie de Stella, j'étais contente d'avoir accepté de la retrouver au café. Comme d'habitude, je m'étais perdue dans ses commentaires fleuris et futiles sur la vie à Ridgedale. Et j'avais été impressionnée par sa retenue. Elle n'avait même pas mentionné le nom de Justin. Nous n'avions jamais évoqué ce qui s'était passé entre lui et Hannah, or j'étais persuadée qu'elle mourait d'envie de connaître les détails.

Ironie du sort, c'est moi qui avais fini par mentionner Justin, en répétant avec désinvolture une blague qu'il avait faite récemment au sujet de la barmaid du *Black Cat* que Stella ne pouvait pas encadrer. Blague, m'étais-je dit, qu'elle apprécierait.

—Attends, tu as parlé à Justin ?

Des semaines durant, j'avais détesté Justin au point de m'effrayer moi-même. Je n'aurais pas cru possible de haïr autant un autre être humain. Mes fantasmes détaillés sur les différentes façons de le faire souffrir – physiquement et mentalement – avaient été si élaborés que c'en avait été alarmant. Pourtant, ma haine avait fini par céder la place à la tristesse, puis à la résignation. Justin m'avait trahie de la façon la plus horrifiante qui soit, au moment même où j'avais eu le plus besoin de lui. De mon côté, aux prises avec ma dépression sévère, j'avais été comme perdue pour lui pendant une éternité, plus d'un an. Tout cela était vrai. Cela me rendait triste, surtout pour Ella et moi, mais de temps à autre aussi pour Justin. Après tout, sa vie à lui aussi était brisée.

Aussitôt viré par l'université, il avait quitté Ridgedale et réaménagé à Manhattan. Grâce à un prêt de ses parents, il essayait de lancer de zéro une carrière de blogueur politique de haut vol. Lui et moi continuions à nous parler, mais avec parcimonie.

— C'est le père de mon enfant, Stella, avais-je répliqué cet après-midi-là au *Black Cat*, regrettant déjà d'avoir mis Justin sur le tapis. Je suis bien obligée de lui parler.

— Je sais bien. Mais c'est la façon dont tu l'as évoqué, répliqua-t-elle avec une moue écœurée. On aurait dit que tu lui avais pardonné. J'espère que tu ne culpabilises pas ou je ne sais quoi. Peu importe que tu aies été déprimée quand il t'a trompée, Molly. Ça n'excuse rien.

Une vague de colère m'avait alors brutalement assaillie, je m'étais levée d'un coup. Il était hors de question que je reste là à subir le jugement de quiconque, et encore moins de Stella.

— OK, je crois que je vais y aller.

— Je suis désolée, Molly. Je ne veux pas jouer les salopes. Mais je suis ton amie.

Les lèvres pincées, elle me dévisageait.

— Je… Je ne voudrais juste pas te voir aggraver une situation déjà critique en essayant de faire comme si tout allait bien.

— Oh, alors merci, répliquai-je, même si j'étais presque sûre que ses motivations étaient loin d'être aussi altruistes. Mais crois-moi, Stella, quand j'aurai besoin de tes conseils, je te le ferai savoir.

Et maintenant elle était là, plantée sur notre véranda. Elle avait une mine épouvantable : elle portait un jean élimé, une chemise à la coupe très peu flatteuse, et elle avait la peau marbrée. Peut-être venait-elle s'excuser. Elle m'avait envoyé plusieurs textos que j'avais ignorés. Je lui devais d'écouter ce qu'elle avait à me dire.

— Je peux entrer ? demanda-t-elle quand j'ouvris la porte.

Même sa voix avait dégonflé, nulle trace de sa bravade habituelle. Cependant elle n'avait pas l'air tellement pétrie de remords.

— Il faut que je te parle d'un truc. Ça me travaille depuis notre rendez-vous de la semaine dernière. Bien avant ça, même. J'ai juste… Ça ne sera pas long.

— Je n'ai pas besoin d'un nouveau sermon, Stella. Je sais que tu penses m'aider, mais franchement, je vais bien.

Elle avança dans le salon sans mot dire. Sans s'asseoir non plus. Elle jeta simplement un coup d'œil dans la cuisine, où Ella se livrait à un jeu compliqué avec des marionnettes en sac en papier. Comme si elle voulait s'assurer que ma fille était bien hors de portée de voix avant de me faire je ne sais quelle remarque déplacée.

— Pour mémoire, je ne pardonne pas à Justin, Stella.

Je me détestais de me lancer dans une énième explication à laquelle elle n'avait pas droit. Je n'avais pas besoin de m'expliquer à qui que ce soit. Mais j'espérais que ça m'éviterait un commentaire exaspérant.

— Je suis désolée de ne pas le haïr comme tu hais Kevin. Mais ce n'est pas ce à quoi j'aspire. Pour moi, contrairement à toi, ce n'est pas une source de jouissance.

Elle grimaça sans protester. Comment aurait-elle pu, puisque c'était la vérité ?

— Peut-être pourrais-tu le haïr juste un petit peu.

Elle me tendait son portable.

— Tu ne les as jamais vus, pas vrai ?

— Vu quoi ? Qu'est-ce que c'est, Stella ?

À contrecœur, je jetai un coup d'œil à l'écran : il s'agissait d'une page de commentaires sur le site du *Ridgedale Reader*.

— Je ne lis pas les commentaires de mes articles. Tu le sais bien.

— Maintenant oui. Mais à l'époque je n'étais pas au courant.

Elle continuait de brandir son téléphone.

— S'il te plaît, lis seulement celui-là. Ensuite je m'en irai. Et tu n'auras plus jamais à me parler.

Plus jamais à lui parler ? Cette fois-ci, je scrutai longuement l'écran, les yeux plissés, en essayant de comprendre le message. « Ce bébé est le tien. » Il provenait d'un internaute dont le pseudonyme, 246Barry, comportait le numéro de bureau de Justin – 246 Barry Hall –, et avait été posté au moment où j'avais écrit l'article, bien avant que quiconque soit au courant pour Hannah, et pour Justin encore moins.

— Ça n'a aucun sens.

— Je sais, répliqua Stella d'un air contrit. J'ai été trop sibylline. Et ça m'est retombé dessus. Ça nous est tous retombé dessus. Je voulais que tu comprennes sans avoir besoin que je te le dise.

— Stella, qu'est-ce que tu racontes ?

Un horrible sentiment me submergea. Ce n'était pas de la colère, c'était de la peur. J'aurais préféré la première.

— J'ai vu un texto que quelqu'un avait envoyé à Justin, Molly. Il était allé aux toilettes en laissant son portable sur le bar. Attention, je n'étais pas en train de fouiner. J'étais simplement là. Et à l'époque je ne savais pas qui l'avait envoyé. Le message ne contenait même pas de détails précis, juste : « Il faut vraiment que je te parle maintenant, s'il te plaît », ce genre de chose. Mais c'était la façon dont il était écrit, tu vois ? Je *savais*, c'est tout.

— Stella, tu « savais » quoi ? De quoi parles-tu ?

— Quand Justin est revenu des toilettes, je lui ai sorti une blague sur ce texto : « Tu la mets en cloque et après tu la plantes sur le bord de la route ? » Et là il a eu cette expression terrible sur le visage, Molly. Comme s'il avait envie de me tuer. Ça crevait les yeux ; il avait bel et bien mis une femme enceinte. Ensuite, quand le bébé a été découvert et que tu m'as expliqué comment il avait réagi en apprenant que c'était toi qui allais couvrir l'affaire… j'ai juste…

Sa voix buta.

— Je n'avais aucune preuve qu'il s'agissait de son bébé, pourtant j'en étais sûre. Mais j'étais bien trop lâche pour te le dire, alors j'ai posté des messages à la con, que tu n'as jamais lus, en plus. Je te l'aurais raconté si tu ne l'avais pas découvert par toi-même. Je te le jure.

— Quoi ?

Je ne trouvais rien d'autre à dire. Rien de ce qu'elle racontait n'avait de sens.

— Attends, comment aurais-tu pu… Quand aurais-tu eu l'occasion de voir les textos de Justin ?

Cela faisait des mois que nous n'avions pas dîné tous les trois ensemble, et même alors, ils ne s'étaient pas retrouvés seuls tous les deux.

— Quel bar ?

Stella prit une grande inspiration, ses yeux se remplirent de larmes.

— C'était juste *un* verre de vin, Molly. *Une* fois. Il ne s'est rien passé. Mais si Justin n'avait pas reçu ce texto ce soir-là ? Si lui et moi ne nous étions pas disputés juste après, se serait-il passé quelque chose ?

Elle secoua la tête. Haussa les épaules.

— Je peux encaisser que tu me haïsses pour ça. Il le faudra bien. Je peux même encaisser que tu ne le haïsses pas lui. Seulement, ne lui pardonne pas, Molly – pas complètement. Il ne le mérite pas. Et toi non plus.

Erik arriva alors que je débarrassais mon bureau. Il apportait du café et un muffin, plusieurs papiers coincés sous le bras. Il avait l'air fatigué mais heureux, comme tout parent d'un nouveau-né. J'étais tellement contente pour lui que la situation ait fini par s'arranger.

— Tu n'es pas obligée de faire ça, tu sais, commenta-t-il alors que je rassemblais mes derniers dossiers. Je te l'ai déjà dit maintes fois, mais j'adorerais que tu gardes un bureau ici. Tu pourrais même piger pour qui bon te semble.

Il me l'avait répété souvent depuis que j'avais donné ma démission deux mois auparavant, cinq longs mois après le départ de Justin, trois mois et demi depuis ma conversation avec Stella. Stella que j'avais croisée, évidemment, la ville n'était pas grande, mais elle s'était tenue à distance respectable.

— Tu peux te contenter d'un peut-être ? répondis-je, même si je savais qu'il s'agissait d'un non.

— Bien sûr. Je comprends que tu aies du pain sur la planche. Et j'ai vraiment hâte de le lire.

— Moi aussi, dis-je en souriant. Maintenant il faut juste que j'aille l'écrire.

— Ma foi, ton article était excellent, je suis sûr que ton livre le sera aussi, répondit-il en faisant allusion à mon article sur Thomas Price qui avait fait la une du *New York Magazine*, et au contrat éditorial que j'avais décroché dans la foulée. Je n'ai jamais douté de tes capacités.

Au total, les agressions sexuelles s'étaient étendues sur vingt ans et trois universités : elles avaient débuté avec Jenna Mendelson, qui avait accepté d'être interviewée pour mon article à condition que je mentionne uniquement ses initiales. Je lui avais parlé de mes liens avec sa fille, sinon ça n'aurait pas été honnête de ma part, mais, à la demande de Sandy, je ne lui avais pas révélé que nous échangions encore des mails.

Sandy avait obtenu son GED avec mention dès qu'elle avait pu le passer – le jour de ses dix-sept ans – et suivait déjà des cours à l'université new-yorkaise New School tout en étant serveuse, avec le projet de déposer sa candidature pour obtenir une bourse afin de pouvoir fréquenter l'université à plein temps à l'automne. Aidan et elle restaient en contact, comme simples amis, s'était-elle empressée de clarifier. Avoir un copain ne faisait pas partie de ses plans, pas avant d'avoir atteint son objectif.

—L'allocution de Steve a lieu aujourd'hui, poursuivit Erik. Tu veux la couvrir en souvenir du bon vieux temps ?

Il plaisantait, du moins j'en étais quasi sûre, s'amusant de ma toute nouvelle célébrité. J'appréciais sa gentillesse. C'était un soulagement de voir quelqu'un qui ne faisait pas semblant d'ignorer à qui j'avais été mariée, comme s'il s'agissait de quelque maladie honteuse. En définitive, Erik et Nancy étaient devenus les amis proches que j'avais toujours espéré qu'ils deviendraient. Au moment même où j'avais eu le plus besoin d'eux.

—Merci de proposer, rétorquai-je, mais je crois que je vais passer mon tour.

En revanche, jamais je n'aurais pu passer mon tour sur l'écriture du portrait de Thomas Price. Il avait eu tôt fait de se faire limoger, puis avait été arrêté peu après pour agression sexuelle. Enfin hors d'état de nuire, il ne pourrait plus faire usage de sa menace de prédilection : brandir une violence plus grande encore. Quatre femmes, plus toutes jeunes pour certaines, envisageaient de porter plainte. Pas Rose, du moins pas encore. Elle n'avait pas refait surface.

—J'ai eu un mauvais pressentiment vis-à-vis de Price dès le premier jour, m'avait expliqué Deckler quand j'avais fini par l'intercepter pour mon article.

Désormais surveillant en chef à l'université de Ridgedale, il était autorisé à porter pantalon en toile et chemise, tenue qui, je devais moi-même l'admettre, lui allait un peu mieux. Il avait été réembauché et avait obtenu cette promotion après avoir menacé de poursuivre la fac pour licenciement abusif.

— Les types dans son genre ne se donnent pas la peine de bien couvrir leurs traces.

— Pourquoi m'avez-vous donné ces dossiers ?

Il avait haussé les épaules.

— Vous étiez nouvelle en ville. J'étais sûr que vous n'aviez de relations avec personne. Price avait bien fait comprendre qu'il connaissait le commissaire depuis le lycée. Que Steve le protégerait quoi qu'il arrive. C'était probablement ce même genre de mensonges qu'il employait pour faire taire toutes ces filles. Et puis, après la découverte du bébé, vous êtes venue poser des questions au sujet de Rose Gowan.

Il avait détourné les yeux, mal à l'aise. Il était au courant pour Justin, c'était évident.

— Finalement il n'y a pas de lien entre les deux, mais j'avais des doutes. Alors je me suis dit que ça suffisait. Qu'il fallait faire quelque chose, quitte à perdre mon boulot.

Au moins, Price allait enfin payer. Il ne travaillerait plus jamais dans une université et il y avait de grandes chances qu'il passe un moment à l'ombre. Sans compter que cette publicité avait placé sous la loupe les procédures mises en place par la fac pour gérer les affaires d'agression sexuelle.

La porte des bureaux du *Reader* s'ouvrit à nouveau. C'était Nancy, derrière une poussette. Elle avait l'air aussi ravie qu'épuisée. Peut-être un peu plus épuisée qu'Erik, mais aussi un peu plus ravie. Ils s'étaient tellement battus, tellement longtemps, pour avoir un bébé, qu'ils semblaient n'avoir aucune envie de perdre une seconde à se plaindre des aspects moins agréables de cette nouvelle parentalité. C'était un miracle qu'Erik ait réussi à garder ainsi son sang-froid durant les tout premiers jours où j'avais travaillé sur l'affaire du bébé d'Hannah. La mère biologique de leur nourrisson, prise de remords, s'était enfuie chez sa sœur, où Erik l'avait poursuivie dans l'espoir de lui faire changer d'avis. Apparemment, le secret absolu étant une condition *sine qua non* posée par la mère, Erik avait eu peur de confier le moindre détail à quiconque sur l'endroit où il se trouvait et la raison pour laquelle il s'y trouvait. Au bout du compte, la mère s'était résolue à mener à bien le processus d'adoption.

Incapable de résister, j'allai voir Delilah, leur petite fille incroyablement potelée désormais âgée de sept mois.

— Elle est de plus en plus trognon, commentai-je en touchant ses petits orteils alors qu'elle se fendait d'un énorme sourire sans dents. Mais comment est-ce possible ?

— Je ne sais pas, répondit gaiement Nancy, rayonnante. Mais je dois dire que je suis d'accord. Cela dit, mademoiselle a son petit caractère.

Elle haussa les épaules et sourit de plus belle.

— Comme dit sa mère biologique, « lâche prise ou tu mangeras la poussière ».

« Lâche prise ou tu mangeras la poussière. » Cette phrase résonna dans ma tête comme le tintement d'une cloche. C'est alors que je me souvins où je l'avais entendue : dans la chambre d'hôpital de Rose. C'était Stella qui l'avait prononcée, mais les mots étaient ceux de Rose.

Après le dîner, nous sortîmes, Ella et moi. En cette soirée aoûtienne, juste après l'orage, l'air était empreint d'une fraîcheur électrisée. Assise sur les marches de notre entrée, j'inspirais à fond l'odeur d'herbe et de pluie en regardant Ella courir de long en large dans la pénombre : sa grande baguette magique laissait une traînée d'énormes bulles irisées.

Alors que je l'observais qui gloussait dans la lumière déclinante, mon portable vibra sur les marches à côté de moi. « Justin », était-il écrit sur l'écran. Le voilà qui rappelait, comme si souvent malgré mes injonctions répétées de n'envoyer que des mails, et uniquement au sujet d'Ella. Nous avions donné à notre fille les explications de base : à partir de maintenant, maman et papa allaient vivre séparément, mais tous les deux l'aimaient toujours autant. Et non, papa n'allait pas revenir bientôt à la maison. Il ne reviendrait jamais. Je tenais à rester courtoise. Pas plus.

Je ne pouvais rien changer à la lenteur avec laquelle j'avais fini par découvrir la vérité au sujet de Justin, ni au temps encore plus long qu'il m'avait fallu pour l'accepter. Mais à présent je pouvais faire le nécessaire pour Ella et moi. Et ce sans transformer nos vies en un torrent de rage comme l'avait fait ma mère. Je mis aussitôt mon téléphone en silencieux et le posai face cachée sur les marches.

Car Justin avait eu raison sur un point : notre avenir ne repose pas entièrement sur notre passé.

— Maman, regarde ! s'écria Ella.

Je me retournai : pieds nus, elle traversait la pelouse à toute vitesse en désignant l'éclat fugitif de plusieurs lucioles qui disparaissaient dans l'obscurité.

— On peut en attraper, maman ?

Je contemplai notre jardin digne d'un magazine, notre palissade blanche et notre jolie maison blanche, et m'attardai sur la lueur de toutes ces lucioles, si indolente, si aléatoire, si belle. Leur capture requérait-elle un bocal ou un filet spécial ? Que se passait-il quand on les prenait dans les mains ? Je n'en avais aucune idée.

— Oui, mon cœur. Bien sûr qu'on peut, répondis-je quand elle revint vers moi à fond de train.

J'écartai délicatement les boucles de son joli minois levé vers moi.

— Viens, allons chercher un bocal, lançai-je en la tirant dans la maison. Et après, je te montrerai comment on fait.

Remerciements

Ma plus profonde gratitude à la brillantissime et perspicace Claire Wachtel. Merci, merci, merci. Partager ce processus de création a été un véritable cadeau. Merci d'avoir vu le potentiel de ce roman, puis d'être restée à mes côtés dans les tranchées jusqu'au bout.

Mille mercis à Michael Morrison et Jonathan Burnham pour leur soutien généreux et leur enthousiasme incroyable. Merci également à Hannah Wood, Leslie Cohen, Katie O'Callaghan, Amy Baker, Mary Sasso, Leigh Raynor, Kathryn Ratcliffe-Lee, et à tous les autres membres de l'équipe HarperCollins. C'est un plaisir de travailler avec des gens aussi chaleureux et aussi merveilleux.

À Marly Rusoff, la meilleure des agents et mon amie la plus adorable, j'ai beaucoup de chance de bénéficier de sa sagesse et de sa grâce. Merci à Michael Radulescu pour sa grande dextérité dans la manipulation des droits étrangers, et merci à Julie Mosow d'avoir toujours tout laissé en plan pour lire une énième version. Merci à la fabuleuse Shari Smiley et à la merveilleuse Lizzy Kremer.

Mille mercis aux experts qui ont patiemment répondu à mes questions, notamment le docteur Barbara Deli, le docteur Gerald Feigin, Karen Lundegaard, le docteur Ora Pearlstein, Maureen Rush et Kelly Smith. Je dois aussi beaucoup au travail de Pam Belluck et du docteur Carl P. Malmquist.

Ma gratitude infinie à des amis et une famille fantastiques, alias l'équipe marketing la plus féroce du pays : John McCreight et Kim Healey, Diane et Stanley Dohm, Rebecca Prentice et Mike Blom, Stephen Prentice, Catherine et David Bohigian,

Alanna Cavaricci, Sidney Cavaricci, la famille Cragan, la famille Crane, Larry et Suzy Daniels, Bob Daniels et Craig Leslie, Kate Eschelbach, David Fischer, Tania Garcia, Jessica et Jason Garmise, Sonya Glazer, Yuko Ikeda, David Kear, Merrie Koehlert, Hallie Levin, Brian et Laura Mayer, Brian McCreight, la famille Metzger, Jason Miller, Sarah Moore, Frank Pometti, Jon Reinish, Maria Renz et Tom Barr, Julie Schwetlick, Maxine Solvay, Bronwen Stine, la famille Thomatos, Meg Yonts, Denise Young Farrell et Christine Yu. Attention : à trop vous approcher d'eux, vous risquez d'acheter un autre bouquin.

Un remerciement spécial à Joe et Naomi Daniels pour leur aide et nos nombreuses années d'amitié.

Merci, Megan Crane, de m'avoir promis que ça en vaudrait la peine. Merci, Victoria Cook, d'être à la fois la meilleure spécialiste en communication du monde et l'une des personnes les plus franches que je connaisse. Merci, Elena Evangelo, d'avoir mis à contribution ton génie créatif. Et merci à ces dames : Cindy Buzzeo, Cara Cragan, Heather Frattone, Nicole Kear, Tara Pometti et Motoko Rich. Ma vie serait tellement moins riche si vous n'en faisiez pas partie.

Merci à Martin et à Clare Prentice, les mots ne peuvent exprimer l'ampleur de ma gratitude pour votre aide et votre présence.

Merci à mon mari, Tony : tu es mon tout, toujours.

Et merci à mes filles, Harper et Emerson, mon cœur et mon âme. Vous êtes et serez toujours l'histoire qui compte le plus.

Achevé d'imprimer en août 2024
Par CPI Brodard & Taupin à La Flèche
N° d'impression : 3057663
Dépôt légal : septembre 2024
Imprimé en France
38122936-1